# Das HIRNI-Projekt

HAUKE LINDEMANN

# Das HIRNI-Projekt

PROVINZ KRIMI

Bibliografische Information der Deutschen Nationalbibliothek: Die
Deutsche Nationalbibliothek verzeichnet diese Publikation in der
Deutschen Nationalbibliografie; detaillierte bibliografische Daten sind
im Internet über http://dnb.dnb.de abrufbar.

Umschlagmotiv: Hauke Lindemann

Verlag: BoD · Books on Demand GmbH, In de Tarpen 42, 22848
Norderstedt, bod@bod.de

Druck: Libri Plureos GmbH, Friedensallee 273, 22763 Hamburg

ISBN: 978-3-7693-5439-3

www.hauke-lindemann.de

Für Anja. Diesen Roman widme ich allein Dir.

Das ist keine Retourkutsche dafür, dass Du ihn beim Probelesen nicht besonders witzig gefunden hast, was ich übrigens immer noch nicht verstehen kann, wirklich ü-ber-haupt nicht. Nein, das ist meine unbeholfene Art, mich bei Dir zu bedanken. An meiner Seite ist es nicht immer einfach, auch für mich selbst nicht. Aber während ich keine Wahl habe, ziehst Du es seit fast 34 Jahren trotzdem freiwillig durch und gibst mich einfach nicht auf.

Ich liebe Dich auch.

# Prolog

Wer große, lebensverändernde Entscheidungen trifft, sorgt im eigenen Umfeld oft für Verunsicherung. Als der gebürtige Hamburger Lennard Friedrichsen zum ersten Mal so eine Entscheidung traf, wurde ihm eine bestimmte Frage in unterschiedlichen Formulierungen immer wieder gestellt. Seine Lieblingsversion stammte von einem befreundeten Kioskbetreiber aus seinem alten Wohnviertel.

»Ja, leck mich doch! Du ziehst weg? Nach – wie heißt das? Klein Offenarsch Spastenhoop? Bist du nicht ganz dicht? Alter, jetzt komm, das kann nicht dein Ernst sein. Sag sofort, dass du mich nur verarschen willst! Jetzt sag schon! Scheiße, ich pack's nicht. Wo liegt das überhaupt? Im Osten?«

Der Kioskbetreiber bekam dieselbe geduldige Erklärung wie alle anderen: Dass er ausgerechnet in das schleswig-holsteinische Klein-Offenseth Sparrieshoop ziehen würde, war simpler Zufall. Er hatte dort eine Immobilie gefunden, die seinen Ansprüchen und seinem Geldbeutel entsprach. Punkt. Das Leitmotiv war, endlich raus aufs Land zu kommen, denn alles, was an menschlichen Gemeinschaften ätzend sein konnte, wie zum Beispiel Hektik, Lärm, Verkehrschaos, Smog, Empörung, Enge, Wohnsilos, Wuchermieten, Ellenbogenmentalität, aggressives Verhalten, Drogen, Mord, Totschlag und Fans des HSV, gab es dort nur in erträglich kleinen Dosen oder, besser noch, gleich gar nicht. Außerdem war das Licht besser. Es besaß dort eine besondere Beschaffenheit, hatte einen ganz eigenen Charakter, war natürlicher und damit malerischer. Für jemanden wie ihn, der schon seit seiner Kindheit wusste, dass er später einmal Künstler werden würde, war das von überragender Bedeutung. Für all diese Vorzüge war er nur zu gerne bereit, die vermeintlichen Annehmlichkeiten des Lebens in der Großstadt aufzugeben und die Besonderheiten des Dorflebens zu akzeptieren.

Ganz der überhebliche Großstadtjunge, dem unreflektierte Plattitüden immer dann besonders leicht über die Lippen gingen, wenn er Kritik an seinen Plänen zuvorkommen wollte, hatte er das mit den Besonderheiten nur so dahingesagt, ohne wirklich etwas damit zu verbinden. Ja, die Menschen auf dem Land tickten angeblich anders als Städter, aber was sollte das überhaupt bedeuten? Und was konnte daran schon herausfordernder sein, als das Leben in einer multikulturellen Großstadt wie Hamburg, wo man auf Schritt und Tritt Menschen begegnete, die durch die Bank komplett anders auf die Welt sahen, als man es selbst tat? Außerdem war er Mitte zwanzig, hielt sich für einen aufgehenden neuen Stern am Kunsthimmel, nicht zuletzt, weil es in der Szene nicht an Experten mangelte, die ihm diese Botschaft immer wieder vermittelten, und litt auch ansonsten nicht unter Selbstzweifeln. Was konnte da schon schiefgehen?

## Was denn konstituieren?

Eine der weniger liebenswerten Besonderheiten des Dorflebens: Wenn jemand etwas von einem wollte, spielte die Tageszeit überhaupt keine Rolle. Hilfe beim Tragen von etwas Schwerem, Zutaten fürs Kuchenbacken, Gesellschaft beim Biertrinken oder einfach nur jemanden, der sich anhörte, was man zu sagen hatte, ganz egal, das Anliegen stach immer den Anstand aus.

Gut zwanzig Jahre nachdem er Hamburg verlassen hatte, an einem spätsommerlichen Sonntagvormittag, um genau 10:00 Uhr, wurde er von einer dieser Besonderheiten mal wieder heimgesucht. Jemand arbeitete sich schon seit mindestens fünf Minuten mit geradezu unverschämter Beharrlichkeit klingelnd und klopfend an seiner Haustür ab. Den Umstand, dass niemand öffnete, betrachtete er oder sie offenkundig als Herausforderung.

Am Abend zuvor war er, so wie bestimmt zwei Drittel der Dorfbewohner, auf dem alljährlichen Ortsfest gewesen. Er war erst relativ spät, soweit er sich erinnerte, sogar als einer der Letzten, wieder nach Hause gegangen und gleich ins Bett gefallen. Das konnten all jene, die vor ihm gegangen waren, natürlich nicht wissen, aber das ließ er nicht als Rechtfertigung durchgehen. Es war sicher nicht zu viel verlangt, diese Möglichkeit zumindest in Betracht zu ziehen. Konnte es nicht für jedermann überall auf der Welt ein ungeschriebenes Gesetz sein, andere Menschen, mit denen man nicht explizit verabredet war, wenigstens an einem Sonntagvormittag in Ruhe zu lassen? An der Tür wurde die Antwort geklingelt und geklopft

Na gut, Freundchen, jetzt reicht's, dachte Lennard, und wuchtete sich aus dem Bett. Wer auch immer da gerade so penetrant war, durfte sich jetzt auf zornigen Mundgeruch freuen. Während er reichlich angepisst zur Tür schlingerte, ging sein Kreislauf kurz in die Knie und er registrierte einen hässlich stechenden Kopfschmerz. Letzterer überraschte ihn.

Als er aufschließen wollte, musste er feststellen, dass er wohl gar nicht erst abgeschlossen hatte, denn gleich mit der ersten Drehung des Schlüssels zog er die Schlossfalle ein. Nach kurzem Zögern, welches seiner wachsenden Verwunderung geschuldet war, bemühte er sich um ein halbwegs böses Gesicht und riss an der Tür.

Vor ihm standen zwei Männer, und natürlich kannte er beide. In einem Dorf mit bummelig 3000 Einwohnern ließ sich das auf Dauer nicht vermeiden. Einer von den beiden kannte ihn sogar relativ gut und wusste daher ganz genau, dass es gerade nicht die richtige Zeit für einen spontanen Besuch bei ihm war. Das fachte Lennards Zorn noch weiter an. Er kam jedoch nicht dazu, dies zu demonstrieren.

»Na endlich! Wir dachten schon, du hast unsere Verabredung quasi vergessen«, sagte sein Freund Martin und drängte sich an ihm vorbei.

Dessen Windschatten und Lennards Verwirrung ausnutzend, schlüpfte auch gleich der zweite Mann an ihm vorbei: Harald Lautenschläger. Klar, den kannte er auch. Er grüßte ihn ganz automatisch, wann immer er ihm begegnete, weil das auf dem Dorf gute Sitte war. Ansonsten wusste er aber fast nichts über diesen Mann. Lennard hatte ihn bislang nicht auf der Rechnung gehabt. Man konnte nun mal nicht mit jedem gut Freund sein.

»Wir haben quasi schon seit Stunden bei dir geklingelt«, monierte Martin und musterte ihn. »Wuff! Alter, kommst du gerade aus dem Bett? Deine Haare sehen echt schlimm aus.« Martin musterte ihn von oben nach unten und lachte. »Scheiße, das sind doch die Sachen, die du gestern Abend getragen hast, oder?«

Lennard strich unwillkürlich mit beiden Händen über seine schwarzgraue Mähne. Er war jetzt so überrumpelt, dass er seinen schönen Zorn glatt vergessen hatte. Geistesabwesend drückte er die Tür zu und starrte Harald an. Der schien, so wie sein Freund Martin, keinen Zweifel daran zu haben, dass er sich zur richtigen Zeit am richtigen Ort befand. Das war vor allem deswegen bemerkenswert, weil Harald Lautenschläger eher der schüchterne, wenn nicht sogar soziophobe Typ war. Man hatte bei diesem blassen und dünnen Mann mit dem fusseligen Haarkranz und dem stets gesenkten Blick immer den Eindruck, als würde er gerade seine Flucht planen.

»Dann gibt's wahrscheinlich auch noch keinen Kaffee?«

Lennard reagierte nicht.

Martin seufzte und ging in Richtung Küche. »Ich übernehme.«

Sein Tonfall transportierte den unausgesprochenen Vorwurf, dass er das als Gast eigentlich nicht musste.

Lennard registrierte das nur am Rande, denn seine Aufmerksamkeit galt Harald – was bei dem langsam Wirkung zeigte.

»Warum seid ihr hier?«, fragte er.

Harald Lautenschläger machte den Mund auf, aber bevor er etwas sagen konnte, kam ihm Martin aus der Küche zuvor.

»Du willst witzig sein? Dann gib dir mehr Mühe. Oder lass es quasi gleich ganz sein.«

Lennard zog die Augenbrauen hoch und konnte nicht aufhören, Martins Begleiter anzustarren, auf dessen Wangen sich nun eine nervöse Röte abzuzeichnen begann.

»Die konstituierende Sitzung?«, sagte Harald schüchtern.

»Die ...« Lennard schüttelte langsam den Kopf. »Ich verstehe nicht. Was denn konstituieren?«

Die Antwort auf diese Frage musste warten, denn als Harald dieses Mal den Mund öffnete, kam ihm die Türklingel dazwischen.

»Jawoll!«, schallte es aus der Küche. »Quasi pünktlich.«

Lennard war überfordert. Sein Kopf hämmerte und das Denken fiel ihm irgendwie schwer. Dabei hatte er auf dem Ortsfest doch gar nicht viel getrunken, zwei oder drei Bier, dazu jeweils einen Kurzen, aber doch über den Abend verteilt.

»Jemand von euch wird aufmachen müssen, vorzugsweise der Hausherr«, erinnerte Martin und klang belustigt.

Lennard drehte sich zur Tür und öffnete.

»Moin«, sagte Jens Jensen und lächelte schief.

Für den Moment weitestgehend des eigenen Willens beraubt, trat Lennard unbewusst zur Seite und sah seinem neuesten Besucher dabei zu, wie auch der sein Haus betrat und mit beiläufigem Winken Harald Lautenschläger begrüßte. Jensen kannte er auch nicht wirklich gut, zumindest aber etwas besser als Lautenschläger. Er war einer von denen, die bei jeder Gelegenheit regelrecht damit angaben, schon von Geburt an ein Sparrieshooper zu sein. Als ob das eine Leistung war, mit der es, abgesehen von Sparrieshoop, irgendwo auf der Welt auch nur den sprichwörtlichen Blumentopf zu gewinnen gab.

Martin kam aus der Küche zurück.

»Soo, Kaffee läuft, wird noch ein paar Minuten dauern. Hallo Jens. Unser Gastgeber ist heute früh quasi ein wenig verpeilt.«

Nachsichtiges Lächeln und ein halbherziges Winken von Jensen.

»Was haltet ihr davon, wenn wir alle ins Wohnzimmer gehen, hm?«, fragte Martin und sah dabei ganz gezielt zu Lennard.

»So? Ach, ja, klar, geht nur, geht«, stammelte er.

Martin ging voraus und gab den beiden anderen mit einer mir-nach-Geste zu verstehen, dass sie sich ihm anschließen sollten.

Nach ein paar Minuten, in denen Lennard angestrengt aber vergeblich nach einer Erinnerung suchte, mit der sich die aktuellen Geschehnisse erklären ließen, trottete er der Gruppe missmutig hinterher.

Als er sein Wohnzimmer betrat, hatten seine Besucher schon Platz genommen und unterhielten sich munter. Martin saß in einem der beiden schweren antiken Sessel, die er erst vor einem knappen Jahr neu hatte beziehen lassen. Karmesinrotes Samtvelours mit goldenem Schwertlilien-Muster, so wie bei seiner mindestens genauso alten Chaiselongue, nur dass die noch den Original-Bezug hatte. Ausgerechnet auf diesem Lieblingsmöbel hatten die beiden anderen ihre dünnen Hinterteile geparkt, obwohl es geeignete Alternativen gab. Das gefiel Lennard nicht. Martin wusste genau, wie eigen er damit war. Warum hatte er den Männern nicht einen entsprechenden Hinweis gegeben? Er spürte, wie er langsam wieder ärgerlich wurde, wollte aber keinen Auftritt als kleinlicher Wüterich hinlegen. Zumindest so lange nicht, bis er endlich nachvollziehen konnte, warum die drei Männer überhaupt bei ihm waren. Er musste jetzt erstmal die Kontrolle über diesen Sonntagmorgen zurückgewinnen, und dafür brauchte er ein paar Anhaltspunkte.

»Auf die Gefahr, dass ihr mich für bescheuert haltet: erwarten wir noch jemanden?«

Seine Frage hatte einen spürbar dämpfenden Effekt auf die bis dahin gute Stimmung seiner Besucher. Er vermutete, dass der Subtext seiner Frage – ich finde es schon ätzend genug, dass *ihr* hier seid – nicht so subtil gewesen war, wie er sich das eingebildet hatte. Martin kannte ihn gut genug, um die Botschaft zwischen den Zeilen verstanden zu haben, aber den beiden anderen hatte er das nicht zugetraut. Dann hatte er sich jetzt wohl doch zum Arsch gemacht.

Das unangenehme Schweigen wurde durch erneutes Klingeln übertönt und er war zum ersten Mal an diesem noch jungen Tag halbwegs dankbar dafür. Er rang sich sogar ein Lächeln ab, mit dem er die drei Männer der Reihe nach zu bedenken gedachte. Die hielten ihren Blick jedoch gesenkt und wirkten beklommen auf ihn.

»Ich gehe zur Tür. Martin, bleibst du an der Sache mit dem Kaffee dran?«

»Klar«, erwiderte Martin, sprang sofort auf und verließ mit ihm das Wohnzimmer.

»Okay, wer steht da vor der Tür?«, raunte er ihm zu, als sie beide im Flur waren.

Sein Freund hielt die Frage offensichtlich für einen weiteren misslungenen Scherz, legte die Stirn in Falten und schüttelte verständnislos den Kopf, bevor er, mit dem Finger wedelnd, in die Küche abbog.

Was war hier nur los?

Lennard warf der Haustür einen Blick zu, als wäre sie das Portal in eine fremde Dimension. Dahinter warteten feindlich gesonnene Kreaturen darauf, dass irgendein unbedarfter Trottel auf der anderen Seite leichtfertig genug war, es zu öffnen und damit das Ende der Menschheit einzuläuten. Todesmutig nahm er die Rolle des Trottels an – und stellte erleichtert fest, dass sich hinter der Tür immer noch nur das gute alte Sparrieshoop mit seinem Wunderlicht befand. Allerdings sank die Temperatur nun um ein paar Grad, und das lag nicht am Wetter.

»Guten Morgen«, sagte Marita Heino.

Die Begrüßung löste bei Lennard den Impuls aus, sich zu entschuldigen. Er unterdrückte den Reflex, deutete ein stummes Lächeln an und ließ sie eintreten.

Sie zog sich mit einer eleganten Bewegung die Sonnenbrille aus dem Gesicht und nahm kurz das Innere des Flurs in Augenschein, ohne jedoch irgendeine Wertung durchblicken zu lassen. Nachdem sie anschließend auch ihn gemustert hatte, ließ sie mit kühler Berechnung ganz kurz die Deckung fallen und schnaubte verächtlich.

»Nun, da wäre ich also. Ich hoffe doch sehr, dass ich nicht die Erste bin.«

»*Nein!*«, entfuhr es Lennard, lauter als beabsichtigt. Er räusperte sich. »Nein. Die anderen warten schon im Wohnzimmer. Einfach geradeaus.«

Lennard sah ihr nach. Sie war elegant und figurbetont gekleidet, so wie meistens, wenn er sie sah. Er schätzte, dass sie etwa in seinem Alter sein musste, Mitte vierzig, vielleicht sogar ein paar Jährchen älter.

Sie zählte jedoch zu den wenigen gesegneten Frauen, denen das Altern nichts von ihrem Zauber wegnahm, sondern sogar noch eine Prise hinzufügte. Zu schade, dass ihr Auftreten in der Regel bis an die Grenze des Erträglichen arrogant war. Marita Heino war die geborene Eiskönigin.

Sie lebte in einer kinderlosen Ehe mit einem aus Finnland stammenden Geschäftsmann, der im Auftreten und auch rein äußerlich das genaue Gegenteil von ihr verkörperte. Tenor des Dorfklatsches war, dass er Kontakte zu gewissen Kreisen mit flexibler Moral pflegte. Die Gerüchte gingen jedoch stark auseinander, wenn die Sprache auf sein illegales Betätigungsfeld kam. Je nachdem, wer gerade mehr zu wissen glaubte, handelte er entweder mit Methamphetamin, in Osteuropa gezüchteten Rassehunden oder hatte seine Finger im Schleusergeschäft. Für Lennard machte es das, wahrscheinlich aus einem dummen Grund, umso plausibler, dass er so eine Frau an sich binden konnte.

Spätestens mit ihrem Eintreffen stand fest, dass am vergangenen Abend etwas durch und durch Außergewöhnliches passiert sein musste. Aber was konnte das gewesen sein? Welchem Ereignis verdankte er diese Ansammlung höchst unterschiedlicher Menschen in seinem bescheidenen Haus, noch dazu an einem Sonntagmorgen? Lennard verlor jetzt endgültig die Geduld mit sich selbst. Es war inakzeptabel, dass er sich an nichts erinnern konnte.

Im Wohnzimmer wurde nicht mehr gesprochen. Marita hatte sich in den zweiten Sessel gesetzt und tat so, als würde sie die Einrichtung des Wohnzimmers in Augenschein nehmen. Die Männer trauten sich trotzdem nicht, sie direkt anzusehen, nicht mal kurz. Stattdessen starrten sie scheinbar hochkonzentriert auf die Kaffeebecher, die ihnen Martin inzwischen in die Hände gedrückt hatte. Nur vereinzelt gingen ein paar schnelle verstohlene Blicke, abgefeuert aus den Augenwinkeln, in Richtung der einzigen Frau im Raum. Vor allem von Harald Lautenschläger.

Lennard räusperte sich. »Ich freue mich über euren Besuch«, log er. »Ich muss allerdings zugeben, dass ich keine Ahnung habe, warum ihr hier seid. Bevor jetzt also gleich noch jemand kommt, mit dem ich nicht rechne …«

»Es sind alle da«, warf Martin ein.

»Gut! Das finde ich *wirklich gut.* Würde mir dann bitte jemand erklären, was es mit dieser Zusammenkunft auf sich hat?«

Die Männer warfen sich verdutzte Blicke zu, während Marita immer noch leidenschaftslos das Interieur beäugte.

»Harald, du hast vorhin etwas von einer konstituierenden Sitzung gesagt. Was hast du damit gemeint?«

Harald öffnete den Mund, wurde aber erneut von Martin überholt.

»Du hast einen Filmriss«, stellte der fest.

»Ich weiß nicht warum, aber ja, sieht ganz so aus.«

Martin sah kurz zu den anderen.

»Dann erinnerst du dich nicht mehr an die Rede, die du gehalten hast?«

Lennard hatte das Gefühl, dass sich seine Atemwege verengten.

»Eine Rede? Auf dem Fest? *Ich?*«

Alle nickten.

»Worüber?«

Martin wirkte enttäuscht. »Dass dich das Desinteresse der Polizei an kleineren Delikten ankotzt und dass man dem quasi endlich mal etwas entgegensetzen sollte. Dass es, wenn diejenigen, deren Aufgabe es eigentlich wäre, sich um die Bedürfnisse des einfachen Bürgers zu kümmern, dem nicht mehr nachkommen, andere Menschen geben muss, die das Heft des Handelns quasi in die Hand nehmen.«

Martin nahm mit offensichtlicher Genugtuung das beifällige Nicken von Lautenschläger und Jensen entgegen.

Lennard wurde schlecht. »*Das* habe ich gesagt?«

»Ja. Also, nein, das war natürlich nur eine verkürzte Darstellung. Du hast es viel wortreicher vorgetragen. Stellenweise sogar ziemlich ... wie soll ich sagen ... oh ja, blumig. Aber durchweg mitreißend. Wenn du das früher am Abend gemacht hättest, wären jetzt bestimmt noch mehr Leute hier.«

Lennard sah die anderen der Reihe nach an. Selbst Maritas Aufmerksamkeit galt jetzt ungeteilt ihm.

»Ihr seid hier, weil ... oh Mann, habe ich euch zu irgendetwas aufgefordert? Euch angestachelt oder aufgehetzt?«

Die Männer schüttelten die Köpfe.

»Du hast nur gesagt, dass du noch gute Leute brauchst, und dass diejenigen, die mitmachen wollen, heute zu dir kommen sollen, damit wir dann gemeinsam die nächsten Schritte besprechen können«, ergänzte Jens Jensen.

Lennard ächzte und presste sich die Hände auf den Mund. »Das entwickelt sich gerade zum schlimmsten Tag meines Lebens«, nuschelte er leise und setzte sich zu Lautenschläger und Jensen auf die Chaiselongue. »Ich kann mich an nichts davon erinnern. Als wäre ich gestern Abend total voll gewesen. Dabei habe ich fast nichts gehabt.«

»Das ist jetzt nicht dein Ernst«, sagte Martin trocken.

»Ich meine immer ernst, was ich sage«, brummte der Hausherr, während er sich die Schläfen massierte. »Aber es stimmt, ich *habe* mich zuletzt über die Polizei geärgert. Und ich kenne mindestens zwei Leute hier im Ort, die ebenfalls einen Brass auf sie haben.« Lennard sah in die Runde. »Dann seid ihr also hier, weil es euch auch so geht?«

Zögerliches Nicken bei den Angesprochenen.

»Zu viel Alkohol lässt einen manchmal den größten Scheiß euphorisch feiern, das kennt ihr vielleicht.« Er sah sie alle der Reihe nach an. »Sicher, dass ihr nicht einfach nur im Suff auf meine Rede angesprungen seid, jetzt aber am liebsten nichts mehr damit zu tun haben möchtet?«

»Dann hätten wir ja wohl quasi einfach zu Hause bleiben können«, gab Martin zu bedenken und klang beleidigt.

Lennard war baff. Er war unpolitisch und definitiv kein Rebell. Selbst beim Ausleben seiner einzigen echten Passion, der Kunst, hatte nie Revolution auf seiner Fahne gestanden. Wenn er etwas erschuf, das er fühlte oder vor seinem geistigen Auge sah, und am Ende wieder einmal nicht das Rad neu erfunden hatte – tja, dann war das eben so. Der unbedingte Wille einiger Künstler, etwas noch nie dagewesenes zu erschaffen oder wenigstens etwas Bestehendem nachhaltig den eigenen Stempel aufzudrücken, war ihm fremd. Dass nun ausgerechnet er, nachdem er immer brav mit dem Strom geschwommen war, am vergangenen Abend öffentlich aufgemuckt haben sollte, fühlte sich irgendwie absurd an. Er konnte das sofort beenden. Herrje, er musste das sogar. Was wollten sie denn machen? Mit der Polizei konkurrieren? Lächerlich.

»Also schön. Ich habe ehrlich gesagt einen üblen Kater und bin gerade nicht in der Verfassung für …« Er rührte mit einem Finger in der

Luft. »... das hier. Dass ich mich nicht an meine Rede erinnern kann, macht es nicht besser. Ich schlage daher vor, dass jeder von uns den Rest des Sonntags nutzt, um nochmal in Ruhe darüber nachzudenken, was ...« Er rührte erneut. »... das hier werden soll und was es überhaupt werden könnte«, hörte er sich stattdessen sagen. »Wer es morgen immer noch für eine gute Idee hält, kommt um achtzehn Uhr zu ... wo könnten wir uns treffen? Vorschläge?«

»Warum nicht wieder hier?«, fragte Martin.

Weil ich das nicht will, du kleiner Klugscheißer, dachte Lennard. »Nein, ein neutraler Ort scheint mir besser geeignet«, sagte er stattdessen.

»Burger King in Elmshorn«, schlug Jens vor. »Dann könnten wir auch gleich einen Happen essen.«

»Dann aber lieber McDonalds«, entgegnete Martin. »Lasst uns abstimmen. Team McDonalds die Hände hoch.«

Nur sein Arm ging nach oben.

»Wer ist für Burger King?«, fragte Jens.

Die Arme von ihm, Lennard und Harald reckten sich in die Luft.

»Marita? Hast du einen anderen Vorschlag?«

»Ich? Oh Gott, nein, ist mir egal. Burger King, toll.«

Lennard musterte sie nachdenklich.

»Also schön, damit ist es entschieden. Wir setzen das morgen um sechs beim Burger King in Elmshorn fort.«

## Wir regeln das hier anders

Das Namensschild war ein etwa dreißig Zentimeter breites, fünf Zentimeter hohes und mit Klavierlack überzogenes Stück Nussbaumholz. Bei einem seiner Anwälte hatte er mal so eines gesehen und Gefallen an der edlen Wirkung gefunden. Endlich etwas, das er sich wünschen konnte, wenn man ihn vor seinem Geburtstag oder dem Weihnachtsfest mal wieder fragte. Weil ihm sonst nie etwas eingefallen war, hatte er immer irgendwelchen nutzlosen Tinnef geschenkt bekommen, mit dem er nichts anfangen konnte. Sein Wunsch blieb nur leider unerhört und die Tinnef-Schublade wurde immer voller. Zu seinem 55. Geburtstag, drei Jahre nachdem er es zum ersten Mal als Wunsch geäußert hatte, hatte er es sich schließlich selbst geschenkt. Richtig mit Geschenkpapier und einem kleinen Anhänger, auf dem „Für das Geburtstagskind Walter" stand. Das hatte er beim Hersteller des Namensschildes so in Auftrag gegeben. Er hatte sogar ganz kurz darüber nachgedacht, sich selbst eine Geburtstagskarte zu schreiben. Glücklicherweise erkannte er praktisch noch im selben Moment, dass das der Kipppunkt war, an dem die Sache schräg und traurig zu werden drohte.

Zehn Jahre liegt das inzwischen zurück, dachte er, als er das Schild nun in den Händen hielt und es nachdenklich anstarrte.

»Walter Klöfkorn«, las er laut und schnaubte verächtlich. »Der Magnat, der es verkackt hat«, ergänzte er, ohne dass dies in kleinerer Schrift unter seinem Namen gestanden hätte.

Jemand klopfte an die Tür. Er war aber noch nicht so weit.

Seine Frau hätte die von Herzen kommende Geringschätzung für sich selbst schon bemerkt, noch bevor er seinen Namen laut vorgelesen hatte. Sie hatte immer ganz genau gewusst, was mit ihm los war, meistens sogar, bevor es ihm selbst klar wurde. Dreißig Jahre war er mit ihr verheiratet gewesen, die meisten davon glücklich. Obwohl sich ihr viel zu früher Tod in diesem Jahr schon zum achten Mal jährte, hatte er die Trauerphase noch immer nicht beendet. Das wollte er auch nicht. Ihr bis zu seinem eigenen Tod nachzutrauern, war er ihr schuldig, nicht zuletzt wegen ihres maßgeblichen Anteils an seinen enormen Leistungen als Unternehmer, als Meister der Erfolgsbilanzen.

Es klopfte erneut. »Papa? Wir sind da.«

Ausgerechnet bei seinen Kindern war er das nicht gewesen. Sie waren die Positionen der schlechtesten Bilanz, die er in seinem ganzen Leben zu verantworten hatte.

Aus seinem ältesten Sohn Wolfgang war ein narzisstischer Snob geworden. Ein geldgeiles, arrogantes, missgünstiges Arschloch – ja, Arschloch – frei von Verantwortungsbewusstsein und ohne jede Empathie oder die Spur eines Familiensinns.

Benno, sein mittleres Kind, hatte sich zu einem ambitionslosen Taugenichts mit einem Faible für Gras entwickelt. Gelegentlich war auch Kokain angesagt. Darüber hinaus zeichneten ihn all die negativen Eigenschaften seines älteren Bruders aus, so dass es, je nach

Blickwinkel, entweder nicht zu begreifen oder kein Wunder war, dass die beiden einander nicht ausstehen konnten.

Seine einzige Tochter, Angelika, die Jüngste im Bunde, war sein großes Glück gewesen. Sein Augapfel. Sein Sonnenschein. Sie war selbst dann noch großartig, wenn man sie nicht eigens zum direkten Vergleich neben ihre missratenen Brüder hielt. Aus ihr war eine liebe, mitfühlende, aufgeschlossene, intelligente und einfach nur durch und durch bezaubernde junge Frau geworden. Dass von seinen drei Kindern ausgerechnet sie vor zwei Jahren von einem Tag auf den anderen spurlos verschwinden musste, war ihm der ultimative Beweis für Gottes abscheulichen Humor.

Klopfen.

»Papa, bist du da?«

Er hatte mal gehofft, dass sich bei seinen Söhnen mit Eintreffen einer kleinen Nachzügler-Schwester etwas zum Guten ändern würde. Wenn da plötzlich jemand war, der ihr Herz berührte und den Beschützer-Instinkt weckte, den doch eigentlich jeder Mensch in sich trug. Die beiden Burschen schienen da aber eine Ausnahme zu bilden. Sie waren emotional verkrüppelt, womöglich von Geburt an. Wolfgang und Benno hatten mit ihrer kleinen Schwester nie etwas am Hut gehabt. Ihr unentwegter Kampf gegeneinander hatte sie schon als kleine Jungs voll in Anspruch genommen. Als sie zu Teenagern und schließlich erwachsenen Männern heranreiften, wurde es sogar noch schlimmer. Alle Versuche des heranwachsenden Mädchens, die Aufmerksamkeit ihrer älteren Brüder zu gewinnen, waren davon überrollt worden.

Und jetzt hatte diese elende Misere einen neuen vorläufigen Höhepunkt erreicht, den er trotz allem nicht für möglich gehalten hätte.

Klopfen. Die Klinke wurde gedrückt.

»Habt ihr ein Herein gehört?«

»Warum lässt du uns da draußen zappeln? Was soll das?«, wollte Wolfgang wissen und klang gereizt.

Benno drängte sich an seinem älteren Bruder vorbei und rempelte ihn dabei absichtlich mit der Schulter an. Vor dem Schreibtisch standen zwei Stühle im Abstand von einem halben Meter zueinander. Von ihm aus gesehen links neben dem Schreibtisch stand noch ein weiterer einzelner Stuhl. Auf den wollte er sich setzen.

»Nein, den lasst ihr frei«, befahl sein Vater.

Benno stutzte kurz. Dann zog er einen der beiden Stühle an der Stirnseite noch einen ganzen Meter vom anderen weg und setzte sich.

»Bereit zur Predigt, Hochwürden.«

»Wolfgang, setz du dich auch.«

Widerwillig leistete der Folge, jedoch nicht, ohne seinen Stuhl noch ein Stück weiter von seinem Bruder abzurücken.

Der alte Klöfkorn seufzte, tippte ein paar Tasten auf seinem aufgeklappten Laptop und drehte ihn um 180 Grad, so dass seine Söhne den Bildschirm sehen konnten.

»Ich kann nichts erkennen«, klagte Wolfgang.

»Ich auch nicht.«

»Dann schiebt die Stühle gefälligst wieder zusammen!«, polterte ihr Vater, drehte sich den Laptop wieder zu und drückte eine Taste. »Na los!«

Die Brüder sahen sich an und machten keine Anstalten. Wer würde sich zuerst bewegen?

»Wagt es nicht, euer kindisches Verhalten jetzt auch noch auf die Spitze zu treiben«, zischte der alte Klöfkorn. »Beide gleichzeitig. *Sofort*!«

Die Brüder standen auf, rückten ihre Stühle näher zusammen und beäugten sich dabei misstrauisch.

Klöfkorn grummelte etwas, drückte erneut eine Taste und drehte seinen Söhnen wieder den Bildschirm zu. Es lief ein Video, aufgenommen zu später Stunde. Das Haus, das im Mittelpunkt der Aufnahme zu stehen schien, wurde nur von einer Straßenlaterne erhellt, die sich auf dem Bürgersteig direkt davor befand.

»Meine alte Wohnung«, stellte Benno fest. »Warum sehen wir uns ein Video von dem Haus an, in dem ich mal gewohnt habe? Und warum hört man nichts?«

»Weil das um halb drei am Morgen ist, da ist nun mal nicht viel los. Der Ton spielt keine Rolle, seht einfach weiter zu.«

Vereinzelt geriet am oberen und rechten Rand immer wieder kurz etwas ins Bild, was Blätter zu sein schienen. Das Video war offensichtlich von der anderen Straßenseite aus gemacht worden, aus der sicheren Deckung irgendeines Gebüschs. Für eine knappe Minute war das alles, was passierte. Dann trat eine Person von rechts ins Bild.

Es war Wolfgang und er hielt etwas in der Hand, das wie ein Buch aussah. Er ging zur Haustür und schloss sie auf.

»Von wann ist die Aufnahme?«, fragte Benno.

»Die ist ungefähr zweieinhalb Jahre alt.«

»Aber … hey, dann habe ich da ja noch gewohnt.« Er starrte seinen Bruder an. »Was hattest du da verloren? Und woher hattest du den Schlüssel?«

»Das können wir später klären. Seht es euch bis zum Ende an«, befahl der alte Klöfkorn und ließ seinen Ältesten nun nicht mehr aus den Augen.

Wolfgang hatte das Haus inzwischen betreten. Nach etwa zwei Minuten kam von rechts eine Katze, die seidig elegant an der Hecke entlang bis zur Mitte des Bildes ging, ehe sie erstarrte, für einen Moment praktisch direkt in die Kamera sah und es dann sehr eilig hatte, nach links aus dem Bild zu laufen. Sie hatte den heimlichen Filmer bemerkt, im Gegensatz zu Wolfgang. Nach weiteren drei Minuten kam der wieder aus dem Haus. Das Buch, oder was auch immer er beim Betreten in der Hand gehabt hatte, war scheinbar im Haus geblieben. Er zog die Tür hinter sich zu, schloss ab und verschwand in dieselbe Richtung, aus der er fünf Minuten zuvor gekommen war.

Der alte Klöfkorn klappte den Laptop zu.

»Was habe ich da gerade gesehen?«, wollte Benno wissen.

»Genau das ist hier die Frage. Ich möchte, dass dein Bruder sie beantwortet.«

Wolfgang verschränkte die Arme, verankerte seinen Blick am Namensschild seines Vaters und sagte nichts.

»Ja, so in etwa habe ich das erwartet. Wisst ihr, dieses Video wurde mir gestern erstmalig vorgeführt, von jemandem, den ich für glaubwürdig halte.«

Wolfgang schnaubte abfällig.

»Wenn du etwas zu sagen hast, raus damit! Aber an deinem überheblichen Gebaren, zu dem *ausgerechnet du nun wirklich überhaupt keinen Grund hast*, hat hier niemand ernsthaft Interesse«, brüllte der alte Klöfkorn, vor Wut bebend.

Wolfgang wurde blass, blieb ansonsten jedoch äußerlich gelassen.

»Schrei mich nicht so an. Ich weiß doch auch nicht, was das für ein

Scheiß ist. Muss ich mich hier jetzt echt wegen so einer billigen Fälschung anschnauzen lassen? Was hätte ich denn für einen Grund haben sollen, mich freiwillig in seiner Kiffer-Bude aufzuhalten? Keine zehn Pferde hätten mich da reingekriegt.«

»Benno, sei so gut und öffne die Tür«, forderte Klöfkorn seinen Jüngsten auf.

Benno sah zur Tür. Es hatte zwar kein Klopfen gegeben, aber er tat trotzdem, worum sein Vater ihn gebeten hatte. Und tatsächlich stand dort auch jemand, der auf genau diesen Moment gewartet zu haben schien.

»*Du?* Was machst du denn hier?«

Andreas Osterloh antwortete nicht. Ohne gesonderte Aufforderung betrat er das Arbeitszimmer und vermied es, dabei jemand anderen als den Herren des Hauses anzusehen. Er setzte sich zielstrebig auf den Stuhl neben dem Schreibtisch.

»Da ihr euch schon seit eurer Kindheit kennt, überspringe ich die Vorstellungsrunde und komme gleich zur Sache. Andreas, ich habe meinen Söhnen gerade das Video gezeigt. Wolfgang behauptet, dass es eine Fälschung sein muss. Du hast es vor zweieinhalb Jahren aufgenommen und mir gestern zum ersten Mal gezeigt. Ich bitte dich, uns dreien zu erklären, was wir da gerade gesehen haben. Was du von Wolfgangs Einwand hältst, würde mich auch interessieren«

Osterloh nickte. »Das Video zeigt, wie Wolfgang ein halbes Kilo Kokain in Bennos Haus bringt, damit die Polizei es am nächsten Tag dort finden kann. Es waren die Drogen, die ihn für anderthalb Jahre in den Knast gebracht haben. Genau zu diesem Zweck hat Wolfgang sie dort platziert.«

Benno starrte seinen Bruder an, der immer noch verbissen wer-blinzelt-zuerst mit dem Namensschild seines Vaters spielte. Dann sprang er auf.

»*Nein!*«, donnerte der alte Klöfkorn sofort.

Benno erstarrte, fast so wie die Katze in dem Video.

»Keine Schlägerei! Nicht jetzt und nicht in meinem Haus! Wir regeln das hier anders. Ist das klar?«

Benno atmete schwer.

»Na los, Junge, setz dich wieder«, brummte der alte Klöfkorn, mit etwas, das man für väterliche Wärme halten konnte.

Benno gehorchte.

»So ist es besser, glaub mir. Andreas, sei so gut und erzähl es nochmal, so wie du es mir gestern erzählt hast.«

Osterloh atmete tief durch, schlug die Beine übereinander und schluckte hart. Es war sehr offensichtlich, dass er sich in seiner Haut gerade nicht übermäßig wohlfühlte.

»Dass die Polizei Bennos Haus damals durchsucht hat, lag ja an der Aussage dieses Typen. Ihr wisst schon, der Halbstarke, den man mit einer relevanten Menge Kokain hochgenommen hatte, von der er behauptete, sie in Benno Haus erworben zu haben. Dazu muss man jedoch wissen, dass er die vorausgehende Schlägerei, wegen der er überhaupt festgenommen worden war, selbst angezettelt hatte. Das hat er wiederum getan, weil Wolfgang und ich ihn dazu angestachelt haben. Wir haben ihn dafür bezahlt und ihm auch das Kokain zugesteckt, damit man es bei ihm findet. Dass er bei der Vernehmung so genau beschreiben konnte, wo Benno seine vermeintliche Ware aufbewahrte, lag also nicht daran, dass er es gesehen hatte. Er wusste das von mir. In Wahrheit war das alles ein abgekartetes Spiel, basierend auf einem Plan von Wolfgang. Und ich habe ihm bei der Umsetzung geholfen.«

Der alte Klöfkorn bedachte Wolfgang mit einem sehr langen und sehr nachdenklichen Blick. Der wich jedoch nicht vom Kurs ab, sagte nichts, blieb äußerlich ruhig und vermied jeden Augenkontakt.

»Wolfgang wollte also, dass Benno festgenommen wird?«

»Ja. Er wollte ihn ins Gefängnis bringen.«

»Sag uns, warum.«

»Bei einer Verurteilung von mindestens anderthalb Jahren hattest du das Recht, Benno komplett aus dem Testament zu streichen. Er würde dann bei deinem Ableben nicht mal einen Pflichtanteil bekommen. Wolfgang war sich nicht sicher, ob du von alleine darauf kommen und es dann auch machen würdest, aber er hatte keinen Zweifel daran, dass er dich dazu bringen könnte.«

Klöfkorn sah zu Benno und erkannte sofort, dass der gerade in der richtigen Stimmung war, um das ganze verdammte Haus mit allen Menschen darin bis auf die Grundmauern niederzubrennen.

»Das hat er dann auch, und ich muss leider zugeben, dass er dafür keine große Überredungskunst aufwenden musste. Ich habe mich schnell überzeugen lassen«, gestand er, ohne den Blick von seinem Zweitgeborenen abzuwenden. »Du hast immer wieder beteuert, dass dir jemand die Drogen untergejubelt haben muss, dass dir jemand was anhängen will, aber ich habe dir nicht geglaubt. Im Gegenteil, ich habe zu keinem Zeitpunkt daran gezweifelt, dass du getan hast, was man dir vorwarf. Ich kann mich nur bei dir entschuldigen und hoffen, dass du es irgendwann annimmst.«

Dann wendete er sich wieder Andreas zu. »Es ging bei der ganzen Aktion also nur darum, dass Wolfgang allein erben wollte?«

Osterloh nickte. »Er empfand es als Demütigung, das Vermögen mit Benno und Angelika teilen zu müssen. Als Ältester und noch dazu als der Einzige mit Verstand und den Fähigkeiten, dein unternehmerisches Erbe anzutreten – seine Worte, nicht meine – war es für ihn unvorstellbar, sich zukünftig mit den beiden dümmsten Menschen der Welt, seinen Geschwistern, arrangieren zu müssen. Auch seine Worte.«

»Warum hast du ihm geholfen?«

Osterloh senkte den Blick. »Er hat mir Geld versprochen. Ein mittlerer sechsstelliger Betrag, auszahlbar, sobald er offiziell Zugriff auf die Erbmasse haben würde.«

»Du bist ein mieser kleiner Pisser, Andreas Osterloh. Das warst du schon immer«, zischte Benno.

Für ein paar Sekunden herrschte betretenes Schweigen.

»Nun sag uns, was dich dazu bewogen hat, dieses Video als Beweis für eure Heimtücke zu produzieren«, bat Klöfkorn.

Osterloh zuckte mit den Schultern. »Zu Beginn hat die Aussicht auf das viele Geld alles überstrahlt. Aber je weiter das ging, desto stärker machte sich mein Gewissen bemerkbar. Der Gedanke, dass Benno wirklich für über ein Jahr ins Gefängnis kommen könnte, zusammen mit echten Kriminellen, wurde immer lauter in meinem Kopf. Verraten und verkauft vom eigenen Bruder und einem Freund. Das hat mich mürbe gemacht. Ich konnte das nicht mehr durchziehen und wollte auch nicht, dass Wolfgang weitermacht, also habe ich hingeschmissen und versucht, es ihm auch auszureden.«

Wolfgang riss den Kopf hoch und starrte Osterloh an.

»Er wollte davon aber nichts wissen. Und es hat ihn wütend gemacht. Er war stinksauer und hat mich beschimpft, als Feigling,

Ratte, Abschaum und sowas, hat angekündigt, dass er das auf jeden Fall durchzieht und ich meinen Anteil vergessen kann. Zum Schluss hat er mir dann noch mit ernsthaften Konsequenzen gedroht, falls ich es wagen sollte, jemandem davon zu erzählen.«

»Ernsthafte Konsequenzen? Heißt?«

Osterloh nickte vielsagend.

Der alte Klöfkorn ließ kurz den Kopf sinken. »Okay, Andreas, weiter im Text. Warum das Video?«

Er schüttelte den Kopf. »Ehrlich, keine Ahnung, nicht groß drüber nachgedacht und einfach gemacht. Hat sich richtig angefühlt.«

»Du scheiß Wichser! Und warum kommst du erst jetzt mit dem blöden Video um die Ecke, *nachdem* ich meine Strafe komplett abgerissen habe und *nachdem* mein Alter mich aus dem Testament gestrichen hat? Warum hast du mich nicht sofort entlastet?«

Osterloh sah Benno mit glänzenden Augen an. »Definitiv aus den falschen Gründen, Benno. Bohr lieber nicht weiter.«

»Sag es mir, Scheiße nochmal! Ich will das wissen. Das ist ja wohl das Mindeste.« Er sah zu seinem alten Herrn. »Papa?«

Klöfkorn nickte knapp in Osterlohs Richtung.

Der holte tief Luft. »Wolfgang und ich sind gleich alt, also ist unsere Freundschaft auch einen Tick älter. Ich habe mich ihm einfach mehr verpflichtet gefühlt als dir. Außerdem hat mir seine Drohung wirklich Angst gemacht – erst recht, nachdem Angelika am Tag nach deiner Festnahme dann auch noch spurlos verschwunden ist. Bei unseren ...«

»Okay, jetzt reicht es aber wirklich. Wie lange willst du dir diesen Mist noch anhören, Papa? Und wie lange muss ich es noch?«, echauffierte sich Wolfgang.

»Du kannst was sagen, wenn ich dir das Wort erteile. Vorhin habe ich dich was gefragt, aber da wolltest du nicht reden, also hältst du jetzt die Klappe«, schnappte sein Vater.

»Fahr bitte fort, Andreas.«

»Bei unseren Planungen hat er immer wieder mit großem Ernst angekündigt, dass er sich um Angelika kümmern würde, sobald sie Benno erst weggesperrt haben.«

»Bullshit! Totaler Schwachsinn! Diese hinterhältige Ratte verarscht euch. Ja, wir haben Benno reingelegt, und ja, ich wollte ihn aus dem Weg haben, gerne auch im Knast, aber die Idee kam von Andreas. Ich gebe zu, dass sie mir sofort gefiel, aber ich betone nochmal: Die Idee stammte zu einhundert Prozent von *ihm*, nicht von mir. Und das mit Angelika ist komplett frei erfunden. Ich hatte nichts dergleichen vor und habe so etwas auch nie gesagt, nicht mal zum Spaß.«

»Du hast deinem Bruder nicht das Schwarze unter den Nägeln gegönnt, aber mit Angelika hättest du das Familienvermögen bereitwillig geteilt?«

Wolfgang glotzte einen Vater an. »Ja. Klar. Warum hätte das für mich ein Problem sein sollen?«, sagte er – nachdem er einen entscheidenden Moment zu lang gezögert hatte.

»Ich glaube dir kein Wort!«, rief der alte Klöfkorn und stand auf. »Du bist ein Lump, ein Soziopath, ein gewissenloser Scheißkerl!«, fauchte er und peitschte bei jedem Vorwurf den ausgestreckten Zeigefinger in Richtung seines Ältesten. »Du bist die mit Abstand größte Enttäuschung meines Lebens! Wenn ich jemals herausfinden sollte, dass du etwas mit Angelikas Verschwinden zu tun hast, werde ich dich ohne zu zögern der Justiz zum Fraß vorwerfen.«

Wolfgang war leichenblass geworden und fand keine Worte.

Klöfkorn ließ sich wieder in seinen Stuhl fallen.

»Ich weiß wirklich nicht, wie es so weit kommen konnte. Ihr beiden wart schon immer eine einzige Katastrophe. Dieses ständige gegenseitige Intrigieren und Sabotieren. Haben eure Mutter und ich euch zu wenig Liebe gegeben? Waren wir zu streng? Nicht streng genug? Himmel, ich weiß es nicht, kriege da keinen Griff dran. Ich weiß nur, dass mich diese Niedertracht und Skrupellosigkeit zwischen euch, die du, Wolfgang, mit dieser Aktion auf eine neue Spitze getrieben hast, zutiefst entsetzt.« Er lehnte sich vor, stützte die Ellenbogen auf den Schreibtisch ab, vergrub das Gesicht in seinen Händen und atmete laut.

»Ähm ... Papa? Alles gut?«, fragte Benno vorsichtig.

»Wie könnte wohl alles gut sein?«, knurrte er in seine Hände, ehe er sie wieder sinken ließ.

»Wie dem auch sei, ich weiß jetzt, dass ich dir ein Unrecht angetan habe«, fuhr er, an Benno gewandt, fort. »Es tut mir wirklich sehr leid, dass ich dich für schuldig hielt und dich so bereitwillig aus meinem Testament geworfen habe. Ich werde das rückgängig machen. Wenn du es wünschst, werde ich dir auch behilflich sein, dich zu rehabilitieren. Das geht allerdings nur auf Kosten deines Bruders. Ich lege sein Schicksal hiermit in deine Hände.«

»Was?«, erschrak Wolfgang. »Bist du verrückt?«

»Es liegt bei dir, Benno. Du wirst wieder ins Testament aufgenommen. Ob du dich entscheidest, den Makel der Vorstrafe zu behalten, damit dein Bruder nicht ins Gefängnis muss, oder ihn auslieferst, hat darauf keinen Einfluss.«

»Das kann doch nicht dein Ernst sein. Wie kannst du jemandem von außerhalb der Familie mehr glauben als deinem eigenen Sohn? Das akzeptiere ich nicht!«, protestierte Wolfgang verzweifelt.

Und vergeblich. Sein Vater gab sich ungerührt.

Benno tat nicht mal so, als ob er über die Wahl, vor die sein Vater ihn gestellt hatte, nachdenken musste.

»Du wanderst ein, großer Bruder«, sagte er langsam und verbarg seine Genugtuung nicht. »Ich werde das Video der Polizei übergeben. Noch heute. Und *du*, Andreas Osterloh, wirst mitkommen und alles wiederholen, was du hier gerade erzählt hast. Ist das klar?«

Wolfgang sprang auf und sah gehetzt vom einen zum anderen.

»Ihr ...«, war sein letztes Wort.

Dann floh er.

## Was hat dich umgestimmt?

Das war nicht okay. Wenn man sich verabredete, hatte das doch Auswirkungen auf den Tagesablauf. Von halbwegs normal denkenden Menschen sollte man also erwarten können, dass sie sich dann entsprechend organisierten, um pünktlich zu sein. Oder etwa nicht? Sicher, die Frage, wo pünktlich aufhörte und unpünktlich anfing, wurde von jedem anders beantwortet. Ihm war bewusst, dass es unterschiedliche Sichtweisen gab. Da gab es die, die sich sogar noch dann pünktlich wähnten, wenn sie *nur* eine Viertelstunde über die vereinbarte Zeit drüber waren. Die standen für das eine Extrem. Er selbst stand für das andere. Allein die Vorstellung, nicht mindestens fünf Minuten vor der vereinbarten Zeit zu einem Termin zu erscheinen, fühlte sich für Harald wie der freie Fall in einen tiefen Abgrund an. Wenn dann nämlich auf dem Weg zum Termin etwas Unplanmäßiges dazwischenkam, fand man sich ratzfatz auf dem dunklen Pfad in die Verspätung wieder, und das konnte eigentlich niemand ernsthaft wollen.

Dem zum Trotz zeigte die Uhr im Hier und Jetzt bereits 18:07 Uhr an, und von den Anderen war noch immer nichts zu sehen. Da er die Burger King Filiale in Elmshorn bereits eine Viertelstunde vor dem Termin betreten hatte, wartete er dort nun schon beinahe eine halbe Stunde – abzüglich der kurzen Zeit, die über den Erwerb einer Cola vergangen war – allein und zunehmend enttäuscht an seinem Tisch. Er begriff langsam, dass er sich mit seiner Hoffnung, die Anderen würden schon noch kommen, etwas vormachte. Mit der Verspätung von einem oder zweien musste man wohl rechnen, aber gleich alle vier? Nein, das konnte nur bedeuten, dass sie durch die Bank zu dem Schluss gekommen waren, Lennards Idee hätte keine Zukunft. Sogar Lennard selbst.

Nach zahlreichen schlechten Erfahrungen erwartete er ja schon lange nicht mehr viel vom Leben, wurde aber trotzdem immer wieder enttäuscht.

Die ersten Ausläufer der Lähmungserscheinungen, die von seiner beginnenden Frustration ausgingen, machten sich bemerkbar. Er wollte jetzt eigentlich sofort gehen und nicht mal mehr seine Cola austrinken, obwohl es nur eine kleine war, aber das ging natürlich nicht. Er hatte sie bestellt und er hatte sie bezahlt, also würde er sie auch trinken. Der Pfad zur Verschwendung war keinen Deut heller als der zur Unpünktlichkeit.

Missmutig nahm er den Trinkhalm in den Mund und sog die schwarzbraune Brause ein. Dabei schaute er mit grimmiger Miene aus dem Fenster und beobachtete einen roten Mini Countryman, der ohne ersichtlichen Grund gleich mehrfach von einer freien Parklücke zur nächsten fuhr. Nach dem vierten Wechsel gingen die Türen auf und es stiegen zwei Typen aus. Was auch immer es war, das einen Parkplatz bei einem Burger-Bräter zum einzig richtigen Parkplatz machte, sie hatten es gefunden. Gut für die beiden. Harald blinzelte und hörte auf zu saugen. Verdammt, die Typen kannte er doch. Ja, natürlich, es waren Lennard und Martin!

Erleichterung befeuchtete seine Augen. Als die beiden ihn entdeckten und ihm zuwinkten, fast so, als wären sie alte Freunde, musste er sich sogar zusammenreißen, damit sich die Schleusen nicht öffneten. Und es wurde noch besser. Als Lennard und Martin die Tür ins Restaurant aufdrückten, sah er Jens aus einem alten silbernen Oktavia steigen, der zwischenzeitlich auf den Parkplatz gefahren war. Mittlerweile war es schon 18:10 Uhr, die drei Männer waren also ganz klar zu spät. Seine Freude darüber, dass sie überhaupt noch gekommen waren, wog das jedoch auf.

Sie setzten sich zu ihm. Man begrüßte sich gegenseitig und es herrschte eine Stimmung, die sich, besonders im Vergleich zu der vom Vortag, am treffendsten als aufgekratzt beschreiben ließ. Als wären sie dicke Kumpels, Viertklässler, die gleich im Rahmen der ersten Klassenfahrt ihres Lebens für mehrere Tage der gestrengen Obhut ihrer Eltern entfliehen würden.

Lennard ergriff das Wort.

»Ich will ehrlich sein. Ich habe damit gerechnet, dass jeder von euch den Tag des Nachdenkens vor allem zum Umdenken nutzen würde, so dass keiner mehr mitmachen will. Dass nun doch fast alle hier sind, ist für mich eine echte Überraschung und ich freue mich darüber wirklich sehr. Dass Marita nicht mehr mit von der Partie sein würde, war mir allerdings schon gestern klar.«

Zustimmendes Gemurmel der anderen. Nur Harald sagte nichts und schaute irgendwie traurig auf seine Cola.

»Allein, dass jemand wie sie überhaupt da war. Warum wollte sie sich wohl an so etwas beteiligen?«, sinnierte Lennard laut.

»Hat mich auch gewundert. Ist aber bestimmt besser so, für sie und für uns auch«, behauptete Jens.

»Dem schließe ich mich an. Mir hat sie irgendwie Angst gemacht. Und ich hatte das Gefühl, dass sie sich vor mir quasi geekelt hat«, verriet Martin gut gelaunt. »Weiß der Teufel, warum. Was meint ihr, wollen wir dann anfangen?«

»Nein!«, rief Harald.

Die Köpfe der Anderen drehten sich in seine Richtung.

»Ich glaube, dass sie noch kommen wird. Lasst uns bitte noch ein wenig warten, bevor wir loslegen.«

Lennard, Martin und Jens wechselten skeptische Blicke.

»Dein Ernst?«, fragte Jens.

»Die kommt nicht mehr. Nie im Leben«, meinte Lennard.

»Denke ich grundsätzlich auch. Wir hätten dann aber quasi Zeit, uns was zu essen zu besorgen«, gab Martin zu bedenken.

Fünfzehn Minuten später stand vor jedem der vier Männer jeweils ein mit Fastfood beladenes Tablett. Alle kauten und tranken.

Lennard sah auf seine Armbanduhr.

»Okay, Leute, achtzehndreißig und sie ist nicht erschienen. Harald? Einverstanden, dass wir nicht länger warten?«

Harald bedauerte aufrichtig, dass Marita nicht erschienen war. Seine Freude darüber, dass es jetzt mit diesen drei Männern weitergehen würde, überwog jedoch ganz klar. Er nickte Lennard zu.

»Sehr schön. Als erstes, auch auf die Gefahr, dass ihr euch von mir verarscht fühlt, möchte ich noch einmal ...«

»Seht mal«, unterbrach ihn Jens, der auf den Parkplatz sah. »Das silberne SL Cabrio. Ist sie das?«

Eine hoch entwickelte Lebensform, die bei einer Forschungsreise durchs Weltall zufällig auf die Erde gestoßen war und nun kurzentschlossen deren dominante, aber dennoch primitive Spezies erforschen wollte, wäre nach der Landung auf dem blauen Planeten wohl ganz ähnlich aus dem Raumschiff gestiegen, wie Marita Heino aus ihrem Mercedes. Nachdem sie das Restaurant betreten hatte, hafteten in kürzester Zeit die meisten Blicke der knapp zwei Dutzend

Gäste an ihr. Diese Frau sah nach Exklusivität und Sterneküche aus, nicht nach dem eher lieblosen Einheitsbrei eines Fastfood-Tempels. Als sie sich dann auch noch zielgerichtet an einen Tisch mit vier Typen setzte, von denen keiner so richtig zu ihr passte, wurde es für ein paar Sekunden ganz still. Dann setzte allgemeines Getuschel ein.

Zwei Tische weiter saß ein Twen, der laut mutmaßte, dass da wohl vier alte Männer ihr Taschengeld zusammengeschmissen hatten, um sich einmal in ihrem Leben eine Edel-Domina zu leisten, und anschließend sichtlich stolz auf seinen Spruch war.

Marita stand auf und ging gemessenen Schrittes zum Twen, der sie mit einer Mischung aus Neugierde und Belustigung dabei beobachtete. Die sichtbare Besorgnis seiner Begleiter schien er nicht zu bemerken. Sie beugte sich zu ihm runter und flüsterte ihm etwas ins Ohr. Zehn Sekunden, die den jungen Mann erblassen ließen. Dann richtete sie sich auf und ging wieder zu ihrem Tisch.

Niemand in dem Restaurant sprach. Es wurde nicht mal gekichert.

Lennard lächelte sie breit und herzlich an. »Marita! Ganz ehrlich, ich freue mich, dass du doch noch gekommen bist. Wir hatten dich ehrlich gesagt schon abgeschrieben.«

Sie schien ihre nächsten Worte kurz abzuwägen.

»Ja, so hatte ich das eigentlich auch geplant. Nach unserem Treffen gestern war mir klar, dass ich das hier ...« Sie malte, so Lennard bei ihrem ersten Treffen, mit dem Finger einen Kreis in die Luft. »... nicht will. Eigentlich sogar schon vorher. Noch bis vor einer halben Stunde hatte ich nicht vorgehabt, jetzt hier zu sein. Noch dazu mit euch.«

Lennard sah der Reihe nach die anderen Männer an, die Marita, der Beleidigung zum Trotz, fasziniert anstarrten.

»Was hat dich umgestimmt?«


## Ist wirklich sehr, sehr lustig
## (Rückblick)

»Wo bist du gewesen?«

Marita erschrak. Sie war gerade erst zur Tür rein und hatte nicht damit gerechnet, dass ihr Mann in der großen Eingangshalle sein würde, geschweige denn, dass er überhaupt zu Hause sein würde. Vor acht Uhr abends war er das praktisch nie, auch an den Wochenenden nicht. Aber nun stand er da, als hätte er schon die ganze Zeit auf sie gewartet.

»Unterwegs«, antwortete sie knapp und kalt.

Den Blickkontakt vermied sie.

»Hohohoho! *Unterwegs*. Toll!«

»Ist das ein Problem?«

»Neee. Nein. Ich glaub nicht.«

Marita tat, was sie immer zu tun pflegte, wenn sie von irgendwo zurückgekommen war: Jacke und Handtasche aufhängen, Schal oder Tuch – in diesem Fall Tuch – abnehmen und aufhängen und Handy aus der Handtasche nehmen, um dann sofort nach oben zu verschwinden. Das Gespräch mit ihrem Mann war für sie bereits beendet. Es war immerhin das längste gewesen, das sie in dieser Woche geführt hatten – zwangsläufig, da es auch das erste gewesen war.

Für diese minimalistisch anmutende Kommunikation zwischen ihnen gab es, neben mehreren guten, einen sehr guten Grund: Beide hatten das Talent, den jeweils anderen rasend schnell auf die Palme zu bringen. Für Außenstehende mochte das lieblos klingen, aber für Marita war es vor allem vernünftig. Wenn es eine Sache gab, von der sie wusste, dass sie sie mit ihrem Mann definitiv gemeinsam hatte, dann war es diese Einschätzung.

»Warst du bei dissem Clown, ja?«

Sie erstarrte und drehte sich langsam zu ihm um.

»Bei dissem Maler, für dem du gestern auf dem Fest so interessiert warst?«

Dass sie sich am Vorabend so interessiert gezeigt hatte – wohlgemerkt an Lennard, nicht an dessen Worten – war eine Show für Jussi gewesen. Show war in diesem Fall das Synonym für Rache. Sie war nämlich gegen ihren Willen mit ihm zum Ortsfest gegangen, wegen eines Abkommens, das sie vor etlichen Jahren mal getroffen hatten. Sie hatte ihm zwar unmissverständlich zu verstehen gegeben, dass sie da um nichts in der Welt hingehen wollte, aber er war unnachgiebig geblieben, und als sie dann eine Erklärung verlangte, warum das unbedingt sein musste, war er einfach nicht darauf eingegangen. Das schrie nach Rache, irgendwann, wenn er nicht damit rechnete. Die Idee, ihn eifersüchtig zu machen, war dann ganz spontan über sie gekommen, als sie auf Lennard trafen, der sich gerade lautstark in irgendeinen Stuss hineingesteigert hatte. Sie war stehengeblieben und hatte ihn so lange angehimmelt, bis Jussi tatsächlich entnervt und offensichtlich wütend davongezogen war. Mehr hatte sie mit ihrer Show nicht bezweckt, Treffer und versenkt. Die Frage, warum sie trotzdem vor etwa einer Stunde mit diesen drei komischen anderen Männern in dem komischen Haus dieses komischen Typen gewesen war, um an dieser komischen konstituierenden Sitzung teilzunehmen, hatte sie sich auch schon gestellt, aber noch keine Antwort darauf gefunden. Scheiße, sie hatte ja nicht mal mehr gewusst, worum es in der Rede überhaupt gegangen war – was die Verwirrung über ihr eigenes Verhalten nur noch vergrößerte. Sie hatte nur ausschließen können, dass sie ein echtes erotisches Interesse an ihm oder – um Gottes willen – gar an einem der anderen Männer hatte.

Jussi wusste das aber nicht. Zumindest konnte er sich nicht sicher sein. Also deutete sie ein verträumtes Lächeln an und sah ein wenig verschämt zu Boden. The show must go on.

»Ja, ich war bei ihm.«

Als Jussi kicherte, löste sie ihre kleine Inszenierung sofort wieder auf und nahm ihn unter die Lupe. Das war nicht die Reaktion, die sie erwartet hatte.

»Warum fragst du mich das?«

Jussi antwortete nicht. Stattdessen nickte er ihr breit lächelnd zu und wendete sich von ihr ab, um sie wieder sich selbst zu überlassen.

Sie wusste, dass er wusste, dass sie es hasste, wenn er auf ihre Fragen oder Bemerkungen nicht reagierte. Sie wusste auch, dass er wusste, dass sie nachhaken und sich selbst dafür verachten würde, denn das war nun mal nichts anderes, als eine Niederlage in ihrem ewigen Duell. Das machte sie noch wütender – und das wusste er natürlich auch. So bemühte sie sich, ihm diese Wut wenigstens nicht offen zu zeigen, während sie versuchte, in Erfahrung zu bringen, was sie wissen wollte.

»Jetzt sag schon. Warum hast du mich das gefragt?«

Er blieb stehen und wendete sich ihr wieder zu. Sein genüssliches Grinsen nicht zum Anlass zu nehmen, einfach auszurasten und ihn wie von Sinnen anzuschreien, kostete sie echte Überwindung. Es waren Momente wie dieser, in denen sie ihn buchstäblich hasste.

»Ich weiß von euer Treffen. Ich weiß auch, was ihr wollt. *Polizei spielen*.«

Die letzten beiden Worte prustete Jussi eher, als dass er sie aussprach, und nun lachte er sein dröhnendes Lachen. Marita merkte sofort, dass es hundertprozentig echt war.

»Ist wirklich sehr, sehr lustig!«


## Konstituierende Sitzung

»Zwei Gründe. Grund eins: Mein Mann ist ein Arschloch. Mehr müsst ihr darüber nicht wissen. Im Ernst, sobald einer von euch auf die Idee kommt, mir über meine Ehe Löcher in den Bauch zu fragen, bin ich noch im selben Moment raus aus ...« Kreisender Finger. »... dem hier. Grund zwei: Einer von euch erzählt schon fleißig herum, was wir vorhaben. Mein Mann wusste bereits davon und er wusste auch, dass ich Teil davon bin. *Ich* habe es ihm *nicht* erzählt, und darum will ich *jetzt sofort* wissen, wer von euch das war«, fauchte sie und sah die Männer der Reihe nach durchdringend an.

Die beäugten einander, offenkundig neugierig, wer das arme Schwein sein würde, das sich den Zorn dieser einschüchternden Frau zugezogen hatte. Aber es kam kein Geständnis. Alle schienen mit sich im Reinen zu sein – zumindest in dieser Sache.

Dann räusperte sich Harald.

»Ich hätte eine Theorie, wenn du gestattest. Es waren ja durchaus noch andere Leute auf dem Fest. Einige von denen sind auch eine ganze Weile bei uns stehengeblieben, um Lennard zuzuhören, wie er da volltrunken und lautstark seinen ...«

»Hey, Moment mal! Volltrunken?«

»... Frust in die Nacht posaunte. Abhängig davon, wie lange der Lauscher oder die Lauscherin stehengeblieben ist oder uns aus sicherer Entfernung beobachtet hat, konnte er oder sie doch ganz leicht mitbekommen, worum es ging und wer bis zum Schluss drangeblieben ist.«

Lennard nickte.

Martin und Jens sahen sich an und nickten ebenfalls.

Marita lehnte sich zurück und verschränkte die Arme.

Lennard sah sie direkt an. »Okay?«

Marita atmete laut durch.

»Fein! Dann ist es jetzt also doch soweit: Konstituierende Sitzung. Und es sind noch alle mit an Bord. Ich gestehe, dass ich ziemlich aufgeregt bin, aber vor allem freue ich mich darauf, egal wie weit wir kommen. Nachdem mir klar war, dass ich weitermachen will, habe ich mir ein paar Gedanken gemacht und Fragen formuliert, die es aus meiner Sicht unbedingt zu klären gilt. Natürlich ohne Anspruch auf Vollständigkeit. Wenn ihr also etwas vermisst oder euch noch etwas einfällt, immer raus damit. Grundsätzlich würde ich aber vorschlagen, dass ich einfach mal anfange und euch meine Fragen vorstelle, damit wir sie diskutieren können. Alle einverstanden?«

Die Männer nickten überzeugt, während Marita noch nach Wegen des Umgangs mit ihrem Zorn suchte, den sie doch explizit zu dem Treffen mitgebracht hatte, um jemanden damit zu rösten. Zumindest widersprach sie nicht, und das wurde als Zustimmung gewertet.

Martin holte seinen Rucksack hervor, den er unter dem Tisch abgelegt hatte, entnahm ihm einen College-Block und ließ ihn wieder unter dem Tisch verschwinden. In der Spirale des Blocks steckte ein Kugelschreiber, den er herauszog und ein paarmal klicken ließ. Er blätterte den Block bis zur nächsten freien Seite und notierte an deren oberen Ende etwas. Dann blickte er wieder auf.

Alle starrten ihn an.

»Was?«

»Hausaufgaben?«, fragte Jens.

»Witzig. Nein, ich führe das Protokoll. Es sei denn, jemand von euch möchte das übernehmen. Möchte jemand?«

»Meinst du denn wirklich, dass wir ein Protokoll brauchen?«, fragte Lennard mit unverhohlener Skepsis. »Ich würde ja meinen, dass wir uns merken können, was wir hier besprechen.«

»Ich auf jeden Fall«, bestätigte Harald.

Jens nickte nur, und Marita hatte sich noch immer nicht ihres kleinen Problems entledigt.

Martin ließ sich davon jedoch nicht beirren. Den schreibbereiten Kuli auf die erste freie Zeile in seinem Block haltend, lächelte er Lennard erwartungsvoll an.

Der seufzte leise. »Na schön, dann lege ich mal los«

Protokoll zur konstituierenden Sitzung der von der Polizei enttäuschten Bürger Sparrieshoops
Datum: 18. August 2025
Ort: Elmshorn (Burger King)
Teilnehmer: Lennard Friedrichsen, Harald Lautenschläger, Jens Jensen, Marita Heino, Martin Feldmann (Protokollführer)
Beginn der Besprechung: 18:52 Uhr

Lennard: Technische Frage vorweg: Bei Abstimmungen einfache Mehrheit? Würde sich bei 5 Personen aufdrängen.
Ja (einstimmig)
Lennard: Wollen wir das hier wirklich?
Ja (einstimmig)
Lennard: Wie weit soll das gehen? Konkurrenz zur Polizei?
4 x Nein, 1 Quasi-Enthaltung (Jens würde gerne, beugt sich aber der Mehrheit). Wir werden nur tätig, wenn sich Hilfesuchende an uns wenden, nachdem sie mit ihrem Anliegen vorher schon bei der Polizei abgeblitzt sind!!
Jens: Wie stellen wir sicher, dass die wirklich schon bei der Polizei waren?
Vertrauensvorschuss (Lennard). Allgemeine Zustimmung.
Lennard: Zuständigkeitsbereich? Nur Sparrieshoop?
4 x Ja, 1 x Enthaltung (Jens)
Jens: Vorschlag, auch Groß-Aspern aufzunehmen, weil da seine Oma wohnt, die der Polizei noch nie getraut hat.
1 x Ja, 4 x Nein. Abgelehnt.
Lennard: Wie sollen die Bürger von uns erfahren?
1. Zeitungsannoncen (ich). 2. Social Media (Jens). 3. Schilder im Vorgarten (ich). 4. Irgendwann bestimmt auch Mund-zu-Mund-Propaganda (Lennard).
Ja zu allem (einstimmig). Ich biete an, mich um 1 bis 3 zu kümmern. Kein Widerspruch.
Lennard: Wie viel Zeit kann jeder Einzelne für das Projekt aufbringen?
Lennard gibt zu bedenken, dass es für jemanden mit Fulltimejob und Familienleben oder sonstigen sozialen Verpflichtungen schwierig bis unmöglich sein dürfte, überhaupt Zeit zu erübrigen.
Alle versichern, dass es zurzeit keine nennenswerten Hindernisse gibt.

Mit einer Ausnahme versprechen alle, bis zu 5 Stunden am Tag zu investieren, wenn erforderlich auch gerne mal mehr. Marita lehnt es ab, sich festnageln zu lassen. Zitat: „Lasst euch überraschen."

19:45 Uhr - Jens bittet um eine Unterbrechung, weil er mal aufs Klo muss und auch noch Lust auf eine Cola hat. Marita und ich müssen auch mal.

Einstimmig.

20:01 Uhr - Die Besprechung wird fortgesetzt.

Lennard: Wie nennen wir uns?

Allgemeine Verwirrung.

Er erklärt, dass der Begriff Polizei für etwas steht. Jeder Mensch hat, in unterschiedlichen Ausprägungen, ein grundsätzliches Sicherheitsbedürfnis. Im Falle einer Bedrohung oder sonstigen Notlage wird es aktiviert und sofort mit diesem Begriff verknüpft, weil man sich von dieser Institution Hilfe erhofft. Einen ähnlichen Automatismus soll es in den Köpfen der Bürger dann auch irgendwann im Zusammenhang mit uns geben.

Niemand hat eine Idee für einen Namen, auch Lennard nicht. Bis zur nächsten Zusammenkunft (t.b.d.) macht sich jeder Gedanken und bietet wenigstens einen Vorschlag an.

Lennard: Dienstmarken?

1 x Ja (ich)

3 x Enthaltung (Jens, Marita und Lennard (Mensch, Lennard!)).

1 x Nein (Harald)

Alle stimmen zu, diesen Punkt ggf. irgendwann in der Zukunft nochmal auf die Agenda zu nehmen.

Lennard: Wollen wir Dienstgrade und/oder eine Hierarchie?

Nein (einstimmig)

Lennard: Wollen wir Uniformen?

4 x Ja

1 x Nein (Marita, sehr laut und sehr entschieden. Sie will niemals eine Uniform tragen, der Mehrheitsentscheid ist ihr völlig egal, Umstimmungsversuche sind unerwünscht und sinnlos. Um das zu unterstreichen, verknüpft sie ihren Verbleib in der Gruppe ausdrücklich mit diesem Punkt. Zitat: „Ich ziehe hier eine Grenze, ihr Spinner. Wir sind doch keine Kinder.")

21:01 Uhr – Quasi-Unterbrechung wegen Maritas Ausbruch.

21:02 Uhr – Jens schnauzt mich völlig grundlos an, ob ich jetzt nicht endlich mal mit diesem Protokoll-Schwachsinn aufhören kann.

21:05 Uhr – Lennard hat die Wogen geglättet. Alle scheinen sich einigermaßen beruhigt zu haben. Es geht weiter.

Marita: Was soll das mit der Uniform?

Lennard erklärt, dass es ihm um die identitätsstiftende Wirkung des einheitlichen Kleidens geht, womit man ganz nebenbei das Zusammengehörigkeitsgefühl stärkt.

Marita hält dagegen, dass Uniformen jeglicher Art bei ihr vor allem zu Übelkeit führen und den Brechreiz stärken. Sie bekräftigt, wie sehr sie das ablehnt und dass sie ganz sicher nicht mehr mitmachen wird, wenn man das von ihr verlangt. Zitat: „Punkt!"

Das Thema Uniform wird einstimmig vorerst ruhen gelassen.

Lennard: Wer macht die Zentrale?

Alle schauen verdutzt, daran hat sonst keiner gedacht. Harald bietet sich an, weil er beim direkten Kontakt mit Menschen sowieso Probleme hat. Alle sind einverstanden.

Lennard sagt, dass der Punkt ihm echt Sorgen gemacht hat, weil er sich nicht vorstellen konnte, dass das jemand freiwillig übernehmen würde. Er bedankt sich bei, Zitat: „Harald-Zentrale".

Lennard: Weitere Fragen oder Ideen?

Marita will wissen, wie das ablaufen soll, wenn sich ein Bürger an uns wendet.

Lennard schlägt vor, dass erstmal alle irgendwie koppeln (gerne auch digital) und das Ersuchen besprechen. Danach werden die Aufgaben verteilt. Er gibt zu bedenken, dass vielleicht nicht immer jeder gleich viel zu tun hat, gerade in der Anfangszeit. Wenn das erstmal angelaufen und erfolgreich ist, wird sich das aber sicher schnell ändern.

Einstimmig

21:50 Uhr – Abbruch.

Die Truppe ist müde, alle wollen nach Hause. Fortsetzung morgen um 18:00 Uhr, zur Namensfindung in Lennards Garage.

## Da ist nur die eine Sache

Früher hatte es im Broderick, einem Irish Pub nahe dem Elmshorner Hauptbahnhof, Karaoke-Abende gegeben. Osterloh liebte es, sich bei kaltem Bier und fettigem Essen über Typen zu beölen, die trotz völliger Talentfreiheit bekannte Songs interpretierten. Gleichzeitig bewunderte er ihren Mut. Die Menge, die er hätte trinken müssen, um sich das selbst zu trauen, hätte es ihm gleichzeitig unmöglich gemacht, sich noch auf den Beinen zu halten. Vor einiger Zeit hatte man die Karaoke-Abende dann aus einem ihm unbekannten Grund aus dem Programm genommen, aber er ging immer noch gerne dorthin, um etwas zu essen, etwas zu trinken und dabei von Zeit zu Zeit ein wenig Live-Musik zu genießen. An diesem Abend war er jedoch nicht zum Vergnügen im Broderick. Es lief eher auf so eine Art Arbeitsessen hinaus. Dienstagabends war es in dem Laden nie besonders voll, aber selbst wenn das anders gewesen wäre, wäre es ihm nicht schwergefallen, die Person, mit der er sich verabredet hatte, in der Menge zu entdecken. Osterloh war hin- und hergerissen zwischen Belustigung und Entsetzen.

Rechts von ihm, in der Ecke mit den zwei großen Guinness-Spiegeln, saß ein Mann, dessen Bemühungen, nicht erkannt zu werden, weit über das Ziel hinausschossen. Die Klamotten, eine extrem abgetragene Bluejeans, ein hellbraunes Cordhemd und Motorradstiefel, waren wahrscheinlich second hand, die Hose möglicherweise sogar third hand. Die Haare waren von einem schwarzen Bandana bedeckt, das allerdings stümperhaft angelegt war, so dass es seinem Träger Hörnchen machte. Er trug eine verspiegelte Sonnenbrille und hatte sich allen Ernstes auch noch einen falschen Schnauzbart angeklebt, der Osterloh aus irgendeinem Grund an Pornofilme aus den Siebzigern und Achtzigern denken ließ.

Was für ein Spinner.

Er setzte sich zu der Gestalt an den Tisch. Weil er beim Betreten nicht daran gedacht hatte, warf er erst jetzt einen Blick in die Runde. Unter den Gästen schien  niemand zu sein, der ihn kannte. Das kam ihm entgegen. Sein Freundeskreis war zwar eher klein, aber er leitete in Elmshorn die Vertretung einer großen Versicherung. Das schuf einen gewissen Bekanntheitsgrad, und er hatte keine Lust, sich demnächst mit neugierigen Fragen seiner Kunden auseinandersetzen zu müssen.

Die Bedienung kam zu ihm an den Tisch, grüßte freundlich, legte ihm eine Karte hin und lächelte ihn an.

»Neu hier?«, fragte er.

Sie kicherte und errötete leicht. »Jaa. Merkt man das?«

Er schüttelte den Kopf. »Hab dich hier noch nie gesehen, deswegen frage ich. Die Karte kannst du wieder mitnehmen, ich weiß schon, was ich will.« Er sah zu seiner Verabredung, die sich an einer noch fast vollen Flasche Heineken festhielt. »Es sei denn, der Herr möchte noch einen Blick hineinwerfen.«

Die Gestalt schüttelte den Kopf und schob sich die Sonnenbrille etwas fester auf die Nasenwurzel.

»Ich möchte ein Guinness und eine Portion Pornofritten.«

»Süßkartoffel?«, fragte die Bedienung und nahm die Karte wieder an sich.

»Normal.«

»Okeee, danke«, flötete sie und ging zu einem anderen Tisch, von dem aus ihr schon zugewinkt wurde.

»*Pornofritten?*«

Osterloh sah seine Verabredung an und nickte bedächtig.

»Alter. Das ist doch … da könnte ich echt kotzen. Dieser ranzige Laden hier, diese ranzigen Leute, diese ranzige Stadt – bah! Echt, ich würde mich *schämen*, wenn ich Elmshorn als meinen Wohnsitz angeben müsste.«

Osterloh sah sich erneut um und zog den Kopf unwillkürlich ein wenig tiefer zwischen die Schultern.

»Nur in einem Piss-Ort wie diesem kann eine Spelunke wie diese existieren, in der man eine so zum Himmel stinkend banale Beilage wie Pommes, die garantiert auch noch richtig schlecht zubereitet sind, mit dem Begriff Porno in Verbindung bringt, ganz egal, ob man Pornografie jetzt für etwas Gutes oder Schlechtes hält. Das sagt doch echt alles. Was muss das nur für ein armseliges Würstchen sein, was für ein uninspirierter und geldgieriger Schmaldenker, dem nichts Besseres einfällt, als seine vermutlich überwiegend geistig einsilbige Kundschaft, die es letztlich natürlich auch gar nicht anders verdient hat und es sicher auch gar nicht anders *will*, zum Verzehr dieser widerwärtigen Fastfood-Komponente zu animieren, indem er sie auf der Karte mit einem hochgradig voyeuristischen Trigger-Wort aufpeppt?«

Das Gerede über die Pommes ließ Osterlohs Appetit nur noch heißer brennen. Äußerlich ungerührt sah er seiner Verabredung auf die verspiegelten Brillengläser.

»Was soll denn bitte schön an Pommes Porno sein? Hat der Koch da draufgewichst, oder was? Statt Mayo?«

»War dein Tag so furchtbar?«

»Nein, wie kommst du darauf? Mein Tag war ziemlich okay«, sagte der Mann und nippte am Heineken.

Für ein paar Minuten sprach keiner von den beiden.

Während Osterloh auf Essen und Trinken wartete, beobachtete er seine Verabredung. Wie er am Bier nippte, an der Sonnenbrille nestelte und überall gleichzeitig hinzusehen versuchte.

»Wie sieht es denn aus? Liegen wir noch im Zielkreis?«, raunte er dem Mann verschwörerisch zu.

»Wie oft habe ich dich schon darum gebeten, diesen bescheuerten Militär-Jargon sein zu lassen? Du bist Versicherungskaufmann und der Bundeswehr nie näher gekommen, als bei einer Autofahrt von Uetersen nach Pinneberg«, ätzte der.

Endlich brachte die Bedienung Osterloh seine Bestellung. Die Männer lehnten sich zurück und warteten ab, bis die junge Frau wieder außer Hörweite war.

Der Mann starrte den Teller mit den Fritten an.

»Alter, das sieht echt beschissen aus.«

»Irgendwie witzig, dass du das sagst. Genau dasselbe denke ich schon die ganze Zeit über deine Verkleidung.«

Der Mann schüttelte den Kopf und ließ wieder den Blick umherwandern, während Osterloh sich über sein Essen hermachte.

»Um deine Frage zu beantworten: Ja, grundsätzlich liegen wir noch im Zielkreis. Da ist nur die eine Sache ...« Der Mann hielt inne und schnupperte. »Alter, das stinkt ja wie die Sau! Als wäre es schon halb verdaut.«

Osterloh schob sich demonstrativ langsam eine Fritte mit langem Käsefaden in den Mund und kaute sie genussvoll durch.

»Wie kannst du das riechen und es trotzdem essen?«

»Eiserner Wille. Da ist noch eine Sache?«

Der Mann seufzte und nippte am Bier. »Du weißt, was ich meine. Die Leiche wurde noch immer nicht gefunden. Wir waren zu gewissenhaft. Damals war das ja gut, aber jetzt rächt es sich. Ich habe dafür noch keine elegante Lösung gefunden.«

»Elegante Lösung«, grummelte Osterloh verächtlich. »So ein Schwachsinn. Ich verstehe nicht, was an dem Vorschlag, den ich dir nun schon wer weiß wie oft gemacht habe, so verkehrt sein soll. Ein anonymer Hinweis bei der Polizei, abgesetzt von einem Wegwerfhandy, und die Sache kommt ganz easy ins Rollen. Mehr braucht es doch gar nicht, und es wäre so leicht«, führte er aus und schnipste mit den Fingern.

»Leicht vielleicht, aber es ist nicht das *Richtige*. Am liebsten wäre mir, dass die Leiche zufällig gefunden wird, von ein paar arglosen Passanten. Ein junges Pärchen, das beim Spazierengehen im Wald Bock auf eine Runde Public Sex bekommt und dafür den Weg verlässt. Alter, das wäre *so* perfekt.«

»Die Schwierigkeit bei einem Zufallsfund ist aber der Faktor Zufall. Da kann man, wenn es dumm läuft, verdammt lange drauf warten. Will man nicht warten, es aber zumindest wie einen Zufall aussehen lassen, ist es kein richtiger Zufall mehr. Es wird dann sogar gefährlich. Man müsste die Leiche nachträglich teilweise freilegen und es wie Erosion aussehen lassen. Diese Tatortgruppen sind mittlerweile aber so gut, dass die sofort erkennen, ob da nachgeholfen wurde, und wenn die das erkennen, sind sie leider auch schlau genug, um daraus Schlüsse zu ziehen, die uns ganz schnell ganz schön lästig werden könnten. Der Weg, den ich vorgeschlagen habe, ist frei von solchen Gefahren. Er ist frei von jeder Gefahr. Denk bitte nochmal darüber nach, ob das mit dem Zufallsfund wirklich ein Must-have ist.«

Der Mann gab sich gelangweilt und nahm mehrere kleine Schlucke aus der Flasche.

»Du bist echt ein stures Arschloch«, knurrte Osterloh.

»Alter, komm runter! Was bist du so aggressiv?«

»Weil mich dein überhebliches Rumgeeiere langsam echt nervt.«

»Ich eiere nicht rum.«

»Und wie du das tust. Darauf habe ich aber keinen Bock mehr. Wirst du es dir jetzt überlegen, oder nicht?«

Der Mann nippte. Osterloh fiel auf, dass die Flasche trotz des vielen Nippens irgendwie kein bisschen leerer wurde.

»Ich denke drüber nach.«

»Ach, leck mich doch! Drüber nachdenken. Wie viele Monate soll das denn noch dauern?«

»Nicht Monate. Eine Woche noch, maximal. Wenn ich dann keinen besseren Plan habe, machen wir es so, wie du vorgeschlagen hast. Versprochen. Okay?«

Osterloh lehnte sich zurück und verschränkte die Arme.

»Wenn du es ernst meinst, ja. Das wäre gut. Dir ist aber klar, dass ich dich beim Wort nehmen werde?«

»Ja, ja, schon klar.«

Osterloh beobachtete ihn dabei, wie er erneut seine Flasche besabberte. Der Teufel mochte wissen, wozu er sich das Bier bestellt hatte, trinken tat er davon jedenfalls nichts.

»Wenn du meine Pornofritten gerne mal probieren möchtest, greif ruhig zu. Du starrst schon die ganze Zeit so gierig.«

»Einen Scheiß tue ich.«

»Ich erzähle es auch niemandem.«

»Den Dreck kannst du schön alleine aufessen.«


**Herr, gib mir Kraft I**

Der Tag begann nicht gut. Normalerweise wachte Marita zwischen halb neun und neun auf. Von allein. Weil sie ausgeschlafen hatte. Jetzt hatte sie etwas aus dem Schlaf gerissen. Sie spürte das, noch bevor sie es bewusst wahrnahm. Sie spürte auch, dass es noch viel zu früh war, um wach zu sein.

Endlich drang der Grund für das vorzeitige Aufwachen in ihr Bewusstsein vor. Lärm im Haus. Hundegebell. Geschrei. Und draußen, scheinbar direkt unter ihrem Fenster, war auch etwas zu hören. Ein rhythmisches Geräusch. Ein Hämmern. Was zum Teufel?

Sie warf einen verschwommenen Blick auf ihre Apple-Watch: Sieben Uhr am Morgen. Das war so in etwa die Uhrzeit, zu der Jussi aufzustehen pflegte, um ein allmorgendliches Ritual zu zelebrieren. Das bestand aus der ersten Zigarette des Tages, die er vor dem Haus rauchte. Dazu trank er den ersten absurd starken Kaffee des Tages und sah seinem Hund Ahonen – ein Boxer-Rüde – beim ersten Geschäft des neuen Tages zu. Das lief aber normalerweise in schlafkompatibler Stille ab, sowohl im Haus als auch draußen. Als Katzen-Mensch mochte sie den Köter aus Prinzip nicht, aber wenn sie ihm eines nicht vorwerfen konnte, dann übermäßiges Bellen. Normalerweise hörte man von dem Hund so gut wie gar nichts. Was brachte ihn da gerade so auf die Palme? Und warum wirkten Jussis geschriene Kommandos nicht?

Schließlich stieg Jussi aus dem Duell aus, zumindest kurzzeitig. Dafür legte Ahonen noch eine Schippe drauf und schien nun fast durchzudrehen. Als auch der Hund verstummte, vernahm sie das Klicken des Haustürschlosses. Marita hörte, wie das Tier mit einem angsteinflößenden Knurren Fahrt aufnahm. Plötzlich sprach ein fremder Mann. Wobei es eigentlich kein Sprechen war, sondern vielmehr ein panisches Krächzen, mit dem er dem heranstürmenden Hund seine Arglosigkeit und Freundschaft versicherte. Man hörte ihm an, wie verzweifelt er sich wünschte, noch nicht sterben zu müssen. Dann schlug endlich Jussis tiefer Bariton dazwischen, mit einer Unerbittlichkeit, die es jedem Lebewesen schwergemacht hätte, nicht auf der Stelle genau das zu tun, was er verlangte.

Der fremde Mann bedankte sich praktisch sofort und klang dabei so erleichtert, dass es Marita zum Kichern brachte. Die Erleichterung währte jedoch nicht lange – zumindest vermutete sie das – denn nun schnauzte ihr Gatte den Mann mit derselben Unerbittlichkeit an, mit der er auf seinen Hund eingewirkt hatte. Er wollte wissen, wer er ist, vor allem aber, was er da auf seinem Grund und Boden trieb. Dem schloss sich eine Unterhaltung an, die sich sehr schnell auf einer normalen Gesprächslautstärke einpegelte und somit zu leise für Maritas Ohren war. Umso besser. Da sich der Hund seit der Zurechtweisung durch Herrchen wieder so verhielt, wie sie es von ihm kannte, glaubte Marita, dass sie vielleicht doch noch ein bis zwei weitere Stündchen Schlaf bekommen konnte. Sie drehte sich auf ihre Lieblingsseite, zog die Decke bis zum Hals hoch, schloss die Augen und war zuversichtlich, dass sie es schaffen würde, dem Schlaf nochmal ganz gemütlich in den Schoß zu kriechen.

Dann brach ihr Mann in schallendes Gelächter aus.

Marita kannte dieses Lachen. Das kam vom schadenfrohen Jussi und erklang in acht von zehn Fällen im Zusammenhang mit etwas, das sie betraf. Er hörte gar nicht mehr damit auf.

An Schlaf war damit nicht mehr zu denken. Ihr Interesse an den Vorgängen unter ihrem Fenster beziehungsweise ob sie wirklich etwas mit ihr zu tun hatten, stieg. Einerseits. Andererseits mochte sie ihr warmes und kuscheliges Bett noch nicht verlassen, schon gar nicht, um Jussi dabei zuzusehen, wie er sich einen feixte.

Als er sich wieder etwas beruhigt hatte, war der Weg für andere akustische Signale frei. Zuerst war da wieder dieses Hämmern. Was um alles in der Welt mochte es da draußen für einen fremden Mann zu hämmern geben? Dann, nach ein paar Sekunden der Stille, hörte sie ein elektrisches Sirren. Wie von einem Akkuschrauber.

»Oh nein!«, stöhnte Marita und fuhr hoch.

Als Jussi zu einer neuen Runde schadenfrohes Röhren ansetzte, verlor sie endgültig die Geduld. Die Geräusche, die fremde Stimme, die in Wahrheit gar keine fremde Stimme war – schlagartig erschloss sich Marita, was da draußen passierte. Sie griff nach ihrem Handy, stieg aus dem Bett, warf sich ihren Morgenmantel über, ging barfuß nach unten und trat aus dem Haus. Sie kam jedoch zu spät. Obwohl, nein, eigentlich kam sie genau zur richtigen Zeit. Von allen aus der Gruppe war ihr Martin mit Abstand am unheimlichsten. Sie sah nur noch die Rücklichter seines BMWs, der die lange Auffahrt zu ihrem Haus herunterfuhr. Sie war nicht enttäuscht, ihn gerade so verpasst zu haben.

Ihr immer noch lachender Mann schien sich gar nicht mehr einkriegen zu können und hatte darüber inzwischen einen ungesund roten Schädel bekommen. Selbst Ahonen schien zu merken, dass mit seinem Herrchen etwas nicht stimmte. Der Hund stand stocksteif vor ihm, beobachtete ihn mit schief gelegtem Kopf und wirkte dabei, soweit sich das bei einem Hund sagen ließ, ziemlich besorgt.

Diese Sorge teilte Marita ausdrücklich nicht. Sollte er doch an seiner Schadenfreude ersticken, der finnische Affe.

Apropos Schadenfreude.

Marita wendete sich dem Haus zu. Direkt unter ihrem Fenster hatte jemand zwei Aluminiumpfosten in die Erde getrieben und auf diese Pfosten ein etwa 50 Zentimeter hohes und 70 Zentimeter breites

Kunststoffschild montiert, bedruckt mit schwarzen Lettern. Sie ging ein paar Schritte darauf zu und las. Dann las sie nochmal. Für ein paar Sekunden schloss sie die Augen, versuchte, an nichts zu denken, schlug die Augen wieder auf, las noch einmal und ließ den Kopf sinken.

Jussi hatte sich inzwischen auf den Boden gekniet und war schlicht außer sich vor Lachen. Lange würde er das nicht mehr durchhalten.

Marita wünschte ihm den Tod und zog ihr Handy aus der Tasche des Morgenmantels. Da konnte sich jetzt aber jemand warm anziehen.

## Das kann doch keiner von euch wollen (Rückblick)

Lennards Garage war noch nie als solche benutzt worden. Zumindest nicht, seit es seine war. Er liebte seinen Mini, so wie er all seine vorherigen Autos geliebt hatte. Dennoch hatte keines davon auch nur für einen Tag in der Garage stehen dürfen. Seit seinem Einzug nutzte er die nämlich ausschließlich als Menschenbegegnungsstätte und Partyraum. Als Ort, an dem er wieder den Durchblick bekam, wenn es ihm beim Arbeiten in seinem Atelier nicht mehr gelang, im inneren Wald einen einzelnen Baum auszumachen. Selbst wenn er Kunden, Galeristen, Kollegen oder sonstigen Besuch empfing, führte er sie meist in die Garage. Sein Wohnzimmer, mit der antiken Chaiselongue und dem Monet, den er als Achtzehnjähriger nachgemalt hatte, nur mit einem Foto aus einer Zeitschrift als Vorlage, war lediglich eine Alternative. Er hatte keine Erklärung dafür und er suchte auch nicht danach.

Die Garage war etwa dreißig Quadratmeter groß, gemauert, von außen verklinkert, innen der nackte weiße Ytong-Stein. An ihrem Ende stand ein improvisierter Tresen, bestehend aus einem dicken astigen Holzbrett mit rauer Oberfläche, unbehandelt und noch mit Rinde, welches auf drei gleich großen Baumstämmen lag. Dort hielt es sich seit Jahren sehr zuverlässig, nur mit seinem beträchtlichen Eigengewicht. In der Ecke, links neben dem Tresen, stand ein großer Getränkekühler mit Glastür und blauer Beleuchtung, der immer mit Bier, Alster und Fanta gefüllt war. In die rechte Ecke hatte er einen alten Spülschrank mit Arbeitsfläche gestellt, für den er dort extra einen Wasseranschluss und einen Abfluss hatte legen lassen. Auf der

Arbeitsfläche befanden sich eine Kaffeemaschine und ein Wasserkocher. Hinter dem Tresen hing ein einzelnes Regal, der Platz für die alte Hitachi Musikanlage aus seinem Jugendzimmer. Sie war mit zwei Boxen verbunden, die jeweils über dem Kühlschrank und dem Spülschrank direkt unter der Decke hingen. An der rechten Wand befand sich ein Sofa aus Kunstleder, das er mal aus einer Laune heraus vor dem Sperrmüll gerettet hatte. Davor stand ein immer fleckiger Glastisch, außerdem noch vier Klappstühle, für diejenigen, die sich in dem Sofa keinen Bandscheibenvorfall oder einen Ausschlag holen wollten. An die gegenüberliegende Seite hatte er einen elektronischen Dart-Automaten gestellt, den er bei einer Kneipenauflösung in Hamburg für den Spottpreis von fünf Euro erworben hatte. Daneben hing ein Bild von seinem Mini, etwa einen Quadratmeter groß, Öl auf Leinwand, selbstverständlich von ihm selbst gemalt. Auch von dessen Vorgängern hatte er jeweils ein solches Gemälde angefertigt, nur dass die inzwischen zugedeckt in seinem Atelier standen. Das war das Mindeste, was er für seine Autos tun konnte, wenn es ihnen schon nicht vergönnt war, ein eigenes Zimmer zu haben. An der Sofa-Wand hatte er eine Lichterkette mit bunt angemalten Glühbirnen, von denen ungefähr ein Fünftel durchgebrannt war, in Schlangenlinien aufgehängt. Obendrein hing an der Decke ein Tarnnetz von der Bundeswehr, das noch vom Vorbesitzer des Hauses stammte.

Ungeachtet der Jahreszeiten pflegte Lennard dort abends bei geöffnetem Garagentor zu sitzen, Radio zu hören und noch einen Kaffee, ein Bier oder eine Fanta zu trinken. Wenn jemand vorbeikam, der ihn gut genug kannte, um nicht einfach mit einem schlichten Gruß seines Weges zu gehen, und noch dazu Durst hatte oder auf der Suche nach Gesellschaft war, war ihm der oder diejenige jederzeit herzlich willkommen. Wenn niemand vorbeikam, war das allerdings auch nicht schlimm, und wenn er mal keine Lust auf Gesellschaft hatte, ließ er das Tor einfach unten.

Am Abend nach der konstituierenden Sitzung war die Gruppe wie vereinbart in der Garage zusammengekommen, um letzte Detailfragen zu klären. Marita war just mit fünfminütiger Verspätung als Letzte eingetroffen und Lennard wollte gerade das Garagentor schließen.

»Hey, du oolt Pinselswinger. Wat schall dat denn? Worüm maakst du de Garaasch dicht?«, rief jemand von der Straße.

Lennard zog das Tor wieder etwas hoch und sah nach draußen.

»Hallo Olli. Wullt du en Beer mit mi drinken?«

»Dat weer mien grote Hoop.«

Lennard nickte bedauernd. »Vondaag geiht dat nich. Ik heff hier wat to doon. En anner Maal wedder?«

»Ik deed di ok geern darbi sehn. Ik weer ok ganz still.«

»Nee, geiht gaar nich üm dat Malen vondaag. Is wat anners. So en Soort slaten Sellschop. Deit mi leed, Olli. En anner Maal, okay?«

Lennard schloss das Garagentor endgültig, drehte sich um und lief fast in Martin rein, der direkt hinter ihm stand.

Sein Freund wirkte verstört.

»Ist was?«, fragte Lennard und umkurvte ihn einfach.

»Du sprichst Plattdeutsch?«

»Hm? Ja, klar. Das weißt du doch.«

»Pff, ja, *jetzt* weiß ich es. Bis gerade eben wusste ich es noch nicht. Die Frage ist, seit wann du das kannst, wer es dir beigebracht hat und warum du es dir hast beibringen lassen?«

Lennard sah Martin einigermaßen perplex an.

»Na hör mal, ich lebe hier seit über zwanzig Jahren, und das sprechen hier ja nun mal so einige. Ich habe es mir abgeschaut. Die eigentliche Frage ist doch, warum du nicht dasselbe gemacht hast. Immerhin lebst du hier schon fast genauso lange wie ich.«

Martin starrte ihn an und wusste scheinbar nichts zu erwidern. Ein Blick zu den Anderen machte ihm keine Hoffnung auf Beistand.

»Wollen wir dann?«, fragte er und trat vor das Flipchart.

»Da bin ich jetzt echt gespannt. Habt ihr euch alle Gedanken gemacht?«, fragte Lennard in die Runde.

Allgemeines Kopfnicken.

»Sehr gut. Ist dabei was rausgekommen?«

Die Reaktionen fielen verhalten aus. Vages Gemurmel, welches das Vorhandensein eines Vorschlags grundsätzlich bestätigte, gleichzeitig aber die Erwartungen daran dämpfte.

»Mir ist nichts eingefallen«, verkündete Marita leidenschaftslos. »Gar nichts. Ich bin in sowas nicht gut. Ich war auch nicht motiviert, da mir nicht einleuchtet, warum wir überhaupt einen Namen brauchen.«

Die Männer verdrehten leicht genervt die Augen – mit Ausnahme von Harald, der Marita, wie schon an den beiden Tagen zuvor, ergeben anhimmelte, egal wie destruktiv sie sich gab. Der größte Teil seiner Konzentration ging dafür drauf, sein Herz vom Schmelzen abzuhalten, so dass er gar nicht mitbekam, wie offensichtlich es für die anderen war, dass er sich in Marita verknallt hatte. Nicht auszuschließen, dass es ihm selbst noch gar nicht klar war.

»Ja, schon okay«, seufzte Lennard. »Ist ja nicht so, dass es mir selbst leichtgefallen wäre. Das ist es weiß Gott nicht.«

Er nahm sich den Stift von der Ablagefläche.

»Ich fange einfach mal an«, sagte er und schrieb etwa eine Minute lang ganz oben auf die leere Seite.

Als er fertig war, legte er den Stift wieder weg und stellte sich zu den anderen.

## LEGOS
### (Laien Eingreiftruppe Groß Offenseth Sparrieshoop)

Schweigen. Vier Männer mit verschränkten Armen und Falten auf der Stirn starren das Flipchart an. Die einzige Frau hatte sich aufs Sofa gefläzt, wo sie sich recht wohl zu fühlen schien. Sie blätterte in einem Buch, das sich mit dem Leben und Wirken von Claude Monet beschäftigte.

»Wer will als Nächster?«, fragte Lennard.

Martin trat vor, mit einer Miene, auf der sich Entschlossenheit und Todesmut abzeichneten, wie bei einem Feuerwehrmann, der als einziger aus seinem Löschzug noch die Eier hatte, ins lichterloh brennende Haus zu gehen und Leben zu retten. Er schrieb länger als Lennard und trat rückwärts vom Flipchart zurück, bis er wieder im Halbkreis der Männer stand.

## FRUBAP
### (FRUstrierte Bürger gegen die Arroganz der Polizei)

Schweigen. Anerkennendes Nicken bei Lennard, verhaltene Skepsis bei Harald und Jens. Harald hielt Martin die offene Handfläche vor die Brust, Martin übergab den Stift, als wäre es ein Staffelstab und

Harald der nächste Läufer seines Teams beim olympischen Finale der Sprintstaffeln. Harald ging schweren Schrittes vor und umfasste mit der rechten Hand die Oberkante des Flipchart. Es sah beinahe so aus, als würde er sich an dem leichtmetallenen Präsentationshilfsmittel abstützen. Dann schrieb er, wobei er sich noch mehr Zeit ließ als Martin. Als er zur Seite trat, sah er ganz kurz zu Marita – und ließ zu, dass ihr demonstratives Desinteresse Geschnetzeltes aus seinem Herzen machte. Blass wie immer und noch etwas trauriger als sonst blieb er neben dem Flipchart stehen und sah zu den Jungs.

## GOSSE
### (Groß Offenseth Sparrieshoop Sonder Einsatzkommando)

Münder wurden geöffnet und es wurde laut Luft geholt, aber letztlich fiel kein Wort. Niemand sah glücklich aus, auch Harald nicht, dem die erwartungsgemäßen Reaktionen seiner Kollegen natürlich nicht verborgen geblieben waren.

Die Stimmung in der Gruppe war jetzt nicht mehr gut, drohte ganz zu kippen, und die Männer spürten das.

Nach einer Weile drehten sich alle Köpfe in Richtung Jens. Der schluckte, nickte und trat vor.

»Du musst den Sack jetzt zumachen!«, raunte Martin ihm zu.

»Deiner wird es«, feuerte Harald ihn an.

Nur Lennard blieb stumm und hatte wenig Hoffnung.

Jens setzte zum Schreiben an und ging dafür leicht in die Knie, weil die Seite fast voll war. Dann richtete er sich nochmal auf und drehte sich zu den anderen um.

»Also, mir war übrigens nicht klar, dass es Bedingung war, etwas zu kreieren, das wie ein Wort klingt, während es gleichzeitig eine Abkürzung für etwas Längeres ist. Ähm – ja.«

Während er schrieb, warfen die anderen sich überraschte Blicke zu. Damit mussten sie sich beeilen, denn er war sehr schnell fertig. Er legte den Stift auf die Ablage und reihte sich wieder bei ihnen ein.

### Die Alternative

Alle holten gleichzeitig Luft.

»Dein Ernst?«, wollte Martin wissen.

»Komm schon, das geht nicht«, stellte Harald klar.

»Ich glaube, ich kann mir denken, wie das gemeint ist, aber das klingt wirklich viel zu sehr nach der Partei mit den ganzen Verrückten«, erklärte Lennard.

Jens dachte kurz nach, nickte schließlich, ging wieder nach vorne, strich seinen Vorschlag durch und reihte sich wieder ein.

»Hat jemand von euch noch einen weiteren Vorschlag?«

Schweigen.

»Tja, ich leider auch nicht.«

Schweigen.

»Also, in der Gesamtschau finde ich den von Martin ehrlich gesagt am besten.«

Martin, grundsätzlich jederzeit bereit, bei einem Lob von Lennard vor Stolz zu platzen, konnte sich in diesem Fall nicht darüber freuen.

Schweigen.

»Kommt schon, Jungs, die Vorschläge sind alle scheiße, und das wisst ihr auch. Macht euch doch nichts vor«, kam es schneidend vom Sofa.

Es gab keine Proteste, nicht mal als Gedanke. Alle wussten, dass sie mit ihrer Kritik absolut recht hatte.

Schweigen.

»Das war viel schwerer, als ich es mir vorgestellt habe. Für meine Bilder fällt mir immer sofort ein Name ein. Manchmal habe ich schon einen Namen, bevor ich den ersten Bleistiftstrich auf die Leinwand setze«, wunderte sich Lennard.

»Wenn man erstmal angefangen hat, Ausschlussgründe für eine Idee zu suchen, kann man damit quasi gar nicht mehr aufhören. Ging euch das auch so?«, wollte Martin wissen.

»Ja, ganz genau!«, bestätigte Lennard. »Um das aber klarzustellen, ich halte den Ansatz, eine Abkürzung zu finden, die ein echtes Wort ergibt oder zumindest annähernd wie eines klingt, immer noch für den richtigen. Es muss etwas Griffiges sein, was auch eine Chance hat, bei den Bürgern hängenzubleiben, und es muss Substanz haben.«

Alle starrten stumm auf das Flipchart.

»Dass ich unbedingt G, O und S für die Ortschaft einbauen wollte – ich glaube, das war entscheidend dumm«, dachte Lennard laut nach.

»Da sage ich Amen«, murmelte Harald.

»Ich hatte so viele Ideen für viel coolere Namen gehabt, aber mir ging es quasi wie Lennard, ich …«

Harald ging plötzlich wie ferngesteuert zum Flip Chart, blätterte die vollgeschriebene Seite um und nahm den Stift auf. Er schrieb langsam, bestimmt zwei Minuten, und geriet zwischendurch immer wieder ins Stocken. Als er fertig war, trat er wieder zur Seite. Dieses Mal sah er nicht zu Marita. Er war im Tunnel und machte ein Gesicht, als wüsste er genau, was ihm gerade gelungen war.

**Helfen Intervenieren Recherchieren Nachforschen Insistieren**

Schweigen. Dieses Mal aber nur sehr kurz.

»Geil«, sagte Martin.

»Da isser doch«, stellte Jens fest.

»Ja. Wirklich«, bestätigte Martin, immer breiter grinsend.

Lennard ging nach vorne zu Harald und legte ihm den Arm um die Schulter. »Harald-Zentrale, das ist *genau*, was ich gesucht und nicht gefunden habe.«

Die beiden anderen traten nun auch an ihn heran und klopften ihm auf den Rücken.

»Jungs?«

Die Männer drehten sich zu Marita um.

Sie hatte sich aufgesetzt und grinste verächtlich.

»Wer von euch Superhirnen möchte sich denn die Mühe machen und mal schnell das entsprechende Kurzwort zusammensetzen?«

Die Köpfe der Männer drehten sich zurück zu Haralds Geniestreich. Lennard, Martin und Jens kicherten nur, während Harald seine Schöpfung schweigend und selbstzufrieden lächelnd betrachtete, als wäre es ein besonders schönes Gemälde.

»Leute, das heißt HIRNI«, ätzte Marita und klang nun leicht genervt. »Wir wären dann die HIRNIs – ihr Hirnis. Das kann doch keiner von euch wollen.«

Die Art, wie die Männer einander breit grinsend ansahen, vermittelte folgende Botschaft: Und wie wir das wollen.

»Also bitte. Muss ich etwa schon wieder mit meinem Rückzug drohen, um euch Vernunft beizubringen und das zu verhindern?«

Lennard wurde von einem Moment auf den anderen todernst. Er nahm den Arm von Haralds Schulter, ging zu Marita und setzte sich neben sie auf das Sofa.

»Auf ein Wort«, sagte er, nahm ihr das Buch aus der Hand, klappte es zu und legte es zurück auf den Tisch.

Dann sah er sie durchdringend an.

»Du tust die ganze Zeit über so, als wäre das hier unter deiner Würde. Vielleicht ist es das ja auch. Als du vor zwei Tagen an meiner Tür geklingelt hast, habe ich gemutmaßt, dass Martin mich verarschen will und euch irgendwie dazu überredet hat, ihm dabei zu helfen. Es kam aber bis heute niemand hinterm Sofa hervorgesprungen und hat >reingelegt!< gerufen. Solange das nicht passiert, gehe ich weiter davon aus, dass unsere kleine Gruppe nicht nur eine aufwendig inszenierte Verlade ist. Die Jungs und ich meinen es ernst. Irgendwie schienst du es auch mehr oder weniger ernst gemeint zu haben, auch wenn ich mir nicht so wirklich vorstellen konnte – und kann – was deine Motivation ist. Ich habe gleich geahnt, dass sie sich von der unseren wohl unterscheiden wird, mich aber trotzdem über deine Mitwirkung gefreut. Ich würde mich auch aufrichtig freuen, wenn du weiter bei uns bleibst, und ich weiß, dass ich da nicht der Einzige wäre. Das ist aber kein Muss. Wenn es dein Plan ist, aus Prinzip alles schlechtzumachen, was von uns kommt, gib ihn auf. Wenn du dir einbildest, nur regelmäßig mit dem Verlassen der Gruppe drohen zu müssen, um den Dingen eine bestimmte Richtung zu geben, schlag dir das aus dem Kopf. Ich bin mir sicher, dass es dir meistens sowieso ziemlich egal ist, was wir hier entscheiden. Mir ist im Übrigen auch vollkommen klar, dass du immer eine Ausrede finden wirst, um dich nicht einbringen zu müssen, wenn du dich nicht einbringen willst. Darum werde ich dich jetzt von einem Irrtum befreien, der sich deiner Gedanken bemächtigt zu haben scheint: Du bist nicht unentbehrlich. Das hier würde ohne dich genauso gut oder genauso schlecht funktionieren. Ich sage sogar, dass es besser funktionieren würde, wenn alles, was du beizutragen hast, Enthaltung, Zynismus und Zersetzung ist. Jetzt denkst du vielleicht „na und" oder „leck mich doch" oder „wie kann er es wagen, so mit mir zu reden" oder etwas ähnlich Trotziges. Damit kann ich leben. Fakt ist nämlich, dass ich diese Scheiße, die du hier mit uns abziehst, nicht länger hinnehmen mag. Tu mir und den Jungs, vor allem aber dir selbst bitte den Gefallen und sei ehrlich zu dir. Wenn du uns und das Projekt für einen schlechten Witz hältst und dich die ganze Zeit fragst, warum du mir vor ein paar Tagen überhaupt zugehört hast, statt einfach weiterzugehen, dann ist jetzt der Moment gekommen, in dem du diesen Fehler korrigieren kannst. Verschwende nicht deine Zeit und vermiese nicht die unsere.«

Schweigen.

Lennard sah in zwei kalte Augen, die ihm keine Anzeichen für Betroffenheit lieferten. Aus irgendeinem Grund lebte er aber noch. Sie hatte ihn nicht unterbrochen, war nicht einfach aufgestanden und gegangen und sie fauchte ihn auch nicht an. Er wagte es nicht, kurz nach den Jungs zu schauen. Dabei hätte er speziell Haralds Gesicht nur zu gerne gesehen. Er hätte ein kleines Vermögen darauf gewettet, dass der arme Kerl wahrscheinlich schon die ganze Zeit den Atem anhielt, starr vor Angst, dass sie die Gruppe wegen dieser Gardinenpredigt wirklich verlassen könnte.

»Wenn es jedoch die Motivation, die dich dazu bewogen hat, mit einem Haufen schräger Vögel wie uns an einem zugegebenermaßen verrückten und wohl auch größenwahnsinnigen Projekt mitzuwirken, immer noch gibt – ich hab's ja schon gesagt, nicht nur ich würde mich darüber freuen, wenn du bei uns bleibst. Dann wirst du dich hier aber anders einbringen müssen, als bisher. Wenn du endlich mit diesen lästigen Erpressungsversuchen aufhören würdest, wäre das ein guter Anfang.«

## Herr, gib mir Kraft II

Marita starrte wie hypnotisiert auf ihr Handy. Dass Jussi sich wieder beruhigt hatte, hatte sie gar nicht mitbekommen. Hätte er sich zwischenzeitlich tatsächlich totgelacht, dann von ihr unbemerkt.

Ihm hingegen war aufgefallen, dass mit seiner Frau etwas war.

»Marita?«

Sie reagierte nicht, praktisch ausgeschaltet von der Erkenntnis, dass sie irgendwie auf unbekanntes Terrain geraten war und offensichtlich ernsthaft in Erwägung zog, es zu erkunden. Sie hatte sich einer Gruppe Nerds angeschlossen. Sie hatte sogar deren

Handynummern gespeichert und – Herr im Himmel – sie hatte ihnen ihre gegeben. Jüngst wurde ihr von einem dieser Nerds der Kopf gewaschen und sie hatte es nicht nur einfach hingenommen, sondern sich hinterher sogar schlecht gefühlt. Was Lennard gesagt hatte, wirkte nach! Wie war es sonst zu erklären, dass da ein Schild in ihrem Vorgarten steckte, wo es jeder sehen und mit ihr in Verbindung bringen konnte, sie es aber trotzdem nicht fertigbrachte, den Verantwortlichen mit reichlich Blitz und Donner zum sofortigen Rückbau aufzufordern? Ihr ansonsten kristallklares Bild von sich selbst, in das sie so viel harte Arbeit gesteckt hatte, bekam gerade riesengroße Risse.

»Hey! Marita! Bist du gut?«

Und was war das jetzt? Ihr Ehemann erkundigte sich nach ihrem Wohlergehen und klang dabei auch noch besorgt? Was war denn bloß los? Ein Fehler in der Matrix? Eine ungünstige Sternkonstellation? Sie hielt Science-Fiction und Astrologie ja für Dumme-Leute-Humbug, aber wenn die Realität verrücktspielte, rüttelte das an Überzeugungen.

Sie steckte ihr Handy unverrichteter Dinge wieder ein.

»Ich bin gut«, sagte sie langsam. »Danke der Nachfrage.«

Danke der Nachfrage? Hatte sie das gerade laut gesagt? Das war doch nicht sie. Wenn sie jetzt zu ihm sah und er auch noch falsch zurücksah, konnte das zu Komplikationen führen, die sie schon vor einer gefühlten Ewigkeit abgehakt zu haben glaubte.

Was stand nochmal auf dem Schild?

Ihnen wurde ein Unrecht angetan?
Sie leben in Sparrieshoop?
Sie brauchen Hilfe und Beistand, aber unser Freund und
Helfer nimmt Sie und Ihr Anliegen nicht ernst?
**HIRNI**
**H**ilfe **I**nvestigation **R**echerche **N**achbarschaftshilfe **I**ntervention
Wir geben Ihnen, was Sie brauchen.
Hand drauf!
04126 – 43431818
www.HIRNI.de

Nein, das machte es nicht besser.

»Herr, gib mir Kraft«, murmelte sie.

## Dein nichtsnutziger Bruder ist über alle Berge

Benno Klöfkorn fand seinen Vater auf der Terrasse. Er saß in einem Deck Chair, trug einen grauen Flanell-Trainingsanzug, rauchte eine Zigarre und starrte dabei auf die unbebauten Ackerflächen. Müßiggang – das kannte Benno von seinem Vater nicht. Er hätte auch nicht für möglich gehalten, dass der überhaupt einen Trainingsanzug besaß. Hätte man ihn danach gefragt, hätte er *gewusst*, dass sein Vater solche Klamotten nicht mal angezogen hätte, wenn er wirklich Sport treiben wollte – was jedoch auch nicht zu dessen bevorzugten Tätigkeiten zählte.

Benno setzte sich auf einen normalen Gartenstuhl und beobachtete seinen alten Herren.

Den schien das erstmal nicht weiter zu interessieren.

»Hat dir jemand erzählt, dass das Haus eine Terrasse hat, oder bist du hier zufällig gelandet?«

Der Alte antwortete nicht.

»Und die Zigarre? War das 'ne Dreingabe von dem Typen, der dir diesen aus der Zeit gefallenen Trainingsanzug aufgeschwatzt hat?«

Walter Klöfkorn paffte und ließ den Rauch langsam entweichen.

»Wo auch immer die herkommt, gibt's da noch eine Zweite? Ich hätte jetzt auch Lust auf so ein Teil.«

Sein Vater sah nach, ob die Zigarre gleichmäßig abbrannte.

»Ja, hast recht, Unterhaltungen zwischen Vater und Sohn werden total überschätzt.«

»Was willst du, Benno?«

Benno nutzte die Gelegenheit, um nun seinerseits zu schweigen und damit ein Zeichen zu setzen.

»Ah! Jetzt zahlst du es mir heim.«

»Ätzend, oder?«

»Raus damit, Benno. Was hast du auf dem Herzen? Sag bitte nicht, dass du dich nur nach meinem Wohlergehen erkundigen willst. Oder Zeit mit mir verbringen. Können wir uns darauf einigen?«

»Zu verrückt?«

»Verrückt ist nicht das Wort, das ich im Sinn habe. Was willst du?«

Benno wog seine nächsten Worte sorgfältig ab. Er begann mit einem einzigen.

»Klarheit.«

Der alte Mann paffte und versuchte sich an einem Rauchring.

»Kläglich.«

»Ja, ich mach's einfach zu selten. Klarheit worüber?«

»Wie viele Geschwister ich noch habe.«

Sein Vater sah ihn nun zum ersten Mal direkt an.

»Da wäre Wolfgang. Was ist mit ihm?«

»Ist immer noch dein Bruder, soweit ich weiß.«

Benno hielt dem Blick seines Vaters stand. »Überrascht mich, dass du das sagst. Neulich hast du anders geklungen.«

»Dann hast du das falsch interpretiert. Alles, was ich gesagt habe, meinte ich ernst, aber ich kann mich nicht erinnern, ihn aus der Familie verbannt zu haben. Habe ich damals ja auch nicht mit dir gemacht.«

»Und wo ist er dann?«

»Na, weg. Abgehauen. Geflüchtet. Dein nichtsnutziger Bruder ist über alle Berge. Ich bezweifle, dass wir ihn in nächster Zeit wiedersehen. Ich bin mir nicht mal sicher, ob wir ihn überhaupt jemals wiedersehen. Zumindest in meinem Fall darf das wohl ernsthaft bezweifelt werden. Du hast entschieden, die Behörden über seine Taten zu informieren. Das kann ich zu einhundert Prozent nachvollziehen, ich hätte ihn an deiner Stelle auch nicht verschont. Dass er keine Lust hat, denselben Mist durchzumachen, den du seinetwegen durchmachen musstest, kann ich grundsätzlich auch verstehen. Natürlich verurteile ich es trotzdem.«

Ein Kontrollblick auf die Spitze seiner Zigarre. Sie brannte immer noch wunderbar gleichmäßig, und das schien ihn zu freuen.

»Dein Bruder hat es schon immer vermieden, sich seiner Verantwortung zu stellen. Wenn er was ausgefressen hatte, leugnete er erstmal alles, buchstäblich jedes Mal. Wenn er dann merkte, dass das nicht funktioniert, hat er versucht, dir oder deiner Schwester den schwarzen Peter zuzuschieben. Meistens dir. Umgekehrt warst du natürlich keinen Deut besser. Darum habe ich dir auch nicht geglaubt, als du in der Drogensache damals behauptet hast, dass dir jemand etwas anhängen will. Ich hatte ehrlich gesagt damit gerechnet, dass du abhauen würdest, so wie dein Bruder es jetzt getan hat. Aber obwohl es um nichts weniger als deine Freiheit ging, bist du bis zum bitteren Ende geblieben. Das hat mich überrascht. Und jetzt, wo ich weiß, dass du wirklich unschuldig warst, bin ich sogar voller Bewunderung – und schäme mich.«

Der alte Klöfkorn sah Benno durchdringend an.

»Du *lobst* mich? Und ... war das etwa eine Entschuldigung?«

Der Alte schwieg und blinzelte nicht ein einziges Mal, aber seine Augen bekamen einen verräterischen Glanz.

»Okay, stop! Ich weiß nicht, wie ich damit umgehen soll, also lass das bitte. Wir machen es so wie immer und reden einfach nicht mehr darüber. Okay?«

»Ich dachte, du wolltest reden.«

»Will ich auch, aber nicht *darüber*. Du hast unserem Gespräch diese Richtung gegeben, und die behagt mir nicht. Ich wollte nur wissen ... na ja, eben, wie viele Geschwister ich noch habe. Wolfgang ist also immer noch ein Faktor.«

Sein Vater schüttelte den Kopf.

»Nicht?«

»Die Schmach, dass ihm sein Plan vereitelt wurde und er nun vom Alleinerben zum Enterbten degradiert wird, steht ihm für immer im Weg. Nach meiner bescheidenen Meinung haben wir ihn neulich Abend zum letzten Mal gesehen. Trotzdem ist er immer noch mein Sohn. Da kann ich nicht aus meiner Haut.«

Benno nickte.

»Wie ist es mit dir? Kannst du über alles, was war, hinwegsehen und weiterhin sein Bruder sein?«

»Nein.«

»Du hast ja nicht mal nachgedacht.«

»Musste ich nicht.«

Ein paar Minuten lang sagte keiner von beiden etwas. Der Alte ließ den Blick über die Felder schweifen und paffte zwischendurch. Benno sah ausschließlich zu ihm.

»Und Angelika? Wie sieht es mit ihr aus?«, fragte er seinen Vater schließlich.

Der atmete tief durch. »Ist immer noch deine Schwester, soweit ich weiß.«

»Glaubst du denn, dass sie noch lebt?«

Sein Vater antwortete nicht.

»Sag schon. Glaubst du es? Ja? Nein? Bist du unsicher?«

Es kam keine Antwort, aber seine arbeitenden Kiefermuskeln und seine linke Hand, die sich so fest um die Lehne des Deck Chair schloss, dass die Fingerknöchel weiß wurden, sprachen eine deutliche Sprache.

»Ich will es wissen, Papa. Ich will wissen, ob sie noch lebt. Und wenn sie nicht mehr lebt, will ich wissen, wie das passiert ist. Du etwa nicht?«

»Lass es.«

»Ich möchte einen Privatdetektiv engagieren. Wir haben das damals ausschließlich der Polizei überlassen, und ich glaube inzwischen, dass das ein Fehler war. Wir hätten von Beginn an zweigleisig fahren sollen. Was hältst du davon?«

»Ich sage nein.«

»Nein? Warum?«

»Nein!«

»Das musst du mir erklären.«

»Muss ich nicht. Lass es bitte einfach gut sein. Wir machen es so wie immer und reden einfach nicht mehr darüber.«

»Du ...« Benno schüttelte sich. »Du bügelst das einfach ab? Und dann auch noch mit meinen Worten?«

Sein Vater reagierte nicht.

»Ich würde ja sagen, dass du vor irgendetwas Angst hast, aber ich weiß nicht, wie das bei dir aussieht. Hast du Angst?«

Der Alte wand sich unbehaglich in seinem Deck Chair.

»Vielleicht davor, dass jemand herausfinden könnte, dass sie wirklich tot ist? Weil du dann das letzte bisschen Hoffnung, dein Liebling könnte noch am Leben sein, aufgeben müsstest?«

Begleitet von einem Knurren schmiss sein Vater die gerade mal halb aufgerauchte Zigarre auf den Rasen. Dann stand er auf und stapfte ohne ein weiteres Wort und ohne seinen Sohn noch eines Blickes zu würdigen ins Haus.

Benno beobachtete noch für eine Weile die Zigarre, nur um sicherzugehen, dass nicht versehentlich etwas Größeres daraus wurde. Immerhin hatte es seit knapp zwei Wochen nicht mehr geregnet. Erst als er keinen Qualm mehr aufsteigen sah, ging auch er wieder zurück ins Haus.

## Weiß die Polizei, was Sie da tun?

Marita war nur die Erste gewesen, in deren Vorgarten Martin ein Schild gesetzt hatte. Jedes Mitglied der HIRNIs hatte an jenem Vormittag eines bekommen, er selbst zuletzt. Er hatte sogar noch einige Nachbarn und Bekannte gefragt, ob sie eines bei sich aufstellen lassen würden, aber die hatten ihn alle weggejagt. So waren es vorerst fünf Schilder, die in Klein-Offenseth Sparrieshoop Werbung für die Sache der HIRNIs machten – obwohl das vor Maritas Haus eigentlich gar nicht richtig zählte. Ihr Anwesen befand sich außerhalb der Ortschaft und konnte nur von denen gesehen werden, die explizit Marita oder Jussi besuchen wollten. Die anderen vier wirkten aber. Sie fielen auf und lösten etwas aus, wenn auch nicht unbedingt so, wie sich das die meisten aus der Gruppe gewünscht hätten. Zumindest am Anfang nicht.

Die ersten direkten Reaktionen kamen von den Witzbolden und Klugscheißern. Bürger, die darauf hinwiesen, dass die HIRNIs gar nicht einen auf Freund-und-Helfer-Ersatz machen durften, weil ihnen die Polizeibefugnisse fehlten. Bürger, die Al Capone, Osama bin Laden, Raimond Reddington, Walter White und andere Verbrecher, die schon tot und/oder fiktiv waren, gesehen haben wollten.

An Tag drei nach der Aufstellung meldeten sich zum ersten Mal Bürger, denen es ein Bedürfnis war, ihre Initiative zu loben. Die meisten dieser Botschaften gingen per Telefon bei Harald ein. Lennard, Martin und erneut Harald wurden auch auf der Straße darauf angesprochen. Ein konkretes Anliegen in Form eines Hilfeersuchens war jedoch nicht dabei.

Das Erste kam am sechsten Tag nach der Aufstellung.

Eine alleinlebende und chronisch kratzbürstige Witwe, die schräg gegenüber von Lennard wohnte, wendete sich direkt an ihn. Jemand hatte ihre Bengalkatze entführt. *Entführt*, jawohl! *Schon wieder!* Selbst wenn man alle persönlichen Bindungen, die man zu seinem Haustier nun mal aufbaute, außer Acht ließ – was nur Unmenschen taten – waren diese Exemplare ja auch noch furchtbar wertvoll. Lennard hatte keine Vorstellung, was furchtbar wertvoll in Zahlen bedeutete. Wie teuer konnte so eine Katze schon sein? Ein paar Hunderter, vielleicht sogar ein Tausender, wenn sie wirklich selten war? Er hatte das Tier oft genug gesehen und fand nicht, dass es wertvoll aussah. So ging er davon aus, dass die alte Dame einfach ein bisschen übertrieb, behielt das aber für sich. Glücklicherweise konnte sie den Schurken direkt benennen. Er lebte praktischerweise ebenfalls in ihrer Straße. Sie nannte ihm sogar seine Motive: Niedertracht und Habsucht.

Lennard musste sich zusammenreißen. Er hätte die alte Lady nur zu gerne darauf hingewiesen, dass der Gründungsgedanke der HIRNIs *nicht* Kinkerlitzchen wie das Aufgreifen von entlaufenen Katzen beinhaltete. Erschwerend kam hinzu, dass der Stubentiger ein chronischer Ausreißer war, der an dem von der Witwe beschuldigten Mann einen Narren gefressen hatte. In der Nachbarschaft wusste das jeder. Ob es an dem Schälchen Milch lag, das er ihr hinstellte, ob sie in ihm eine verwandte Seele erkannte, oder ob es für ihr Verhalten irgendeinen ganz anderen Grund gab – wer wurde schon aus Katzen schlau? Er konnte der Witwe aber beides nicht sagen, speziell Ersteres nicht, denn dann hätte er sich gleich beim ersten offiziellen Hilfeersuchen genauso abweisend verhalten, wie die von ihm so heftig kritisierte Polizei. Er verkniff sich sogar die Frage, ob sie mit ihrem Anliegen denn zuerst bei der Polizei gewesen war. Nicht weil er es nicht glaubte – was er nicht tat –, sondern weil er wusste, dass die sie, falls sie es dort tatsächlich gemeldet hatte, mit so etwas unter Garantie wieder weggeschickt hätten.

Die HIRNIs hatten keine Wahl. *Lennard* hatte keine Wahl. Er musste den angeblich furchtbar wertvollen Stubentiger seiner Nachbarin ganz offiziell retten. Sicher, er hatte die Gruppe sofort über ihren ersten Auftrag informiert, aber ihm war schon im Moment des Eintippens der Frage, wer den Job übernehmen soll, vollkommen klar, dass sich von den anderen niemand darum reißen würde. Damit lag er richtig.

Wenigstens würde es keine Herausforderung der unangenehmen Sorte werden. Der grausame Katzendieb aus der Hölle war nämlich einer von denen, die *nicht* einfach vorbeigingen, wenn er abends bei offenem Tor in der Garage saß. Man kannte und mochte sich.

Nach zwei Irish Coffee und ein paar herzhaften Lästereien über ihre Nachbarin, die alte Ketelsen, schnappte Lennard sich die Katze und brachte sie zurück zu ihrer rechtmäßigen Besitzerin. Dankbarkeit und Erleichterung der alten Dame waren bemerkenswert echt, denn sie war von ihrem Narrativ wirklich überzeugt. Folgerichtig war auch ihre Enttäuschung echt, dass Lennard den bösen Nachbarn, trotz dessen abscheulicher Missetat, wegen fehlender Befugnisse nicht festgenommen hatte.

Auf dem Heimweg – etwa vierzig Meter quer über die Bahnhofstraße – sah er einen Mann direkt vor seinem Haus stehen und es anstarren. Er stammte nicht aus dem Ort.

»Moin!«, rief Lennard.

Der Mann sah sich kurz zu ihm um, sagte aber nichts.

Lennard ging direkt auf ihn zu und blieb neben ihm stehen.

Der Mann sah ihn an und trat einen Schritt von ihm weg.

»Kann ich Ihnen helfen?«

»Nein«, antwortete der Mann. »Ich Ihnen vielleicht?«

»Nee, eher nicht.«

Dass Lennard nicht weiterging, schien den Mann zu verunsichern. Er trat einen weiteren Schritt zur Seite und sah zwischen dem Schild und Lennard hin und her.

»Sie kommen wohl von hier?«

Lennard nickte zu seinem Haus.

»Oh! Das ist Ihres?«

»Seit über zwanzig Jahren.«

Der Mann lachte. »Jetzt verstehe ich. Sie dachten bestimmt, dass ich hier was ausbaldowere, oder?«

»Der Gedanke kam mir«, sagte Lennard lächelnd.

»Ich kann Sie beruhigen, tue ich nicht. Mir ist nur das Schild aufgefallen. Haben Sie was damit zu tun oder haben Sie einfach nur Ihren Garten als Werbefläche zur Verfügung gestellt?«

»Ersteres.«

»*Echt?* Wow! Und das ist auch so richtig ernst gemeint?«

Lennard lächelte ihn süffisant an.

»Kommen Sie, Sie müssen schon zugeben, dass man das auch für einen Scherz halten kann.«

Lennard sah zu dem Schild. Konnte man das? Abgesehen von dem zugegebenermaßen etwas unorthodoxen Namen, den sie sich gegeben hatten, las sich das doch eigentlich recht seriös.

»Ja, nun, wenn Sie das so sehen, muss es wohl so sein. Aber es ist trotzdem ernst gemeint. Wir sind eine Gruppe von Bürgern, die von der

Polizei schon mal hängengelassen wurden, und wir möchten dem gerne etwas entgegensetzen. Zumindest hier in Sparrieshoop.«

Der Mann sah ihn forschend an und gab sich keine Mühe, seine Skepsis zu verbergen.

»Es *gibt* einen entsprechenden Bedarf«, versicherte Lennard. »Ich habe erst vor wenigen Minuten das erste Anliegen eines Mitbürgers erfolgreich abgeschlossen, ein Eigentumsdelikt. Dabei machen wir das noch nicht lange. Das Schild steht da gerade mal eine knappe Woche.«

Dass er nur eine entlaufene Katze bei einem Nachbarn abgeholt hatte, musste er dem Typen ja nicht auf die Nase binden. Manchmal gab man besser nicht zu viele Details preis.

»Schau an, wer hätte das gedacht?« Der Mann nickte anerkennend. »Wirklich toll. Ich finde das mutig. Weiß die Polizei, was sie da tun?«

Lennard schwenkte den Kopf hin und her. Eine heikle Frage.

»Ich glaube nicht, dass die das schon mitbekommen haben. Angezeigt haben wir es bei ihnen jedenfalls nicht. Wir sind ehrlich gesagt selbst neugierig, was geschehen wird, wenn die aufschalten.«

»Verstehe«, sagte der Mann. »Sagen Sie, darf ich ein Foto von dem Schild machen? Ich verspreche auch, dass ich Sie nicht bei der Polizei verpetzen will.«

»Machen Sie ruhig. Ihnen muss aber klar sein, dass Sie von unserem Service keinen Gebrauch machen können, wenn Sie kein Bürger des Ortes sind.«

Der Mann hatte sein Handy hervorgeholt und nahm das Schild aufs Korn. »Ja, schon okay. Steht da ja relativ unmissverständlich. Vielen Dank. Und viel Glück!«

## Ruf die HIRNIs an!

Schon als Osterloh vom Wedenkamp auf den Parkplatz einbog, sah er ihn. Sein Freund saß an einem Außentisch der Eisdiele, die sich zusammen mit dem großen EDEKA Supermarkt, einer Postfiliale und weiteren Gewerben unter einem Dach befanden.

Er stellte sein Auto unter dem rechten der beiden Schleppdächer ab, obwohl es nicht regnete und obwohl er an einigen freien Parkplätzen in direkter Nähe zur Eisdiele vorbeigefahren war. Das gab ihm Zeit zum Nachdenken, ob er wirklich mit jemandem, der *so* aussah, an einem Tisch sitzen wollte. Schon neulich, im Broderick, war es ihm einigermaßen unangenehm gewesen, obwohl er dort wenigstens nur von den anderen Gästen des Irish Pub gesehen werden konnte. Hier jedoch, auf einem großen Parkplatz für zwei Supermärkte, eine Jysk-Filiale und die anderen Gewerbe, war er für halb Elmshorn und die westlich gelegenen kleineren Ortschaften sichtbar. Dieses Mal war es *unvermeidlich*, dass ihn in den nächsten Tagen Kunden ansprechen würden. Sein Freund war eigentlich intelligent. Leider war er aber auch arrogant und leistete sich bisweilen solche Aussetzer.

Mit einem lauten Seufzer stieg er aus dem Wagen, schmiss die Tür zu und ging gemächlichen Schrittes zur Eisdiele, während er den Mann, zu dem er sich gleich setzen würde, genauer in Augenschein nahm. Herr im Himmel, dieses Mal hatte er es sogar noch weiter auf die Spitze getrieben. Ihm klebte wieder der allzu offensichtlich falsche Porno-Schnauzbart im Gesicht, und da saß auch wieder die verspiegelte Sonnenbrille auf der Nase. Dieses Mal hatte er jedoch auch eine Langhaar-Perücke aufgesetzt, die hellblond war und somit farblich nicht zum Schnauzbart passte. *Überhaupt nicht.* Der speckige, dunkelbraune Stetson auf seinem Kopf kaschierte diese Unstimmigkeit nur unzureichend. Dann waren da noch ein schwarzrot kariertes Holzfällerhemd, eine Flickenjeans, fingerlose rote Handschuhe und dunkelbraune Cowboystiefel. Das einzig Normale an ihm war der Espresso, der vor ihm auf dem Tisch stand. Obwohl – nein, eigentlich passte der auch nicht. Von jemandem, der so angezogen war, erwartete man, dass er durch ein verrostetes Rohr eine halb geronnene und leicht qualmende Flüssigkeit trank, in der ein Frosch um sein Leben kämpfte. Einfach jeder, der auf einen der beiden

Eingänge des kleinen Einkaufszentrums zuhielt, glotzte gleich beim Verlassen des eigenen Autos zu der schillernden Gestalt, manche mehr oder weniger verstohlen, die Mehrheit unverhohlen. Osterloh hätte erwartet, dass mehr gelacht und gefeixt würde, aber die meisten Menschen waren mit diesem Anblick wohl überfordert und wirkten vor allem überrascht.

Als ihn nur noch wenige Meter von seinem Freund trennten, dachte Osterloh kurz darüber nach, einfach an ihm vorbeizugehen. Wenn er ihm dann nachrief oder sonst wie auf sich aufmerksam machte, würde er behaupten, dass er ihn einfach nicht erkannt habe. Das wäre schon ziemlich witzig gewesen. Leider hatte sein Freund keinen Vertrag mit jeder Form von Humor – was man angesichts seines derzeitigen Erscheinungsbildes eigentlich gar nicht für möglich halten sollte. Er würde den Scherz nicht als solchen begreifen und stattdessen als Kompliment für seine absurde Verkleidung werten.

Osterloh fühlte sich eindeutig nicht wohl in seiner Haut, als er sich schließlich zu ihm an den Tisch setzte.

»Ich muss mich bei dir entschuldigen.«

Sein Freund beobachtete den Parkplatz. »Wofür?«

»Für neulich, im Broderick. Da habe ich gedacht, dass man sich kaum schlimmer ausstaffieren kann, wenn man keine Aufmerksamkeit erregen will. Das war offensichtlich etwas voreilig.«

Sein Freund reagierte nicht sofort

»Ist mir Latte, ob ich Aufmerksamkeit errege. Hauptsache, ich werde nicht erkannt.«

Osterloh sah sich um. Sie wurden ungeniert beobachtet. Bestaunt.

»Dir scheint das ja egal zu sein.«

Osterloh blinzelte überrascht.

»War das gerade eine versteckte Kritik an mir? Weil ich mich nicht auch so lächerlich herrichte wie du?«

Sein Freund drehte ihm den Kopf zu. »Hast du deine Tage?«

»Oha, ja, männliche Menses, immer wieder witzig. Aber nein, ich bin einfach nur genervt. Weil du nicht mit mir in der Öffentlichkeit gesehen werden willst, und ganz grundsätzlich nicht in Elmshorn ...«

»Weil es eine ätzende Piss-Stadt ist.«

»Natürlich, ich weiß. Aber trotzdem sitzen wir hier nun und du betreibst diesen lächerlichen Aufwand. Dabei ginge das doch viel einfacher. Wir könnten uns zum Beispiel bei mir treffen. Hm? Du kommst einfach zu mir, parkst dein Auto irgendwo an der Straße, klingelst und gehst schnell rein, sobald ich den Türöffner gedrückt habe. Kein stark frequentierter Parkplatz oder sonstiger Kundenverkehr weit und breit. Um trotzdem deine Anonymität zu wahren, reichen Sonnenbrille und Baseballcap, besser gleich ein Hoodie.«

»*Hoodie!* Sowas trage ich im Leben nicht!«

»Sow...«

Osterloh musste sich auf die Zunge beißen. Der Arsch lief rum, als hätte er sich den Weg hierher durch einen Altkleidercontainer freikämpfen müssen, aber Hoodies waren unter seiner Würde.

»Das wäre auf jeden Fall unkomplizierter und weniger auffällig, statt sich jedes Mal in der Öffentlichkeit zu treffen und dafür so einen Aufriss zu betreiben, der auch noch so meilenweit am Ziel vorbeigeht. Ich verstehe schon nicht, dass du jedes Mal aufs Neue einen Treffpunkt in dieser Stadt festlegst, obwohl du sie doch so ausdrücklich geringschätzt. Warum du dann auch noch auf Cafés, Bars, Restaurants und Eisdielen bestehst, den Inbegriff von Öffentlichkeit, verstehe ich noch viel weniger. Wenn du bei unseren Treffen ein Steak essen willst, brate ich dir eins. In meiner Küche. Wenn du Nudeln willst, koche ich dir welche. Du weißt, dass ich ein passabler Koch bin. Ich könnte dir also auch Eier Benedikt, eine Bouillabaisse oder sonst was zubereiten. Ich habe einen Kaffeevollautomaten, immer ein kaltes Bier am Start und ein paar Pötte Speiseeis im Tiefkühler. Was ich nicht da habe, kann ich besorgen, wenn du mir deine Wünsche vorher mitteilst. Ich würde das tun, allein schon, weil dann alles so viel leichter und viel weniger lächerlich wäre.«

Der Mann lehnte sich zurück und schwieg. Wenn er beleidigt war oder wütend oder in irgendeinem anderen Zustand negativer Erregung, wurde das von seiner Verkleidung absorbiert.

Osterloh nahm es hin und dachte ernsthaft darüber nach, einfach wieder aufzustehen und zu gehen. Verdammt nochmal, im Grunde mussten sie sich ja nicht mal persönlich treffen. Es standen doch genügend digitale Plattformen zur Verfügung, auf denen sie ungestört kommunizieren konnten. Genau das sollte er ihm sagen, gleich jetzt.

»Es gibt eine Entwicklung«, kam sein Freund ihm zuvor.

Na toll, der Arsch hatte das Thema einfach abgehakt. Osterloh sah seinen Freund an und konnte sein eigenes Zerrbild in dessen verspiegelter Sonnenbrille sehen. Es sah grantig aus.

»Vor einigen Häusern in Sparrieshoop stehen neuerdings Schilder. Eine Gruppe, die sich HIRNI nennt, macht darauf Werbung für sich. Wenn ich das richtig interpretiere, verstehen die sich als parapolizeiliche Kraft, die ihre Dienste den Bürgern von Sparrieshoop zur Verfügung stellen will.«

Nicht der leiseste Anflug von Belustigung angesichts des doch eher ungewöhnlichen Namens, dachte Osterloh fasziniert.

»Habe ich auch schon gesehen. Einen von den *HIRNIs* ...« Osterloh hatte den Namen bewusst betont und hielt wider besseres Wissen nach einer Reaktion Ausschau, die vielleicht doch auf einen Sinn für die in der Wahl des Namens liegende Ironie schließen ließ, aber da war rein gar nichts. »... habe ich bereits kennengelernt. Gestern Abend traf ich ihn ganz zufällig und unterhielt mich kurz mit ihm. Er hat behauptet, dass die wirklich aktiv sind. Irgendwie kam er mir bekannt vor, aber ich komme nicht drauf, woher ich ihn kennen könnte.«

Sein Freund wirkte nun aufgekratzt, was sich unter anderem darin äußerte, dass er Osterloh plötzlich kumpelhaft auf die Schulter boxte.

»Ist das nicht geil? Ich will jetzt nicht so tun, als hätte ich gewusst, dass so etwas passieren würde, aber eine unbestimmte Ahnung hatte ich definitiv. Das ist genau das Zeichen, auf das ich gewartet habe, der Grund, warum ich mich nicht dazu durchringen mochte, den anonymen Hinweis bei den Bullen zu droppen. Den werden wir nun nämlich bei diesen Spinnern lancieren. *Das* fühlt sich richtig an.«

Die Begeisterung seines Freundes war nicht zu übersehen, aber irgendwie fiel es Osterloh schwer, sich davon anstecken zu lassen.

»Was ist? Nicht gut?«

»Na ja.« Osterloh kratzte sich am Kopf, nicht weil es dort juckte, sondern weil er nach den richtigen Worten suchte. »Es mögen ja Spinner sein, aber sie werden die Polizei einschalten, wenn sie nicht völlig den Bezug zur Realität verloren haben. Besagter HIRNI hat jedenfalls nicht den Eindruck auf mich gemacht, als hätte er einen an der Waffel. Sie machen es also entweder direkt, spätestens aber, wenn sie merken, dass da wirklich eine Leiche liegt. Dann hätten wir genau das, was du immer vermeiden wolltest: Die Polizei erfährt es über einen anonymen Hinweis, nur dass der über Bande gespielt wurde. Sollte ich mich jedoch irren, und sie haben in Wahrheit doch komplett den Verstand verloren, könnten sie den Leichenfund für sich behalten und sich vornehmen, die Identität der Toten und die Umstände ihres Ablebens selbst aufzuklären. Ich denke, wir sind uns einig, dass es ausgeschlossen ist, dass sie das schaffen können. Mir stellt sich die Frage: Was dann?«

Sein Freund sah ihn ruhig an.

»Wie, was dann?«

»Na, wie sie reagieren werden, wenn sie merken, dass sie sich verhoben haben. Zum Beispiel könnten sie sich gezwungen sehen, die Knochen verschwinden zu lassen. Um nicht zur Rechenschaft gezogen zu werden, weil sie eine glasklare Polizeiangelegenheit, ein mögliches Kapitalverbrechen, einfach an sich gezogen und die Spuren für alle Zeiten entwertet haben. Das wäre fatal für uns.«

Sein Freund schien nachzudenken. Vielleicht war er auch eingeschlafen. Diese verdammte Verkleidung ließ einfach nichts durch.

»Woher weißt du nochmal, dass du gestern mit einem von dieser Truppe gesprochen hast?«

»Woher ich ... na, weil er es mir gesagt hat.«

»Echt? Du begegnest einem Fremden und der gibt sich sofort als einer von ihnen zu erkennen?«

»Nein, so war das nicht. Ich stand vor seinem Haus und habe das Schild angeglotzt. Er kam gerade von irgendwo zurück, sah mich, hielt mich für ein kriminelles Subjekt und sprach mich an.«

»Du warst in Sparrieshoop? Hast du sie noch alle?«

»Bitte? Ich werde ja wohl noch meine Eltern besuchen dürfen? Die wohnen da nun mal.«

»Ach ja«, murmelte sein Freund und strich sich nachdenklich über den falschen Schnauzbart. »Wo war das? Welche Straße?«

»Bahnhofstraße.«

Sein Freund nickte. »Dann war es Lennard Friedrichsen. Ein Künstler, kommt ursprünglich aus Hamburg. Einer von denen, die davon sogar leben können. Hab ihn mal kennengelernt. So ein Woker mit Weltretter-Attitüde. Insofern passt es auch, dass er auf die Bullen eher keinen Bock hat. Dass er nun selber einen spielen will, passt zwar nicht, aber ich glaube trotzdem, dass er vernünftig und intelligent genug ist, um seine Grenzen zu kennen. Die HIRNIs werden die Leiche nicht ausbuddeln.«

Er kicherte und wirkte dabei, nicht nur wegen seiner Verkleidung, wie ein Irrer.

»Und um das klarzustellen, ich habe nie gesagt, dass die Polizei nicht eingeschaltet werden darf. Das wäre ja auch Unsinn. Ich habe lediglich zum Ausdruck gebracht, dass es mir nicht gefällt, wenn *wir* der Polizei den Hinweis geben.«

»Ich habe deinen woken Künstler auch gefragt, ob die Bullen über diese HIRNI-Sache Bescheid wissen. Das hat er verneint. Wenn sie unseren anonymen Hinweis also weitergeben, wird unser Freund und Helfer wissen wollen, wieso der ausgerechnet bei ihnen gelandet ist. Die bekommen für ihre Aktion todsicher mächtig Ärger. Das könnte ein schnelles und sozusagen angeordnetes Ende für ihre Ambitionen nach sich ziehen.«

Sein Freund zuckte gleichgültig mit den Schultern. »Damit kann ich leben. Also, wenn du keine weiteren Einwände hast, lass es uns so machen. Ruf die HIRNIs an!«


**Fehlt nur, dass du fragst, was ein Podcast ist**

In den zurückliegenden Tagen hatte sich etwas entwickelt. Sie hatten sich gegen jede Wahrscheinlichkeit gefunden. Obwohl die ersten Eindrücke voneinander nicht so toll bis echt nicht so toll waren, hatten sie sich trotzdem aufeinander eingelassen. Aus dem Stand etablierte sich zwischen einer Handvoll Menschen, die bis dahin überwiegend keinen Wert aufeinander gelegt hatten, ein täglicher persönlicher Kontakt. Weil sie etwas bewirken wollten, so der offizielle Tenor, und darum konnte man es getrost ein kleines Wunder nennen. Tatsächlich war dieses Wunder aber sogar ziemlich groß, denn wären alle ehrlich gewesen, zueinander und zu sich selbst, hätten sie herausgefunden, dass es diese vermeintliche Gemeinsamkeit gar nicht gab. Nur einer von ihnen hegte einen ernsthaften Groll gegen die Polizei, den er anhand von echten Beispielen auch demonstrieren konnte, und das war Lennard. Das Wissen um diese Wahrheit hätte zu einer bedeutsamen Erkenntnis führen können: Ihr offizieller Aufhänger, das Narrativ der Enttäuschung über die Polizei, war nicht der Zement, der sie zusammenhielt. Da wirkte eine andere Kraft.

Wie an jedem Abend seit dem Treffen beim Burger King versammelten sie sich wieder in Lennards Garage, dem Ort, der zu ihrer inoffiziellen Zentrale geworden war. Harald hatte wie immer als Erster unter das halboffene Garagentor geschielt. Dass er schon beim Eintreffen eine ungewohnt erwartungsvolle Miene aufgesetzt hatte, bemerkte der mit der Auswahl der richtigen Musik und der Produktion von Kaffee ausgelastete Lennard nicht. Das galt auch für die anderen, die, verteilt über eine Viertelstunde, nach und nach eintrafen. Nur Martin goutierte Haralds Blick mit einem anerkennenden Nicken.

Nachdem sich alle begrüßt und mit einem Getränk versorgt hatten, zog es Lennard, Marita und Harald in die Sitzgruppe, wo sie schweigend ihren Kaffee tranken. Letzterer litt dabei große Qualen, und das nicht nur wegen der aktuellen Kombination aus Maritas körperlicher Nähe und ihrer emotionalen Distanz zu ihm. Vor allem machte ihm zu schaffen, dass aus irgendeinem Grund niemand über die großartige Neuigkeit sprechen wollte.

»Sag mal, Martin, ...«, hob Jens an. »... wir haben jetzt doch alle so ein Schild vor unseren Häusern stehen, oder?«

»Korrekt.«

»Hast du die für umme bekommen?«

»Das habe ich natürlich nicht«, sagte Martin langsam und warf seinen ersten Pfeil in die Triple-Achtzehn. »Als ob es heutzutage noch irgendwo irgendwas umsonst gibt.« Zweiter Pfeil in die Fünf. »Ich habe nicht mal einen Nachlass bekommen, obwohl ich es versucht habe, es waren ja immerhin fünf Schilder. Der Typ hat mich aber nur ausgelacht.« Dritter Pfeil wieder in die Fünf. »Fuck.«

»Hm. Und die Alupfähle? Die haben ja bestimmt auch was gekostet, stimmt's?«

Martin machte sich nicht die Mühe, auf Jens Frage zu antworten. Er ließ Jens einfach stehen und setzte sich zu den anderen.

»Haben wir denn einen Sponsor, von dem ich nichts weiß?«

»Nein. Ich habe das bezahlt«, antwortete Martin beiläufig.

Bis auf Lennard starrten ihn alle an.

»Macht euch keine Sorgen. Martin ist im wahrsten Sinne des Wortes reich«, erklärte Lennard im ruhigen Plauderton.

Alle sahen kurz zu Lennard, bevor sie umso verblüffter wieder Martin anglotzten.

»Sein Vater hatte fünf Bestattungsinstitute in Hamburg, Norderstedt und Stade. Nach dessen Tod hat Martin die alle geerbt und umgehend verkauft.«

»Mit der Trauer von Menschen Geschäfte machen ist einfach nicht das Richtige für mich«, erklärte Martin.

Weil plötzlich Unmengen an Fragen in der Luft hingen, von denen alle mehr oder weniger berechtigt, aber auch überwiegend unhöflich waren, traute sich erstmal niemand, den am Boden liegenden Gesprächsfaden wieder aufzunehmen.

»Habt ihr eigentlich meine Nachricht gelesen? Kann es sein, dass ihr euch das gar nicht angehört habt?«, fragte Harald auf die für ihn typische schüchterne Weise.

»Bei mir hat der Link nicht funktioniert«, behauptete Jens.

»Oh doch, habe ich«, sagte Martin.

»Erst keine Zeit, dann vergessen«, entschuldigte sich Lennard.

»Welche Nachricht?«, wollte Marita wissen.

Harald ließ kurz den Kopf sinken. »Also wirklich. Dabei hat Paul in seinem Podcast so ausführlich über uns gesprochen. Und so positiv.«

»Über uns?«, platzte es synchron aus Lennard und Jens heraus.

Sie sahen sich an und kicherten dabei wie kleine Jungs, die gleichzeitig gerülpst oder gefurzt haben.

»Wer ist Paul?«, fragte Marita.

»Kennst du eigentlich *irgendjemanden* aus dem Ort, abgesehen von deinem Mann und uns?«, ätzte Jens, der seine Angst vor ihr über die vergangenen Tage weitestgehend abgelegt hatte.

»Spiel du mal lieber weiter dein lustiges Pfeilspiel«, erwiderte Marita in einer Abwandlung ihrer Standardkälte, die den aufkeimenden Verdacht der Männer über das Vorhandensein von Humor und Selbstironie beim einzigen weiblichen Mitglied ihrer Truppe mit frischer Nahrung versorgte.

»Oh oh«, sagte Martin.

Alle sahen zu ihm. Als sie begriffen, dass er Harald beobachtete, taten sie es ihm gleich – und es wurde still.

Haralds Gesicht war dunkelrot. Er hielt den Kopf leicht gesenkt, hatte die Augen weit aufgerissen und gleichzeitig die Augenbrauen zusammengezogen. Seine Hände hielten die eigenen Knie so fest umklammert, dass die Knöchel weiß hervortraten.

Lennard nestelte sein Handy aus der Hosentasche.

»Harald?«, sagte er behutsam. »Tut mir leid, dass ich mir das nicht angehört habe, das war nicht in Ordnung. Ich bin vorhin wirklich drüber weggekommen, das war keine Ausrede. Aber eine Entschuldigung ist es natürlich auch nicht. Ich verspreche dir, dass ich mich zukünftig zeitnah den Nachrichten widmen werde, die von Harald-Zentrale kommen.«

Die Verwendung des Spitznamens zeigte Wirkung. Haralds Verkrampfung löste sich langsam wieder.

Lennard aktivierte den Link, stellte sein Handy auf volle Lautstärke und legte es auf den Glastisch.

*Moin, Sparrieshoop. Euer Paul hat wieder eine Neuigkeit aus dem Ort für euch, eine, die es in sich hat, wie ich finde. Dem aufmerksamen Bürger wird schon aufgefallen sein, dass seit ein paar Tagen vor einigen Häusern in unserem schönen Dorf mysteriöse Schilder stehen, die man nach dem ersten Durchlesen für einen Scherz halten könnte. Ich jedenfalls habe zuerst gedacht: Ja, ja, unfassbar witzig – ihr Spinner. (Es erklang der Loop von Toni Iommi's Husten aus dem Black Sabbath Song „Sweet Leaf") Da will uns also jemand verarschen. Mal ehrlich – HIRNI? Wer sich so einen Namen gibt, kann nicht mit dem Anspruch unterwegs sein, ernst genommen zu werden. Das ist ausgeschlossen, egal, worum es geht. Und worum geht es? Tja, sie wollen scheinbar Polizeiarbeit übernehmen. Kleiner ging es wohl nicht. Aber das dürfte ja wohl nicht so ohne Weiteres möglich sein, gell? Das dürfte sogar vollkommen unmöglich sein. („Drah' di net um – oh oh oh" aus Falcos „Kommissar") Ich war von meiner Sicht der Dinge wie immer sehr angetan. Die Sache schien richtig eingeordnet, das passende Urteil war gesprochen. Aber dann, (Aretha Franklin befiehlt „Think!") ja, dann habe ich nochmal genauer darüber nachgedacht. Diese HIRNIs wollen sich ja angeblich in erster Linie um das kümmern, worum die echte Polizei sich nicht kümmern will. So steht es zumindest auf den Schildern. Könnte es dann vielleicht doch okay* sein? Ich meine, wenn man mit einem Anliegen zur Polizei geht und die einen wieder wegschicken, ohne etwas zu unternehmen, ist es ja wohl ganz offensichtlich keine Polizeiangelegenheit. Oder? Je länger ich daran arbeitete, mich selbst zu widerlegen, desto logischer kam mir diese HIRNI-Sache plötzlich vor. Mit einem solchen Namen ist jedenfalls gewährleistet, dass Sparrieshoop darüber spricht (ein Loop mit unverständlichem Gequassel einer größeren Menschenmenge), unabhängig davon, ob man es nun ernst nimmt oder – so wie ich zuerst – eher nicht. Zugegeben, die Häuser, vor denen die Schilder stehen – also, ganz ehrlich, bei keiner der Personen wäre ich jemals, weder spontan noch nach längerem Nachdenken, auf die Idee gekommen, dass sie Ambitionen haben, sich dergestalt für die Allgemeinheit zu engagieren. Andererseits weiß ich natürlich noch gar nicht, ob meine Schlussfolgerung in Bezug auf die Verortung der Schilder überhaupt richtig ist. Vielleicht stehen die da einfach nur, weil es dem hochkomplexen Muster einer bestmöglichen Verteilung im Ort entspricht, während die wahren HIRNIs ganz woanders wohnen (die ersten Takte aus der Titelmelodie von Akte X). Womöglich wollen sie ja sogar inkognito bleiben und tragen im Einsatz Masken, während sie die von der Polizei verschmähte Arbeit abräumen. So ähnlich wie Superhelden. Ich weiß schon, was ihr jetzt denkt. Dem Herrn Peters geht mal wieder die Fantasie durch. Natürlich tut ihr das. Ich gebe auch gerne zu, dass die Masken-Mutmaßung vielleicht ein wenig drüber ist. Das geistert mir aber nun mal durch meine Gedanken. Und während ich mich zwischendurch mit einigen unserer Mitbürger über Ursprung und Botschaft der Schilder unterhalten habe, merkte ich, dass es in meinem Hinterkopf schon gärte: Wie bringe ich das in meinem Podcast? Ich dachte dann so: Wie viel cooler wäre es, wenn ich darüber berichten könnte, dass die sogar schon jemandem geholfen haben. Und während ich mich fragte, wie ich das rauskriegen kann, ob ich einfach mal ganz stumpf bei denen anrufen und fragen soll, treffe ich im nah und frisch auf jemanden, der sich tatsächlich schon Hilfe bei den HIRNIs geholt hat. Es ist eine Sie, soviel darf ich verraten. Wer sie ist und was die HIRNIs für sie getan haben, soll ich für mich behalten. Selbstverständlich respektiere ich das. Ich kann aber berichten, dass die ihr tatsächlich schon geholfen haben, sogar zu ihrer großen Zufriedenheit. Übrigens unmaskiert. (Ein *mehrstimmiges, langgezogenes und enttäuschtes „Oooohh")* Ja, nun, man kann nicht alles haben. Was ich damit aber sagen will: Leute, das ist definitiv kein Scherz. Die meinen das wirklich ernst und sie haben auch schon Fahrt aufgenommen. Ich finde das so abgefahren und ich schäme mich inzwischen, die Aktion anfangs nicht ernst genommen zu haben. *(Shirley & Company singen „Shame shame shame shame shame shame shame shame on you").* Um sozusagen Abbitte für meine kleingeistige Überheblichkeit zu leisten, habe ich mir fest vorgenommen, die HIRNIs in meinen Podcast zu holen, um sie euch vorzustellen. Ich habe da schon ein paar Ideen. Drückt mir die Daumen und lasst euch überraschen. Ich denke, ich werde da jetzt doch einfach mal anrufen. Ein besorgter Bürger braucht Hilfe bei seinem Podcast. Damit sollte ich sie kriegen.

Alle sahen sich mehr oder weniger dümmlich grinsend an. Selbst Harald-Zentrale, der sich den Beitrag bestimmt schon ein halbes Dutzendmal angehört hatte und ihn am besten kannte. Und sogar Marita, die ansonsten immer sehr bemüht war, nicht erheitert, überrascht, erzürnt oder sonst wie aus der Fassung gebracht zu wirken, vernachlässigte in diesem Moment ihre Deckung.

»Habe ich das richtig verstanden? Der will uns anrufen? Um Aufnahmen mit uns zu machen?«, wollte Lennard wissen.

»Angerufen hat er bereits«, antwortete Harald voller Stolz. »Wenn wir Zeit haben, würde er morgen im Laufe des Tages gerne jeden von uns interviewen. Die Fragen sollen für alle dieselben sein. Er hat auch ausdrücklich betont, dass es ihm keinesfalls darum geht, auf unsere Kosten Witze zu machen oder jemanden von uns vorzuführen. Er will die Interviews dann nacheinander in den nächsten Tagen veröffentlichen.«

Die Aussicht auf ein Interview hatte auf mindestens zwei Mitglieder der Gruppe einen beobachtbar abkühlenden Effekt.

»Was meint ihr?«, fragte Harald.

»Hm. Ich weiß nicht«, murmelte Martin.

»Mit sowas habe ich ja nun gar nicht gerechnet«, meinte Jens.

»Nein, ich weiß Gott auch nicht«, bestätigte Lennard. »Einerseits fühle ich mich irgendwie geschmeichelt. Andererseits – ja, ich bin hin- und hergerissen. Aber wenn wir es machen, dann alle. Wenn sich auch nur einer von uns damit nicht wohlfühlt, sollten wir es ganz lassen. Oder?«

Schweigend tauschten die HIRNIs Blicke untereinander aus.

## Das geht nicht

Eigentlich kam Harald die Rolle des Komplexbehafteten in der Gruppe zu. Ihm war klar, dass die anderen ihn schräg fanden, und da das auch seinem Selbstbildnis entsprach, nahm er es ihnen nicht übel. Das Leben hatte ihn nun mal unbestreitbar vermackt. Dennoch hatte die Aussicht, interviewt zu werden, nicht bei ihm, sondern bei Martin eine kleine Krise ausgelöst. Dass Jens, Marita und eben sogar Harald kein Problem mit der Aussicht auf ein Interview zu haben schienen, hatte für Martin praktisch keine Bedeutung gehabt. Erst als Lennard seine anfangs geäußerten Zweifel über Bord geschmissen und die Idee dann doch laut für gut befunden hatte, sah Martin sich genötigt, klein beizugeben. Etwas abzulehnen, was Lennard wollte, kam für ihn einfach nicht infrage. So hatten sich die HIRNIs schließlich darauf geeinigt, gesammelt bei Paul Peters anzutreten, um dann nacheinander dessen Fragen zu beantworten.

Harald war als einziger aus der Gruppe ohne Zeitdruck zu dem Termin erschienen, nicht so wie Lennard, der noch eine Verabredung mit einem Galeristen hatte, oder Marita, die schlicht noch *etwas* vorhatte. So lief es darauf hinaus, dass er als Letzter interviewt wurde. Fast vier Stunden hatte er am Ende im Haus von Paul Peters verbracht, die meiste Zeit wartend und Kaffee trinkend. Als er am frühen Nachmittag wieder nachhause ging, war er aber trotzdem zufrieden. In Anbetracht seines maroden Selbstbewusstseins hatte er sich im Interview gut verkauft, selbst nach seinem eigenen übermäßig strengen Maßstab.

Wie es sich für den Leiter und einzigen Mitarbeiter der HIRNI-Zentrale gehörte, kontrollierte er nach Betreten seines Hauses zuerst den Anrufbeantworter. Immerhin acht Anrufe in vier Stunden. Das waren recht viele. Hinsichtlich der Qualität dieser Anrufe machte er sich allerdings aus gutem Grund keine Illusionen.

Die ersten drei Anrufe stammten von einer unterdrückten Rufnummer und wurden gleich wieder beendet. Der vierte Anruf kam von einer, der Stimme nach, jungen Frau, die sich von Beginn an nur schwer zusammenreißen konnte. Sie behauptete, dass ein Mädchen von ihrer Schule, Celine Holzdeppe, von einer außerirdischen Macht durch einen Sexroboter ausgetauscht worden war. Ihre letzten Worte gingen folgerichtig und erwartungsgemäß im Kreischen und Prusten ihrer offenkundig ebenfalls anwesenden Freundinnen unter, was dann auch endlich ihren eigenen erlösenden Zusammenbruch herbeiführte.

Dumme Drecksgören.

Die letzten vier Anrufe waren wieder ohne hinterlassene Nachricht mit unterdrückter Rufnummer eingegangen. Bestimmt ein und dieselbe Person, vermutete Harald. Einer von denen, die es sich zur Aufgabe gemacht hatten, nach vermeintlichen Fehlern im System zu suchen, um sich dann mit großem Eifer draufzustürzen. Jemand, der ihm erklären wollte, dass es Amtsanmaßung war, was sie da machten, dass sie niemanden festnehmen und auch ansonsten keinerlei Zwang ausüben durften, dass ihnen absolut niemand auch nur die kleinste Frage beantworten oder den Ausweis oder Führerschein oder weiß der Fuchs was zeigen musste. Sich mit solchen Typen auseinanderzusetzen, wäre wohl für die meisten Menschen eine eher lästige Angelegenheit gewesen. Bis vor Kurzem galt das auch für ihn, aber seine Rolle als Harald-Zentrale hatte ihm eine neue Perspektive eröffnet. Er hatte ja keine Ahnung gehabt, wie viel Spaß man mit Klugscheißern haben konnte. Aus irgendeinem ihm unbekannten Grund schienen diese Typen keine Widerrede zu erwarten, wenn sie ihre vermeintlichen Gewissheiten unter den Unwissenden verteilten, und das machte sie für Harald zur leichten Beute. Wie sie aufbrausten, wenn sie begriffen, dass Harald ihre Belehrungen nicht einfach kleinlaut hinnahm. Wie sie es hassten, wenn er den Spieß langsam umdrehte und ihnen echte Fakten um die Ohren haute. Wie sie dann immer kleinlauter wurden, nachdem er sie über ihren inneren Kipppunkt getrieben hatte: Die Erkenntnis, dass sie ihn nicht mal mit Aggression und Lautstärke so zu überfordern vermochten, dass er sich einfach entschuldigte oder sonst wie seine Niederlage eingestand. Oh ja, das gefiel ihm richtig gut. Allerdings auch nur so lange, wie man nicht von ihm verlangte, eine solche Auseinandersetzung von Angesicht zu Angesicht zu führen. Unter dieser Voraussetzung hätte er in jedem Fall gegen sich gewettet, denn gegen seine Sozialphobie war kein Kraut gewachsen, sie war viel mächtiger als seine Hochintelligenz.

Harald holte sein Smartphone hervor, um zu checken, ob es schon etwas Neues von Paul Peters gab. Der hatte versprochen, das erste

Interview noch an diesem Tag zu veröffentlichen, aber es war noch nichts eingestellt. Er war furchtbar neugierig, was seine Mitstreiter auf die Fragen geantwortet hatten. Die Interviewsituation in Pauls etwas rumpeligen, aber trotzdem gemütlichen Kellerraum hatte eine unerwartet enthemmende Wirkung auf ihn gehabt. Er war richtig ins Plaudern gekommen und musste sich zwischendurch immer wieder zur Ordnung rufen, um nicht versehentlich zu viel von sich preiszugeben. Niemand sollte von den absoluten Tiefpunkten seines Lebens erfahren, die beim Erinnern immer noch Schmerzen auslösten, auch wenn sie bereits ein halbes Leben hinter ihm lagen. Mindestens einmal war er während des Interviews gefährlich nah dran gewesen, etwas über diese Zeit zu erzählen, hatte aber noch die Kurve gekriegt. Er hielt es für möglich, dass es dem Rest der Gruppe ähnlich wie ihm ergangen war, und vielleicht hatte ihre Selbstkontrolle ja an der einen oder anderen Stelle mal kurz ein Schläfchen gehalten. Speziell bei Marita hoffte er auf neue Erkenntnisse.

Das Telefon klingelte. Unterdrückte Nummer.

Harald lächelte ein Raubtierlächeln und nahm das Gespräch entgegen.

»Hilfe, Investigation, Recherche, Nachforschung und Intervention. Wie kann ich Ihnen helfen?«

Fünf Minuten später saß er zurückgelehnt an seinem Schreibtisch, hatte die Hände im Nacken verschränkt und starrte an die Decke. Zwischendurch schüttelte er sporadisch den Kopf, als würde er eine Fliege davon abhalten wollen, auf seiner Nase zu landen. Ein langanhaltendes Hupen, irgendwo in der Nähe, holte ihn aus seiner kleinen Trance zurück. Er richtete sich auf, griff nach seinem Notizblock und las noch einmal, was er während des Telefonats notiert hatte.

Dann schmiss er den Notizblock wieder auf den Schreibtisch, nahm sein Handy auf und schrieb eine Nachricht in die Gruppe.

Zwei Stunden später standen die HIRNIs im Liether Wald, der im Süden an das Stadtgebiet von Elmshorn grenzte. Sie alle starrten auf die Stelle, die von dem Anrufer, der sich beharrlich geweigert hatte, seinen Namen zu nennen, beschrieben worden war.

Harald hatte insgeheim befürchtet, dass in der Gruppe so etwas wie unangemessener Übereifer herrschen könnte, weil sie es nun mit ihrer ersten echten Herausforderung zu tun bekommen sollten. Diese Sorge erwies sich jedoch als unbegründet. Die Jungs wirkten sehr ernst, und bei Marita war das ohnehin der Normalzustand. Jedoch sahen alle etwas blasser aus als sonst. Es wurde auch nicht gesprochen. Selbst auf dem Weg vom Parkplatz, auf dem sie sich getroffen hatten, bis zum beschriebenen Punkt im Wald war kaum ein Wort gefallen.

»Sind wir hier wirklich an der richtigen Stelle?«

Harald nickte und hielt Lennard die Seite des Notizblocks hin, auf der er sich die Wegbeschreibung notiert hatte. Lennard nahm sie, las, sah sich kurz um und gab sie Harald zurück.

»Wenn du mich fragst, sieht die Stelle kein bisschen anders aus, als jede andere hier«, stellte er fest.

»Du meinst, da liegt gar keine Leiche?«, fragte Martin.

Lennard zuckte mit den Schultern.

»Ihr seid euch aber schon darüber im Klaren, dass die da nicht regulär beerdigt worden ist?«

Alle sahen Marita an.

»Also bitte! Was erwartet ihr denn? Einen Grabstein? Eine Stele? Ein großes X aus Steinen oder Totholz? Wer eine Leiche verschwinden lassen will und nicht völlig verblödet ist, sorgt doch dafür, dass man sie nicht findet. Wenn man mal davon absieht, dass ich meine Opfer niemals in einem Wald mit so viel Publikumsverkehr vergraben würde, hätte ich die Stelle hinterher auch so normal und unauffällig wie möglich aussehen lassen.«

Wirkungstreffer.

Schweigen.

»Die Vorstellung, dass da jemand begraben liegen könnte, den kurz vorher jemand kaltgemacht hat, ist ganz schön unheimlich. Ich würde jetzt am liebsten wieder gehen«, sagte Jens.

»Tu's doch«, sagte Marita lapidar.

Jens schüttelte nachdenklich den Kopf. »Ich bin viel zu neugierig, ob da nun wirklich jemand liegt.«

»Es gibt einen Weg, das herauszufinden.«

Alle sahen wieder zu Marita.

»Jetzt glotzt mich doch nicht schon wieder so an. Deswegen sind wir doch hier, oder nicht? Will mir etwa jemand erzählen, dass da nur aus optischen Gründen so ein bescheuerter Klappspaten an Martins Rucksack hängt?«

Alle Blicke richteten sich auf den Klappspaten.

Martin nickte entschlossen und löste die Klettschlaufen von dem Werkzeug, ohne den Rucksack abzunehmen oder auch nur hinzusehen. Dann klappte er den Spaten auf und ging entschlossen zur beschriebenen Stelle.

»*Stop!*«, rief Lennard.

Die HIRNIs wendeten sich ihrem inoffiziellen Anführer zu. Bis auf Martin sahen alle irgendwie erleichtert aus.

»Scheiße. Das geht nicht. Ich glaube, wir stehen hier an einer Grenze, und die sollten wir auf keinen Fall überqueren. Wir wissen nicht, ob da überhaupt jemand liegt, aber das ist erstmal auch nicht wichtig. Vielleicht hat unser anonymer Anrufer es zuerst bei der Polizei versucht und wurde aus irgendeinem Grund nicht ernst genommen. Genauso ist es möglich, dass wir den Hinweis als Erste und Einzige bekommen haben, so dass die Polizei noch gar keine Gelegenheit hatte, sich nicht dafür zu interessieren. Das ist aber auch nicht der entscheidende Punkt.« Lennard seufzte. »Das ist eine klare Polizeiangelegenheit. Mit unseren nicht vorhandenen Kenntnissen in Bezug auf Tatort- und Spurensicherung und allen anderen wichtigen Dingen, die ich mangels Expertise nicht mal benennen kann, würden wir vor allem den Tatort verunreinigen, Beweise zerstören und so weiter. Ich habe auch von strafrechtlichen Dingen überhaupt keine Ahnung, bin mir aber trotzdem ziemlich sicher, dass man uns schon für den kleinsten Spatenstich juristisch den Arsch hochbinden könnte. Und irgendwas sagt mir, dass die dann bestimmt nicht nachsichtig mit uns umgehen würden.« Er hielt kurz inne und sah der Reihe nach jedem in die Augen. »Wir sollten jetzt nicht den Fehler machen, uns blenden zu lassen. Nicht von dem Erfolg, den wir schon hatten, zumal es ja, wenn wir mal ehrlich sind, eigentlich gar keiner war. Entlaufene Haustiere einfangen war es ganz sicher nicht, was ich für uns im Sinn hatte. Auch all der Zuspruch, den wir bekommen, sollte uns nicht überschnappen lassen. Es gibt nur einen richtigen Weg, mit diesem anonymen Hinweis umzugehen: Wir *müssen* ihn der Polizei melden.

Deswegen werde ich, wenn alle damit einverstanden sind, gleich im Anschluss in die Moltkestraße fahren und es in deren Hände legen.«

Allgemeines Nicken. Nur ein wenig Enttäuschung bei Martin, der tatsächlich zu allem bereit gewesen zu sein schien.

»Hätte dir diese Erkenntnis nicht kommen können, *bevor* wir alles stehen- und liegengelassen haben, um hier blöd im Wald herumzustehen?«, keifte Marita.

Lennard machte ein zerknirschtes Gesicht.

»Tatsächlich ist mir diese Erkenntnis wirklich erst jetzt gekommen. Als Harald das vorhin in die Gruppe geschrieben hat, war für mich ganz klar, dass wir noch heute herausfinden werden, ob an dem Hinweis wirklich etwas dran ist. Ich musste erst hier stehen und es sehen, um es zu begreifen. Tut mir leid.«


**Es gibt nur eine Polizei: die Polizei**

Hinter dem Rezeptionstresen der Polizeiwache Elmshorn saß eine junge Frau, deren Namensschild und Dienstgradabzeichen sie als Polizeimeisterin Kola auswiesen. Lennards Wissen über die Polizeidienstgrade war noch frisch, weil er anlässlich der HIRNI-Gründung sehr viel ernsthafter über die Einführung von Dienstgraden nachgedacht hatte, als es den anderen klar war.

»Moin! Ich möchte ein mögliches Verbrechen melden.«

Die junge Polizistin schrieb noch etwas fertig, ehe sie aufsah.

»Guten Tag. Darf ich Sie zuerst um Ihren Namen bitten?«

»Lennard Friedrichsen.«

Polizeimeisterin Kolas Finger flogen übers Keyboard.

»Sind Sie Elmshorner, Herr Friedrichsen?«

»Nein, ich lebe in Sparrieshoop.«

Sie gab es ins System ein.

»Okay, um was für ein Verbrechen handelt es sich?«

»Vorausgesetzt, es stimmt alles, was man uns mitgeteilt hat, wird es wohl ein Mord gewesen sein.«

Sie nahm die Hände vom Keyboard und sah Lennard neugierig an.

»Ein Mord?«

»Genau.«

Sie gab etwas ein.

»Was meinen Sie mit: Was man Ihnen mitgeteilt hat?«

»Ein Mann, der seinen Namen nicht nennen wollte, hat bei einem meiner Kollegen angerufen und ihm eine Stelle im Liether Wald beschrieben, an der angeblich eine Leiche vergraben liegt.«

Kola lehnte sich zurück, verschränkte die Arme und sah ihn nachdenklich an.

»Verraten Sie mir, was sie beruflich machen?«

Lennard fragte sich, was das für eine Rolle spielte.

»Ich bin Künstler.«

»*Künstler*. Ihr Kollege ist dann auch Künstler?«

»Nein, der ist … na ja, Frührentner. Davor war er Bankkaufmann.«

In Kolas Rücken befand sich eine Art Fenster zu einem anderen Büro, zu dem sie sich nun kurz umdrehte. Wenige Sekunden später kam ein weiterer Polizist nach vorne. Es war ein Polizeiobermeister ohne Namensschild.

»Ich fasse nochmal kurz zusammen: Eine unbekannte Person hat bei Ihrem Kollegen angerufen, einem frühpensionierten Bankkaufmann, um ihm zu erklären, wo im Liether Wald eine Leiche vergraben sein soll. Daraufhin hat Ihr Kollege Sie, den Künstler, hierher geschickt, um es uns mitzuteilen«, rekapitulierte Kola und blieb dabei vollkommen ernst.

Ganz anders der hinzugekommene Polizeiobermeister, der sich keine Mühe gab, seine Mimik zu kontrollieren.

»Fast alles richtig. Nur dass mein Kollege mich nicht geschickt hat«, merkte Lennard an.

»Ach? Aber …«

»Hören Sie, wir haben im Moment leider nicht die Kapazitäten, um Ihr Anliegen zu bearbeiten. Wenn sie uns Adresse und Telefonnummer hierlassen, würden wir uns dann gegebenenfalls bei Ihnen melden«, sagte der Polizeiobermeister unangemessen fröhlich und nickte seiner jüngeren Kollegin gönnerhaft zu.

Lennard holte tief Luft. »Wollen Sie mich jetzt echt *schon wieder* abwimmeln? Weil Sie glauben, ich lüge?«

»Wieso schon wieder?«, hakte Kola nach.

Der Polizeiobermeister schüttelte den Kopf und hob die Hände. »Das habe ich nicht gesagt. Tatsächlich werden hier aber mit einer gewissen Regelmäßigkeit Kapitalverbrechen angezeigt, die nie stattgefunden haben. Irgendwann bekommt man einen Blick dafür, in welche Kategorie man die Menschen, die hier etwas anzeigen, einordnen muss. Das ist wie ein Reflex.«

»Habe ich es doch gewusst, Sie halten mich für einen Spinner.«

Der Polizeiobermeister verschränkte die Arme. »Das waren nicht meine Worte.«

»Ich bitte Sie! Was sollte das denn sonst bedeuten?«

Die junge Frau zog ihren Kollegen zu sich runter und flüsterte ihm etwas ins Ohr. Als er sich wieder aufrichtete, war die Überheblichkeit aus seiner Mimik weitestgehend verschwunden.

»Ähm, Sie sind der Künstler aus Sparrieshoop?«

»*Der Künstler*, also echt«, grummelte Lennard genervt. »Als ob ich der einzige bin. Es gibt da schon noch ein paar mehr von meiner Sorte.«

»Aber Sie sind der, den man auch außerhalb von Sparrieshoop kennt, oder? Also, Herr ... äh ...«

»Friedrichsen«, sekundierte Polizeimeisterin Kola.

»Ja, danke. Herr Friedrichsen, ich halte Sie *nicht* für einen Spinner. Gleichwohl ist das, was ich gerade gesagt habe, nun mal traurige Realität. Wenn wir jeder Fantasie-Meldung nachgehen wollten, bräuchten wir sehr viel mehr Personal. Wir sind nämlich schon für die echten Fälle unterbesetzt. Spontan wusste ich gerade einfach nicht, wer Sie sind, aber nachdem das nun geklärt ist – wenn Sie kurz mitkommen wollen, nehmen wir ihre Anzeige natürlich gerne auf«, sagte der Polizeiobermeister in einem nun einwandfrei professionellen Tonfall und wies mit ausgestrecktem Arm auf die Tür, aus der er gerade gekommen war.

Lennard zögerte kurz, begleitete ihn dann aber doch.

Er wurde gebeten, den ganzen Sachverhalt so detailliert wie möglich erneut zu schildern. Während er dies tat, gab es der Beamte simultan in seinen Computer ein. Lennard kamen schnell Zweifel, ob alles, was er sagte, auch wort- und sinngetreu in den Rechner übertragen wurde. Der Umfang des Tastaturgeklappers stand in einem klaren Missverhältnis zum Umfang seiner Ausführungen. Außerdem kam es ihm merkwürdig vor, dass der Mann ihn nicht ein einziges Mal darum bat, etwas zu wiederholen, oder ihn wenigstens aufforderte, langsamer zu sprechen.

Nachdem Lennard wieder an dem Punkt angelangt war, an dem er zu dem Schluss kam, alles der Polizei melden zu müssen, las sich der Polizeiobermeister noch einmal alles durch.

»Aus einer Sache werde ich ehrlich gesagt nicht ganz schlau. Haben Sie eine Erklärung dafür, warum der anonyme Anrufer sich ausgerechnet bei Herrn Lautenschläger gemeldet hat?«

Lennard hatte wirklich gehofft, das vermeiden zu können. Er schloss die Augen für ein paar Sekunden und fluchte innerlich. Dann öffnete er sie wieder und erklärte dem Polizisten, wie vor anderthalb Wochen bei einem Ortsfest in Sparrieshoop sozusagen der Grundstein für ein Projekt mit dem Namen HIRNI gelegt wurde, was es war und was es sein sollte. Die folgende Sprachlosigkeit des Beamten nutzte Lennard, um ihm auch gleich zu verdeutlichen, welche Umstände dazu geführt hatten, dass ihm diese Idee überhaupt gekommen war. Der Blick, den der Polizeiobermeister auf ihm ruhen ließ, verriet Lennard, dass es ihm gelungen war, sein Gegenüber mit etwas zu konfrontieren, was der sich nicht im Traum hatte vorstellen können. Dementsprechend dauerte es auch eine Weile, bis er die Sprache wiederfand.

»Das war ein Scherz. Sie wollen mich veräppeln, als Revanche dafür, dass ich Sie nicht erkannt habe«, stellte der Polizist mit mehr Hoffnung als Überzeugung in der Stimme fest.

»Keineswegs, das ist mein voller Ernst. Vor unseren Häusern stehen entsprechende Schilder, über die wir unsere Dienste anbieten. Wir haben auch über Anzeigen in der Zeitung und eine eigene Website gesprochen, aber meiner Meinung nach reichen die Schilder.«

Lennard erkannte, dass der Polizeiobermeister unbedingt an der Scherz-Theorie festhalten wollte. Dass er nicht endlich zu lachen anfing und den Scherz auflöste, verunsicherte den Beamten augenscheinlich immer mehr.

»Aber … Sie können doch nicht … ich meine … ich bitte Sie, das geht doch gar nicht. Haben Sie das denn angemeldet? Als Gewerbe oder so?«

»Das ist ja kein Gewerbe. Es gibt keinen Zufluss von finanziellen Mitteln oder geldwerten Vorteilen. Wir verlangen auch nichts dergleichen. Wir machen das zu einhundert Prozent ehrenamtlich. Also nein, haben wir nicht.«

Der Beamte schwieg erneut minutenlang. Lennard befürchtete, dass er den armen Kerl irgendwie gebrochen hatte.

»Einen Moment bitte«, sagte der Polizist schließlich, sprang auf und verließ das Büro.

Kurz darauf kehrte er in Begleitung eines weiteren Kollegen zurück, dieses Mal ein Kommissar mit dem Namen Schön. Der setzte sich auf den Platz des Obermeisters und sah Lennard streng an.

»Bleiben Sie bei dem, was Sie meinem Kollegen erzählt haben? Eine Leiche im Liether Wald? Und dann dieser Quatsch, dass Sie in Sparrieshoop so eine Art Bürgerwehr aufgestellt haben, die da Polizeiarbeit machen soll?«

»Ihnen auch einen guten Tag«, antwortete Lennard mit kaltem Ernst. »Ich weiß nicht, ob da eine Leiche liegt. Wir haben ja nicht nachgesehen. Das ist Ihr Job. Ich bin nur hier, damit Sie ihn tun können.«

Der Kommissar schmiss sich theatralisch im Stuhl zurück – und verschränkte die Arme. »Das ist ja wirklich un-er-hört! Begreifen sie ihre ungeheure Dreistigkeit denn gar nicht? Arglosen Bürgern suggerieren, *Sie* könnten *unsere* Arbeit machen? Haben Sie darüber mal nachgedacht?«, empörte er sich.

Lennard hatte damit gerechnet, ziemlich unter Druck zu stehen, wenn er der Staatsgewalt eines hoffentlich noch fernen Tages von HIRNI erzählen musste. Dass er nun so vollkommen in sich ruhte, fand er schon beinahe komisch. Und sie machten es ihm so furchtbar leicht.

»Es ist ja nicht so, wie Sie es gerade dargestellt haben, also nein, haben wir nicht. Wenn etwas dreist ist, dann die Gleichgültigkeit, mit der man von der Polizei allzu oft wieder weggeschickt und sich selbst überlassen wird. Ihr sucht euch aus, was relevant ist und was nicht. Eure Personalnot ist mir bekannt, und die werfe ich euch nicht vor. Aber die Arroganz, mit der ihr die Anliegen, die euch zu unbedeutend erscheinen, klein- oder gleich ganz wegzureden versucht, werfe ich euch ganz entschieden vor. Es ist eure eigene Schuld, dass es Menschen wie mich gibt, die sich damit nicht mehr abfinden mögen und im Rahmen ihrer Möglichkeiten selbst tätig werden.«

»Das muss aufhören! *Sie* müssen aufhören«, polterte der Kommissar.

»Warum?«

»Warum? Sie fragen mich allen Ernstes, warum? Also echt. Es gibt nur eine Polizei: die Polizei! Darum!«

»Das wissen wir und bestreiten es nicht.«

»Verdammt nochmal, jetzt ziehen Sie endlich mal den Kopf aus dem Arsch! Das ist Amtsanmaßung, und das wissen Sie auch ganz genau. Das ist eine Straftat.«

»Das wäre es, wenn wir behaupten würden, die Polizei zu sein oder sie zu ersetzen. Tatsächlich weisen wir aber sogar explizit darauf hin, dass wir das nicht sind und dass wir auch nicht alles können oder dürfen, was die Polizei kann und darf.«

»Das darf doch ... Sie kommen damit nicht durch. Hören Sie? *Sie kommen damit nicht durch*! Ich persönlich werde dafür sorgen, dass diese Farce noch heute ein Ende findet«, brüllte Kommissar Schön, stand auf und tigerte mit hochrotem Kopf durch das Büro. Genaugenommen drehte er sich ein paarmal hin und her, denn es war winzig und mit drei erwachsenen Männern eigentlich schon überfüllt.

Lennard räusperte sich. »Das war ein beeindruckender Wutanfall. Ich glaube, ich habe die Botschaft verstanden: Sie missbilligen, was wir machen. Ich sage es den Anderen, versprochen.«

Schön wirbelte herum und richtete den Zeigefinger auf Lennard. »Ich persönlich, das garantiere ich Ihnen«, knurrte er.

Lennard seufzte genervt. »Und Ihnen fällt wirklich nicht auf, dass Sie ihre Prioritäten völlig falsch setzen?« Er sah zu dem namenlosen Polizeiobermeister. »Sie erinnern sich doch noch, warum ich zu Ihnen gekommen bin? Der anonyme Anruf? Der Hinweis auf eine Leiche im Liether Wald?« Er blickte wieder zum Kommissar. »Bevor Sie gleich den nächsten Anfall kriegen und mich anbrüllen, dass wir viel zu blöd sind, um das überhaupt beurteilen zu können: Wir sind jetzt seit einer Woche am Start. In dieser einen Woche haben sich sehr viele Scherzbolde bei uns gemeldet, die uns in etwa genauso ernst nehmen, wie Sie es tun. Allen möglichen Scheiß bekommen wir von denen erzählt – was für uns auch okay ist, damit mussten wir rechnen. *Dieser* Anruf war aber anders, nüchtern, sachlich und sehr ernst. Ich kann natürlich nicht ausschließen, dass es trotzdem nur eine Verlade war, genauso wenig wie Sie das können, aber wenn ich wetten müsste, würde ich darauf setzen, dass Sie an der beschriebenen Stelle etwas finden.«

Der Kommissar brüllte nun nicht mehr. Er starrte nur noch böse.

»Ich kann Sie entweder hinführen oder Ihnen die Beschreibung im originalen Wortlaut übermitteln. Was Ihnen lieber ist.«

Kurze Stille.

»Moment mal. Wenn Sie sagen, hinführen – bedeutet das, Sie waren schon da?«, fragte der Polizeiobermeister.

»Korrekt. Aber nur zum Gucken, nicht zum Graben«, log Lennard.

Der Polizeiobermeister sah zum Kommissar, bei dem sich schon wieder eine neue Eruption anbahnte.

»Dann sollten wir uns der Einfachheit halber von ihm hinführen lassen, finde ich. Was meinst du?«

»Sag mal …«, stieß Schön hervor und trat gegen den Schreibtisch. »… wollt ihr mich jetzt beide verarschen? Hast du dich heimlich mit ihm gegen mich verschworen? Machst du gemeinsame Sache mit einem Wichtigtuer, dem sein Leben zu langweilig geworden ist?«

»N… nein!«

»Sie sollten mir jetzt gut zuhören«, sagte Lennard mit maximaler Verachtung in der Stimme.

Er stand sogar extra auf, um auf den einen halben Kopf kleineren Kommissar herabblicken zu können.

»Sie wollen mich wieder wegschicken und sich nicht um den Hinweis kümmern, weil Sie sich auf dem für Sie bequemeren Standpunkt ausruhen möchten, dass ich nur ein armer Irrer mit langweiligem Leben bin. Wenn Sie das tun, wird Folgendes passieren: Meine Leute und ich werden in den Liether Wald fahren. Dort suchen wir dann erneut die beschriebene Stelle auf, nur dass wir dieses Mal Werkzeug dabeihaben werden: Schaufel, Spitzhacke, Eimer, Handfeger und was wir sonst noch in unseren Garagen finden. Sie sind ja sicher pfiffig genug, um sich denken zu können, was wir damit anfangen werden. Wenn wir dann tatsächlich eine Leiche finden sollten, komme ich selbstverständlich sofort erneut zu Ihnen, um das zu melden. Seien Sie aber versichert, dass wir jegliche Verantwortung für möglicherweise zum Teufel gegangene Spuren und Beweise rundweg ablehnen werden. Und wenn mich im Nachgang jemand fragen sollte, wie wir es wagen können, unsere Hände in Unschuld zu waschen, werde ich dafür eine gute Erklärung parat haben, in der *Sie* eine zentrale Rolle spielen.«

## Podcast I - Wer ist Lennard Friedrichsen?

»Stell dich doch bitte kurz vor. Wer ist Lennard Friedrichsen?«

»Ich bin Künstler. Das hat sich schon im Kindesalter angebahnt. Auf fast allen Fotos von mir, zumindest die, auf denen ich sechs Jahre oder älter bin, bin ich farbverschmiert oder halte einen Pinsel in der Hand. Wenn ich nicht gerade etwas angemalt habe, habe ich was modelliert, aus Sand, Steinen, Knetgummi, Styropor oder was eben gerade verfügbar war. Ich habe mir also alles selbst beigebracht. Dass das irgendwann mein Beruf sein würde, war für mich 'ne ausgemachte Sache. Zumindest seit mir von allen möglichen Erwachsenen in meinem Leben klargemacht wurde, dass ich irgendwann einen Beruf würde ergreifen müssen, wenn ich von etwas anderem als Almosen leben will. Staatliche Unterstützung würde ich dabei gar nicht so schlimm finden, solange ich nur weiter kreativ sein kann. Dafür braucht man aber nun mal auch Materialien, und die gibt es leider nicht umsonst. Von dem negativen Getöse meiner Eltern, die mich immer überzeugen wollten, Künstler sei gar kein richtiger Beruf und man könne davon auch nicht leben, habe ich mich nie verunsichern lassen. Wenn ich gesagt hätte, dass die einzige Karte, auf die ich setzen will, eine Karriere als Fußballprofi ist, wären sie wahrscheinlich nicht ansatzweise so besorgt gewesen.« Lennard lachte. »Heute, angesichts meines Erfolges, wollen sie nicht mehr wahrhaben, dass sie so drauf waren. Wie Eltern eben so sind, na ja. Wegen der Kunst bin ich dann auch nach Sparrieshoop gezogen, weil das Licht auf dem Land viel besser ist, als in so einer vollgebauten Großstadt wie Hamburg. Zweiundzwanzig Jahre ist das inzwischen her, Mann-o-Mann. Ansonsten ... ich spiele gerne Billard. Pool. Ich bin zwar nicht gut, aber es macht mir trotzdem Spaß. Dafür bin ich ein ganz passabler Darts-Spieler, das mache ich auch gerne. Hilft beides beim Runterkommen. Ansonsten glücklich geschieden. Ich war auch glücklich verheiratet, aber ich habe damals zu wenig darauf geachtet, ob meine Frau das auch so empfand. Außerdem wollten wir unterschiedliche Dinge. Sie wollte zum Beispiel Kinder und dass ich die Finger von anderen Frauen lasse. Heute sind wir Freunde.«

»Warum bist du zu einem HIRNI geworden?«

Lennard lachte nach einer längeren Denkpause.

»Weil wir alle richtig schlecht darin waren, uns einen passenderen Namen auszudenken. Dieser hat das, wofür wir stehen, noch am besten auf den Punkt gebracht: Hilfe, Investigation, Recherche, Nachforschung und Intervention. Abgekürzt wird daraus dann eben HIRNI.«

»Mir wurde erzählt, dass du neulich, auf dem Ortsfest, eine ziemlich bemerkenswerte Rede gehalten haben sollst.«

»So bemerkenswert war die gar nicht.«

Nun lachte Paul Peters herzhaft.

»Leute, ihr könnt das leider nicht sehen, aber unser lieber Lennard ist gerade ziemlich rot geworden.«

»Ich dachte, du führst hier niemanden vor.«

»Ach bitte, ich lüge ständig, das weiß jeder. Wo ich mich schon mal wie ein Arsch verhalte, es heißt auch, dass du einen im Tee hattest.«

»Habe ich auch gehört. Stimmt aber nicht. Ich hatte zwei, vielleicht auch drei Bier getrunken. Irgendwann hat mir auch mal jemand 'nen Kurzen in die Hand gedrückt, aber das war ja alles über den Abend verteilt.«

»Wie erklärst Du einem Kind, warum ihr tut, was ihr tut?«

»Einem Kind? Na schön. Also, mein Kleiner – ist doch okay, dass ich es einem Jungen erzähle?«

»Äh … tja. Also, ehrlich gesagt …«

»Ich könnte es auch einem Mädchen erzählen. Von mir aus auch einem diversen Kind, aber ich würde annehmen wollen, dass die meisten Kinder über so etwas noch gar nicht nachdenken. Oder?«

»Boah, Alter, keine Ahnung, ich …«

»Ja, lass gut sein, ich erkläre es einfach einem Jungen. Also, Kleiner, es ist so: Jeder normale Mensch hat das Bedürfnis, sich sicher zu fühlen. Es ist Aufgabe der Polizei, diese Sicherheit zu gewährleisten. Außerdem soll sie für Gerechtigkeit sorgen, wenn mal jemand unseren Wunsch nach Sicherheit ignoriert hat. Ein Beispiel: Angenommen, dir hat jemand so richtig wehgetan, hat dir mit einer Eisenstange auf deinen Arm gehauen, sogar so doll, dass der Knochen bricht. Das erzählst du der Polizei. Die schnappt sich dann den Angreifer und führt ihn seiner gerechten Strafe zu. Und wenn dir jemand was weggenommen hat, erzählst du das ebenfalls der Polizei, damit die herausfinden kann, wer es gewesen ist, einerseits, um den Dieb seiner gerechten Strafe zuzuführen, andererseits, um den gestohlenen Gegenstand zurückzubekommen. Soweit zur Theorie. In der Realität wird man von der Polizei aber manchmal abgewiesen. Da dringt man nicht zu denen durch und sie sagen dir, dass ein gebrochenes Genick viel schlimmer ist, als ein kaputter Arm. Mit anderen Worten: Stell dich nicht so an. Manchmal sind sie tatsächlich so überlastet, dass sie nicht alle gemeldeten Straftaten gleichzeitig bearbeiten können. Aber dass sie dann bei den vermeintlich harmloseren Vorkommnissen einfach sagen, dass sie sich gar nicht darum kümmern können, ist trotzdem nicht okay. Meine Kollegen und ich haben entsprechende Erfahrungen gemacht und wir mögen uns damit nicht mehr abfinden. Wir sind der Meinung, dass sich niemand damit abfinden sollte, wenigstens nicht in unserem schönen Sparrieshoop. Natürlich sind wir nicht so gut ausgerüstet wie die Polizei. Wir haben auch nicht ihre Befugnisse, aber das machen wir durch Entschlossenheit und Motivation wieder wett. Das, was wir an Zeit aufbringen können, stellen wir den Bürgern des Ortes zur Verfügung, wenn sie sich an uns wenden, und wir machen es gerne.«

»Was qualifiziert Dich Deiner Meinung nach, dieser Aufgabe gerecht werden zu können?«

»Pah … keine Ahnung. Wie gesagt, ich bin Künstler, schon mein ganzes Leben. Ich habe nie etwas anderes gemacht, habe nicht mal eine klassische Berufsausbildung. Ich schätze, dass meine Kreativität von Vorteil sein könnte. Polizisten sind ja an Regeln gebunden, Vorschriften und so. Das mag hier und da hilfreich sein, auch wenn mir dafür gerade kein passendes Beispiel einfällt, aber wenn man keinen oder nur wenig Spielraum hat, würgt das die Kreativität ab. Ich habe die Freiheit, jedwede Problemstellung auch mit unkonventionellen Ansätzen zu durchdenken. Ich würde meinen wollen, dass das ein Vorteil ist. Ansonsten … ich bin zielstrebig, weiß, was ich will und kann mich durchsetzen. Ich will hier jetzt nicht angeben, aber wenn ich mir etwas vornehme, gelingt es mir meistens. Natürlich abgesehen von meinem Versuch, die Polizei auf den Diebstahl eines Bildes von mir anzusetzen. Ja, gut, und mit meinem Versuch, eine glückliche Ehe zu führen, bin ich leider auch gescheitert.«

»Okay. Damit sind wir schon bei der Schnellfragerunde. Bitte nur mit Ja, Nein oder maximal drei Wörtern antworten. Okay?«

»Klar, leg los.«

»Bier oder Wein?«

»Beides.«

»Tee oder Kaffee?«

»Kaffee.«

»Süß oder salzig?«

»Beides.«

»Lieblingsessen?«

»Aalsuppe.«

»Lieblingslied?«

»Äh … das hat mehr als drei Worte.«

»Egal, raus mit der Sprache.«

»Since I've been loving you von Led Zeppelin.«

»Lieblingsbuch?«

»1984, Orson Welles.«

»Dein erstes Auto?«

Lennard seufzt gequält. »Fiat Tipo.«

»Bist Du gläubig?«

»Nein.«

»Hast Du schon mal eine Straftat begangen?«

»Ja.«

»Politische Ausrichtung: Dunkelrot, grün, rot, gelb, schwarz oder blau?«

»Überwiegend grün.«

»Welche Botschaft hast Du für unsere Hörer? Gerne länger als drei Worte.«

»Wenn ihr mit der Polizei dieselbe Erfahrung gemacht habt wie wir, wendet euch an uns. Wir sind eine bunte Truppe, zwar keine Profis, aber hochmotiviert, und wir trauen uns das zu. Außerdem werdet ihr es nicht so schnell erleben, dass wir euer Anliegen bagatellisieren und euch einfach abwimmeln.«

»Vielen Dank, Lennard.«

## Die werden euer Dorf überrennen

In Elmshorn und Umgebung herrschte helle Aufregung. Ein beträchtlicher Teil des Liether Waldes war schon seit ein paar Tagen nicht mehr begehbar. Der Grund dafür war die Polizei, die sich dort breitgemacht und Grenzen gesetzt hatte, ohne jedoch die Bürger zu informieren, warum sie das tat. Die gesamte Öffentlichkeit – mit Ausnahme von fünf Sparrieshoopern – tappte im Dunkeln.

Einen Tag nachdem Lennard die Polizei praktisch genötigt hatte, dem Hinweis nachzugehen, der kurz zuvor in der HIRNI-Zentrale eingegangen war, hatten die Verantwortlichen schließlich doch noch ein Team losgeschickt, um sich zu vergewissern. Sie fanden dort – was für ein verrückter Zufall – die Leiche einer Frau, insgesamt schwer verwest, vollständig bekleidet, der Schädel eingeschlagen, keine fehlenden Körperteile. Am Grad der Verwesung und an der Beschaffenheit des Bodens hatte man errechnet, dass sie dort vor ungefähr zwei Jahren vergraben worden war.

Lennard verfügte über einen gut informierten und ihm wohlgesonnenen Kontakt im Elmshorner Rathaus, der ihn mit allen damit in Zusammenhang stehenden Informationen versorgte. Einzige Ausnahme: die Identität der Leiche. Das lag jedoch nicht daran, dass der Kontakt sich zierte, sondern an dessen eigener Unwissenheit. Offensichtlich handelte es sich um ein besonders streng gehütetes Geheimnis.

Und dann, vier Tage nach dem Fund der Leiche, wurde Lennard am späten Nachmittag von seinem Kontakt angerufen. Er wollte ihn wissen lassen, dass es am folgenden Vormittag eine Pressekonferenz im Elmshorner Rathaus geben würde, mit der die Öffentlichkeit endlich informiert werden sollte. Er verabschiedete sich mit folgenden Worten: Lennard, geh nach der PK lieber nicht mehr vor die Tür. Die werden euer Dorf überrennen.

Als Lennard an diesem Abend seine Truppe darüber ins Bild setzte, wussten alle sofort Bescheid. Eine Frau, seit zwei Jahren tot, die Warnung – das konnte nur bedeuten, dass man Angelika Klöfkorn gefunden hatte.

Jeder von ihnen konnte sich noch an die Aufregung im Ort erinnern, als die junge Frau zwei Jahre zuvor einfach von der Bildfläche verschwunden war. Die Suchaktionenen der Polizei und der Sparrieshooper, die sich über mehrere Wochen hingezogen hatten. Das mediale Echo. Das aufrichtige Mitgefühl, das dem Familienpatriarchen Walter Klöfkorn für diesen neuerlichen Schicksalsschlag entgegengebracht worden war. Der viel zu frühe Tod seiner Frau war damals noch nicht so lange her gewesen, und dass einer seiner Söhne wegen eines Drogendeliktes im Gefängnis gelandet war, hatte zum damaligen Zeitpunkt noch nicht mal einen Monat zurückgelegen.

Sie fragten sich, was es für den alten Klöfkorn bedeuten würde, wenn es sich bei der Toten tatsächlich um seine vermisste Tochter handelte. Wäre das dann das Ende aller Hoffnungen und somit ein weiterer Schlag für ihn? Oder wäre es eine Erlösung, weil die Zeit der Ungewissheit damit vorbei war, so dass er endlich würde trauern können? Sie diskutierten das, aber letztlich konnte natürlich niemand von ihnen wissen, was den alten Klöfkorn umtrieb oder wie es in ihm aussah.

Bei der Pressekonferenz kam es dann, wie von den HIRNIs erwartet. Man verkündete, dass man im Liether Wald die Leiche von Angelika Klöfkorn gefunden hatte. Es existierten eindeutige Beweise für einen Tod durch stumpfe Gewalteinwirkung auf die Schädelbasis.

Der referierende Leitende Polizeidirektor war eindeutig kein Freund der Kamera und verfügte nicht mal in homöopathischer Dosierung über Eloquenz. So wie er würden wohl, irgendwann in einer nicht mehr allzu fernen Zukunft, mit künstlicher Intelligenz betriebene Androiden klingen, die eingesetzt wurden, um den Besuchern des Zulassungsamtes zu erklären, dass ihr Wunschkennzeichen für das neue Auto nicht mehr verfügbar war. Mit seiner spröden Art machte er die Pressekonferenz für alle Beteiligten noch unerfreulicher, als es allein der Anlass schon tat. Irgendwann hatte der liebe Herrgott aber ein Einsehen und ließ den lampenlichtuntauglichen Beamten ans Ende seiner Ausführungen gelangen. Mit dem Charme eines Taschenrechners ging er auf die Fragen der geladenen Pressevertreter ein, blieb jedoch die meisten Antworten schuldig.

Und dann, nachdem diese Veranstaltung für ganz hart gesottene Journalisten endlich offiziell beendet wurde, erfüllte sich die

Prophezeiung von Lennards Kontakt. Nach O-Tönen dürstende Männer und Frauen schwärmten aus und überrannten Klein-Offenseth Sparrieshoop.

Im Zentrum des Interesses stand das Klöfkorn-Anwesen und dessen direkte Nachbarschaft. Aber auch im Rest des Ortes wurde die alltägliche Ruhe und Routine an diesem Tag gnadenlos durchbrochen. Vertreter der Elmshorner Nachrichten, des Hamburger Abendblatts, von NDR, RTL, Sat1 und sogar von ein paar Social Media Formaten durchkämmten mit Kameras auf Schultern sowie mit Handys und Mikros in der Vorhalte die Straßen von Klein-Offenseth Sparrieshoop. All jene, die zu arglos waren, um zu begreifen, dass sie an diesem Tag perfekt in ein ganz bestimmtes Beuteschema passten, wurden gestellt und zum Sprechen aufgefordert. Einige von ihnen ließen sich gerne darauf ein oder zumindest ohne nennenswerte Gegenwehr überrumpeln. Andere leisteten entschieden Widerstand, der vereinzelt auch sehr bissig, zum Teil sogar mit Androhung von polierten Schnauzen, vertont wurde, um die hartnäckigen Plagegeister loszuwerden.

»Wollten die euch auch vor die Kamera zerren?«, fragte ein müder und von den Ereignissen des Tages irgendwie angewiderter Lennard in die Runde, als sie am Abend wieder zusammenkamen.

Jeder von ihnen hatte mindestens eine Journalistenbegegnung gehabt. Jens hatte es mit insgesamt vieren am häufigsten getroffen. Marita war mit nur einer das Schlusslicht in diesem Ranking, aber das bedeutete nicht, dass sie glimpflich davongekommen war. Der – Zitat – *schwachsinnige Skandinavier, den sie einst aus überwiegend falschen Gründen geheiratet hatte*, war so frei gewesen, ein Team vom NDR ins Haus zu lassen. *Ins Haus!* Als sie am frühen Nachmittag in die Küche gegangen war, um den Kühlschrank zu inspizieren, lief sie ihnen völlig unvorbereitet in die Arme, weil ausgerechnet dort Jussis Interview stattfinden sollte. Als der – Zitat – *dämliche Elchficker* sie bemerkte und die Pressemeute sofort auf die – Zitat – *Großartigste aller Ehefrauen* aufmerksam machte, wirbelte sie auf dem Absatz herum und rannte nach oben in ihr Zimmer, um sich dort zu verbarrikadieren. Wenn es irgendetwas gab, was sie noch weniger wollte, als mit dieser – Zitat – *in Wodka eingelegten Schmierwurst* verheiratet zu sein, dann vor laufender Kamera Betroffenheit heucheln, über den Tod einer Frau, mit der sie zeitlebens keine drei Sätze gewechselt hatte.

Maritas unheimliches Talent, Menschen in ihrer Nähe betreten verstummen zu lassen, funktionierte wieder einmal zuverlässig. Dieses Mal machte es ihr jedoch etwas aus.

»Was denn? War auch nur einer von euch wirklich eng mit ihr? Kanntet ihr sie besser, als ihr mich noch vor, sagen wir mal, zwei Wochen gekannt habt?«

Das Betretene wechselte ins Nachdenkliche.

»Hätte mich auch überrascht. Und? Hat sich trotzdem jemand von euch der sensationsgeilen Fragerei gestellt?«

Das hatte keiner von ihnen. Martin räumte ein, dass er es vor allem deswegen nicht getan hatte, weil bei ihm gerade mal wieder ein Gerstenkorn wuchs, aber er hätte auch bei voller Schönheit keine große Lust darauf gehabt. Schon gar nicht, nachdem er das mit dem Podcast gerade erst so vergeigt hatte.

Natürlich hatten sie trotzdem die noch am selben Tag abgreifbare Berichterstattung verfolgt, die naturgemäß in den Regionalprogrammen der TV-Sender lief. Alle waren sich einig, dass der Output zum betriebenen Aufwand in keinem Verhältnis stand. Einen kleinen Ort einen ganzen Tag zu terrorisieren, um dann Filmbeiträge daraus zu machen, von denen keiner länger als drei Minuten dauerte? Dabei enthielten sie sogar noch Archivmaterial, also Bilder und Filmschnipsel aus der Berichterstattung von vor zwei Jahren. Nein, das passte irgendwie nicht.

Wenigstens zeichneten die befragten Menschen – zumindest die, die gezeigt wurden, was auf einen gewissen aus Finnland stammenden korpulenten Mann zur großen Freude seiner Frau nicht zutraf – ein einheitliches Bild. Mitleid mit den Hinterbliebenen. Große Betroffenheit und tiefe Trauer über den viel zu frühen und sinnlosen Tod einer sympathischen jungen Frau, die sich, trotz einer früh verstorbenen Mutter, eines darüber verbitterten Vaters sowie zwei narzisstischen Brüdern, zu einer starken und intelligenten Persönlichkeit entwickelt hatte. Dass ausgerechnet sie jemandem so fatal quer gesessen haben musste, konnte sich niemand vorstellen oder erklären.

Viel interessanter als das Fehlen des Interviews, das man mit Jussi Heino nachweislich geführt hatte, war das Fehlen jedes O-Tons aus der Klöfkorn-Familie. Keine Reaktionen vom Vater oder den Brüdern, absolut gar nichts.

»Übrigens!«, rief Martin und zog wie beabsichtigt die Aufmerksamkeit der anderen auf sich. »Habt ihr schon gehört, dass zurzeit scheinbar niemand weiß, wo sich Wolfgang Klöfkorn aktuell aufhält? Der soll nun schon seit über einer Woche spurlos verschwunden sein. Fast so, wie Angelika vor zwei Jahren. Wusstet ihr das?«

Alle sahen sich überrascht an. Davon hatte noch niemand gehört.

## Podcast II - Wer ist Martin Feldmann?

»Stell Dich doch bitte kurz vor. Wer ist Martin Feldmann?«

»Ich heiße … ach so, das hast du ja gerade gesagt. Sorry. Wer ich bin, willst du also wissen. Wer ich bin, wer ich bin …«

»Unsere Zuhörer interessieren sich für dich.«

»Klar, klar, ja. Wer bin ich? Hm, gar nicht so einfach. Jetzt, wo ich hier so sitze, hätte ich mir gewünscht, dass ich mir im Vorfeld schon mal Gedanken gemacht hätte, mit was für Fragen ich hier konfrontiert werden könnte, hähä. Speziell diese ist ja quasi sehr naheliegend. Ganz schön naiv, hähä.«

»Bleib locker, Martin. Das ist kein Verhör und es ist auch nicht TV Total. Ich will dich nicht vorführen.«

»Nein, nein, hähä, natürlich nicht, davon bin ich auch nicht ausgegangen. Es ist nur so eine ungewohnte Situation. Bisher hat sich quasi noch nie so richtig jemand für mich interessiert. Zumindest nicht so, dass man gleich ein Interview mit mir machen wollte.«

»Dann wurde es langsam mal Zeit, würde ich sagen.«

»Findest du? Ja, dann wurde es das wohl, hähä. Also gut. Ich bin … quasi Lennards bester Freund. Ja. Ich bin vierundvierzig Jahre alt, äh, geschieden und … wohne in Sparrieshoop. Seit ungefähr einundzwanzig Jahren, kurz nachdem Lennard hierhergezogen ist. Ich habe mal Industriekaufmann gelernt, aber das war quasi nicht der richtige Beruf für mich. Zurzeit bin ich arbeitslos, einer der Gründe, warum ich die Zeit habe, mich in unserer Gruppe zu engagieren. Ich kann nicht stillsitzen oder einfach nichts tun, das konnte ich quasi noch nie. In meinem Kopf ist es auch nie ruhig. Lennard sagt oft im Scherz, dass ich die Aufmerksamkeitsspanne eines Labrador-Welpen habe. Aber im Ernst, ich glaube, ich habe tatsächlich ADHS oder wie das heißt, diese Hyperaktivität-Krankheit, die heute mindestens jedes zweite Kind zu haben scheint. Wenn es die damals zu meiner Zeit schon gegeben hätte, hätte ich die bestimmt auch gehabt.«

»Wie bist Du zu einem HIRNI geworden?«

»Hm. Na ja, ich wusste ja schon länger, dass Lennard quasi nicht damit einverstanden ist, wie die Polizei ihren Dienst am Bürger interpretiert. Ich konnte seine Argumente schon immer ganz gut nachvollziehen. Ja, wirklich. Dann war ich natürlich auch dabei, als er beim Ortsfest seine Rede gehalten hat. Wir waren da ja quasi zusammen hingegangen. Er ist ein echter Überzeugungstäter und ein guter Redner, und wenn er von etwas so richtig überzeugt ist und ... na ja, eben darüber redet, dann reißt er alle mit. Ich habe mich der Gruppe nicht nur angeschlossen, weil ich mit Lennard befreundet bin. Ich wäre ihm auch gefolgt, wenn wir uns quasi nur flüchtig oder gar nicht gekannt hätten. Einfach nur, weil das, was er da gesagt hatte, so nachvollziehbar war. Und eben, weil er es trotz seines Zustandes so mitreißend vorgetragen hat.«

»Stimmt es, dass er schon ein wenig angetrunken war?«

»Oh ja, er war rotzevoll, hähähä. Dabei hat er sich nur ein Bier selbst bestellt. Die anderen hat er immer wieder von Leuten aus dem Ort ausgegeben bekommen. Lennard ist hier sehr anerkannt und geachtet, das weißt du ja sicher selbst. Dass er voll war wie ein Amtmann, ändert meiner Meinung nach aber quasi nichts an seiner Botschaft. Zumal ich ja wusste, dass er auch nüchtern darüber nachgedacht hat, diejenigen irgendwie aufzufangen, die von der Polizei enttäuscht sind.«

»Wie erklärst Du einem Kind, warum ihr tut, was ihr tut?«

»Einem Kind!«

Es folgte ein längeres Schweigen.

»Echt jetzt? Warum sollte ich das einem Kind erklären wollen?«

»Damit du es möglichst nachvollziehbar und mit möglichst einfachen Worten tust.«

»Einfach und nachvollziehbar. Oh Mann, das fällt mir nicht leicht, fürchte ich. Ich bin grundsätzlich nicht gut im Erklären. Die meisten Erwachsenen verstehen mich auch nicht.«

»Versuch es doch einfach. Weißt du, es gibt etliche Jugendliche unter unseren Zuhörern. Es gilt auch immer noch, was ich vorhin gesagt habe: Das hier ist kein Versuch, dich vorzuführen.«

Martin holte einen Seufzer von ganz tief unten und ließ ihn raus. »Versuchen, einfach versuchen. Na dann. Wir HIRNIs … helfen unseren Bürgern. Was die Polizei quasi nicht machen kann … oder will … das kommt nämlich öfter vor, als ihr das vielleicht glaubt … ja, das machen wir dann eben. Also, wenn die Bürger das von uns wollen, klar, das muss natürlich Voraussetzung sein. Und es muss im Rahmen unserer Möglichkeiten sein. Wir können quasi niemanden einsperren. Oh, und wir haben auch keine Waffen. Wir sind ja nicht die Polizei. Wir sind auch nicht *wie* die Polizei. Wir sind nicht so überlastet. Wir sind hilfsbereiter und aufgeschlossener. Und wir haben weniger Befugnisse, hähähä. Ja, wir sind die HIRNIs.«

»Was qualifiziert Dich Deiner Meinung nach, dieser Aufgabe gerecht werden zu können?«

»Aah, das ist endlich mal eine leichte Frage. Ich bin Teamplayer, durch und durch. Ich bringe mich ein und opfere mich auf. Gibt ja manchmal so Aufgaben, die keiner übernehmen will. Ich mache quasi alles, und das meistens auch gerne. Weißt du, bevor jemand etwas schlecht erledigt, weil er es eigentlich gar nicht machen will, kann besser jemand übernehmen, der motiviert ist. Ich bin quasi immer voll motiviert. Außerdem bin ich kein Querulant. Wenn man sich einer gewaltigen Aufgabe annimmt, so wie wir das haben, wenn das also quasi funktionieren soll, dann muss man eine möglichst homogene Einheit bilden. Dann müssen die Zahnräder ineinandergreifen. Es gibt aber immer nur ein treibendes Zahnrad, und die anderen Zahnräder, quasi die getriebenen, müssen sich nach dessen Vorgabe bewegen. Sie dürfen nicht blockieren oder in die falsche Richtung drehen. Lennard ist bei uns ganz klar das treibende Zahnrad, und ich bin zweifelsohne ein getriebenes. Ich kenne meinen Platz.«

»Schnellfragerunde, bitte nur mit Ja, Nein oder maximal drei Wörtern antworten. Bereit?«

»Bereit.«

»Bier oder Wein?«

»Beides.«

»Tee oder Kaffee?«

»Beides.«

»Süß oder salzig?«

»Äh, beides.«

»Lieblingsessen?«

»Pff, Pommes Currywurst.«

»Lieblingslied?«

»Wonderwall.«

»Lieblingsbuch?«

»Das Herrenhaus i... ich ... äh ...«

»Hast du den Titel vergessen?«

»Äh, ja. Das heißt ... nein, habe ich natürlich nicht. Das Herrenhaus im Moor, so.«

»Erstes Auto?«

»Fiat Tipo.«

»Bist Du gläubig?«

»Auf keinen Fall!«

»Hast Du schon mal eine Straftat begangen?«

»Nein.«

»Politische Ausrichtung: Dunkelrot, grün, rot, gelb, schwarz oder blau?«

»Ich bin unpolitisch.«

»Welche Botschaft hast Du für unsere Hörer?«

Kurze Stille. »Eine Botschaft aus drei Worten?«

»Nein, die maximal-drei-Worte-Regel ist jetzt wieder aufgehoben.«

»Oh Mann!« Es folgte eine längere Phase der Stille. »*Botschaft!* Eine Botschaft für die Hörer. Das war mir jetzt quasi auch nicht klar. Also, dass ich eine haben muss. Ähm, was hat denn Lennard gesagt?«

»Na komm, sag einfach, was dir in den Sinn kommt. Selbst wenn es nur wenige Worte sind.«

»Äh ... ja, wir sind für euch da, Leute.«

»Vielen Dank, Martin.«

## Ist das Ihr letztes Wort?

Für die kleinen und mittelgroßen Besorgungen ging man in Sparrieshoop in den nah & frisch Markt in der Rosenstraße. *Die* Einrichtung im Dorf, die jedem offen stand, und das sogar täglich, wenn man darauf Wert legte. Für so manchen Bürger war der Markt daher werktags zwischen halb sieben und halb sieben, samstags von halb sieben bis eins und sonntags von halb acht bis elf nicht einfach nur eine nahegelegene Quelle für Nahrungsmittel. Es war auch der Ort, an dem man mit hoher Wahrscheinlichkeit Menschen treffen und mit ihnen ein Schwätzchen halten konnte, zwischen den Regalen mit Sanitärbedarf, Konservendosen und Kurzwaren.

Am Freitag, dem Tag nach der Pressekonferenz mit anschließender Journalisten-Treibjagd, war im nah & frisch mehr Betrieb als normal. Die Sparrieshooper hatten einen ungewöhnlichen Montag erlebt und wollten nun darüber reden. Etliche von ihnen waren ohne echte Kaufabsicht gleich nach Ladenöffnung eingekehrt, um ziellos, vermeintlich auf der Suche nach kommerzieller Inspiration, durch die Gänge zu stromern. Wenn man dabei zufällig auf Mitbürger traf, konnte man sich auch gleich mit ihnen austauschen. Für die echten Kaufwilligen wirkte sich das nicht bereichernd auf das Einkaufserlebnis aus, aber der Marktleiter ließ sie trotzdem gewähren. Monopolist hin oder her, in einem Dorf war die Menge der potenziellen Stammkunden begrenzt, also vergrätzte man die nicht. Nach Elmshorn war es schließlich keine Weltreise. Außerdem hatten die meisten den Anstand, noch etwas aus den Regalen zu nehmen und es zur Kasse zu tragen, nachdem irgendwann alles gesagt war.

Um die späte Mittagszeit betraten zwei Fremde den Supermarkt. Als solche wären die Männer von den Einheimischen unter normalen Umständen automatisch einer kritischen Begutachtung unterzogen worden. Doch der Malstrom aus Fremden, der erst am Tag zuvor durch das Dorf gezogen war, hatte den latenten allgemeinen Argwohn sozusagen gelähmt. Die beiden erregten kaum Aufsehen.

Der eine Mann war durchschnittlich groß und schmächtig. Adrett gekleidet, mit Anzughose, Hemd und Lederschuhen, alles in Schwarz, perfekt sitzend und auf den ersten Blick faltenfrei. Er schien in den frühen Dreißigern zu sein, hatte volles, kurzgeschnittenes schwarzes

Haar, aber auch leicht eingefallene Wangen und einen dünnen Schnauzbart, der irgendwie nicht zu seinem Gesicht passen wollte. Sein vermutlich gleich alter Begleiter war einen ganzen Kopf größer und ungefähr doppelt so breit. Ein muskulöser, bulliger Kerl mit bulligem Kopf, die Haare so kurz geraspelt wie der Dreitagebart, der rotblond in seinem Gesicht schimmerte. Auch sein Kleidungsstil war eine Kontradiktion zu dem des dünnen Mannes. Ein Muscleshirt, ärmellos und oliv, eine Camouflage-Hose, dazu Springerstiefel. Augenscheinlich war keines der Teile erst an diesem Morgen sauber aus dem Schrank gezogen worden. Oder am letzten. Oder an dem davor. Dass er kein schöner Mann war, hatte er mit seinem Begleiter grundsätzlich gemein, aber durch seine martialisch anmutende Aura war er fast schon wieder interessant. So zumindest würde es die eine oder andere Sparrieshooperin bei nächster Gelegenheit der Freundin oder Nachbarin anvertrauen.

Neben ihrem Erscheinungsbild gab es noch einen weiteren und nicht minder gravierenden Unterschied zwischen den beiden Männern: Der Dünne redete praktisch ununterbrochen, natürlich mit dem Mund, aber auch mit reichlich gestischer und mimischer Untermalung. Er kommunizierte sozusagen mit vollem Körpereinsatz. Der Adressat all dieser Worte, der Muskelberg, schien sich von den Fesseln der Mimik und Gestik komplett befreit zu haben und ließ die Wortkaskaden schweigend über sich ergehen. Er sah seinen dauerquasselnden Partner nicht mal an. Fast wirkte es, als würde er gar nicht mitbekommen, dass der schwarz gekleidete Hungerhaken die ganze Zeit mit ihm redete.

»Nein. *Nein!* Also … da brat mir doch einer einen Storch.« Der Dünne, offensichtlich erschrocken über seine eigenen Worte, sah zu seinem Begleiter. »Herrje, nimm das bloß nicht wörtlich! Das ist nur eine von diesen Redensarten, mit denen wir in unserem schönen Land unsere Kommunikation akzentuieren. Ist dir diese schon mal untergekommen? Nein? Egal, die Bottom Line ist: Brate niemals einen Storch! Nicht hier, im woken Deutschland. Keine Ahnung, ob die Viecher überhaupt schmecken oder einen Nährwert haben. Verdammt, vielleicht sind die sogar giftig, was weiß ich denn. Merk dir einfach, dass der gemeine Deutsche es nicht schätzt, wenn jemand unter Naturschutz stehende Vögel in seinen Menüplan einbaut. Das schließt das vorherige Abknallen der Biester natürlich mit ein. Glaub mir, hier lauert hinter jeder Ecke ein Weltretter mit juristischem Halbwissen und dem festen Willen, Flora und Fauna vor der Menschheit zu retten. Also, tu es nicht, auch wenn ich es vorzuschlagen scheine, obwohl ich eigentlich nur mein Entzücken zum Ausdruck bringen will.« Der Dünne zeigte auf ein Regal. »In diesem Fall über die drei Großpackungen mit den Marzipan-Eiern. Die müssen noch von Ostern übrig sein. Hoffentlich von Ostern in diesem Jahr, hehe. Ich weiß nicht mehr, durch wie viele Supermärkte ich Anfang April getobt bin, weil ich genau diese Dinger unbedingt haben wollte, aber sie waren überall ausverkauft. Hätte ich gewusst, dass im einzigen Supermarkt am Arsch der Welt ganze drei Packungen aus irgendeinem Grund nicht gekauft wurden, hätte ich mich glatt auf den Weg hierher gemacht. Ist ja echt nicht zu fassen. Total schade, dass ich jetzt gar keinen Bock mehr auf Marzipan habe. Richtung Weihnachten wieder.«

Die Männer schlenderten weiter. Der Dünne erwiderte die vorwurfsvollen Blicke von zwei Damen in den späten Sechzigern, die sich möglicherweise in ihrem Dialog von der Lautstärke seines Monologs gestört fühlten.

»Die Damen«, grüßte er ausnehmend freundlich und lupfte dabei einen unsichtbaren Hut. »Sagen Sie, liegt es an der Nähe zu Lübeck, dass diese kleinen Köstlichkeiten aus Mandeln, Zucker und Rosenwasser hier verschmäht werden, während sich arme Schweine wie ich in anderen Gegenden des Landes schon Wochen vor dem Osterfest mit der Vergeblichkeit ihrer Suche nach genau diesen kakaobestäubten Kalorienbomben abfinden mussten?«

Hätte er vor ihnen blankgezogen, würden die Damen nicht minder verstört aus der Wäsche geschaut haben. Ohne jede Erwiderung gingen sie einfach weg und suchten sich einen anderen Gang zum Tratschen.

»Huch, was war das denn? Was für ein unfreundliches Volk. Ich weiß ja, dass man den Norddeutschen eine gewisse Sturheit und Einsilbigkeit nachsagt, aber das war jetzt doch offen unhöflich. Oder? Wo ich gerade so drüber nachdenke, ich glaube, du würdest auch einen prima Norddeutschen abgeben. Du bringst alles mit, was es dafür braucht. Ich glaube, du wärst sogar ein noch viel besserer Norddeutscher als die Norddeutschen.«

Der Bullige sah ihn ganz kurz an und ging dann weiter.

»Herrje, das war doch nur so dahingesagt. Nur eine Spinnerei«, säuselte der Dünne und schloss wieder auf. »Ich weiß doch, dass du deine Highlands unseren Marschlanden jederzeit aus patriotischer Überzeugung vorziehst. Heimat ist schließlich Heimat. Liegt das an der Luft hier, dass du so dünnhäutig reagierst? Ich meine, erst die beiden alten Schachteln und jetzt auch noch du? Sind wir hier vielleicht schon zu weit weg vom Meer? Es heißt ja immer, dass Meeresluft der Gesundheit zuträglich sein soll, aber ich frage dich, was wichtiger ist, gesunde Lungen oder intakte Manieren? Hm? Soweit es mich betrifft, kenne ich die Antwort, darauf kannst du deinen schottischen Arsch verwetten.«

Für einen kurzen Moment der Orientierung sprachen beide nicht.

»Du wolltest Kaugummis, oder?«

Der Bullige nickte.

»Die dürften bei der Quengelware an der Kasse zu finden sein. Es sei denn, die Lobby für Quengelware ist hier ähnlich beschissen wie die für gute Manieren. Kinderschutz und so. *Mein Kind kriegt einen fettfrei gebackenen Dinkelvollkornkeks, wenn es was naschen will.* Hehehe, oh Mann, *diese* Spinner sind mindestens so zahlreich wie die woken Weltretter, wenn du verstehst, was ich meine. Ich glaube, das ist sogar ein und dieselbe Klientel. Das ergäbe auch Sinn, Stichwort verschmähte Marzipankartoffeln. Meine Güte, glaubst du, die Norddeutschen lassen ihre Kinder nicht naschen?«

Der Bullige ließ ihn stehen und ging weiter.

Der Dünne dachte kurz nach und ging seinem Begleiter hinterher.

»Ja, du hast recht, das ergibt keinen Sinn. Auf dem Weg hierher habe ich mindestens zwei richtig fette Kinder gesehen.« Er stieß den Bulligen mit dem Ellenbogen an. »Vielleicht sind das ja die beiden, die den anderen Kindern hier alles wegfressen. Hä? Hehehe.«

Der Bullige rieb sich geistesabwesend über die Stelle, an der ihn der spitze Ellenbogen des Dünnen getroffen hatte, und hielt weiter auf die Kasse zu. Dort wurde gerade ein Mann abkassiert. Ein älteres Pärchen, das hinter ihm anstand, war dabei, den Einkauf aus dem Einkaufswagen zu holen.

»Oho, Ofenkäse und Rotwein. Das Baguette gibt es dann bestimmt frisch vom Bäcker, habe ich recht?«, sagte der Dünne laut.

Die Frau sah ihn irritiert an, während der Mann unbeirrt weiter den Einkauf auf das Band räumte.

»Das läuft dann ja wohl auf einen romantischen Abend hinaus. Sehr schön, dafür ist man nie zu alt. Wenn ich Ihnen einen Desserttipp geben darf: Flambierte Birnen mit Orangensauce. Passt perfekt zum Ofenkäse. Ob das mit dem Wein, den Sie da haben, dann immer noch so hinhaut, glaube ich zwar eher nicht, aber der wäre auch ohne die Birnen nicht unbedingt die beste Wahl gewesen.«

Die Frau sah irritiert zum Wein und wieder zum Dünnen.

»Billigwein schmeckt auch wie Billigwein. Vertrauen Sie mir.«

Die Frau wendete sich ihrem Mann zu. Der hatte inzwischen alles aus dem Wagen geholt und sah demonstrativ nicht zu seiner Frau und den beiden Fremden.

»Hannes? Ist das ein Billigwein?«

Hannes lehnte es ab, zu reagieren.

»Wollen wir sonst nochmal gucken?«

»Das ist der Wein, den wir *immer* trinken«, zischte Hannes.

Die Frau bedachte den Dünnen mit einem verlegenen Lächeln und gab den Kampf um einen edleren Tropfen auch schon wieder auf.

»Du glaubst ja gar nicht, wie viele Menschen keine Ahnung haben, um was für ein Erlebnis sie sich regelmäßig bringen, nur weil sie sich nicht die Mühe machen wollen, zu ihren Speisen den passenden Wein auszuwählen«, raunte der Dünne seinem Begleiter zu. »Dabei wäre es so einfach. Trinkst du eigentlich Wein? Nein, du bist natürlich auf Whisky eingeschworen, und zwar auf den ohne E, oder? Wie sieht es mit Bier aus?«

Der Bullige ließ die Frage unbeantwortet im Raum stehen und den Dünnen schien das nicht weiter zu stören.

Nachdem das ältere Pärchen seinen Einkauf wieder eingepackt und bezahlt hatte, traten die beiden Männer vor. Der Bullige nahm sich eine Dose mit Zahnpflege-Kaugummis und stellte sie aufs Band. So konnte die junge Dame an der Kasse einen genaueren Blick auf seine Hand werfen. Die tätowierten Fingerknöchel waren mit einem dunkelroten Schorf überzogen, wie Flechten an einem sehr alten Baum. Sie starrte auf die Hand, dann auf die Kaugummis und schließlich auf die beiden Männer. Beide starrten zurück.

»Ach du Scheiße«, entfuhr es der Kassiererin.

Der dünne Mann packte für die junge Frau ein besonders strahlendes Lächeln aus.

»Ja, wem sagen Sie das. Mir ist das auch sehr unangenehm, das dürfen Sie mir glauben. Aber mein irischer Freund hier …«

Das erste Lebenszeichen im Gesicht des Bulligen, nur ganz kurz, dafür aber sehr deutlich. Er kniff die Augen zusammen, als wäre ihm aus heiterem Himmel ein extrem stechender Schmerz in den Kopf geschossen.

»… ist dem Whisky nicht einfach nur zugetan, er ist ihm verfallen. Ich schaffe es nicht, ihm das Zeug abzugewöhnen, aber ich verlange von ihm, dass er sich wenigstens um einen frischen Atem zu bemühen hat. Möglichst mithilfe von etwas Minzigem, das wirkt am besten. Was soll ich sagen, seine Vorräte waren mal wieder aufgebraucht, das geht bei seinen Trinkgewohnheiten unfassbar schnell. Immerhin haben wir dadurch nun das Vergnügen mit Ihnen, und das ist für mich ein echter Mehrwert. Verstehen Sie? Man muss immer versuchen, das Positive zu sehen, das ist zumindest meine Devise. Wie sehen Sie das?«

Der Blick der jungen Frau ähnelte sehr stark dem der beiden älteren Damen, die der Dünne erfolglos in eine kleine Fachsimpelei über Marzipankartoffeln verstricken wollte. Ihr Dilemma war, dass sie nicht einfach weggehen konnte.

»Keine Meinung? Na, ist auch nicht so wichtig. Aber wo wir gerade so nett miteinander plaudern: Sie sind doch bestimmt von hier, oder?«

Die junge Frau nickte zaghaft.

»Dachte ich es mir doch. Dann müssten Sie eigentlich meinen alten Freund Benno Klöfkorn kennen. Na? Jaa, jede Wette. Seien Sie doch so nett und verraten mir, wo ich sein Haus finde.«

»Du weißt, dass ich ein Stadtmensch bin. Ich würde auch niemals etwas Anderes behaupten, nicht mal unter Folter. Ich bin in einer Stadt geboren und in einer Stadt aufgewachsen. Wenn ich Urlaub mache, dann in einer Stadt. Und wenn ich zwischendurch mal den Kopf freikriegen will, dann gehe ich nicht in einen Wald oder fahre an einen Strand. Ich werfe was ein – etwas, das ich vorher in entsprechenden Netzwerken erworben habe, wie es sie nun mal nur in Städten gibt. Ich brauche in meinem Leben einfach ein gewisses Maß an infrastruktureller Belastbarkeit, wenn du verstehst, was ich meine.

Daran wird sich auch nie etwas ändern. Nie! Und dennoch – nun, wo ich hier so mit dir durch dieses Dorf laufe, komme ich nicht umhin zuzugeben, dass ...« Der Dünne fuchtelte vage mit den Armen. »... das hier seinen Reiz hat. Hätte ich ehrlich gesagt nicht für möglich gehalten. Die Gegend hier ist weiß Gott nicht spektakulär, aber trotzdem ... irgendwie ... *schön*. Der Blick geht in die Weite und prallt nicht sofort an irgendwelchen Hochhäusern ab. Stattdessen nur diese schmucken kompakten Häuser. Und sogar alle mit Garten. Die Luft ...« Er atmete geräuschvoll durch. »... also, die ist mal so richtig toll. Leicht und doch wohltuend, als würde man Heilsalbe atmen. Hier kann man seinen Lungen wirklich mal was Gutes tun.«

Er zog ein silbernes Etui aus seiner Gesäßtasche, entnahm ihm eine filterlose Zigarette und steckte sie zwischen die Lippen. Dann holte er aus der Hosentasche ein schwarzes Zippo hervor und zündete sie an.

»Und dieser Supermarkt, der war doch auch irgendwie angenehm. Findest du nicht? So klein und übersichtlich. Klar, da bekommst du dann eben nicht alles. Einen anständigen Gin hatten die da jedenfalls nicht stehen. Gordons war das höchste der Gefühle. Du als Whiskytrinker weißt das vielleicht nicht, aber wenn man Gin mag, trinkt man Gordons erst, wenn man eh schon total stramm und vom guten Zeug nichts mehr übrig ist. Jedenfalls finde ich diese absurd vielfältigen Warenangebote in den Mega-Supermärkten immer irgendwie erschlagend. In diesen Kästen kann man sich sogar verlaufen. Mir ist das wirklich schon passiert. In so einem Mega-Ding hätten wir die Kasse mit deinen Kaugummis jedenfalls nicht so schnell gefunden. Außerdem hätte es da garantiert zehn verschiedene Geschmacksrichtungen gegeben, aus denen du dann noch wählen musst, von Kirsche bis Grünkohl.«

Der Dünne blieb stehen und sah sich um.

»Wir müssten gleich schon da sein, oder? Das war ja nicht mal ein Kilometer, was meinst du?«

Der Bullige war nicht stehengeblieben. Er lief noch ein paar Schritte weiter und stoppte erst, als er die nächste Auffahrt erreicht hatte. Dann drehte er sich zu seinem Begleiter um und nickte in Richtung des zur Auffahrt gehörenden Hauses.

Der Dünne schloss zu ihm auf.

»Jawoll! Da hat jemand Geld und scheut sich nicht, damit zu protzen. Gefällt mir.« Er ließ die Zigarette fallen und trat sie aus. »Also schön, dann mal los.«

Die beiden Männer schlenderten über die mit schwarzem Basalt gepflasterte Auffahrt. Während der Dünne sich an den in wohldosierter Anzahl gepflanzten und kunstvoll in Form geschnittenen Bäumen und Sträuchern auf dem vorderen Teil des Grundstücks erfreute, fixierte der Bullige die Eingangstür des Klinkerbaus mit einem Blick, bei dem sich jede Hintertür freiwillig geöffnet hätte.

»Ha! Bitte recht freundlich«, sagte der Dünne und zeigte nacheinander auf mehrere Kameras, die er an eigens dafür installierten Masten, der Hausfront und in einem Baum entdeckt hatte.

»So what«, brummte der Bullige.

Als sie schließlich vor der Tür standen, sah der Dünne sich irritiert um. »Da laust mich doch der Affe!« Er trat zwei Schritte zurück und schien nach etwas Ausschau zu halten. »Siehst du hier irgendwo einen Klingelknopf? Oder so eine Kette? Weißt schon, wie bei einer alten Klospülung.«

Der Bullige hob die muskulösen Schultern.

»Falls du es noch nicht wusstest, wenn du das machst, sieht es fast so aus, als hättest du drei Köpfe. Aber mal im Ernst, so eine Angeberhütte und keine Klingel? Nicht mal ein Türklopfer?«

Der Dünne trat wieder vor und hämmerte kräftig gegen die schlicht weiße Tür. Nach etwa zwanzig Sekunden wiederholte er es mit noch mehr Schmackes.

Schließlich wurde geöffnet, von einem Mann in den Dreißigern, etwas kleiner als der Dünne, schlank, schwarzhaarig, sanfte braune Augen, spitze Nase, markante Kinnpartie – gutaussehend. Es war Benno Klöfkorn und er trat mit dem demonstrativen Hochmut eines Schlossherren nach Draußen, wo er die beiden Fremden prüfend musterte. Wenn ihn das Erscheinungsbild des bulligen Mannes beeindruckte, was für niemanden eine Schande gewesen wäre, konnte er das erfolgreich verbergen.

»Sind Sie Benno Klöfkorn?«, fragte der Dünne freundlich.

Benno streckte das Kinn vor.

»Wer will das wissen?«, fragte er zurück, ohne sich im Gegenzug auch nur im Geringsten um Freundlichkeit zu bemühen.

»Mein Name ist Armin Drießen. Das ist Angus Macmillan, mein Partner«, antwortete der Dünne, an der Grenze zur Unterwürfigkeit.

Benno dachte kurz nach.

»Sagt mir nichts. Was wollen Sie von Herrn Klöfkorn?«

»Das will ich Ihnen selbstverständlich gerne verraten«, antwortete Armin und lächelte entspannt. »Wenn sie mir vielleicht vorher noch kurz verraten, mit wem ich es gerade zu tun habe.«

Benno schien plötzlich eine dunkle Ahnung zu überkommen. Er starrte Armin an, als würde der ihn mit einer Waffe bedrohen.

»Herr Klöfkorn ist nicht zu sprechen«, behauptete er, ohne auf die Frage einzugehen. »Er ... befindet sich auf Geschäftsreise. Mit anschließendem Urlaub. Ja. Ich hoffe, dass Sie keine allzu lange Anreise hatten«, haspelte er und zog sich dabei langsam ins Haus zurück. »Einen schönen Tag noch, die Herren.«

Als er die Tür zuziehen wollte, schob Armin blitzschnell seinen Fuß dazwischen.

»Was ... na hören Sie mal! Was erlauben Sie sich? Nehmen Sie Ihren Fuß da weg!«, empörte sich Benno.

»Nee«, erwiderte Armin ruhig und lächelte freundlich.

»Wie, nee? Fuß weg, sage ich! Sonst rufe ich die Polizei.«

Als der bullige Angus daraufhin ganz langsam zwei Schritte vortrat, war Bennos Mütchen augenblicklich gekühlt. Er wurde nun sehr blass und hatte scheinbar auch nichts mehr zu sagen, hielt den Türgriff aber weiterhin fest umklammert.

»Hehehe, aaaahh, herrlich. Nein, bitte, wir machen doch nur Spaß. Als ob wir nach Ihnen suchen würden, ohne zu wissen, wie Sie aussehen. Das wäre doch ganz schön dämlich, nicht wahr? Entschuldigen Sie, dass wir diese blöde Show abgezogen haben, wir hielten das für eine witzige Idee. Die kleine Eskalation gerade geht natürlich voll auf unsere Kappe. Das tut mir leid und ist mir sehr unangenehm«, versicherte Armin eloquent.

Er zog eine Visitenkarte aus der Brusttasche seines Hemds und hielt sie Benno hin. Der sah sie an, als wäre sie Armins Gebiss, das er sich gerade aus dem Mund gezogen hatte.

»Nehmen Sie ruhig, damit ist alles in Ordnung.«

Benno griff widerwillig zu und las.

»Spezielle Operationen?«

Armin lächelte breit und nickte.

»Was bedeutet das?«

Armin breitete die Arme aus. »Alles und nichts«, sagte er feierlich. »Grundsätzlich genau das, was Sie gerade brauchen. Verstehen Sie?«

»Was ich gerade brauche«, wiederholte Benno leise, ließ den Türgriff los und trat wieder zwei Schritte nach Draußen. »Interessant. Und Sie sind hier, weil ... *ich* gerade etwas brauche?«

»Aaah! Siehst du, Angus, unser Freund hatte recht. Der Kerl hat Grips. Der begreift schnell, ohne dass man lange erklären muss, und kommt dann direkt auf den Punkt. Das mag ich. Zur Sache also. Der Freund, den ich gerade zitiert habe, ist ein gemeinsamer Bekannter. Ich spreche von Otto Franke.«

Benno wurde aschfahl.

»Unser guter Freund Otto hat uns erzählt, dass er für eine Weile mit einem gewissen Benno Klöfkorn aus dem im wunderschönen, meerumschlungenen Schleswig-Holstein gelegenen Sparrieshoop einen gemeinsamen Gefängnisaufenthalt hatte und sich darüber mit ihm anfreundete.«

Benno gab sich redlich Mühe, ein erfreutes Lächeln aufzusetzen, war aber bestenfalls mäßig erfolgreich.

»Na ... das ist ja ein Ding«, sagte er langsam. »Der gute alte Otto, oh Mann. Wie geht es ihm denn so? Er dürfte ja durchaus noch ein paar Jährchen haben, wenn ich das richtig erinnere. Oder hat man sein Strafmaß zwischenzeitlich reduziert?«

Armins Miene trübte sich ein. »Nein, keine Chance. Es sind noch fast sechs Jahre. Leider.« Gleich im nächsten Moment strahlte er schon wieder über das ganze Gesicht. »Finde ich aber super, dass Sie sich sofort an ihn erinnern und sich auch gleich nach seinem Wohlbefinden erkunden. So eine Knastfreundschaft geht eben richtig in die Tiefe. Die endet nicht einfach am Stacheldrahtzaun, das sage ich immer wieder. Wenn ich Otto das nächste Mal besuche, werde ich ihm das erzählen. Da wird er sich freuen.«

Armin und Benno sahen einander an, der eine unbefangen lächelnd, der andere, als würde er inmitten eines wichtigen Vorstellungsgesprächs dringend auf die Toilette müssen.

»Ach so, ansonsten geht es ihm aber gut. Den Umständen entsprechend, wie man so schön sagt. Knast ist nun mal nicht vergnügungssteuerpflichtig. Er wäre natürlich viel lieber in Freiheit, aber darüber muss ich Ihnen ja nichts erzählen.«

»Da haben Sie allerdings recht«, erwiderte Benno.

»Oder?« Armin nickte glücklich. »Otto hat uns auch von Ihrem Projekt erzählt. *Wow!* Wirklich toll. Ambitioniert. Hoher Einsatz, aber überschaubares Risiko. Das hat uns enorm beeindruckt. Na, den guten Otto sowieso.«

Das versetzte Bennos Bemühen um ein Pokerface einen weiteren harten Schlag. Das Gesicht eines Mannes mit ausgeprägter Dentalphobie und einem unerträglich schmerzhaft pochenden Zahn hätte kaum verzweifelter aussehen können, als seines.

»Ich habe ja bereits erwähnt, dass wir Otto sehr nahestehen. Ich würde sogar so weit gehen wollen, dass er eine Art Mentor für uns ist«, führte Armin aus. »Kann man das so sagen, Angus?«

Angus starrte Benno an und nickte.

»Genau. Sehen Sie, und eben deswegen halten wir es für unsere Pflicht, Ihnen, dem Zellenkumpel … ach, was red ich, dem Freund unseres Mentors bei der Realisierung seines Planes mit jeder erdenklichen Hilfeleistung zur Seite zu stehen. Ich habe ja schon gesagt, dass Gefängnisfreundschaften etwas Besonderes sind. Wir wissen alle, dass eine solche Verbindung auch ein lebenslang gültiges Versprechen auf gegenseitige Hilfeleistung beinhaltet. Das ist ein ungeschriebenes Gesetz. Wenn Otto persönlich hier sein könnte, um Ihnen zu helfen, verdammt nochmal, dann wäre er jetzt auch hier. Das würde er sich nicht nehmen lassen, und das wissen Sie natürlich auch. Da die Umstände aber nun mal so sind, wie sie sind, müssen Sie mit uns vorliebnehmen. Also, Herr Klöfkorn, langer Rede, kurzer Sinn: Was können wir an Ottos statt für Sie tun?«

Bennos Augäpfel drohten aus ihren Höhlen zu ploppen.

»Äääh … ich … also, hören Sie …«

»Herrje, wenn man so drüber nachdenkt – was für ein Glück! Hä? Was für ein un-ver-schäm-tes Glück das doch ist, dass man ausgerechnet Sie zu Otto in die Zelle gesteckt hat. Oder? Einen Mann mit Verstand und einem gleichermaßen klugen wie lukrativen Plan, dem noch dazu die Ehre unter Knastbrüdern etwas bedeutet. So hat unser lieber Otto nach seiner Entlassung die Gewissheit auf einen sorgenfreien Lebensabend. Keine Abhängigkeit vom Staat oder die

Aussicht auf erniedrigende Jobs in Fastfood-Restaurants oder als Reinigungskraft, um über die Runden zu kommen. Wir helfen Ihnen und Sie revanchieren sich dafür mit einem bescheidenen, aber dennoch angemessenen Anteil an den geernteten Früchten, wie es sich gehört. So wie ich Sie einschätze, würden Sie das sogar ohne vorherige Unterstützung von uns tun, einfach weil Sie Otto so respektieren. Stimmt es nicht? Habe ich nicht recht?«

Benno war völlig überfordert und wusste nichts zu sagen.

»Oooh, kommen Sie!« Armin machte eine wegwerfende Bewegung und lächelte ihn kumpelig an. »Keine falsche Bescheidenheit. Natürlich habe ich recht. Wie ich sagte, was für ein Glück. Und Otto hat es so *verdient*.«

»Klar. Klar, aber …«

»Jetzt einfach raus mit der Sprache. Was sollen wir für Sie tun, Herr Klöfkorn? Sie müssen es nur sagen, und wir legen sofort los. Keine blöden Fragen, kein falscher Stolz und – das möchte ich betonen – keine Grenzen.«

Bennos Teint wechselte nun von aschfahl zu karmesinrot. Er verschränkte die Arme und schien etwas sagen zu wollen, brachte letztlich aber nichts heraus. Dass sein Blick immer wieder zu dem stoischen Angus wanderte, ließ vermuten, dass er Angst vor den Konsequenzen seiner Worte hatte.

Armin beobachtete das sehr genau

»Hehehe. Ob Sie es glauben oder nicht, das hat Otto auch erwähnt. Er sagte, dass Sie, obwohl fuchsschlau und immer sehr fokussiert, manchmal ein bisschen auf dem Schlauch stehen. Hätte ich jetzt ehrlich gesagt gar nicht für möglich gehalten. Dabei ist es eigentlich ganz logisch, dass er Sie nach anderthalb gemeinsamen Jahren viel besser kennt, als ich es nach ein paar Minuten könnte, nicht wahr? Er meinte, dass Sie in solchen Momenten einfach nur einen kleinen Schubs in die richtige Richtung brauchen. Eine Art Starthilfe. Und hier kommt sie auch schon, in Form eines Appells: Herr Klöfkorn, halten Sie sich jetzt nicht mit falscher Bescheidenheit auf, nach dem Motto: was für ein Projekt? Das wollen Sie doch gar nicht.«

Benno räusperte sich. »Nein. Natürlich nicht. Es geht um das Erbe meines Vaters, schon klar. Ja, davon habe ich Otto erzählt. Sogar recht oft, glaube ich. Und nein, das habe ich natürlich nicht vergessen.«

Benno räusperte sich erneut in die geschlossene Faust und hoffte verzweifelt, dass es die beiden Männer vielleicht von seiner klammheimlichen Rückwärtsbewegung ablenken würde.

»Tatsächlich läuft bei dem – um mal in der von Ihnen gewählten Begrifflichkeit zu bleiben – Projekt bislang alles in geordneten Bahnen. Ich habe mein Ziel fest im Visier. Ich bin ihm sogar schon ziemlich nahe und brauche daher leider gar keine Unterstützung. Oder sollte ich Gott sei Dank sagen?« Er versuchte sich an einem Lachen und verhunzte es dermaßen, dass er sich vor sich selbst schämte. »So nett das von Ihnen sicherlich gemeint ist. Tut mir leid.«

Armin lächelte, als hätte Benno ihm gerade ein ausnehmend freundliches Kompliment gemacht.

»Ist das Ihr letztes Wort?«, fragte er schlicht.

Benno nickte und schob sich weiter Richtung Hausinneres.

»Hm. Auch damit habe ich nicht gerechnet. Nein, ganz und gar nicht. Was sollen wir Otto denn jetzt sagen? Ich meine, Sie kennen ihn doch. Er wird einigermaßen enttäuscht sein, wenn er hört, dass Sie seine Hilfe nicht annehmen wollen.«

Armin sah kurz zu seinem Partner, in dessen stoischer Mimik sich aber absolut gar nichts bewegte.

»Oder ist es so, wie ich gerade gemutmaßt habe? Dass Sie Otto unterstützen werden, ohne eine entsprechende Gegenleistung von ihm beziehungsweise von uns einzufordern?«

Benno hatte es inzwischen im Rückwärtsgang über die Türschwelle geschafft, ohne dass die beiden Fremden eingegriffen hätten.

»Ich würde vorschlagen, dass wir dafür später eine Lösung suchen. Sobald ich mein Ziel erreicht habe, werde ich Otto im Gefängnis besuchen. Das hatte ich mir für die Zeit danach sowieso fest vorgenommen. Dann werde ich das mit ihm direkt besprechen. Das ist doch sicher auch in Ihrem Sinne, oder?«

Armins Blick war ebenso undurchsichtig geworden wie der von seinem Partner. Er blieb nun auch so stumm wie sein Partner.

»Jetzt muss ich mich aber leider entschuldigen. Ich habe gleich eine Verabredung, für die ich mich noch ein bisschen rausputzen muss.« Wieder der Versuch eines Lachens. »Danke für Ihr Angebot. Ich wünsche Ihnen alles Gute. Und richten Sie Otto bitte ganz liebe Grüße aus!«, haspelte er eilig und schloss die Tür.

Armin und Angus sahen sich stumm an. Dann gingen sie, wie auf ein geheimes Zeichen, wieder los.

Sie liefen die Kirchenstraße in Richtung Westen bis zum Ende. Knapp ein halber Kilometer Strecke, für den man strammen Schrittes etwa vier Minuten gebraucht hätte. Die beiden hatten es jedoch nicht eilig und trafen erst nach etwa sieben Minuten auf die Bahnhofstraße. Dass Angus nicht sprach, war normal. Dass Armin kein Wort sagte, war beunruhigend. Wer ihn kannte, hätte nicht für möglich gehalten, dass er auch nur für eine Minute den Mund halten konnte. So war auch Angus das ungewohnte Schweigen seines Partners durchaus aufgefallen, aber es beunruhigte ihn eigentlich nicht. Im Gegenteil, er mochte es. Zwei gestandene Männer, die zusammen schweigen, war ihm der Gipfel eines von blindem Verständnis geprägten Bündnis. Hätte er sich nun übertrieben fürsorglich gezeigt und wäre darauf eingegangen, hätte das die wunderbare, weil seltene Ruhe zwischen den beiden sofort zerstört. Das war es ihm einfach nicht wert.

Sie gingen die Bahnhofstraße in südöstlicher Richtung.

»Dann müssen wir diesen Klöfkorn-Schnösel eben zu seinem Glück zwingen. Wäre ja auch zu schön gewesen, wenn sich zur Abwechslung mal einer vernünftig verhalten hätte. Immer dieser falsche Stolz und dieser vollkommen unangebrachte Geiz. Was stimmt denn bloß nicht mit diesen Arschlöchern?«

Angus wusste sehr genau, dass die Sonne seinem Partner nicht ununterbrochen aus dem Arsch schien. Er konnte auch sehr ernst und energisch sein. Es konnte mit ihm sogar richtig hässlich werden, wenn man so dumm war, es drauf ankommen zu lassen.

»Wie swingen wir den Idiot zu sein Gluck? Blackmail?«

Armin blieb stehen und sah seinen Partner mit hochgezogenen Augenbrauen und der Andeutung eines Lächelns an.

»Könnten wir machen. Immerhin hat er Otto ja so einiges erzählt. Wenn auch nur die Hälfte davon nicht einfach nur pure Prahlerei war, haben wir den kleinen Pisser ganz fest bei den Eiern.« Armin seufzte. »Wir sollten das aber trotzdem nicht tun. Wenn er dann nämlich unvernünftig reagiert und stur bleibt, müssten wir unsere Drohung wahrmachen und ihn verpfeifen. Dann hat am Ende keiner was gewonnen. Erpressung ist Plan B oder C.«

Angus nickte. »Dann Gewalt?«

»Oh Mann, ja, Gewalt. Sehr verlockend, gerade bei diesem arroganten Idioten. Aber nein, das ist noch schlechter als Erpressung, eher Plan C oder D. Stell dir vor, er geht dann zur Polizei. Oder er heuert eigene Schläger an. So oder so würden wir dann keinen lausigen Cent von ihm bekommen. Zumindest nicht freiwillig. Nein, dieser Klöfkorn-Bengel hängt zu sehr an seinem Geld. Den müssen wir zum Abwägen zwingen, damit er das Portemonnaie für uns aufmacht.«

»Was schlagst du vor?«

Armin lachte laut auf. »Mann, du plapperst ja regelrecht. Ist alles in Ordnung mit dir?«

Angus kniff die Augen zusammen und ging weiter.

»Hey, nun sei doch nicht gleich beleidigt! Das war nur ein Scherz. Ich freue mich, wenn ich deine Stimme zwischendurch mal höre. Wirklich.«

Angus blieb wieder stehen, sah Armin aber nicht direkt an.

»Wir spielen über Bande. Morgen heften wir uns an die Fersen seines Vaters. Wenn sich eine gute Gelegenheit bietet, sprechen wir ihn an und setzen ihm einen hübschen kleinen Floh ins Ohr. Dann wird er, sozusagen ferngesteuert von uns, seinem Sohn eine Kostprobe davon geben, wie schwer wir ihm das Leben machen können, wenn wir es drauf anlegen. Ich bin mir sicher, dass wir Benno so zur Kooperation bewegen können. Er mag ein schlimmer Geizhals sein, aber er ist vor allem ein Schwächling. Das habe ich in seinen Augen gesehen. Arroganz ist sein Masterplan für alles. Wenn er damit nicht durchkommt, hat er keine Ersatzstrategie.«

Angus nickte. Armin war ihm blöd gekommen, ausgerechnet in einem Moment, in dem er seinen immer etwas lackaffigen Kollegen eigentlich unterstützen wollte. Die nächste gesprächige Phase würde er nicht so schnell haben. Auf keinen Fall vor Ablauf dieses Tages.

Die beiden Männer schlenderten weiter.

»Geht es eigentlich nur mir so, oder riecht es in unserer Wohnung nach verbranntem Plastik? Wenn wir uns da aufhalten habe ich immer das Gefühl, dass gerade irgendwo ein Kabel durchgeschmort ist. Ich bin schon ein paarmal rausgelaufen, um zu erschnuppern, ob das vielleicht von draußen kommt, aber da war dann nichts. Das macht mich richtig irre, wenn ich etwas Ungewöhnliches rieche und es keiner

Quelle zuordnen kann. Bei Geräuschen ist es genauso. Kennst du das auch?«

Angus zeigte die Andeutung eines Kopfschüttelns.

»Und du findest auch nicht, dass es in unserer Butze komisch riecht?«

Angus deutete ein weiteres Kopfschütteln an.

Armin nickte nachdenklich.

»Manchmal frage ich mich, ob ich einen Hirntumor habe. Das ist doch nicht normal, dass ich ständig Dinge rieche und höre, die von anderen nicht wahrgenommen werden. Vielleicht sollte ich das wirklich mal von einem Arzt abklären lassen. Stell dir mal vor, die finden am Ende noch raus, dass ich der Einzige bin, der *dich* sehen kann. Wäre das nicht ...«

Ohne Vorwarnung schlug Armin Angus die Hand vor die Brust und blieb abrupt stehen. Er starrte auf eines der Häuser auf der anderen Straßenseite.

»Siehst du *das?*«

Angus folgte seinem Blick. »What?«

»Das Schild da.«

Angus las – und zuckte mit den Schultern. »So?«

»Ich bin mir nicht sicher«, sagte Armin langsam. »Mich überkam gerade so ein merkwürdiges Gefühl. Als ob das für uns nochmal irgendwie wichtig sein könnte.«

Er holte sein Handy hervor, wählte die Nummer auf dem Schild und aktivierte den Lautsprecher, damit Angus mithören konnte.

»*Hilfe, Investigation, Recherche, Nachforschung und Intervention. Mein Name ist Harald Lautenschläger. Was kann ich für Sie tun?*«

»Ja, Drießen hier, guten Tag. Entschuldigen Sie bitte die Störung, aber ich bin gerade an Ihrem Schild vorbeigelaufen und frage mich nun, was es damit auf sich hat. Sind Sie so eine Art Pseudo-Polizei?«

»*Klare Antwort: Nein. Wir sind nicht die Polizei und haben auch grundsätzlich nichts mit den staatlichen Sicherheitsorganen zu tun. Unsere Zielgruppe sind die Bürger, die mit einem Anliegen zur Polizei gehen und dort dann sozusagen abgewimmelt werden. Aus diesem Abwimmeln schlussfolgern wir, dass es sich nicht um eine klassische Polizeiangelegenheit handelt. Wenn der abgewimmelte oder, anders ausgedrückt, mit seinem Problem alleingelassene Bürger es dann*«

wünscht, kommen wir ins Spiel. Wichtig ist in diesem Zusammenhang, dass dieses Angebot nur für die Bürger des Ortes gilt.«

»Hmm ... okay. Wenn ich also eine Straftat beobachtet habe, kann ich die nicht bei Ihnen zur Anzeige bringen?«

*»Richtig, das würde nichts bringen. Wenn es sich wirklich um eine Straftat handelt, dürfen wir die Angelegenheit nicht weiter verfolgen. Wann immer wir also glauben, dass ein Vorfall, der uns gemeldet wird, richtigerweise von der Polizei verfolgt werden müsste, würden wir automatisch dahingehend beraten. Wenn die Polizei die Meldung dann aber nicht aufnimmt oder, wie gerade skizziert, das Anliegen des Bürgers sogar bagatellisiert, stehen wir im Rahmen unserer Möglichkeiten zur Verfügung.«*

»Dann sind Sie so etwas wie eine Bürgerwehr?«

Stille am anderen Ende.

»Hallo? Sind Sie noch da?«

*»Ja. Ja, bin ich. Entschuldigen Sie, der Begriff Bürgerwehr hat mich irgendwie auf dem falschen Fuß erwischt.«*

»Ich wollte Sie nicht beleidigen.«

*»Haben sie nicht. Habe ich auch nicht unterstellt. Bürgerwehr trifft nicht zu, schon gar nicht im historischen Kontext. Ich fand den Begriff nur trotzdem so passend, und das hat mich verwirrt.«*

»Ah, na gut. Äh ... sind Sie eigentlich bewaffnet?«

*»Waffen? Oh, nein. Nein.«*

»Nein, alles klar, auch verstanden. Wenn Sie die Zeit noch haben, würde ich gerne noch einmal kurz auf die Angebotsbegrenzung eingehen. Sagen wir mal, ich bin kein Bürger des Ortes, habe hier aber gerade aus Gründen temporär Quartier bezogen. Wie sähe es dann aus? Könnte ich Ihre Hilfe für mich in Anspruch nehmen, wenn es sich nicht um eine klassische Polizeiangelegenheit handelt?«

Wieder Stille am anderen Ende.

*»Sie stellen sehr interessante Fragen, das muss ich schon sagen. Über solche Sonderfälle haben wir uns bislang ehrlich gesagt noch gar keine Gedanken gemacht. Ich lehne mich jetzt mal aus dem Fenster und sage: Ja, könnten Sie.«*

»Ha!«, entfuhr es Armin. »Na bitte, wunderbar. Haben Sie vielen Dank für ihre Geduld«, sagte Armin und beendete das Gespräch, ohne eine Grußformel von seinem Gesprächspartner abzuwarten.

»Mein lieber Angus, an diesen HIRNIs werden wir noch unsere Freude haben. Frag mich bitte nicht, woher ich das weiß. Ich weiß das einfach.«

## Podcast III – Wer ist Jens Jensen?

»Stell dich doch bitte kurz vor. Wer ist Jens Jensen?«

»Ich bin ein Kind des Ortes, verheiratet mit einem anderen Kind des Ortes. Ich wohne hier in meinem Elternhaus, in der Kirchenstraße. Ich bin siebenunddreißig Jahre alt und Vater von zwei Töchtern. Mein einziges Hobby ist Laufen.«

»Wie bist du zu einem HIRNI geworden?«

»Ich war auf dem Ortsfest. Eigentlich wollte ich gerade nach Hause, aber dann hörte ich Lennard seine Wutrede halten und bin stehengeblieben, um es mir bis zum Ende anzuhören. Als er dann sagte, dass er noch Leute braucht, die sich ihm anschließen, dachte ich mir: warum nicht?«

»Wie hast du deinen Kindern erklärt, warum ihr tut, was ihr tut?«

»Hm. Na, ich habe ihnen gesagt, dass es da diese Gruppe Menschen gibt, die der Meinung sind, dass man der Polizei helfen sollte, weil sie oft zu viel zu tun haben und sich nicht immer um alles kümmern können, was die Leute so von ihnen wollen. Und wenn die beiden in der Schule sind oder zu Hause an den Schulaufgaben sitzen, möchte ich die Zeit nutzen, um diese Gruppe dabei zu unterstützen.« Er hielt kurz inne. »Ich weiß schon, jetzt denken bestimmt einige, dass ich ganz schön naiv sein muss. Meine Mädchen sind aber sehr intelligent und vor allem sehr ehrgeizig. Die machen auch ohne Aufsicht ihre Hausaufgaben, vollständig und gewissenhaft. Sie finden es übrigens cool, dass ich das mache.«

»Was qualifiziert dich deiner Meinung nach, dieser Aufgabe gerecht werden zu können?«

Jens antwortete nicht sofort.

»Vor allem meine Hartnäckigkeit, denke ich. Ich lasse nicht locker, wenn ich etwas will – zum Beispiel Antworten. Ich weiß, dass ich bei denen, die mit dieser Eigenart von mir schon Bekanntschaft gemacht haben, nicht so beliebt bin. Menschen, die es mit mir zu tun bekommen, sind von mir in der Regel schnell genervt. Das bekomme ich zumindest immer wieder gesagt. Also, nicht wortwörtlich, *das* kommt wirklich nur ganz selten vor. Aber es steht oft zwischen den Zeilen und ich merke das dann auch. Die meisten können sich nicht so gut verstellen, zumindest nicht lange genug. Was normalerweise reichen mag, um lästige Typen wie mich schnell irgendwie loszuwerden, prallt an mir einfach ab. Ich bin der Endgegner unter den lästigen Typen.« Jens lachte. »Mir ist aber egal, was andere von mir denken. Ich würde sagen, dass das ebenfalls eine Stärke ist, mit der ich unsere Gruppe bereichern kann, dass ich kein Interesse daran habe, Everybody's Darling zu sein.«

»Schnellfragerunde, bitte nur mit Ja, Nein oder maximal drei Wörtern antworten. Okay?«

»Ja, verstanden.«

»Bier oder Wein?«

»Weder noch.«

»Tee oder Kaffee?«

»Tee.«

»Süß oder salzig?«

»Weder noch.«

»Lieblingsessen?«

»Äääh … alles mit Nudeln.«

»Lieblingslied?«

»Abenteuerland.«

»Lieblingsbuch?«

»Bin kein Leser.«

»Erstes Auto?«

»Ein VW Polo.«

»Bist du gläubig?«

»Nein.«

»Hast du schon mal eine Straftat begangen?«

»Nein.«

»Politische Ausrichtung: Dunkelrot, grün, rot, gelb, schwarz oder blau?«

»Das wechselt.«

»Welche Botschaft hast du für unsere Hörer? Gerne mehr als drei Wörter.«

»Oh! Okay. Äh ... lasst euch nicht verarschen, von niemandem. Verarscht aber auch nicht andere. Und treibt mehr Sport. Lauft, fahrt mit dem Rad oder geht zumindest regelmäßig spazieren. Und esst weniger Fleisch. Besser für euch, besser für die Umwelt.«

»Vielen Dank, Jens.«

## Schlaganfall

Als Walter Klöfkorn aus nördlicher Richtung in den Liether Wald einsickerte, war es noch etwas zu früh, um früh am Morgen zu sein. Es war die Zeit, zu der die örtliche Vogelpopulation lautstark zu streiten anfing, wer das Anbrechen eines neuen Tages zuerst bemerkt hatte. Die Zeit, in der der Berufsverkehr ein paar erste einsame Kundschafter aussendete, um schon mal das zur Verfügung stehende Streckennetz zu testen. Die Zeit, in der die meisten Wecker noch nicht geklingelt hatten und die Menschen jede noch so kleine zusätzliche Zeiteinheit Schlaf auskosteten. Auch der alte Klöfkorn wusste die wohltuende Wirkung von ausreichend Schlaf für gewöhnlich sehr zu schätzen. Trotz aller Schaffenskraft und allem Tatendrang hatte er nie zu jenen gehört, die sich damit brüsteten, nur vier Stunden Schlaf pro Tag zu benötigen oder regelmäßig der Erste in der Firma zu sein. Durften sie gerne machen, diese Verrückten. Er kam lieber auf mindestens sieben Stunden Schlaf und dann eben erst etwas später ins Büro. Seit man jedoch die Leiche seiner geliebten Tochter gefunden hatte, fanden der Schlaf und er nicht mehr zueinander. Gedanken, die den eigenen Schwanz zu fangen versuchten, und ein unbändiger roher Schmerz fraßen sich durch seinen Geist und ließen ihn nicht mehr zur Ruhe kommen. Klöfkorn wusste, dass er gegen diesen Zustand nur mit ausgiebiger Trauer etwas ausrichten konnte. Er wusste auch, wie das funktionierte, richtig und ausgiebig trauern; wahrscheinlich gab es nicht so arg viele Menschen, die sich damit besser auskannten als er. Das Problem war, dass es dafür eine bestimmte Voraussetzung brauchte, die in diesem Fall leider noch nicht gegeben war. Er brauchte die sterblichen Überreste seiner Tochter, vorzugsweise beigesetzt in dem Grab auf dem Evangelischen Friedhof Elmshorn. Er musste wissen, dass sie da begraben lag, um mit ihr reden zu können, jederzeit und so lange er wollte. Die Grabstelle hatte er schon. Sie befand sich neben dem Grab seiner Frau und sollte eigentlich zu seiner eigenen letzten Adresse werden. Er hatte ja nicht ahnen können, dass ausgerechnet sein jüngstes Kind vor ihm sterben würde.

Versuchsweise hatte er schon an dem Grab gestanden, hoffend, dort etwas Ruhe in das schlafraubende Durcheinander seiner Gedanken bringen zu können. Vergeblich. Seine Frau, die gleich nebenan lag, war ihm bei diesem speziellen Problem bedauerlicherweise auch keine Hilfe gewesen. Dieser Flecken Erde hatte einfach noch nichts vorzuweisen, womit sich eine Verbindung zu seiner Tochter aufbauen ließ. Selbstverständlich war es absolut in seinem Sinne, dass die Staatsanwaltschaft alles unternahm, um den Mörder seiner Tochter zu identifizieren. Wenn sie nach weiteren Anhaltspunkten suchen wollten, sollten sie das auch tun. Aber so lange sie Angelikas sterbliche Überreste deswegen nicht freigaben, konnte er sie nicht beisetzen lassen, ergo konnte er nicht abschließen, ergo fand er keine Ruhe. Der Tod seiner Frau war ebenfalls ein emotional enorm harter Schlag gewesen, aber er hatte damals wenigstens nicht so lange warten müssen, bis die Dinge ihren geordneten Gang nahmen und alles geregelt war.

Am Vortag war er aus purer Verzweiflung zum ersten Mal in den Liether Wald gegangen, zu der Stelle, wo man seine Angelika vor einigen Tagen gefunden hatte. Natürlich lag sie dort nun nicht mehr. Eigentlich war es auch keine gute Voraussetzung, dass es möglicherweise der Ort war, an dem man ihr auch das Leben genommen hatte. Bislang hatte das noch nicht offiziell ausgeschlossen werden können. Aber allein der Umstand, dass sie in diesem Stück Waldboden um die zwei Jahre gelegen hatte, verschaffte ihm einen Zugang zu ihr. Außerdem hatte er dort zu seiner Überraschung jede Menge Blumen vorgefunden, bestimmt ein gutes Dutzend Sträuße, vorwiegend Lilien, vereinzelt aber auch Tulpen und Rosen, abgelegt von Menschen, denen seine Tochter etwas bedeutet hatte. Jemand hatte sogar ein kleines hölzernes Kreuz aufgestellt, mit einem Bild von Angelika in der Mitte, auf dem sie ungefähr zwölf Jahre alt gewesen sein musste. Das hatte den alten Klöfkorn enorm gerührt. Dieser Ort war sicher nicht dasselbe, wie es ihr Grab hoffentlich schon sehr bald sein würde, aber zur Überbrückung der Wartezeit war er zumindest akzeptabel.

Die frühe Tageszeit hatte er nicht nur wegen seiner Schlaflosigkeit gewählt. So früh am Morgen waren praktisch noch keine Menschen unterwegs, erst recht nicht im Wald. Wenn er also ein paar Worte sagen wollte, bekam es niemand mit, und wenn er einfach nur in aller Stille ein paar ausgewählte Erinnerungen an seine Tochter genießen wollte, würde ihn dabei niemand stören.

Inspiriert vom Holzkreuz mit dem Foto, hatte er auch etwas mitgebracht, was er dort zum Gedenken an seine Tochter ablegen wollte. Es war ein faustgroßer grauer Stein, den Angelika mit Blümchen, Herzchen und dem Schriftzug „Mama" bemalt und anschließend lackiert hatte, als sie ungefähr zehn Jahre alt gewesen war. Er hatte ein Geschenk zum Muttertag sein sollen, aber die tödliche Krankheit seiner Frau hatte ihrem Verstand damals schon übel mitgespielt und Angelika hatte einen der immer zahlreicher werdenden falschen Momente zur Übergabe erwischt. Statt sich also zu freuen und zu bedanken, hatte seine Frau sich empört, ob der Kleinen tatsächlich nichts Besseres eingefallen war, als ihr zum Dank für all die Mühen des zurückliegenden Jahres einen hässlichen toten Stein zu schenken. Sie hatte es rundweg abgelehnt, das Geschenk ihrer Tochter anzunehmen, und die ohnehin schon am Boden zerstörte Angelika im Zorn sogar noch auf ihr Zimmer geschickt. Auftritt Walter Klöfkorn, zu seinem wahrscheinlich besten Moment als Vater. Er war zur völlig konsternierten Angelika aufs Zimmer gegangen, hatte sie in den Arm genommen und ihr versichert, dass es nicht ihre Mutter war, die dieses wunderschöne Geschenk verschmähte. Es war die fiese Krankheit, gegen die die Arme leider ebenso machtlos war, wie sämtliche Ärzte, durch deren Hände sie bereits gegangen war. Dann erklärte er im Plauderton, dass er den Fehlschlag mit dem Stein im Übrigen gar nicht so schlimm fand. Er selbst hätte nämlich einen praktischen Nutzen für ihn, als Briefbeschwerer in seinem Büro, und dass er ihm zufälligerweise auch noch ausnehmend gut gefiel, machte den Stein für ihn nur noch begehrenswerter. Also fragte er, ob sie den Stein stattdessen vielleicht ihm schenken würde. Angelika hatte für diesen unerwarteten Vorstoß eindeutige Anzeichen von Aufgeschlossenheit gezeigt, ihn aber pflichtschuldig schniefend daran erinnert, dass da doch „Mama" draufstand. Darauf hatte Walter pflichtschuldig irritiert erwidert, dass das ja wohl *gar kein* Problem sei, weil er Mama doch so lieb hatte. Die Transaktion war schließlich zustande gekommen und hatte nebenbei den Herzschmerz einer Zehnjährigen gelindert.

Eine wunderbare Erinnerung, die ihn auch nach den vielen Jahren, die seit diesem Tag inzwischen vergangen waren, immer noch innerlich zu wärmen wusste.

Nun legte er den Stein, den er seitdem tatsächlich als Briefbeschwerer benutzt hatte, behutsam neben das Holzkreuz. Als er sich wieder aufrichtete, lächelte er andeutungsweise und es kullerten ein paar Tränen über seine Wangen. Er war so mit seinen Erinnerungen beschäftigt, dass er gar nicht mitbekommen hatte, wie sich in der Zwischenzeit zwei Männer jeweils links und rechts hinter ihn gestellt hatten. Als sich einer von ihnen räusperte, wirbelte der alte Klöfkorn erschrocken herum.

»Herr im Himmel, müssen Sie sich so anschleichen?«, bellte er und funkelte die beiden zornig an.

Er hatte den Eindruck, als würden sie ganz genau wissen, wer er war. Gut, das war grundsätzlich kein Kunststück, er war in dieser Gegend nun mal ein bekannter Mann. Noch dazu hatte es zuletzt wieder einiges an Berichterstattung über ihn und seine Familie gegeben. Da waren die Männer ihm gegenüber im Vorteil, denn er konnte sich nicht erinnern, sie schon einmal gesehen zu haben.

»Guten Morgen, Herr Klöfkorn«, sagte der Schmalere von den beiden und bestätigte damit den Eindruck. »Wir bedauern Ihren Verlust sehr.«

Klöfkorns Miene wurde sanfter.

»Und entschuldigen Sie bitte, dass wir Sie so erschrocken haben. Das war keine Absicht.«

»Ja … schon gut. Jetzt bin ich wenigstens vollständig wach«, murmelte der Alte. »Vielen Dank für Ihr Mitgefühl.«

Die Männer nickten stumm, machten aber keine Anstalten, weiterzugehen.

»Kannten Sie meine Tochter?«, fragte er den Schmalen.

»Nein, leider nicht.«

Klöfkorn sah kurz zu dem Anderen, der bislang noch keinen Ton von sich gegeben hatte und mit seiner Türsteher-Gestalt, auf die Mutter Natur auch eine Türsteher-Visage zu montieren beliebt hatte, so ziemlich das genaue Gegenteil von dem Schmalen war.

»Dann sind Sie nicht im Andenken an meine Tochter hier?«

»Da wir sie, wie bereits gesagt, gar nicht kannten, nein, tatsächlich nicht.«

Klöfkorns Gesichtszüge wurden wieder strenger.

»Dann lassen Sie mich doch bitte in Ruhe trauern. *Allein.*«

Der Schmale zog überrascht die Augenbrauen hoch.

»Oh! Herrje, der Tag hat kaum angefangen und schon springe ich in die Fettnäpfchen, als wären es Pfützen und ich ein Fünfjähriger mit Gummistiefeln.« Er schüttelte den Kopf und erweckte den Eindruck, als wäre er wirklich sehr enttäuscht von sich selbst. »Ich muss mich schon wieder bei Ihnen entschuldigen, wir wollten Sie auf keinen Fall bei irgendetwas stören. Schon gar nicht beim Trauern, um Gottes willen, nein. Herr Klöfkorn, ich verspreche Ihnen, dass wir uns gleich wieder auf den Weg machen. Vorher müssen wir Ihnen aber noch etwas mitteilen, was die Umstände des Todes Ihrer Tochter und die Rolle, die Ihr jüngster Sohn dabei gespielt hat, betrifft.«

Der alte Klöfkorn starrte den Schmalen sehr lange an. Sein Gesichtsausdruck wechselte dabei von anfänglicher Überraschung über Unglauben bis hin zur Empörung.

»Wie meinen Sie das?«, fragte er mit Raureif auf der Stimme.

»Na ja, wie werde ich das schon meinen? Genau so, wie es klingt. Ihnen, als seinem Vater, ist doch sicher schon lange klar, was für ein Soziopath ihr Benno ist.«

Klöfkorn richtete sich zu seiner vollen Größe auf und holte tief Luft. »Verschwinden Sie! Sofort!«, knurrte er.

»Gleich, Herr Klöfkorn, versprochen. Erst müssen Sie mich weiter anhören.«

Der Schmale legte eine Kunstpause ein, als würde er ihm die Gelegenheit zu einer weiteren, noch energischeren Intervention geben wollen. Stattdessen beobachtete Klöfkorn sich selbst dabei, wie er diese Gelegenheit absichtlich ausließ.

»Sehen Sie ...«, fuhr der Schmale schließlich fort und deutete ein Lächeln an. »... mir ist vollkommen klar, dass kein Vater und keine Mutter auf der Welt gerne etwas Schlechtes auf die eigenen Kinder kommen lassen mag, nicht mal auf das schwärzeste Schaf unter ihnen. Es ist jedoch eine unbestreitbare Tatsache, dass es auf unseren Straßen und auch abseits davon Unmengen an Verrückten und Kriminellen gibt. Besonders schlimm sind die verrückten Kriminellen. Die sind auch alle Söhne und Töchter von Müttern und Vätern. Ich weiß, wovon ich rede, wenn ich Ihnen jetzt sage, dass deren stolze Eltern bis zum Vorliegen von *eindeutigen* Beweisen in der Regel auch nicht wahrhaben wollen, dass sie Abschaum in diese Welt gesetzt haben. Manche holen ihre nichtsnutzige Brut selbst dann noch nicht von dem Podest runter, auf das sie von ihnen gestellt wurden. Ihr Sohn Benno ist, um es mal mit einem etwas altmodischen Begriff ein wenig zu verniedlichen, ein ganz schlimmer Finger. Er ist skrupellos und auf besorgniserregende Weise zielstrebig. Ich versichere Ihnen, dass ich mir das nicht ausdenke. Die Geschichten, mit denen Benno während des Verbüßens seiner Haftstrafe geprahlt hat, haben einen viel zu hohen Wahrheitsgehalt, um als bloße Prahlerei abgetan zu werden. Durch bloße Ignoranz Ihrerseits wendet sich an seinem Charakter rein gar nichts zum Guten. Es ist wichtig, dass Sie die Scheuklappen ablegen und sich darüber klar werden. Wenn ich richtig informiert bin, hinterlassen Sie eines hoffentlich noch fernen Tages immerhin eine recht ansehnliche Erbmasse.«

»Eine ... was reden Sie denn da? Warum sagen Sie das? Was wollen Sie damit andeuten?«

Der Schmale seufzte und wirkte gekränkt.

»Das wissen Sie ganz genau, Herr Klöfkorn. Der Ruf, der Ihnen vorauseilt, kündet nicht davon, dass Sie schwer von Begriff sind – oder dazu neigen, gelegentlich so zu tun.«

»Wie ...« Der alte Klöfkorn holte tief Luft und ballte die Hände zu Fäusten. »Wie können Sie es wagen!«, brüllte er. »Sie sind ein furchtbarer Mensch. Verschwinden Sie endlich! Sofort! Lassen Sie m...«

Ein stechender Schmerz schlug wie ein Blitz in seinen Kopf ein und ließ ihn zusammenfahren. Ihn überkam von einem Moment auf den anderen ein starker Schwindel und er konnte nicht mehr scharf sehen. Sein Verstand flüsterte das Wort Schlaganfall, aber das wurde von dem Zorn auf den Fremden und dem blindwütigen Aufbäumen gegen diesen Zustand inakzeptabler Schwäche beiseite gedrängt. Sein Gleichgewichtssinn war komplett aus den Fugen geraten. Die Welt um ihn herum hatte ihre klaren Konturen verloren und schlingerte scheinbar willkürlich hin und her. Er suchte sein Heil im Zukneifen der Augen, aber das brachte keine Verbesserung. Panik klopfte an. Als er jedoch spürte, wie die beiden Männer versuchten, ihm – vermutlich sogar in guter Absicht – unter die Arme zu greifen, schlug er reflexartig und mit aller Kraft ihre Hände weg. Lieber fiel er auf der Stelle tot um, als sich von den Typen helfen zu lassen. Dann öffnete er die Augen wieder, suchte nach den groben Konturen des nächstgelegenen Baumes und taumelte dorthin, um sich mit beiden Händen daran festzuhalten und das Ende der Attacke seines Körpers gegen sich selbst abzuwarten.

Wie lange er so den Baum umarmend ausgeharrt hatte, hätte er nicht sagen können. Er war zu sehr darauf konzentriert gewesen, die Kontrolle über sich selbst zurückzuerlangen und verzweifelt nach Anzeichen Ausschau zu halten, dass es klappte. Vielleicht waren es nur ein paar wenige Minuten, vielleicht aber auch eine halbe Stunde. Als er endlich wieder ein leidlich gutes Gefühl hatte und sich nach den beiden Fremden umsah, waren die jedenfalls bereits verschwunden. Sie hatten den Ausgang des Dramas offensichtlich nicht abwarten wollen. Verantwortungslos – aber durchaus in seinem Sinne.

An eine Fortsetzung der stillen Trauer um seine Tochter war nun aber trotzdem nicht mehr zu denken, also trat er den Heimweg an. Der Gedanke an eine spontane Konsultation seines Hausarztes blitzte ganz kurz auf, zog aber praktisch noch im selben Moment wieder den Schwanz ein und verkroch sich einfach wieder. In seiner Welt ging man wegen einer unbedeutenden Kreislaufeskapade nicht gleich zum Arzt. Diese Berufsgruppe neigte ohnehin zum Aufbauschen und Dramatisieren, und das konnte er jetzt nicht brauchen. Er wollte den kleinen Zwischenfall, dessen Auslöser Wut und Empörung gewesen waren, schnell wieder vergessen. Das würde er auch schaffen, dafür kannte er sich gut genug.

Aber in diesem Fall überschätzte er sich. Zumindest teilweise.

Die Gedanken über die Ursache für seine Wut waren auf dem Tisch seines Bewusstseins gelandet und hatten sich dort festgeklebt. Diese ungeheure … *hässliche* Anschuldigung! Wer waren diese Männer? Was hatte sie motiviert, ihm so zuzusetzen?

Der Aspekt jedoch, der ihn an dieser Angelegenheit besonders nervös machte, betraf ausgerechnet ihn selbst. Er hatte sich empört gegeben, aber sobald Benno von dem unverschämten Fremden ins Spiel gebracht worden war, war er von einer unbestimmten dunklen Ahnung ergriffen worden. Er hatte sich verständnislos gegeben, aber dass seine Söhne übergroße Ambitionen in Hinsicht auf den Umfang ihres jeweiligen Erbteils verfolgten, wusste er natürlich. War der bisherige Höhepunkt dieses Konflikts, der zu einer Gefängnisstrafe seines Jüngsten und erst vor wenigen Tagen zur Flucht seines Ältesten geführt hatte, möglicherweise gar nicht der echte Höhepunkt? War das in Wahrheit der von seinem Sohn herbeigeführte Tod seiner Tochter?

Seine Kinder waren nie eine verschworene Gemeinschaft gewesen, hatten schon von Kindesbeinen an immer eher ein Gegeneinander als ein Miteinander gepflegt. Er hatte das gesehen und auch durchaus bedauert, speziell, wenn es Angelika betraf. Meistens hatte er es aber in Kauf genommen und, wenn er ganz ehrlich war, sogar begrüßt. Das Stahlbad des Konkurrenzkampfes als Garant für die Entwicklung einer starken Persönlichkeit. Herr im Himmel, was für ein Unsinn! Es war doch eine Zwangsläufigkeit, dass es unter solchen Umständen zu Verletzungen bei allen Beteiligten kommen musste. Auf diese Weise hatte er sogar maßgeblich dazu beigetragen, dass seine Kinder sich nicht als Familie, sondern als Gegner begriffen. Aber, bei aller Bereitschaft zur Selbstgeißelung, dass infolgedessen diese so weit draußen gelegene Grenze überschritten worden sein sollte, konnte einfach nicht sein. Wenn er sich das doch nur etwas überzeugender hätte einreden können.

Zuhause angekommen, verschwendete der alte Klöfkorn keine Zeit. Zielstrebig hielt er auf Bennos Zimmer zu und hämmerte so lange gegen die Tür, bis der aufschloss. Noch ehe der schlaftrunkene Benno sich über das brutale Wecken beschweren konnte, wies sein Vater ihn an, sich etwas anzuziehen und sofort nach unten in sein Arbeitszimmer zu kommen.

Fünf Minuten später war er unten, blass, gekleidet in seinen lächerlichen Morgenmantel aus Brokat und bewaffnet mit schlechter Laune. Die würde ihm an diesem Morgen allerdings nichts nützen.

»Jetzt mal ehrlich, was soll der Scheiß?«, nölte Benno.

»Setz dich hin und halt den Mund. Du sprichst nur, wenn ich dich etwas frage. Da, auf den Stuhl«, befahl Klöfkorn und wies seinem Sohn den Platz an.

Der gab sich überrumpelt und gehorchte widerstandslos.

»Ich war im Wald, an der Stelle, wo man Angelika gefunden hat.«

»Was? Warum das d...«

»Ich habe dich nichts gefragt«, fauchte der Alte.

Benno zog die Augenbrauen hoch und schwieg.

»Da waren zwei fremde Männer. Inzwischen bin ich mir relativ sicher, dass die nicht zufällig zur selben Zeit wie ich dort waren. Ein großer Grobschlächtiger und ein etwas kleinerer Schmaler, der das ganze Reden übernommen hat.« Klöfkorn hielt kurz inne. »Der war mir zutiefst unsympathisch, aber reden konnte er, das muss ich zugeben.«

Benno rutschte nervös auf seinem Stuhl hin und her, und der Alte nahm das sofort wahr.

»Kannst du dir denken, was die von mir wollten?«

»Hm? Was ist das denn für eine komische Frage? Ich war ja nicht da. Und ich weiß ja auch nicht, wer die waren. Grobschlächtig und schmal sind nicht gerade detaillierte Beschreibungen.«

Der Alte nickte knapp. Wenn sein Sohn gerade geschauspielert hatte, war es eine gute Vorstellung gewesen.

»Sinngemäß wollten sie mich darauf hinweisen, dass du ein Bilderbuch-Soziopath bist, der Unfassbares zu verantworten hat.«

Erst klappte Benno der Unterkiefer herunter, dann stand er, mit reichlich Empörung im Blick, auf.

»Wenn du dir einbildest, jetzt einfach weggehen zu können, bist du schief gewickelt, Freundchen«, knurrte der Alte leise. »Setz dich sofort wieder hin!«

Benno gehorchte.

»Also – dass du gestört bist, ist ja erstmal kein Geheimnis. Zumindest nicht für mich. Leider kann ich dir diesen Vorwurf nicht machen, ohne mich selbst dafür mit in die Verantwortung zu nehmen. Ich war meistens kein guter Vater. Ich habe falsche Anreize gesetzt. Und ich habe nicht reagiert, wenn sich die Dinge bei euch Kindern allzu eindeutig in die falsche Richtung bewegt haben. Als dann auch noch eure Mutter als natürliches Korrektiv zu mir ausgefallen ist, war die Katastrophe nicht mehr abzuwenden.«

Benno blinzelte perplex. Derart selbstkritische Töne von seinem Vater zu hören, war etwas gänzlich Neues für ihn.

Der Alte beendete den kleinen Exkurs mit einem tiefen Seufzer.

»Zurück zu den beiden Fremden. Ich wäre gerne gelassener mit dem umgegangen, was sie zu mir gesagt haben, hätte es gerne ganz locker und überheblich lächelnd an mir abperlen lassen. Das konnte ich aber nicht. Ihr Schuss ist sozusagen ins Ziel gegangen. Den ganzen Weg hierher zurück habe ich gegen die Wirkung ihrer Botschaft angekämpft, aber es ist mir nicht gelungen. Es gibt wohl nur einen Weg für mich, um damit abschließen zu können. *Darum* habe ich dich gerade aus dem Bett geschmissen.«

Klöfkorn lehnte sich vor, verschränkte die Hände und sah seinen Sohn durchdringend an.

»Ich werde dir jetzt eine Frage stellen, Benno. Nur eine, nur ein einziges Mal, und du wirst antworten! Die Wahrheit! Klar?«

Benno nickte und machte nun einen sehr neugierigen Eindruck.

Der alte Klöfkorn atmete tief und geräuschvoll durch. »Ich möchte wissen, ob du etwas mit dem Tod deiner Schwester zu tun hattest.«

Einige Sekunden lang reagierte Benno überhaupt nicht. Mit übergeschlagenen Beinen, die Hände so über dem Knie verschränkt, dass sie den Saum des Morgenmantels zusammenhielten, sah er seinen Vater mit derselben Neugierde wie unmittelbar vor der Frage an.

Dann stand er erneut auf, ging zum Schreibtisch seines Vaters vor und stützte sich mit beiden Händen darauf ab.

»Du hast recht, du warst wirklich ein beschissener Vater und du bist es auch immer noch. Mir diese Frage zu stellen. Ich weiß ja selbst, dass ich schon viel Mist gebaut habe, aber mir deswegen *so etwas* zuzutrauen, ist wirklich … ich kann gar nicht sagen, was es ist, dafür fehlen mir die Worte. Auf jeden Fall ist es aber auch dämlich. Hast du dir bei deinem heldenhaften Kampf gegen die Wirkung der Botschaft denn auch mal die Frage gestellt, wie ich das gemacht haben soll? Oder hast du schon vergessen, dass Angelika noch quicklebendig war, als ich meine Haft angetreten habe? Nochmal ganz langsam, zur Auffrischung deiner Erinnerungen: Dank Wolfgangs tatkräftiger Initiative habe ich bereits gesessen, als meine kleine Schwester verschwunden ist. Die Wärter haben mir davon erzählt. Das wäre eigentlich deine Aufgabe gewesen, aber du hast ja ein ganzes verdammtes Vierteljahr gebraucht, ehe du mich das erste Mal im Knast besucht hast, widerwillig und gequält von der Schande, so einen missratenen Sohn zu haben. Aber ja, klar, so ein fremder Spinner, den du nicht mal kennst, würde sich das ja nicht einfach ausdenken. Das ist besser als ein echter Beweis. Hat er dir denn auch gleich verraten, wie ich das mit Angelika angestellt habe? Das würde ich gerne nochmal hören.«

Ja, Benno war sauer, so richtig schön in Fahrt, ganz so, wie man es von jemandem erwarten würde, der gerade zu Unrecht und noch dazu vom eigenen Vater beschuldigt wurde, seine jüngere Schwester umgebracht zu haben. Den Teil hatte er wirklich gut hingekriegt. Nein, nicht nur gut – überzeugend. Wenn er es doch nur nicht schon vorher vergeigt hätte, in den zwei oder drei Sekunden zwischen der Frage und der perfekten Szene. Das hatte ihn verraten, Walter Klöfkorn hatte es in seinen Augen gesehen. Benno war nicht schockiert, wütend oder verletzt gewesen. Er hatte abgewogen, als hätte er diese Situation vorausgesehen und sich dafür längst mehrere Optionen zur Reaktion zurechtgelegt, von denen er nun nur noch die zur Situation passende auswählen musste.

Der alte Klöfkorn kämpfte gegen den drängenden Impuls, Benno zu erwürgen. Sein Herz klopfte wie wild und er stand nun ebenfalls auf, um den heiß in ihm brennenden heiligen Zorn über seinen missratenen Sohn auszuschütten. Aber kaum, dass er stand, schlug ein weiterer Blitz über seiner rechten Schläfe ein. Sofort wurde ihm wieder schwindelig, wie vorhin im Liether Wald, nur noch schlimmer. Sämtliche Kraft schien aus ihm herauszufließen. Er erschrak darüber, während er schon langsam nach vorne kippte. Im letzten Moment bekam er noch die ausgestreckten Arme zwischen sich und den Schreibtisch, und nutzte das Bewegungsmoment des Abprallens, um sich mehr oder weniger unkontrolliert nach hinten in seinen Stuhl fallen zu lassen. Das Atmen fiel ihm schwer, als würde sein Rumpf in einem brutal zusammengeschnürten Korsett stecken. Keuchend schielte er zu seinem Sohn. Obwohl die klaren Konturen wieder in ihrer Auflösung begriffen waren, glaubte er erkennen zu können, dass der ihn eher mit kaltem Interesse statt mit Besorgnis beobachtete.

*Schlaganfall*, flüsterte sein Verstand, schon zum zweiten Mal an diesem noch jungen Tag, und dieses Mal half ihm seine Wut nicht dabei, es zu ignorieren. Wurde er jetzt wirklich aus dem Spiel genommen? Völlig unerwartet und zweifellos vor seiner Zeit? Dafür hielt er sich für zu fit und zu jung. Außerdem war er gerade drauf und dran, den Mörder seiner Tochter zu identifizieren. Ja, zugegeben, dabei lief es auf seinen Sohn hinaus, aber gerade deswegen durfte es nicht sein, dass er ausgerechnet jetzt abberufen wurde. Er konzentrierte sich und konsolidierte alle noch abrufbaren Kraftreserven. Er musste das klären, jetzt oder nie. Mit zusammengekniffenen Augen plierte er zu seinem Sohn.

»Die Männer«, ächzte er. »Sie haben gesagt, du hättest im Gefängnis mit deinen Taten geprahlt. Sag mir jetzt die Wahrheit, Benno. Hast du etwas mit Angelikas Tod zu tun?«

Benno richtete sich langsam auf, steckte die Hände in die Taschen seines Morgenmantels und schenkte seinem Vater ein ebenso breites wie kaltes Lächeln.

Dann schlug der Blitz zum dritten Mal ein.

**Da ist ein Hammer drin**

## HIRNI
Lennard, Traumfrau, Jens, Martin, Du

> Wer von euch hat Zeit, <u>jetzt</u> zu Gerd Tiedemann zu fahren? Der möchte was melden, wollte aber am Telefon nicht darüber sprechen.
> 10:05

> Klang irgendwie dringend.
> 10:05

Lennard
Geht gerade nicht, frühestens in 2 Std.
10:07

Martin
Muss leider passen
10:10

Jens
Kein Problem, ich fahre hin.
10:12

Traumfrau
Gott sei Dank!
10:13

Ich hätte Zeit gehabt, aber auf keinen Fall wäre ich zu diesem primitiven Schwachkopf gefahren, der mir plump auf die Brüste starrt, während er mich in seinem Dialekt zutextet
10:13

Ich hätte nicht gewusst, wie ich das zum Ausdruck bringen soll, ohne dass es wieder heißt, ich würde mich nur drücken wollen
10:14

#teamjens
10:15

Als Jens das Grundstück der Tiedemanns betrat, saß der alte Gerd auf seiner nur noch aus Gewohnheit und Realitätsverleugnung zusammengehaltenen Holzbank und rauchte eine Zigarre. Er schüttelte den Kopf, als er den Ankömmling bemerkte.

»Dat ist nu slecht, mien Jung, jüst kümmt een vun de spezielle Eenheit to mi.«

Jens musste lachen. »*Spezialeinheit*! Nicht schlecht. Das wäre dann ich, ich gehöre auch zu dieser Truppe.«

Tiedemann machte große Augen, als hätte er mit allem gerechnet, aber nicht mit Jens Jensen als Angehörigen einer Spezialeinheit. Wenn es ihn wirklich überraschte, währte das jedoch nur kurz.

»Denn kaam mal mit!«, sagte er und stand auf.

Jens folgte ihm um das Haus herum, bis zu einem alten Holzschuppen, der vor allem deswegen eine enorm hässliche Wirkung verbreitete, weil drumherum alles picobello gepflegt und instandgehalten war.

Vor der offenen Schuppentür lag ein Müllbeutel auf dem Rasen, der notdürftig um einen Gegenstand gewickelt worden war. Der alte Tiedemann trat hinter den Beutel, drehte sich zu Jens um und stützte die Hände auf die Hüfte. Seine Zigarre blieb während der folgenden Worte die ganze Zeit im Mundwinkel eingeklemmt.

»Mien Jung, ik glööv, ik bün in Besitt vun en Mordwarktüüg. Vör twee Jahr hef ik em in mien Schuppen funnen. Wull mi bloot en Buddel Beer opmaken un hett darför den Tollstock söcht – un denn finn ik dissen Hamer, inwekelt in en Müllbüdel. Du weetst dat ja, ik weet nich veel, aver ik weet wat to mien Warktüüg höört un wat nich. Ik kiek mi den also ganz nau an un mi dücht, dat de ganz eenüdig nich mi höört, weil de sülvst för mien Verstand ganz schöön dreckig weer, und dat ik den nich as n Geschenk hebben wull – wat he in 'n Moment ja quasi weer, wiel he in mien Schuppen in mien Ammer leeg. Aver ick heff ja al en Hamer mit de ik nich ümgahn kann, wat schall ik denn mit noch een, hm? Denk ik so. Also beslut ik, dat alte Dingen an 'n besten direkt in 'n Müll to smeeden, vördem dat noch heet, de ole Tiedemann klaut anner Lüüd Hamers. Weetst du, wat ik meen? Aver denn, quasi ut dat Nix, keem mi en nee Gedanke, veel luder as de mit n Wegsmeeden. Ik denk: Tööv mal! Nich glick wegsmieten, Gerd, dat kann nochmals wichtig warn! Du, dat weer as en Ingaav, kannst du di dat vörstellen?

Ick un en Ingaav? Mien Ursel schumpt ümmer, dat ik so en Dösbaddel bün. Aver egaal! Ick heff den Hamer denn doch nich wegsmeten un stattdessen in de düüstersten un mit Spinnen versöchteste Eck von mien Schuppen versteken, dor, wo mien Ursel nich hengeiht. Dat is ...«

»Warte, warte, nicht so schnell«, unterbrach Jens.

Plattdeutsch war grundsätzlich kein Problem für ihn. Plattdeutsch von Gerd Tiedemann, obwohl schwieriger, weil der grundsätzlich zum Nuscheln neigte, eigentlich auch nicht. Die Zigarre zwischen seinen Zähnen hob sein Nuscheln jedoch auf ein ganz neues Niveau.

»*Wo* hattest du den Hammer versteckt?«

Der Alte verzog sein Gesicht zu einer verständnislosen Fratze.

»Heff ik doch seggt, in mien Schuppen.«

Jens wog ab, ob er nachfassen sollte, denn er glaubte, irgendwas mit verseuchten Spinnen verstanden zu haben.

»Alles klar, weiter bitte.«

»Wo weer ik denn? Tööv eben ... ach ja. Also, twee Jahr is dat nu al her un ik heff dat Dingen intüschen ok ganz vergeten. Aver as ik vondaag in 't Blatt leest heff, dat se de Liek vun de Klöfkorn-Deern funnen hebbt, mit kaputt Kopp – Jung, dar keem mi ut den Stand al wedder en Ingaav: De mysteriöse Hamer in mien Schuppen mutt dat Mordwarktüüg wesen. Ganz seker! Dat weer ja ungefäär to de sülvig Tiet, wo ik den bi mi funnen heff. Ik kann natürlich nich verklaren, worüm de utrekent in mien Schuppen afleggt wurr, aver ik bün mi trotzdem ganz seker. Gott sei Dank heff ik em ümmer bloot mit Hanschins anfaat.«

»War das wieder eine Eingebung?«

»Is dat nich dull? Ja!«, freute sich der Alte und klatschte vergnügt in die Hände. »Aver as ik dat vörher de Polizei vertellt heff, hebbt se mi gladd in 't Gesicht seggt, dat se mi nich glöven.«

»Du bist zu denen aufs Revier?«

»Nee, ick heff anropen.«

»Aber sie haben dir direkt gesagt, dass sie dir nicht glauben? Mit genau diesen Worten?«

»Allerdings. Na, nich mit *düsse* Wöör, aver jüst so.«

Jens seufzte innerlich. »Wie haben sie es denn ausgedrückt?«

»Dat se sik dat opschrieven un villicht wedder dar op torüchkamen un dat ik dar mal över nachdenken schall, tomindst bet to 'n Avend to

töven, bit ik mit 'n Beer drinken anfange, denn hier wahnt ja ok Kinner.«
Vor lauter gerechter Empörung nahm er nun sogar die Zigarre aus dem
Mund. »Dat is doch eendüdig, oder? Holl de mi för blööd? Denkt de, ik
verstah nich, dat de mi nich eernst nehmen?«

Jens knetete seine Unterlippe und dachte angestrengt nach.

»Hätte dir jemand den Hammer einfach in den Schuppen legen
können, ohne dass du es mitbekommst? Also, ohne dass du dabei bist,
meine ich.«

»Nee! Mien Schuppen is ümmer afslaten, wenn ik nich buten bün.
Wenn em een opbroken harr, harr ik dat markt.«

»Ganz sicher?«

»Seker seker«, brummte der Alte und spuckte speichelgetränkte
Tabakfetzen aus.

»Weißt du denn zufällig noch, wer sich damals um die Zeit des
Fundes so alles in deinem Schuppen aufgehalten hat?«

»Ach komm, du weetst doch Bescheed, wat förn Düvel mien Ursel
wesen kann. In 'n Huus dröff ik nich, also rouk ik mien Zigarren in 'n
Schuppen un drink dar ok mien Beer. Dat weet all hier, besünners de,
de ok en Ursel hebbt. Dree Veertel vun de männlichen Navers kaamt
hier regelmatig her. Dat sünd aver allens bloot Muulhelden. Vör een
van uns en jung Fro ümbringen deit, mösst wi uns doch eerst üm uns
egen kümmern, oder sehst du dat anners?«

»Ja, das müsstet ihr wohl«, gab Jens zu und grinste breit. »War denn
zwischendurch auch mal jemand dabei, der sonst eher nicht hier ist?«

Der alte Tiedemann überlegte lange. Untermalt von
nachdenklichem Paffen an seiner Zigarre schüttelte er dabei immer
wieder Kopf. Plötzlich hellte sich seine Miene auf.

»Doch! Kennst du Andreas Osterloh?«

Jetzt musste Jens erstmal nachdenken. »Sagt mir gerade nichts«,
behauptete er schließlich.

»Andreas is en paar Jahr jünger as du. Oder is he sogaar in dien
Öller? He is jedenfalls vör veel Johren na Elmshorn tagen. Fröher häng
he ümmer mit de Klöfkorn Broders tohoop.«

Jens schlug sich vor die Stirn. »Gibt's ja nicht! *Klar* kenne ich
Andreas. Ich bin zusammen mit ihm und Wolfgang Klöfkorn zur
Grundschule gegangen. Wir waren Klassenkameraden von der Ersten
bis zur Vierten. Mann, das habe ich ja total verdrängt.«

»Sünn ji mitenanner klaarkamen?«

Jens Miene verfinsterte sich ein wenig. »Nein. Ich war mehr so der Außenseiter. Die beiden waren in einer festen Klicke, in die es für mich keinen Zutritt gab.« Jens Miene verfinsterte sich noch mehr. »Wenn ich so drüber nachdenke, haben die beiden mich sogar gemobbt. Teilweise richtig übel.«

»Dat is doch perfekt!«, behauptete Tiedemann. »Denn hest du nu Gelegenheit, di to wreken. Ik deed seggen, Andreas is dien Mann, anners weer nüms hier, de ik dat totroen deed.«

»Warum war denn ausgerechnet er bei dir im Schuppen?«

Der alte Tiedemann machte eine Geste, als ob das eine enorm dämliche und somit überflüssige Frage war.

»Ik heff hier mit mien Navers seten un Beer drunken. He keem opmal op un hett sik to uns verköfft. In mien Schuppen is elk willkommen de Beer mag – dat dot elkeen – un de keen dumm Tüüg snackt, un datt hett he nich daan. So een schikt wie nich eenfach wedder weg. Wi sünd solidaarsch. Kloor so wiet?«

»Ja, alles gut. Aber warum sollte er denn die Schwester seines besten Freundes mit einem Hammer erschlagen?«

»Dat weet ik doch nich. Du büst de Polizist.«

»Bin ich eben nicht. Ich bin ein HIRNI.«

»Ach, dat is mi doch allens egal. Wat is nu? Wullt du den Hamer mitnehmen? Entscheed di!«

Etwa eine Stunde später saß Jens bei sich auf der Terrasse. Neben einem Becher mit Tee lag der in den Müllbeutel gewickelte Hammer aus Gerd Tiedemanns Schuppen. Jens starrte ihn mit wachsendem Unbehagen an. Es hatte sich von Anfang an nicht richtig angefühlt, das verdammte Werkzeug mitzunehmen. Schon als der alte Tiedemann ihm das Teil mitsamt Beutel in die Hand gedrückt hatte, wollte er am liebsten gleich wieder einen Rückzieher machen. Seine Abneigung gegen eine Diskussion mit dem alten Laberkopf war aber den entscheidenden Tick mächtiger gewesen, als seine Skrupel, die in dem Moment noch ein mehr oder weniger unbestimmtes Gefühl gewesen waren. Inzwischen hatten sie sich jedoch zu einer amtlichen Gewissheit ausgewachsen: Er hatte einen Fehler gemacht, möglicherweise sogar einen richtig großen.

Die Terrassentür ging auf. Seine älteste Tochter Maria kam heraus, setzte sich wortlos zu ihm an den Tisch und sah sich irgendetwas auf ihrem Handy an.

»Hey. Hausaufgaben etwa schon fertig?«

»Nee. Ich brauche nur eine Pause. Mathe ist gerade scheiße.«

»Immer noch Binomische Formeln?«

» *Voll scheiße*!«

Maria sah zum Müllbeutel.

»Papa, was ist das?«, fragte sie und streckte ihre Hand danach aus.

»Nicht anfassen!«, rief Jens.

Das Mädchen zog die Hand erschrocken zurück und sah ihn vorwurfsvoll an.

»Entschuldige, mein Schatz, ich wollte nicht laut werden. Aber im Ernst, fass das nicht an. Da ist ein Hammer drin.«

Maria taxierte den Beutel mit ernstem Blick und änderte ihren Blickwinkel durch mehrfaches Hin- und Herdrehen des Kopfes.

»Warum liegt der da? Warum ist da ein Müllbeutel drum? Und warum darf ich ihn nicht anfassen?«

»So viele Warumse«, murmelte Jens zerstreut.

»Und so wenige Antwortsen«, erwiderte Maria frech.

Endlich riss er den Blick von dem Zentrum seiner neuesten Sorge los, um seine Tochter voller Stolz und Liebe anzulächeln.

»Der liegt da, weil ich nicht richtig nachgedacht habe. Es ist ein Müllbeutel drum, damit nicht versehentlich Fingerabdrücke von Unbeteiligten draufkommen, und genau deswegen darfst du ihn auch nicht anfassen.«

Das Mädchen riss die Augen auf und brachte Spannung in den ganzen Körper. »Ist das etwa ein Beweisstück? Vielleicht in einem Mordfall? Hat er was mit dem Tod von Angelika Klöfkorn zu tun?«

Jens starrte seine Tochter an und war fassungslos. Diese kleine Göre war viel zu sehr auf Zack für ihr Alter. Er war dreimal so alt wie sie, aber nicht halb so schlau, und ihre Entwicklung war noch nicht mal abgeschlossen. Längst nicht. Sie würde ihn in den nächsten Jahren noch viel weiter abhängen. Tränen des reinsten Vaterglücks brannten in seinen Augen.

»Hast du den wegen dieser HIRNI-Sache, die du machst?«

*Viel* zu schlau! Er sollte ihr seinen Platz in der Gruppe geben.

»Jap. Jemand hat uns angerufen und gemutmaßt, dass er beim Tod von Angelika Klöfkorn eine Rolle gespielt haben könnte.«

»Und was soll das heißen, dass du nicht nachgedacht hast?«

Jens zögerte. Sollte er ihr das wirklich erzählen? Vielleicht sogar *alles?* Das hatte er noch nicht mal mit seiner Frau besprochen. Die hatte bisher allerdings auch überhaupt kein Interesse an seinem Engagement bei den HIRNIs gezeigt.

»Na ja, die Sache ist so: Der anonyme Hinweis, wo man Angelika Klöfkorn vergraben hat, ist bei uns eingegangen und nicht bei der Polizei. Wir standen schon mit einer Schaufel in der Hand direkt an der beschriebenen Stelle, hatten dann aber doch Skrupel und darum entschieden, dass wir das nicht machen können. Wenn da wirklich eine Leiche liegen würde, was wir damals noch nicht mit Sicherheit wussten, hatte man den betreffenden Menschen vorher ja auch mit hoher Wahrscheinlichkeit umgebracht. Das wäre dann natürlich viel zu groß gewesen, um unsere Sache zu sein. Wir hätten uns strafbar gemacht, wenn wir gegraben hätten. Verstehst du?«

Maria nickte. »Und jetzt denkst du, dass es in derselben Liga spielt, dass du den Hammer an dich genommen hast?«

Jens traf der Schlag. »Oh Mann, ist das erniedrigend! Du bist doch erst zwölf Jahre alt. Wo zum Teufel hast du nur diesen Verstand her?«

»Von dir natürlich, Papa«, behauptete sie und lächelte wunderbar altersgerecht.

»Ha! Nein, ganz sicher nicht, aber ich wünschte, es wäre so. Um deine Frage zu beantworten: Ja, das denke ich. Ich hätte das nicht machen dürfen, und jetzt überlege ich die ganze Zeit, wie ich aus dieser Sch… limmen Situation wieder rauskomme, in die ich mich da reingeritten habe. Und wie ich es den Anderen sage. Die wissen das nämlich noch gar nicht.«

»Musst du es ihnen denn sagen? Du könntest den Hammer ja auch anonym bei der Polizei vor die Tür legen, zusammen mit einer Erklärung, was das ist. Oder noch besser, du schickst ihn per Post hin, damit du nicht von Überwachungskameras erfasst wirst. Dann weiß die Polizei nicht, dass es von dir ist, und die anderen erfahren es auch nicht.«

Für ein paar selige Sekunden kam Jens der Vorschlag seiner Tochter sehr verlockend vor. Dann stolperte er über die Schwachstelle des Plans: Ein ausschließlich Plattdeutsch nuschelnder alter Simpel, der sich lieber mit Nachbarn in einem verranzten Gartenschuppen aufhielt, als mit seiner Frau im eigenen Haus.

»Nein, mein Schatz. So einfach ist es leider nicht.«

Bei der allabendlichen Garagenrunde registrierte Jens mit Sorge, dass die Kommunikation ungewohnt schwer in die Gänge kam. Eigentlich machte es keinen Unterschied, wenn er seine Torheit direkt am Anfang des Abends gestand. Rausrücken musste er damit so oder so. Solange aber die Hoffnung bestand, dass einer von den Anderen sich vielleicht auch etwas Blödes geleistet hatte, wollte er sich diese Möglichkeit offenhalten. Dann würde sein Fehltritt vielleicht nicht ganz so peinlich herausstechen. Es schien jedoch niemand ein Thema zur Hand zu haben, mit dem sich die Gruppendynamik aktivieren ließ, nicht mal ein unverfängliches. Wahrscheinlich warteten sie nur darauf, dass er endlich mit dem Bericht über seinen Besuch beim alten Tiedemann den Anfang machte. Natürlich taten sie das. Jeden Moment würde sich einer der vier Köpfe in seine Richtung drehen und die Details einfordern. Jens vermutete, dass es Harald sein würde, als Meister der Zentrale und, wenn man so wollte, Auftragsdisponent.

»Ach übrigens ...«, sagte Harald just in diesem Moment.

Jens schloss die Augen und atmete tief durch.

Statt Jens jedoch zum Erzählen seiner Geschichte aufzufordern, informierte er die Gruppe, dass er mit der interessanten Frage eines Ortsfremden konfrontiert worden war, der nach der Entdeckung eines ihrer Schilder bei ihm angerufen hatte. Er hatte wissen wollen, ob man sich auch an sie wenden konnte, wenn man kein Bürger des Ortes war, dort aber berufs- oder urlaubsbedingt gerade wohnte.

Nach kurzem Nachdenken fanden bis auf Martin alle, dass das auch zählen würde, womit es gleich beschlossene Sache war – was Martin zum Anlass nahm, ein wenig zu schmollen.

»War heute sonst noch was los?«, wollte Lennard wissen.

»Oh ja!«, bestätigte Harald.

Jens schloss erneut die Augen und atmete tief durch.

»Wolfgang Becker hat mich angesprochen. Er meint, dass er unser Projekt erst für Unsinn gehalten hat – bis er von der Sache mit der Bengalkatze von Frau Ketelsen erfuhr. Das hat ihn beeindruckt und zum Umdenken bewegt. Die Wahrscheinlichkeit, dass er vielleicht demnächst auf uns zukommen wird, ist also gestiegen. Jemand schmeißt Müll in seine Tonnen, wenn die zur Abholung vorne an der Straße stehen.«

Das triggerte Martin.

»Oh bitte«, stöhnte er auf. »Das ist so kleingeistig, so typisch deutsch. Warum soll man denn nicht noch was in eine fremde Tonne werfen, wenn da noch Platz ist? Das macht man doch eh nur, wenn die eigene quasi randvoll ist.«

Harald schüttelte energisch den Kopf. »Darum geht es nicht. Wenn der Bio- oder Papiermüll dran ist, schmeißt ihm da seit einigen Monaten immer wieder jemand Plastikmüll rein. Das hat dann zur Folge, dass die Jungs von der Müllabfuhr seine Tonne nicht leeren. Das würde ja wohl jeden nerven, oder meinst du nicht?«

Martin verschränkte die Arme.

»Er glaubt übrigens zu wissen, wer der Müllterrorist ist«, fuhr Harald fort. »Und er hat das auch schon der Polizei gemeldet. Ratet mal.«

Alle nickten wissend.

»Und warum kommt er dann *vielleicht demnächst auf uns zu?*«, kodderte Martin, der wohl nicht aufgeben wollte, bevor er den Punkt gemacht hatte. »Hat er noch andere Optionen?«

Harald blieb gelassen. »Nein, eigentlich nicht. Aber er will unserem Freund und Helfer noch eine zweite Chance geben. Wenn sie ihn dann wieder wegschicken, sind wir dran.«

»Oh, na klar. Wie großzügig«, murmelte Martin bitter.

»Lass gut sein, Martin. Wir nehmen, was die Polizei fallen lässt. Das war von vornherein der Plan gewesen und sollte somit jedem von uns klar sein. Oder?«

Martin zögerte, ehe er antwortete. »Doch. Schon«, sagte er eher widerwillig. »Ich hätte nur irgendwie gedacht, dass sich mehr Menschen an uns wenden würden.«

»Ja, ich ehrlich gesagt auch«, pflichtete Jens ihm bei – weniger aus Überzeugung, sondern eher, um sich zumindest Martin für den Moment der Wahrheit gewogen zu machen.

»Aber es sind doch noch nicht mal zwei Wochen, seit es uns gibt. Lasst den Leuten ein wenig Zeit, um sich an den Gedanken zu gewöhnen und die natürliche Scheu vor dem Neuen abzulegen«, gab Lennard zu bedenken.

»Ganz genau!«, sagte Harald. »Außerdem waren wir es, denen man anvertraut hat, wo die Leiche von Angelika Klöfkorn liegt. Das ist doch auch nicht zu verachten.«

»*Anvertraut?* Komm schon! Du weißt doch gar nicht, warum der Anrufer es ausgerechnet uns erzählt hat. Schon mal drüber nachgedacht, dass er damit einen Plan verfolgt hat, bei dem wir quasi seine Schachfiguren waren?«, konterte Martin.

»Was für einen Plan denn?«, wollte Marita wissen.

»Tja, keine Ahnung, lass mal überlegen. Warum übergeht der anonyme Anrufer ausgerechnet bei so einer großen Sache die Polizei? Hat einer von euch 'ne Idee?«

Alle schwiegen. Alle *hatten* darüber nachgedacht – und alle waren zu demselben Ergebnis gekommen. Martin sprach es nun als Erster laut aus.

»*Ich* glaube, dass er nur wollte, dass wir es versauen, dass wir graben und damit alle Spuren quasi vernichten oder zumindest entwerten. Ich weiß natürlich nicht warum, aber das könnte sein Ziel gewesen sein. Es ist allein Lennards Verdienst, dass wir nicht so dumm waren, in diese Falle zu tappen, denn eines kann ich euch sagen: Bis zu dem Moment, in dem er mich zurückgepfiffen hat, war mir völlig klar, dass mein Spaten da zum Einsatz kommen würde. Ich hatte übrigens nicht den Eindruck, dass mich jemand von euch aufgehalten hätte, wenn Lennard stumm geblieben wäre.«

Jens rutschte immer tiefer in seinen Klappstuhl – und das fiel ausgerechnet Marita auf.

»Hey, da fällt mir ein, Team Jens!«, sagte sie laut – und lächelte Jens sogar an.

*Was zum Teufel?* Die chronisch unterkühlte Marita Heino, die es sonst doch so zuverlässig vermied, sich übermäßig einzubringen oder ganz allgemein zu achtsam durchs Leben zu gehen. Unerfahren, wie sie in Sachen Empathie war, musste sie seine Körpersprache und seine Mimik prompt grundfalsch interpretiert haben.

»Ach ja, der alte Tiedemann«, sagte Harald gedehnt, weil er vor allem Maritas unerwartete Demonstration von Zuneigung in Jens' Richtung registriert hatte.

»Stimmt ja. Total vergessen.«

»Mach dir nichts draus«, sagte Jens und setzte sich wieder gerade hin. »Ich habe auch nicht mehr daran gedacht.«

»Was hatte der alte Chauvi denn auf dem Herzen?«, fragte Marita und nickte ihm dabei aufmunternd zu.

Herrgott! Da meinte sie es das erste Mal gut, seit er Umgang mit ihr hatte, und musste direkt darunter leiden. Jens holte einen Seufzer von ganz tief unten und schloss erneut die Augen.

»Ach Mann, Scheiße. Leute, ich fürchte, ich habe so richtig blöden Mist gebaut.«

## Podcast IV – Wer ist Marita Heino?

»Okay, eine Sache sollte ich gleich erwähnen: Ich will das hier nicht. Ich finde sowas total dämlich. Podcasts, Blogs, YouTube-Channels, Instagram-Storys, TikTok-Quickies ... dieser ganze Wichtigtuer-Schwachsinn ist mir zutiefst zuwider. Ich bin nur hier, weil Lennard und die anderen Jungs mich regelrecht angebettelt haben, dass ich doch bitte über meinen Schatten springen soll. Ich habe mich breitschlagen lassen, und ich werde noch herausfinden, wie die das angestellt haben, aber eins muss trotzdem klar sein: Ich hasse es, über mich zu reden. Blöde Fragen beantworten hasse ich noch viel mehr.«

»Ooo - kay. Botschaft angekommen. Stell dich doch trotzdem bitte kurz vor. Wer ist Marita Heino?«

Scharfes Einatmen. »Das ist ja wohl nicht dein Ernst! Jetzt fängst du ausgerechnet mit so einer Frage an? Hast du mir gerade überhaupt zugehört?«

»Ja, klar! Schau mal, meine Hände zittern immer noch ein bisschen. Ich hatte aber schon immer einen Hang zum Leichtsinn. Du weißt schon, nicht groß nachdenken, einfach machen, bis es nicht mehr weitergeht. Also, Marita, tu uns bitte den Gefallen und sag uns, wer du bist. Falls ich dich damit unter Zugzwang setzen kann: Bis jetzt waren alle sehr kooperativ.«

Kurzes Schweigen.

»Leute, ihr könnt das ja leider nicht sehen, aber der Blick, den sie mir gerade zuwirft ... ich glaube, mit so viel Verachtung wurde ich noch nie angesehen. Nicht mal von meiner Lebensgefährtin.«

»Zugzwang«, kodderte sie verächtlich. »Ich schätze, die Jungs haben alle brav aufgesagt, wie alt sie sind, wie ihr Familienstand ist, was sie mal gelernt haben und welchen Hobbys sie frönen. Als wären sie wieder in der Schule und hätten gerade einen neuen Klassenlehrer bekommen, der erstmal alle kennenlernen möchte. Stimmt's? Du brauchst nicht antworten, ich weiß es. Ich mache das jedenfalls nicht. Wie alt ich bin, geht absolut niemanden etwas an. Alles andere auch nicht. Ihr könnt euch merken, dass ich weiß, was ich will. Zum Narren gehalten werden will ich zum Beispiel nicht. Blöde Fragen beantworten auch nicht, das habe ich, glaube ich, schon gesagt. Wer gut aufgepasst hat, kann sich jetzt denken, dass ich demnach wohl zur Inkonsequenz neige. Das ist doch was Spannendes für die kleine Show hier, oder? Oh, und für die, die sich fragen, was für ein merkwürdiger Nachname Heino eigentlich ist: Ich habe vor einundzwanzig Jahren einen Finnen geheiratet. Manche von diesen Nordmännern haben so was als Nachnamen, und statt in dieser Situation das einzig Richtige zu tun und meinen Mädchennamen zu behalten, heiße ich seitdem auch so. Ein weiterer Beleg für die gerade erwähnte Inkonsequenz. So, das sollte reichen.«

»Das war ehrlich gesagt mehr, als ich nach deinem Intro zu hoffen gewagt habe. Sehr schön. Dann gleich die nächste Frage, solange ich einen Lauf habe: Wie bist du zu einem HIRNI geworden?«

Wieder kurzes Schweigen.

»Auf jeden Fall aus den falschen Gründen. Ich wollte wohl jemandem wehtun.«

»Das klang sehr nachdenklich. *Interessant!* Magst du das vielleicht etwas ausführen?«

»Natürlich nicht. Nächste Frage bitte.«

»Wie erklärst du einem Kind, warum ihr tut, was ihr tut?«

»Heilige Mutter! Was für ein … sag mal, hast du dir die Fragen selbst ausgedacht oder ist das so eine die-Hörer-dürfen-abstimmen-welche-Fragen-gestellt-werden-sollen-Aktion?«

»Natürlich Ersteres. Für das andere war seit gestern ja gar keine Zeit. Stell dir einfach vor, das Kind ist männlich, erkennt nicht nur deine natürliche Autorität nicht an, sondern droht sogar damit, dir so lange immer wieder die Zunge rauszustrecken und *nänänä-na-nänänä* zu sagen, bis du erklärt hast, was die HIRNIS denn nun eigentlich machen.«

Längeres Schweigen.

»Oh Mann, Leute, dieser Blick ist der reine *Wahnsinn*.«

»Kann es sein, dass du die Vorlage für dieses Kind bist?«

»Ich weiß nicht. Interessanter Gedanke.«

Unverständliches Grummeln.

»Ich schätze, wir kümmern uns um den ganzen Kleinkram. Die Bagatellen, das Übertriebene und das Eingebildete, für das sich die Polizei zu schade ist. Und wir tun das, weil einige von uns – nicht alle, es ist mir wichtig, dass das klar ist – mit ihrem eigenen Kleinkram auch schon bei der Polizei abgeblitzt sind.«

»Was qualifiziert dich deiner Meinung nach, dieser Aufgabe gerecht werden zu können?«

»Das weiß ich selbst nicht so genau. Ich spreche vier Sprachen, drei davon fließend, aber ansonsten kann ich eigentlich nichts. Ich habe in der zwölften Klasse, aus den im Rückblick denkbar falschesten Gründen, mein Abi geschmissen, habe keinen Beruf erlernt oder einfach nur so gejobbt. Ich bin ... oh, jetzt hätte ich fast verraten, wie alt ich bin. Ich habe noch nicht einen Cent oder einen Pfennig selbst verdient – es sei denn, der Verkauf von abgelegten Kleidungsstücken zählt auch, dann nehme ich das zurück. Du wirst zugeben müssen, dass das nicht gerade eine Vita ist, mit der man irgendwo Eindruck schinden könnte. Ich selbst würde jemanden wie mich auch nicht beschäftigen wollen, nicht mal ehrenamtlich. Trotzdem geraten die Jungs jedes Mal in Aufruhr, wenn ich damit drohe, dass ich die Gruppe verlasse. Ich würde also sagen, dass ich die Quotenfrau bin. Ist heutzutage ja nicht ganz unwichtig und daher auch nicht unüblich, auch wenn der Proporz natürlich nicht stimmt.«

»Schnellfragerunde, bitte nur mit Ja, Nein oder maximal drei Wörtern antworten. Bier oder Wein?«

»Wein. Oder Gin.«

»Tee oder Kaffee?«

»Kaffee.«

»Süß oder salzig?«

»Natürlich süß.«

»Lieblingsessen?«

»Immer das Dessert.«

»Lieblingslied?«

»Habe ich nicht.«

»Lieblingsbuch?«

»Habe ich nicht.«

»Erstes Auto?«

»Golf Cabrio.«

»Bist du gläubig?«

Langes Zögern.

»Ja.«

»Hast du schon mal eine Straftat begangen?«

»Bestimmt.«

»Politische Ausrichtung: Dunkelrot, grün, rot, gelb, schwarz oder blau?«

»Gelb.«

»Welche Botschaft hast du für unsere Hörer?«

»Nehmt mich nicht als Maßstab. Den Jungs ist diese HIRNI-Sache sehr wichtig, die meinen das ernst, viel ernster als ich, und sie geben sich große Mühe. Ich bin nur Staffage. Vielleicht auch ein Maskottchen, ich weiß es nicht genau.«

»Danke, Marita.«


## Was sehe ich da?

Jens hatte das Ausmaß seines Versagens überschätzt. Genau genommen schien es, gemessen an den Reaktionen der anderen HIRNIs, überhaupt kein Versagen gegeben zu haben. Sie hatten seiner Schilderung vom Verlauf des Treffens mit Tiedemann sehr aufmerksam zugehört. In der einen oder anderen Miene hatte er an bestimmten Stellen der Ausführungen zwar Anzeichen von Besorgnis wahrgenommen, aber die verschwanden mit seinem Schwur, den Hammer zu keinem Zeitpunkt angefasst oder auch nur aus der Tüte genommen zu haben, in die Tiedemann sie einst zu wickeln beliebte. Spätestens als Lennard freimütig bekannte, dass er das Ding ebenfalls nicht bei Tiedemann gelassen hätte, lösten sich Jens' Sorgen rückstandslos auf.

Statt ihn also mit Schimpf und Schande zu überziehen, hatten alle großen Spaß an der Vorstellung, der Polizei schon wieder einen Schritt voraus zu sein. Voraussetzung dafür war natürlich, dass es sich bei dem Hammer wirklich um das Werkzeug handelte, mit dem Angelika Klöfkorn ermordet worden war. Nach den Erfahrungen, die die HIRNIs zuletzt mit den Damen und Herren in Uniform machen mussten, würde es eine große Genugtuung sein, wenn sie ihnen nach der Leiche der vermissten Frau nun auch noch das Mordwerkzeug lieferten. Und sie hatten ja nicht nur den Hammer – sie hatten auch einen heißen Kandidaten für die Besetzung der Täter-Rolle.

Der Hammer würde jedenfalls vorerst bei ihnen bleiben. Auf ein paar mehr Tage in der Tüte kam es sicher nicht an, nachdem er nun schon die letzten zwei Jahre so aufbewahrt worden war. Und ehe auch nur darüber nachgedacht wurde, den Hammer der Polizei zu übergeben, wollten sie den Kandidaten erstmal selbst in Augenschein nehmen. Sie fanden, dass sie sich das verdient hatten.

Nachdem Jens derjenige gewesen war, der den Hammer von Tiedemann bekommen hatte, sollte er auch derjenige sein, der sich mit Andreas Osterloh befassen durfte. Damit war er sehr einverstanden. Als er fragte, ob ihn jemand begleiten wollte, hatte er schlagartig drei Bewerber für diesen Job. Er wählte denjenigen aus, der sich nicht beworben hatte. Beziehungsweise diejenige. Zu seiner Überraschung – und auch der aller anderen – ließ sie sich sofort darauf ein.

Marita holte ihn mit ihrem Mercedes-Cabrio ab. Sowohl beim Transportmittel als auch bei der Fahrerfrage hatte sie sich auf keine Diskussionen eingelassen. In einem alten Skoda-Octavia bei jemandem mitfahren, dessen Fahrstil sie nicht einschätzen konnte, war gleichbedeutend mit Status- und Kontrollverlust und mit ihr daher unter keinen Umständen zu machen.

Jens wartete schon an der Straße, als sie vorfuhr. Sobald er sie sah, lächelte er breit und wedelte mit den Armen, als wäre er von Beruf ein Boden-Lotse am Flughafen, dessen Hobby der Ausdruckstanz war. Das musste sein, weil er wusste, dass sie es hassen würde. Erwartungsgemäß sah sie einigermaßen wütend aus und bremste erst sehr spät, als hätte sie bis zuletzt darüber nachgedacht, einfach weiterzufahren, um nicht mit diesem winkenden Idioten in Verbindung gebracht zu werden.

Das versprach, ein herrlicher Vormittag zu werden.

»Juhu«, sagte er glücklich, als er einstieg.

»Aufgepasst, Freundchen, wenn du weiter künstlich den Idioten gibst, ist es mit meiner Unterstützung ganz schnell vorbei.«

Mit hängenden Mundwinkeln schnallte er sich an und umarmte seinen Rucksack, von dem er wohl jederzeit mehr menschliche Wärme zu erwarten hatte, als von der bösen Stiefmutter neben ihm.

»Spielverderber«, murmelte er leise.

Marita nickte und startete in Richtung Elmshorn.

»Fürs Protokoll: ich finde, dass das hier keine gute Idee ist. In mehrfacher Hinsicht. Es ist ganz egal, ob wir mit unserem Verdacht richtig liegen oder uns irren, wir sind so oder so weit außerhalb unserer Kompetenzen unterwegs.«

Jens sah sie aufrichtig erstaunt an.

»Starrst du mich etwa an?«

Jens fuhr fort, sie aufrichtig erstaunt anzusehen.

»Lass das! Du siehst wie ein Triebtäter aus, wenn du so guckst.«

»Gestern Abend hast du keinen Ton darüber verloren, dass dir die Idee nicht gefällt.«

»Erst war es mir egal. Dann hast du mich aber zu deinem Partner gemacht, so dass ich einen Grund hatte, darüber nachzudenken. Ich hatte inzwischen auch genug Zeit dafür.«

»Bisschen spät für deine Bedenken, oder?«

»Alleine, dass wir davon ausgehen, es könnte die Tatwaffe sein, macht es doch zu einer lupenreinen Polizeiangelegenheit. Etwas, wo wir uns einig waren, die Hände rauszulassen.«

Jens sah auf die Straße und blinzelte nachdenklich.

»Und wo ich gerade so schön in Fahrt komme, dass du den Hammer überhaupt mitgenommen hast, war unheimlich dumm von dir.«

Jens sah sie verletzt an.

»Du starrst ja schon wieder. Pass auf, ich werde nicht für dich anhalten, würde aber zumindest so entgegenkommend sein, das Tempo zu reduzieren. Dann tut es nicht ganz so arg weh, wenn du während der Fahrt auf den Asphalt klatschst.«

Eine Dreijährige, der von der eigenen Mutter die Umarmung verweigert wird, hätte nicht verletzter dreinschauen können, als Jens es jetzt tat.

Marita ächzte. »Würdest du *bitte* aufhören, mich *so* anzusehen? Das hält ja kein Mensch aus. Hast du dir das bei deinen Töchtern abgeschaut?«

»Ist es nicht unheimlich, wie gut das wirkt?«, sagte er breit grinsend.

Marita schüttelte den Kopf und fuhr inzwischen um die 20 km/h zu schnell.

»Ich verstehe noch immer nicht, warum du ausgerechnet mich dabeihaben wolltest. Was hast du dir nur dabei gedacht?«

Jens zuckte mit den Schultern und wurde ernst. »Kam mir in dem Moment richtig vor, ich weiß eigentlich auch nicht so genau, warum.

Wieso hast du nicht einfach abgelehnt und eine Ausrede erfunden, so wie du es sonst immer machst? Ist dir nichts eingefallen?«

Jens erschrak ein wenig. Der kurze Blick, den Marita ihm als Reaktion auf seine Frage zuwarf, sah zutiefst verletzt aus.

»Du denkst natürlich auch, dass es mir Spaß macht, Ausreden zu erfinden und mich immer aus allem rauszuhalten«, stellte sie fest und klang dabei ziemlich bitter. »Klar, ich tue ja auch so einiges dafür, dass die meisten, die mich kennen, so denken. Ich habe also kein Recht, mich darüber zu beklagen. In Wahrheit bin ich aber gar nicht so. Es macht mir *keinen* Spaß. Es fällt mir nur sehr leicht. Weißt du, ich bin seit fast vierundzwanzig Jahren mit einem Mann verheiratet, den ich seit mindestens zwanzig Jahren nicht mehr liebe und seit ungefähr zehn Jahren in wechselnder Intensität hasse. Zumindest von Zeit zu Zeit. Trotzdem habe ich nie die Courage aufgebracht, ihn einfach zu verlassen. Allein die Vorstellung, wieder bei null anzufangen und für mich selbst sorgen zu müssen, macht mir große Angst, heute noch mehr als vor zehn Jahren, als ich noch jünger war und – na ja, noch mehr Kraft hatte. Stattdessen habe ich Strategien für mein vermeintlich einfaches Leben im goldenen Käfig entwickelt.«

Als Jens begriff, dass er plötzlich echtes Mitleid mit Marita hatte, wurde ihm bewusst, dass er sie schon wieder anstarrte. Er räusperte sich verlegen und sah auf die Straße.

»Aberaber ... du hättest dich doch trotzdem rausreden können. Sogar müssen, wenn du das hier für so eine schlechte Idee hältst. Von den Anderen hätte das niemanden überrascht. Mich auch nicht.«

Marita reagierte nicht sofort.

»Hätte ich, ja. Aber ... erinnerst du dich an die Kopfwäsche, die Lennard mir verpasst hat, als ich versucht habe, den Namen unserer Gruppe zu verhindern?«

Jens konnte sich das schadenfrohe Grinsen nicht verkneifen.

»Ja, schon klar«, murmelte Marita und seufzte. »Jedenfalls ... also, ich gebe es nicht gerne zu – und ich werde mir etwas besonders Grausames für dich einfallen lassen, wenn du das irgendjemandem erzählst – aber die hat gesessen. Seine Worte haben mich ziemlich aufgewühlt. Ich will gar nicht die sein, die sich immer nur drückt und ständig rumzickt. Ganz am Anfang habt ihr das vielleicht noch weggelächelt, da zehrte ich von dem unsinnigen Bonus, den attraktive

Frauen automatisch von den meisten Männern bekommen. Außerdem hattet ihr, mit Ausnahme von Lennard, alle Angst vor mir. Das braucht sich aber beides mit der Zeit auf, wenn man plötzlich regelmäßigen Kontakt hat, und dann geht es irgendwann damit los, dass ihr hinter meinem Rücken über mich redet. Vielleicht tut ihr das sogar schon. Wenn es erstmal so weit gekommen ist, dauert es auch nicht mehr lange, bis ihr echte Abneigung gegen mich empfindet. Ihr habt vielleicht den Eindruck, dass mich das nicht weiter stören würde, aber den habt ihr nur, weil ich mir große Mühe gebe, es genau so aussehen zu lassen. Für eine Frau ist es von enormer Wichtigkeit, als starke Frau wahrgenommen zu werden, selbst dann, wenn man vielleicht gar nicht so stark ist. Ich will euren Respekt. Die Schwierigkeit dabei ist, nicht so zu übertreiben, dass ihr mich nicht mehr leiden könnt.«

Jens wusste ganz genau, dass er es schon wieder tat. Er hatte ein Bild von sich selbst vor seinem geistigen Auge, sah sich praktisch aus der Vogelperspektive dabei zu, wie er Marita anstarrte. Dieses Mal konnte er nur leider nicht dagegen ankämpfen.

»Sag mal … *magst* du uns etwa?«, fragte er vorsichtig.

Marita blinzelte.

»Ist alles in Ordnung mit dir?«

Marita presste die Lippen zusammen und blinzelte noch mehr.

Jens verstand.

»Haahh … ähm … warum hast du vorhin eigentlich gesagt, dass es in *mehrfacher* Hinsicht keine gute Idee ist, was wir gerade vorhaben?«

Marita schenkte ihm ein dankbares Lächeln und räusperte sich.

»Na ja, neben dem Schwur, uns nicht in klare Polizeiangelegenheiten einzumischen, wollten wir uns doch auch auf Klein Offenseth-Sparrieshoop beschränken. Wir fahren aber gerade nach Elmshorn.«

Jens reagierte auf diesen Einwand mit der cleversten Floskel, die ihm gerade einfiel.

»Oh.«

»Ganz recht.«

Er verschränkte die Arme und dachte nach.

»Ich glaube, du legst das falsch aus. Die Beschränkung auf Sparrieshoop betrifft ja nur die Bürger, denen wir unsere Hilfe anbieten. Wenn so ein Hilfeersuchen aber nur abzuarbeiten ist, indem man auch die Ortsgrenzen überschreitet, muss man das eben tun. Mit anderen Worten: Es ist erlaubt.«

»Unsinn.«

»Kein Unsinn! Das sagt doch schon der gesunde Menschenverstand. Und meine Tochter auch.«

Marita sah ihn mit zusammengezogenen Augenbrauen an.

»Oh ja, meine Tochter. Genau genommen meine Älteste. Seit ich ein HIRNI bin, zeigt sie starkes Interesse daran. Ich rede mit ihr darüber, das heißt, sie weiß praktisch über alles Bescheid, inklusive unserer heutigen Mission. Das Mädchen ist der klügste Mensch, den ich kenne, obwohl sie gerade mal zwölf Jahre alt ist. Sie hat den Verstand eines Vulkaniers und die Empathie einer Betazoidin.«

Er sah irritiert aus dem Fenster.

»Wo fährst du eigentlich hin?«

»Zu den Supermärkten am Wedenkamp, dann müssen wir keine Gebühr zahlen. Was sind Vulkanier und Betaziden?«

»Betazoiden! Du bist wohl kein Star Trek Fan?«

»Star Trek«, stöhnte Marita. »Dieser Mist mit dem ewig quäkenden Bären? Wie heißt das Vieh doch gleich – Wookie, oder?«

»Ja, aber das ist aus Star *Wars*. Star *Trek* ist was ganz anderes.«

»Du lieber Himmel«, murmelte Marita entsetzt und schüttelte den Kopf. »Nein, das interessiert mich beides nicht. Allein schon deshalb nicht, weil Jussi von diesem Schwachsinn so begeistert ist.«

Trotz Jens' Intervention stellte Marita den Wagen ungeniert direkt vor dem Aldi-Markt ab und befahl ihm regelrecht, sich nicht wie so ein kleiner Spießer anzustellen.

»Lass uns bitte nochmal darüber reden, was wir machen, wenn dieser Osterloh uns an den Kragen will«, bat Marita, während sie über den Wedenkamp in den Sandberg gingen. »Da wir ihn ja für einen Mörder halten, sollten wir ihm Gewalt zutrauen.«

»Genau deswegen suchen wir ihn ja an seinem Arbeitsplatz auf. Wenig Risiko durch viele Zeugen.«

»Irre schlau«, spottete Marita. »Er könnte aber noch schlauer reagieren und seinen Zorn einfach unterdrücken, um ihn uns in seiner Freizeit spüren zu lassen. So würde ich es machen.«

»Lass uns doch einfach erstmal abwarten, wie er reagiert. Alles, was wir haben, haben wir von Gerd Tiedemann. *Gerd Tiedemann!* Wir sind natürlich neugierig, aber wir sollten es auch nicht überbewerten. Wahrscheinlich wird Osterloh uns nur schallend auslachen.«

»Ich weiß ja, was du meinst, aber ich lasse auch nicht locker: Was, wenn er es nicht lustig findet? Wenn wir merken, dass Tiedemann in diesem Fall den richtigen Riecher hatte?«, beharrte Marita.

»Dann sehen wir zu, dass wir Land gewinnen und übergeben die ganze Sache an die Polizei. So, wie Lennard es gesagt hat.«

Eine Minute später betraten sie Andreas Osterlohs Versicherungsvertretung. Ein heller und überraschend großer Raum mit braunem Parkett-Fußboden sowie weißer Decke und weißen Wänden. An der gemütlich aussehenden Sitzecke des Wartebereiches vorbei gingen sie zum hellblauen Rezeptionstresen mit dem großen weißen Schriftzug der Versicherung. Eine adrett gekleidete junge Frau lächelte sie bereits erwartungsvoll an.

»Halloo, guten Taag. Wie kann ich helfen?«, flötete sie freundlich.

»Wir möchten mit Herrn Osterloh sprechen«, antwortete Marita mit der ihr eigenen Art, die auf eine gewisse Distanz bestand und gleichzeitig von karstig felsigem Selbstbewusstsein kündete.

»Seehr gerne«, säuselte die junge Frau maximal zuvorkommend. »Sagen Sie mir bitte Ihre Namen?«

»Jens Jensen und Marita Heino.«

Die junge Frau ließ die Finger über die Tastatur fliegen und studierte dann ausgiebig den Bildschirm.

»Tut mir leid, ich finde Ihre Namen hier gar nicht. Haben Sie den Termin telefonisch oder online vereinbart?«

»Wir haben keinen Termin«, stellte Jens klar.

»Wir wollen auch keine Versicherung«, ergänzte Marita.

Das verwirrte Zögern der jungen Frau währte so kurz, dass es nur von einem echten Profi wie Marita wahrgenommen werden konnte.

»Ach soo! Okay«, sagte sie und zeigte professionell aufgesetzt lachend ihre Zähne. »Das habe ich jetzt einfach vorausgesetzt, entschuldigen Sie bitte. Herr Osterloh befindet sich allerdings gerade in einem Kundengespräch und ist auch danach bis zur Mittagszeit ausgebucht.«

Jens hatte aus irgendeinem Grund nicht damit gerechnet, dass sein ehemaliger Mitschüler gar keine Zeit für sie haben könnte. Er kam sich deswegen etwas dämlich vor und sah kurz zu Marita, aber die hielt den Blick fest auf Osterlohs Mitarbeiterin gerichtet.

»Es würde gar nicht lange dauern. Vielleicht fünf Minuten, auf keinen Fall mehr«, verhandelte Jens.

»Sagen Sie ihm einfach, dass es um den Hammer geht«, forderte Marita sie auf.

Jens riss den Kopf herum und starrte Marita an. Schon wieder.

Die junge Frau lächelte immer noch, aber nun schlug erstmalig Überforderung durch.

»Ääähh … okayy?«, quiekte sie und ließ ein überkompensierendes Gelächter folgen. »Aalso – ich weiß nicht, vielleicht wäre es doch besser, wenn wir einen Termin machen und Sie …«

»Sagen Sie es ihm!«, unterbrach Marita. »Da sind zwei Leute, die ihn wegen des Hammers sprechen möchten. Ich verspreche Ihnen, er wird mit uns reden wollen. Wenn Sie uns einfach wegschicken und er erfährt das, wird er das garantiert *nicht* gut finden.«

Jens starrte Marita immer noch an und versuchte zu begreifen, was sie da gerade trieb. Die bekam das jedoch nicht mit, weil sie der verunsicherten jungen Frau mit kalter Selbstsicherheit und ohne das kleinste Blinzeln direkt in die Augen sah.

»Einen Moment bitte«, bat das arme Ding schließlich etwas atemlos, stand auf und stöckelte in den hinteren Bereich.

Dort befanden sich die Büros, die dem Ladenlokal mit gläsernen Wänden, teilweise mit Sichtschutzfolie beklebt, abgetrotzt worden waren. Sie klopfte an die Tür des hintersten Büros auf der linken Seite und betrat es. Einige Minuten später kam sie wieder heraus, schloss die Tür hinter sich mit übertrieben wirkender Vorsicht und kam zurück zu Jens und Marita. Auf ihren Wangen zeichneten sich nun, rot wie Entzündungen, hektische Flecken ab.

»Aalso, Herr Osterloh möchte wissen, ob Sie von der Polizei sind.«

Jens und Marita sahen sich an. Marita nickte andeutungsweise, Jens zog die Augenbrauen zusammen. Marita nickte mit mehr Nachdruck und zog dabei ebenfalls die Brauen zusammen.

»Nein, sind wir nicht«, sagte Jens. »Das hätten wir Ihnen dann schon gleich zu Anfang gesagt.«

Die junge Frau schnitt eine Grimasse und eilte wieder zu ihrem Chef.

»Du bist ein jämmerlicher Feigling«, zischte Marita leise.

Jens nahm es kommentarlos hin.

Kurz darauf kam die junge Frau zurück. Ihre hektischen Flecken leuchteten inzwischen in einem noch tieferen Rot.

»Wenn Herr Osterloh sein aktuelles Beratungsgespräch beendet hat, nimmt er sich kurz Zeit für Sie. Nehmen Sie doch bitte so lange in unserem Wartebereich Platz.«

Sie bedankten sich und lümmelten sich in das Sofa der cremefarbenen Sitzgruppe.

Nach einigen Minuten trafen kurz nacheinander zwei junge Männer ein, die ebenfalls in den Wartebereich gebeten wurden. Jens bildete sich ein, dass die junge Frau irgendwie erleichtert wirkte, als sie für beide einen offiziellen Termin in ihrem Computer finden konnte.

Wieder einige Minuten später kam ein junges Pärchen aus einem der anderen Büros und verließ das Ladenlokal. Kurz darauf wurde der erste der beiden Männer nach hinten geschickt.

Nach insgesamt zwölf Minuten Wartezeit öffnete sich die Tür von Osterlohs Büro. Ein Mann mittleren Alters mit blitzblank rasiertem Schädel trat heraus und verabschiedete sich laut.

Osterloh folgte ihm und blieb auf Höhe der Sitzgruppe stehen, um Jens und Marita kurz zu mustern. Dabei lächelte er freundlich.

»Also dann, die Dame, der Herr, ein paar Minuten«, sagte er, setzte sich wieder in Richtung Büros in Bewegung und gab ihnen mit einer Handbewegung zu verstehen, dass sie ihm folgen sollten.

Osterloh wartete bereits hinter der Tür, als sie sein Büro betraten, um sie gleich wieder zu schließen.

»Nehmen Sie doch bitte Platz«, forderte er die beiden höflich lächelnd auf und setzte sich selbst.

»Verraten Sie mir noch, mit wem ich es zu tun habe?«

»Marita Heino und Jens Jensen. Wir sind ...«

»Aus Sparrieshoop«, fuhr Marita dazwischen.

»Äh ... genau«, bestätigte Jens.

Osterloh musterte seine Überraschungsgäste mit unverhohlener Neugierde. Wenn er Jens erkannt haben sollte, ließ er es sich nicht anmerken.

»Sparrieshoop also. Da bin ich aufgewachsen, klein, aber nett. Meine Mutter lebt dort immer noch, aber ich musste irgendwann weg.

Das Dörfliche liegt mir nicht so, zumindest nicht auf Dauer. Wissen sie, was ich meine? Dass jeder jeden kennt, behagt mir irgendwie nicht. In einer Stadt kann man sich viel leichter einfach mal zurückziehen und in die Anonymität abtauchen, wenn einem danach ist. Na ja, so hat jeder seins, nicht wahr? Es freut mich jedenfalls, dass Sie den Weg zu mir gefunden haben. So ein Wechsel von einem oder vielleicht sogar mehreren Unternehmen zu einem anderen will grundsätzlich wohlüberlegt sein, ist aber keine allzu komplizierte Angelegenheit. Schwierig wird es eigentlich nur im Vorfeld, beim Vergleich der Leistungen und der Beiträge. Jedes Unternehmen hat ein bestimmtes Produkt, wo es in der Kombination einfach unschlagbar ist, davon haben Sie vielleicht schon mal gehört. Da sollte man dann schon gut überlegen, ob man das aufgeben will. Es gibt freilich auch Unternehmen – dazu zählt ehrlicherweise auch meines – wo Vorzugskonditionen sofort verloren gehen, wenn man andere Produkte kündigt.«

Auf diese Weise dampfplauderte Osterloh noch minutenlang weiter, war voll und ganz der eloquente Versicherungsverkäufer, der die Gedanken seiner Kunden nicht einfach sich selbst überließ. Man durfte einen potenziellen Versicherungsnehmer nicht irrtümlich glauben lassen, dass er gar keine neue Lebensversicherung brauchte. Schlussfolgerungen, dass die aktuelle Deckungssumme der Hausratversicherung immer noch vollkommen ausreichend war, galt es ebenso im Keim zu ersticken. Osterlohs Rhetorik deutete darauf hin, dass er dieses Handwerk beherrschte, und aus irgendeinem Grund schien er davon auszugehen, dass sich Jens und Marita für die Produkte seines Unternehmens interessierten. Zumindest tat er so. Über den Hammer oder gar über den Mord an Angelika Klöfkorn verlor er jedenfalls kein einziges Wort.

Marita hatte längst den Faden verloren. Als mit ihrer Geduld dasselbe passierte, holte sie ihr Handy hervor, öffnete ein ganz bestimmtes Bild und hielt es Osterloh unkommentiert hin.

Der verstummte abrupt und sah es sich neugierig an.

»Was sehe ich da?«

Marita legte das Handy vor Osterloh auf den Schreibtisch.

Der wirkte verwirrt und sah zu Jens, als würde er sich bei einem weiteren Kapitel des ewigen Kampfes zwischen dem zu Unrecht angegangenen arglosen Mann und der boshaft unlogischen Frau die Solidarität des Geschlechtsgenossen erhoffen.

»Habe ich irgendwas nicht mitbekommen?«

»Ihre Mitarbeiterin hat Ihnen doch gesagt, dass wir deswegen mit Ihnen sprechen wollen«, sagte Marita und nickte dabei zu ihrem Handy.

Osterloh blinzelte sie an und wirkte aufrichtig fassungslos.

»Meine Mitarbeiterin soll mir gesagt haben, dass Sie wegen des Fotos von einer Plastiktüte mit mir reden wollen?«

»Tun Sie das nicht«, warnte Marita kühl.

Osterlohs Blick wechselte zwischen Jens und Marita hin und her, als würde er darauf warten, dass einer von beiden endlich diesen bescheuerten Scherz auflöste.

»Warum haben Sie sie denn sonst nochmal fragen geschickt, ob wir von der Polizei sind?«, wollte Jens wissen.

Osterloh lachte. »Also bitte, jetzt ist aber auch mal gut, okay? Immerhin hatten Sie nicht einmal einen Termin, und ich habe mir trotzdem Zeit für Sie genommen. Das habe ich nicht gemacht, um mich so einem Blödsinn auszusetzen.«

»Beantworten Sie seine Frage noch?«, fragte Marita.

»Das hier ist eine Versicherungsvertretung!«, rief Osterloh verzweifelt und streckte die Arme aus. »Es kommt schon mal vor, dass wir Berührungspunkte mit der Polizei haben. Manchmal rufen die an, manchmal schneien die hier unangemeldet rein. Da Sie keinen Termin hatten, habe ich vermutet, dass das wieder eine dieser Reinschnei-Gelegenheiten ist. Und Sie würden sich wundern, wie oft das Unternehmen, welches ich zu vertreten die Ehre habe, wegen mit Hämmern angerichteten Schäden den Geldschrank ganz weit aufmachen muss.«

Jens sah Marita an und hatte das Gefühl, dass sie dasselbe dachte wie er.

Marita sah Jens an und erkannte, dass er Osterloh auch kein einziges Wort glaubte.

Jens nickte, Marita verstand.

»Haben Sie von dem Fall Angelika Klöfkorn gehört? Eine junge Frau aus Sparrieshoop, die ermordet und dann hier ganz in der Nähe im Wald vergraben wurde.«

»Ach bitte, was für eine Frage!« Osterloh ließ sich zurückfallen, seufzte und rieb sich mit den Händen durchs Gesicht. »Ich lese Zeitung. Manchmal sehe ich sogar fern. Hören Sie, draußen wartet schon der nächste Kunde. Wenn es hier überhaupt etwas zu besprechen gegeben hat, haben wir das ja wohl inzwischen.«

Marita ignorierte den zweiten Teil seiner Antwort.

»Dann haben Sie davon also aus den Medien erfahren?«

»Ts, die Polizei hat es mir jedenfalls nicht erzählt.«

»Nein, natürlich nicht«, sagte Marita und lachte.

Jens bekam eine Gänsehaut bei diesem Lachen. Wenn Raubtiere die Angewohnheit hätten, zu lachen, kurz bevor sie ihre Beute rissen, würde es wohl so aussehen. Er war froh, sich am richtigen Ende dieses Lachens zu befinden.

»Ich hätte eher vermutet, dass Sie es zuerst von Benno Klöfkorn gehört haben.«

»Von ... das ist doch der Bruder der Toten, oder? Wie kommen Sie darauf?«

»Man erzählt sich, dass sie gut miteinander befreundet sind.«

»Ah, *man*. Und wer ist man?«

»Meine Kollegin und ich leben schon seit vielen Jahren in Sparrieshoop. Wir reden mit unseren Mitbürgern und wissen das ganz einfach«, mischte Jens sich ein.

Osterloh schüttelte den Kopf und schnaubte verächtlich. »Sehen Sie? Das meinte ich vorhin, dieses scheiß Dorfgetratsche. Darum musste ich da so schnell wie möglich weg.«

»Dann sind Sie nicht mit den Klöfkorns befreundet?«, hakte Marita nach.

»Nein. Ich weiß natürlich, wer die sind, aber ansonsten kenne ich die nicht weiter«, behauptete er, begleitet von einem durchaus sympathischen Lächeln, das eine unausgesprochene zusätzliche Botschaft an sie richtete: Ich bin total harmlos.

Jens und Marita sahen sich erneut an. Dieses Mal nickte Marita.

»Herr Osterloh, wissen Sie, wer ich bin?«, fragte Jens.

Osterloh grunzte belustigt. »Ein Sparrieshooper, mehr hat Ihre Kollegin Sie ja nicht sagen lassen.«

Dann lehnte er sich vor, kniff die Augen zusammen und musterte Jens' Gesicht.

»Der Name ist Jensen«, sagte Jens und lehnte sich auch vor.

Nach ein paar Sekunden schüttelte Osterloh den Kopf und lehnte sich wieder zurück. »Tut mir leid. Bei dem Namen klingelt auch nichts. Ich habe ein paar Jensens in meiner Kundenkartei, aber die sehen Ihnen nicht mal ähnlich.«

»Mein voller Name ist Jens Jensen. Wie gesagt, aus Sparrieshoop. In der Grundschule wurde ich oft JayJay genannt. Das oder irgendetwas an meinem Äußeren hat damals scheinbar einige meiner männlichen Mitschüler auf für mich ungünstige Weise getriggert. Die haben sich nämlich immer wieder zu bestimmten Handlungen gezwungen gefühlt. Mich festhalten und mir den Inhalt meiner Milchtüte über den Kopf gießen, zum Beispiel. Kopfnüsse und Pferdeküsse gab es auch einige. Eines meiner Opfer, die ich mit diesem Schlüsselreiz immer wieder überwältigt habe, war Wolfgang Klöfkorn, der ältere Bruder von Benno.«

Jens legte eine Kunstpause ein, um sich nun auch wieder zurückzulehnen und Osterloh die Gelegenheit zu geben, schon mal irgendwie zu reagieren. Der machte davon jedoch keinen Gebrauch.

»Wolfgangs bester Freund, der ihm wie ein Schatten überallhin gefolgt ist, war genauso machtlos gegen den Schlüsselreiz.«

Jens lächelte grimmig und sagte nichts mehr.

»Oh!«, sagte Osterloh nach einigen Sekunden der Stille. »Ist die Geschichte schon zu Ende? Ich hatte als Pointe noch den Namen des besten Freundes erwartet.«

»Stimmt, habe ich vergessen. Er hieß Andreas Osterloh.«

Osterloh zog die Augenbrauen hoch. »Der hieß so wie ich?«

Jens nickte langsam. »Er sah auch so aus wie Sie.«

»Ha!«, rief Osterloh und verschränkte die Arme. »Ha! Hab ich's doch geahnt. Da muss ich Sie aber enttäuschen, wir kennen uns ganz sicher nicht. Ich will nicht behaupten, dass Ihnen nicht widerfahren ist, was Sie gerade erzählt haben, aber daran habe ich nicht mitgewirkt. Ich würde mich an Sie erinnern. Namen und Gesichter behalten sind in meinem Beruf von großer Bedeutung. Außerdem habe ich so etwas nicht gemacht. Ich war weder Mobber noch jämmerlicher Mitläufer.«

Jens war beeindruckt. Das war bemerkenswert authentisch und überzeugend gewesen. Wenn er sich nicht so sicher gewesen wäre, hätte er es ihm glatt abgekauft.

»Herr Osterloh, Sie und ich waren vom ersten bis zum vierten Schuljahr in derselben Klasse. Unsere Klassenlehrerin war Frau Bünz, eine magere kleine Frau, die penetrant nach Schweiß roch und einen schlimmen Damenbart hatte. Unser Sportlehrer war Herr Krause, ein richtig fetter Typ, der von Anfang bis Ende der Sportstunde immer auf einem Stuhl gesessen hat, von dem aus er uns dann durch die Gegend scheuchte, ohne selbst auch nur einmal aufzustehen. Ich würde einen größeren Betrag darauf wetten, dass Sie das auch noch wissen. Sowas vergisst man nicht. Zur Not könnte ich Ihnen die Klassenfotos zeigen, die man jedes Jahr von uns gemacht hat. Ich will gar nicht behaupten, dass ich heute jeden sofort wiedererkennen würde, immerhin ist das schon deutlich über zwanzig Jahre her, aber Sie waren einer meiner Peiniger und darum würde ich Sie *immer* erkennen. Wir sind uns auch später, nachdem wir auf unterschiedliche weiterführende Schulen gekommen sind, noch über den Weg gelaufen. Das ließ sich auch kaum vermeiden, da wir ja beide noch in Sparrieshoop gelebt haben. Ich kann Sie eindeutig identifizieren, und darum ist Ihr Leugnen total albern und enorm unnütz.«

Osterloh schwieg. Sein Blick blieb neutral, aber er sah nun einigermaßen blass aus.

»So weiß ich auch, dass Sie sogar eine sehr enge Bindung zu den Klöfkorn-Brüdern hatten, speziell zu unserem Klassenkameraden Wolfgang. Aber auch zu Benno. Scheiße, ich habe Sie doch immer wieder miteinander rumhängen sehen.«

Osterloh kniff wieder die Augen zusammen.

»Was ist hier jetzt eigentlich der Punkt? Ob ich Wolfgang und Benno kenne? Also gut, um das hier endlich zu einem Ende zu bringen, denn ...« Er tippte auf seine Armbanduhr. »... Zeit ist für mich Geld, ja, ich kenne die beiden. Zufrieden?«

»Warum haben Sie es gerade geleugnet?«, fragte Marita.

»Muss daran gelegen haben, dass ich einfach keine Lust hatte, fremden Menschen Rede und Antwort zu stehen, die sich wie Gesetzeshüter aufführen, ohne welche zu sein.«

»Dann kannten Sie also auch Angelika Klöfkorn?«

Osterloh seufzte genervt. »Ja, ich kannte sie, aber ich habe sie nur ganz selten gesehen. Zwischen den Jungs und ihrer Schwester herrschte kein besonders inniges Verhältnis.«

»Dann haben Sie von Angelikas Tod also doch vor allen anderen Bescheid gewusst? Durch die Klöfkorns?«

Osterloh zuckte mit den Schultern. »Vielleicht. Vielleicht auch nicht. Ist das für irgendwas wichtig?«

»Nein, ich glaube nicht. Aber dass Sie es zuerst mit einer Lüge versucht haben, statt mit der grundsätzlich unproblematischen Wahrheit, gibt mir schon zu denken.«

»Herrje, ja, Sie sind bestimmt ganz enttäuscht von mir. Sehr bedauerlich.« Osterloh stand auf und öffnete die Tür. »Bitte, gehen Sie jetzt. Ich möchte meine Kunden nicht noch länger warten lassen.«

»Kennen Sie Gerd Tiedemann?«, fragte Jens.

»Wenn Sie mich so fragen, gehen Sie bestimmt davon aus.«

»Und?«

Osterloh atmete tief durch. »Ja, sagt mir was.«

»Vor etwa zwei Jahren hat er einen Hammer bei sich im Schuppen gefunden, der ihm nicht gehörte, eingewickelt in einen Müllbeutel. Er hat ihn nicht benutzt, aber auch nicht weggeschmissen, sondern einfach weggelegt – und vergessen. Als er in der Zeitung von Angelika Klöfkorns Tod las, erinnerte er sich wieder daran, kam zu einer spannenden Schlussfolgerung und wollte darüber mit der Polizei sprechen. Als man ihn dort nicht ernst nahm, hat er es bei uns versucht. Zu meiner Frage, wer ihm den Hammer in den Schuppen gelegt haben könnte, fiel ihm nur ein Name ein: Ihrer.«

Osterloh ließ einen nachdenklichen Blick auf Marita ruhen.

»Ich hab's doch gesagt, Sie sind hier, weil die Sparrieshooper gerne tratschen.« Er zog die Tür wieder zu und setzte sich. »Was kommt jetzt?«

»Haben Sie den Hammer bei Herrn Tiedemann deponiert? Hoffend, dass der dumm genug ist, ihn zu säubern und anschließend das damit zu machen, was man normalerweise mit einem Hammer macht?«

Osterloh schwieg und gab sich zum ersten Mal keine Mühe mehr, ein freundliches Gesicht aufzusetzen.

»Haben Sie Angelika Klöfkorn mit diesem Hammer den Schädel eingeschlagen?«

Osterloh reagierte nicht. Nur seine Kiefermuskeln zuckten.

»Warum haben Sie sie umgebracht? Hat sie Sie abgewiesen? Oder mit irgendwas erpresst?«

»Okay, jetzt reicht's!«, platzte es aus Osterloh heraus. »Ihr zwei Klugscheißer werdet jetzt auf der Stelle gehen. Raus hier!«, grollte er, sprang regelrecht aus seinem Stuhl und riss die Tür entschlossen auf.

»Wenn es das ist, was Sie wollen. Mein aktueller Eindruck ist der, dass wir mit unserer Theorie richtig liegen. Damit ist der nächste logische Schritt die Übergabe an die Polizei.«

»Die würden wir auch entsprechend vertonen«, ergänzte Jens.

»Was soll das hier werden? Drohen Sie mir jetzt etwa auch noch? In meinen eigenen Räumlichkeiten?«, knurrte er verärgert.

Jens und Marita lächelten ihn selbstgefällig an.

»*Ganz* schlechte Idee! Jemandem wie mir zu drohen, ist dumm und leichtsinnig. Verlassen Sie sich drauf, dass Sie das noch bereuen werden. Ich werde Sie wegen Amtsanmaßung anzeigen. Kommen hier einfach rein und halten mich von der Arbeit ab, um mich unglaublicher Dinge zu beschuldigen. Und das nur, weil Sie, beschissene Amateure, die Sie sind, die von jahrelangem Alkoholmissbrauch getrübten *Erinnerungen* ...« Bei dem Wort malte er mit den Händen Gänsefüßchen in die Luft. »... eines alten Einfaltspinsels für eine seriöse Quelle halten. Jetzt gehen Sie endlich, los!«

Jens und Marita sahen sich an und standen gleichzeitig auf.

»Dann soll es so sein«, murmelte Marita.

»Wollen Sie gleich mitkommen, Herr Osterloh?«, fragte Jens.

Osterloh starrte ihn böse an. »Wohin soll ich mitkommen?«

»Zur Polizei. Wir fahren da jetzt direkt hin, um denen den Hammer zu übergeben, denn soweit es mich betrifft, hat sich unser Verdacht gegen Sie gerade bestätigt. Wenn Sie uns wegen Amtsanmaßung anzeigen wollen, hätten wir ja denselben Weg.«

Osterloh musterte ihn ungläubig. »Sie haben ihn dabei?«

Jens klopfte auf seinen Rucksack.

»Ich würde diesen ominösen Hammer gerne sehen.«

»Darauf wette ich«, brummte Jens und lächelte süffisant. »Ich gehe davon aus, dass man Ihnen das Teil im Verlauf der Ermittlungen auch noch zeigen wird. Sie müssen nur noch ein wenig Geduld haben.«

»Ich will ihn *jetzt* sehen!«, forderte Osterloh

Doch die beiden reagierten darauf nicht mehr, ließen Osterloh nun einfach stehen und verließen die Vertretung ohne ein weiteres Wort an ihn oder seine Mitarbeiterin an der Rezeption.

Erst als sie schon wieder am Ende der Fußgängerzone angekommen waren, blieben sie stehen und setzten das ganze Adrenalin im Blut in schallendes Gelächter um, so laut, dass einige vorbeigehende Passanten irritiert schauten. Manche blieben sogar stehen.

»*Das war großartig!*«, schwärmte Jens überdreht. »*Du* warst großartig! Ganz im Ernst, als echte Ermittlerin wärst du ein wahrer Albtraum für jeden Verdächtigen, selbst für die Unschuldigen unter ihnen.«

Marita lachte so gelöst, wie Jens es bislang noch nicht bei ihr gesehen hatte. Noch vor wenigen Stunden hätte er nicht für möglich gehalten, dass sie sich so ungezwungen geben konnte – wenigstens nicht in seiner Gegenwart.

»Das Kompliment kann ich nur zurückgeben. Meine Güte, wenn ich denke, dass ich das verpasst hätte, wenn du gestern nicht stur geblieben wärst. Ich finde, wir waren ein ziemlich gutes Team.«

»Das wollte ich auch gerade sagen!«

»Wie du ihn mit seiner Vergangenheit als Mobber konfrontiert hast, war richtig cool. Und der Bluff, dass du den Hammer dabei hast und ihn zur Polizei mitnehmen willst. Ich musste mich richtig zusammenreißen, damit ich nicht laut loslache.«

Jens verzog das Gesicht auf schwer zu deutende Weise, nahm den Rucksack ab, öffnete ihn und ließ Marita hineinsehen.

»Ist das ... du hattest den *wirklich* dabei?«

Jens zuckte mit den Schultern und schnallte sich den Rucksack wieder auf den Buckel.

»Heißt das etwa, dass du jetzt wirklich zur Polizei willst?«

»Quatsch, nein! Der bleibt erstmal bei uns.«


## Ich bin ganz sicher nicht dumm

»Dann haben die den Jungen, *keine zehn Jahre alt*, der Bengel, eine Liste anfertigen lassen, mit so Besonderheiten aus seinem früheren Leben, also kein alltägliches Zeug, was man mit ein wenig Recherche-Aufwand relativ leicht herausbekommt. Na ja, schon auch sowas, aber überwiegend richtiges Insiderwissen. Dreißig oder fünfzig oder noch mehr Positionen, weiß ich nicht mehr genau – und die haben alle gestimmt. *Alle!* Bei manchen dachten die erst: Ha, jetzt haben wir dich, du kleines aufmerksamkeitsdefizitäres Arschlochkind, machst hier einen auf Wiedergeborener, aber an so etwas Entscheidendes kannst du dich nicht erinnern. Konkretes Beispiel: Sein Alter, als er sein früheres Leben beendet hat. Da sah es so aus, als läge er drei Jahre drüber. Oder war es drunter? Jedenfalls daneben. Dann haben sie das aber trotzdem nochmal überprüft – das auch nur, weil so viele andere Sachen so genau gepasst hatten – und fanden dabei mehrere Versionen seiner Geburtsurkunde. Und die, die dann nachweislich die richtige war, *bestätigte* die Angaben des Jungen! Nicht mal die leibliche Tochter des Mannes, der er damals war, hatte dessen richtiges Alter gekannt. Verstehst du, was das bedeutet? Dieser Junge ist der lebende Beweis, dass Reinkarnation keine esoterische Spinnerei ist!«

Ein Außenstehender hätte zu der Annahme kommen können, dass es Angus die Sprache verschlagen hatte, angesichts der unglaublichen Schlussfolgerung seines Partners. Armin kannte ihn jedoch gut genug, um es besser zu wissen.

»Nun komm schon, wie kann dich das kaltlassen? Ich habe mit offenem Mund vorm Fernseher gesessen und hatte am ganzen Körper Gänsehaut. Das ist der absolute Wahnsinn und ändert einfach alles. Eine Weltsensation!«

»Chan eil dragh sam bith orm«, brummte Angus und blieb vor dem Klöfkorn-Anwesen stehen.

Armin starrte ihn fassungslos an.

»Dann leck mich doch am Arsch, du kleingeistiges Rindvieh«, grummelte er, für den Moment enttäuscht und beleidigt.

Er schob die Fäuste in die Hosentaschen, stapfte über die Auffahrt des Klöfkorn-Anwesens und scherte sich nicht weiter um seinen manchmal allzu arg in sich gekehrten Partner. Bei der Tür angekommen, trat er dreimal mit der Pike seiner Lederschuhe dagegen, um nicht die Hände aus den Taschen nehmen zu müssen.

Als Benno Klöfkorn keine zehn Sekunden später die Tür öffnete, hatte der aufreizend langsam gehende Angus immer noch nicht aufgeschlossen.

»Ah, meine neuen besten Freunde«, rief Benno Klöfkorn.

Breit lächelnd machte er die Tür ganz auf und trat etwas zur Seite, wie um seine Besucher hineinzulassen.

Angesichts des Verlaufes ihrer letzten Begegnung mit ihm begriffen sie die unausgesprochene Aufforderung nicht als solche.

»Wir halten die Zeit für gekommen, uns nochmal zu erkundigen, ob sich an Ihrer Einstellung zu unserem Angebot von neulich inzwischen etwas geändert hat«, verkündete Armin daher.

»Schon klar«, sagte Klöfkorn und sah demonstrativ ins Haus.

Armin zögerte nur ganz kurz, bevor er sich in Bewegung setzte. Unter normalen Umständen, also ohne schwer beleidigt zu sein, hätte es noch eine kurze visuelle Verständigung mit seinem Partner gegeben, aber dem hatte er noch nicht vergeben. Wenn Angus daran Anstoß nahm, ließ er sich das jedoch nicht anmerken. Mit der immer gleichen stoischen Mimik folgte er seinem Partner.

»Einfach dem Verlauf des Flures folgen, am Ende dann links, durch den Abstellraum auf die Terrasse. Da kann man es gerade gut aushalten. Sie können sogar rauchen, wenn sie wollen«, rief Benno, während er die Tür schloss.

Angus setzte sich auf den erstbesten Stuhl.

Nicht so Armin. Der blieb stehen und ließ den Ausblick, den man von der Terrasse hatte, auf sich wirken.

Als Benno kurz darauf eintraf, setzte er sich neben Angus.

»Wollen Sie sich nicht zu uns setzen?«

Armin riss den Blick gespielt widerwillig von der Landschaft los und nahm direkt gegenüber von Benno Platz.

Ein paar Sekunden lang wartete jeder der drei darauf, dass einer der anderen den Anfang machen würde – wobei allen klar war, dass von Angus nichts dergleichen zu erwarten war.

»Angenehm hier, oder?«, sagte Benno schließlich.

Armin und Angus sahen ihn mit unbewegter Miene an und schwiegen.

»Sie rauchen beide nicht? Ansonsten – nur keine Scheu«, ermunterte er sie und zeigte auf den Steingut-Aschenbecher in der Mitte des Tisches.

Armin und Angus rippten und rührten sich nicht.

Benno lachte. »Dabei waren Sie letzens so mitteilsam. Aber gut, dann eben direkt zur Sache. Als Sie neulich hier waren, haben Sie mich ganz schön überrumpelt. Dass Sie mir sogar gedroht haben, habe ich tatsächlich erst in den Tagen danach begriffen. Ich weiß nun auch, was für einen Plan Sie verfolgen, und ich muss zugeben, dass der ziemlich gut ist. Sie haben es geschafft, meinen Vater gegen mich aufzubringen. Dabei haben Sie nur leider seine Konstitution überschätzt. Das soll aber kein Vorwurf sein. Ich kenne ihn sehr viel besser als Sie und hätte auch nicht gedacht, dass so ein kleiner Schock gleich einen Schlaganfall bei ihm auslösen könnte. Und dann auch noch einen so schweren, dass er gleich ins Koma fällt. Die Ärzte sind zwar bemüht, es unter Verwendung von reichlich Fachchinesisch *nicht* auf den Punkt zu bringen, aber zwischen den Zeilen sagen sie letztlich doch sehr deutlich, dass es nicht gut aussieht. Durchaus möglich, dass mein Vater nicht überlebt. Und selbst wenn er es doch noch schaffen sollte, ist die Wahrscheinlichkeit, dass sein Gehirn substanziellen Schaden genommen hat, verdammt hoch.«

Spätestens an diesem Punkt hatte Benno mit einer Reaktion bei seinen beiden Besuchern gerechnet. Er war darauf eingestellt, sich daran ergötzen zu können, wie der Schmerz des Begreifens ihrer Niederlage bei ihnen einsetzte. Sie sahen ihn aber immer noch unverwandt an und wirkten recht gelassen.

Wie ihr wollt, dachte Benno. Ich habe mein Pulver noch nicht verschossen. Er lehnte sich mit den Ellenbogen auf den Tisch und legte die Hände flach darauf ab.

»Ich weiß, dass ich kein guter Mensch bin. Das ist mir schon seit meiner Jugend klar. Ich will auch keinen Hehl daraus machen, dass ich das Erbe meines Vaters lieber heute als morgen antreten möchte. Dass er nun aber ausgerechnet *so* abgehen soll.« Benno schüttelte nachdenklich den Kopf. »Keine Sorge, ich mache jetzt nicht auf liebevollen Sohn. Er war mit der Vaterrolle überfordert, während mein Bruder und ich als Söhne echte Katastrophen waren. Trotzdem habe ich Respekt vor seinem Lebenswerk. Dieses Vermögen, auf das wir alle so scharf sind, hat *er* angehäuft, mit unermüdlicher Arbeit und Talent. Ein harter, gerader und immer schonungslos aufrichtiger Mann wie er hat so ein würdeloses Ende nicht verdient. Natürlich habe ich meinen Teil dazu beigetragen, ich trage also eine Mitschuld – aber nicht die alleinige. Genau genommen finde ich nicht mal, dass ich die Hauptschuld trage. Die tragen *Sie*, weil sie ihn so aufgestachelt haben.

Das hat mich wütend gemacht, so wütend, dass ich irgendwann an dem Punkt war, meinen alten Knastkumpel Otto anzurufen. Ich wollte ihm sagen, dass die beiden Arschlöcher, die er mir da auf den Hals gehetzt hat – damit meine ich Sie, falls das nicht klar ist – durch ihr skrupelloses Vorgehen dafür gesorgt haben, dass möglicherweise niemand von uns in nächster Zeit auch nur einen Krümel von dem großen Kuchen auf seinen Teller bröseln kann. Wenn es dumm läuft, liegt mein Vater noch etliche Jahre im Koma, denn seine Patientenverfügung verbietet das Einstellen der lebenserhaltenden Maßnahmen. Ich wollte Otto also sagen, dass auch er einen großen Teil Schuld daran trägt, weil Sie ja auf seinen Befehl in unser Leben getreten sind.«

Benno musterte Armin und grinste süffisant. Jetzt musste doch endlich eine Reaktion kommen.

Armin tat ihm den Gefallen noch immer nicht. Keine sichtbare Gefühlsregung, in welche Richtung auch immer.

»Otto hat jetzt übrigens ein eigenes Telefon in seiner Zelle. Ist das zu fassen? Als ich noch einsaß, gab es nur das eine Telefon auf dem Gang, wo man genau wusste, dass alle mithören, wenn man ein Gespräch führte. Jedenfalls habe ich ihm also von all dem Schaden berichtet, den er mit seinem Move mittlerweile angerichtet hat, und habe verlangt, dass er seine beiden Witzfiguren – wieder Sie – gefälligst abziehen soll.«

Sein Gegenüber wirkte mäßig interessiert und immer noch kein bisschen beunruhigt.

»Wollen Sie wissen, wie er reagiert hat?«

Armin atmete tief durch. »Eigentlich … na, egal, warum nicht.«

»Er sagte, dass er niemanden zurückpfeifen kann, den er gar nicht erst losgeschickt hat.«

Kein Zucken. Gar nichts. Benno wurde langsam sauer. Was fiel diesem unsympathischen Typen ein, nicht beeindruckt zu sein?

»Als ich ihm Ihre Namen nannte, kannte er die erstmal gar nicht. Erst als ich Sie beschrieben habe – ein dünner Schmieriger, der zu viel redet, und ein apathisch wirkender Muskelprotz, der gar nicht redet – hatte er zumindest eine Ahnung, wer Sie sein könnten. Die wichtigste Botschaft war jedoch, dass Sie nicht für ihn arbeiten. Sie stehen ihm nicht mal nahe.«

Armin zuckte gleichmütig mit den Schultern.

»Ja, bei unserem Verhältnis zu Otto habe ich vielleicht eine Spur übertrieben. Manchmal gerate ich beim Erzählen so in Fahrt, dass ich ein wenig übers Ziel hinausschieße und es – Achtung, jetzt wird's unheimlich – meistens nicht mal merke. Ich habe aber nie behauptet, dass wir für ihn arbeiten. Das haben Sie da reininterpretiert.«

Armin spürte, dass Benno platzen wollte, und hob die Hände.

»Bitte, nicht aufregen. Ich weiß nun mal, wie man Einfaltspinsel wie Sie dazu bringt, in die von mir gewünschte Richtung zu denken. Ich kann das ziemlich gut. Die Erfahrung haben vor Ihnen schon andere gemacht, die mehr drauf haben als Sie.«

Benno starrte ihn fassungslos an.

»Aber ... wenn das mit Otto alles gelogen war ... woher wussten Sie es dann? Hat Wolfgang Sie geschickt?«

Zum ersten Mal zeigte sich für einen kurzen Moment so etwas wie Irritation in Armins Zügen. Er fasste sich aber schnell wieder, wedelte dann mit dem Zeigefinger und lächelte unangenehm verschlagen.

»Wolfgang. Ihr Bruder. Das Bauernopfer. Entschuldigen Sie meine lange Leitung. Nein, mit dem hatten wir noch nicht das Vergnügen. Tatsächlich war es im Prinzip wirklich Otto, der uns über Ihre Scharade ins Bild gesetzt hat. Er hat es nur nicht uns, sondern einem anderen Mithäftling erzählt. Den wiederum kennen wir sehr gut.«

Benno sah ihn verunsichert an.

»Ehrlich, den kennen wir wirklich richtig gut. Ich war sogar mal für ein paar Jahre mit ihm verwandt.«

Benno spürte plötzlich keinen Wind mehr in seinen Segeln.

»Nun machen Sie nicht so ein trauriges Gesicht. Letztlich ist es doch ganz egal, ob wir für irgendwelche Ottos oder allein für uns selbst arbeiten. Wir sind hier und wir bestehen darauf, Ihnen zu helfen. Und wenn ich schon mal aus der Abteilung Klartext zu Ihnen spreche: Dass ihr Vater im Krankenhaus liegt, wussten wir bereits.«

»Blödsinn«, knurrte Benno nach kurzem Zögern. »Das behaupten Sie jetzt einfach, um mich noch mehr zu demütigen. Außer mir und dem behandelnden Personal auf der Intensivstation weiß das niemand. Ich habe es niemandem erzählt.«

Nun wurde Angus aktiv. Er nahm sein Handy, tippte und wischte ein paarmal, legte es auf den Tisch und schob es Benno zu.

Der sah auf ein sehr aufschlussreiches Foto. Es zeigte Armin, der bei seinem Vater am Intensivbett saß und ihn mit gespielt besorgter Miene ansah, während er eine Hand auf dem Arm des Komatösen ruhen ließ und sich die andere ans Herz drückte.

»Wir würden uns wirklich freuen, wenn Ihr Vater wieder zu Bewusstsein kommen sollte. Wenn er dann sogar mehr ist, als eine welke Tomate, umso besser. Ich könnte mir sogar vorstellen, ihn dann erneut zu besuchen, aber das entscheide ich erst, wenn es so weit ist«, versicherte Armin. »Das ist jedoch ohne jede Bedeutung für den entscheidenden Punkt: Sie sind zwingend auf die Hilfe von mir und meinem Partner angewiesen, wenn Sie Ihren Traum vom Alleinerbe verwirklichen wollen.«

»Was soll das denn überhaupt heißen?«, platzte es aus Benno heraus. »Sie sagen das andauernd, aber ich komme nicht dahinter, was Sie damit meinen. Was für eine Art Hilfe soll das sein? Was könnten Sie noch in meinem Sinne bewegen, was ich nicht längst selbst bewegt habe?«

Armin lehnte sich zurück, verschränkte die Arme und sah Benno fasziniert an.

»Jetzt stellen Sie sich aber dümmer, als Sie sind. Dass Sie dumm sind, ist unstrittig, aber *so* dumm?«

»Lassen Sie das! Ich bin ganz sicher nicht dumm.«

»Leider doch. Sogar ziemlich. Ihr Plan ist natürlich schon irgendwie clever, ja, das steht außer Frage. Und mutig! Dass Sie bereit waren, anderthalb Jahre Knast in Kauf zu nehmen, nötigt mir sogar echten Respekt ab. Dazu wären nicht viele bereit gewesen. Wirklich, bis zu dem Punkt waren Sie durchaus gut. Als Sie dann aber die Haft antraten, gewann Ihre Dummheit schließlich die Oberhand. Mal ehrlich, Sie sitzen da zusammen mit lauter Berufsverbrechern ein und finden kein besseres Gesprächsthema als Ihren Plan? Der noch nicht mal abgeschlossen ist? Und dabei geraten Sie dann auch noch so sehr über die eigene Genialität in Verzückung, dass Sie ganz stolz über jedes einzelne Detail referieren und sogar Fragen dazu beantworten? Falls Sie das noch immer nicht begriffen haben: Nur deshalb sind mein Partner und ich überhaupt hier. Sehen Sie's ein, das war die Tat eines ausgewiesenen Dummkopfes. Und damit wäre ich auch – um Ihre Frage zu beantworten – bei unserem Beitrag zum Gelingen Ihres bemerkenswerten Plans. Unsere Hilfe besteht darin, all die kleinen Details für uns zu behalten, die auf Verbrecher wie mich zwar Eindruck machen, die Polizei aber kaum sonderlich begeistern werden. Wenn die davon Wind bekämen, würde Sie das sehr viel länger als achtzehn Monate in den Knast bringen.«

Benno schlug die Hände auf den Tisch und stand ruckartig auf.

»Nein!«, rief Armin mit fester Stimme und richtete den Zeigefinger auf Benno. »Nein. Drängen Sie sämtliche spontanen Impulse beiseite, die Ihnen gerade durch den Kopf schießen. Die lassen Sie nur Dinge sagen, die man im schlimmsten Fall nur schwer wieder aus der Welt bekommt. Atmen Sie durch, nehmen Sie sich Zeit, denken Sie nach, sorgfältig, in Ruhe und – ganz wichtig – ohne uns. Wir gehen jetzt. Morgen kommen wir wieder, dann setzen wir das Gespräch fort.«

Nachdem Benno sich seiner beiden Plagegeister für den Moment entledigt hatte, wollte er sich mit Andreas Osterloh in Verbindung setzen. Der war ihm jedoch zuvorgekommen und hatte, von ihm unbemerkt, schon eine halbe Stunde vorher per Messenger um ein sofortiges persönliches Gespräch gebeten.

Benno schrieb ihm Zeit und Ort.

Osterlohs Reaktion kam postwendend und brachte zum Ausdruck, dass er die Ortswahl für einen missratenen Scherz hielt. Benno hatte aber keinen Humor.


## Scheiße

Eine Stunde, nachdem Benno sich der beiden Plagegeister entledigt hatte, traf er sich mit Andreas Osterloh. Die beiden hatten sich gegenseitig dringenden Gesprächsbedarf aufgezeigt, und wie immer hatte Benno sich die Festlegung des Treffpunktes vorbehalten. Dieses Mal wollte er seinem Freund demonstrieren, dass er dessen Einwände durchaus hörte und auch ernst nahm.

Osterloh wartete bereits auf ihn, als er an *der Stelle* im Liether Wald eintraf

»Herrje«, stöhnte der zur Begrüßung.

»Was ist denn jetzt schon wieder nicht richtig?«

Osterloh wedelte verzweifelt mit beiden Armen.

»Ach Mann, was soll ich dazu noch groß sagen? Dass wir uns ausgerechnet *hier* treffen müssen, fühlt sich schon unfassbar falsch an. Und dann kommst du natürlich auch wieder in so einer geschmacklosen und auffälligen Verkleidung.«

Benno sah an sich herunter. Er trug eine alte olivgrüne Bundeswehr-Feldjacke, eine schwarze Lederhose und Springerstiefel von Doc Martens. Außerdem hatte er sich wieder die farblich nicht korrespondierenden Haar- und Bartimitate an den Kopf geklebt, dieses Mal abgerundet mit einer Schirmmütze vom FC St. Pauli.

»Wo hast du den ganzen Scheiß eigentlich immer her? Abgelegte Sachen von früher können es nicht sein, die würde ich kennen. Holst du dir das Zeug im Vorfeld zu unseren Treffen aus einem Second-Hand-Laden? Greifst du da einfach blind ins Regal?«

Benno war für die vermeintlich humoristischen Anwandlungen seines Freundes gerade noch weniger empfänglich als sonst und ignorierte dessen Gejammer einfach.

»Die beiden Arschlöcher waren wieder da, ist noch keine zwei Stunden her. Ich habe denen ihre bescheuerte Geschichte um die Ohren fliegen lassen, mit der sie mich neulich einseifen wollten.«

Osterloh nickte. »Gut!«

Benno schnaubte verbittert.

»Nicht gut?«

»Hat die überhaupt nicht gestört, dass ich Bescheid weiß. Im Gegenteil, jetzt sprechen die Wichser einfach ganz unverblümt aus, dass sie mich erpressen. Erst zünden sie meinen Alten an, so dass er davon glatt 'nen Schlaganfall bekommt, und jetzt auch noch das. Die wissen, wie sie mir schaden können, und ich habe keinen Zweifel, dass sie es im Zweifelsfall tun würden, wenn ich ihnen nicht gebe, was sie verlangen.«

Osterloh starrte Benno entsetzt an. »Scheiße! Und nun?«

»Weiß ich nicht. Deswegen wollte ich mich ja mit dir treffen. Nun aber erstmal zu dir. Was hast du auf dem Herzen?«

Osterloh ließ den Kopf langsam sinken und schob die Hände in die Hosentaschen.

»Also auch nichts Gutes? Ich hatte ja ein ganz klein wenig Hoffnung. Irgendwann werde ich's schon noch lernen. Gut, dann lass es raus. Noch beschissener als mein Beitrag kann es ja nicht sein.«

Osterloh verbog sich unter diesen Worten wie unter Schmerzen.

»Es kann *unmöglich noch* beschissener sein«, sagte Benno, nun sehr laut und mit extra viel Nachdruck, damit Osterloh und die Realität ihren gemeinsamen Plan verwarfen, nicht seinem Wunsch zu entsprechen.

Osterloh wendete sich ihm wieder zu, brachte es aber nicht fertig, ihm in die Augen zu sehen.

»Weißt du noch, wie du mich gebeten hast, deine Schwester ... aus dem Spiel zu nehmen?«

Benno starrte ihn mit glasigem Blick an.

Osterloh räusperte sich. »Als ich dir damals erzählen wollte, wie ich es gemacht habe, hast du das sehr energisch abgelehnt.«

»Das weiß ich«, schnauzte Benno seinen Freund an. »Wenn du dir vorgenommen hast, es jetzt nachzuholen, schlag es dir aus dem Kopf. Ich will das noch immer nicht hören.«

»Kannst du dir denn inzwischen denken, wie ich es gemacht habe? Ich meine, die Berichterstattung ...«

»*Jetzt komm gefälligst zum Punkt, Mann!*«, schrie Benno.

Osterloh seufzte und sah erneut zu Boden.

»Die Mordwaffe ist wieder aufgetaucht«, murmelte er.

Dass Benno kurz ins Wanken geriet, weil dem plötzlich schwindelig wurde, bekam der auf seine Füße starrende Osterloh gar nicht erst mit.

»Weißt du ... das ... na ja, das hat mich damals doch sehr viel mehr mitgenommen, als ich für möglich gehalten hätte.«

Benno wurde wütend und stapfte auf ihn zu.

»Du *wolltest* das machen«, zischte er und zielte mit dem Finger auf Osterlohs Nase. »Ich hatte die Idee nur grob skizziert, da hast du gleich gesagt, dass du es tun würdest.«

»Hey, ganz locker, du Spinner«, schnauzte Osterloh zurück und sah Benno nun endlich wieder direkt in die Augen. »Ich weiß, dass ich das wollte. Ich hatte es mir zugetraut. Außerdem hatte ich den Eindruck, dass du es nicht selbst tun konntest.«

Benno legte die Stirn in Falten. »Was? Wie meinst du das?«

»Na ja, du hast was im Kopf, aber du bist nicht so der Macher. Zur Umsetzung deiner Ideen brauchst du Hilfe, Leute wie mich, die sich was trauen. Und immerhin war sie ja deine Schwester, auch wenn ihr kein gutes Verhältnis zueinander hattet. Für mich war das wirklich okay. Bis zu dem Moment, in dem ich es getan habe, war ich auch ohne Angst und Gewissen unterwegs. Ich hatte sogar schon angefangen, mich zu fragen, ob ich vielleicht ein Psychopath bin, weil ich im Hinblick auf den bevorstehenden Mord nicht nur angstfrei war, sondern mich da sogar irgendwie drauf gefreut habe. Ich war schon aufgeregt, aber das hatte sich eher gut als schlecht angefühlt. Als ich es dann aber tatsächlich getan hatte ...«

Beide sahen zu Boden und sagten für eine Weile nichts mehr.

»Ich habe bis heute keine scharfe Erinnerung an die Stunde unmittelbar danach«, fuhr Osterloh schließlich mit leiser Stimme fort. »Da ist nur ein schemenhafter Matsch in meinem Kopf, keine einzige konkrete Erinnerung. Wenn ich mir vor der Tat nicht einen detaillierten Plan zurechtgelegt und eingebläut hätte, was ich mit der Leiche anstellen will – du weißt schon, in Folie einwickeln, in meinen Kofferraum legen und ...«

»*Hör auf!*«, rief Benno. »Mann, ich habe dir doch gerade gesagt, dass ich das nicht hören will! Ich ertrage das nicht.«

Osterloh nickte verständig. »Jedenfalls habe ich wohl auf Autopilot gestellt und den Plan einfach wie ein Programm ablaufen lassen. Danach hatte ich aber Zeit zu überbrücken, bis ich sie in den Wald ...« Osterloh sah sich um, wie jemand, der an einem Ort aufwacht, den er kennt, jedoch nicht weiß, wie er dorthin gekommen ist. »... also, bis ich sie hierher bringen konnte. Stunden. Meine erste halbwegs scharfe Erinnerung nach der Tat ist ein heftiges Verlangen nach etwas Starkem. Da war ich schon beim Haus meiner Eltern angekommen. Wie ich mir dort dann ein Wasserglas mit dem billigen Bourbon meines Vaters vollgegossen und es in einem Zug geleert habe. Dann wollte ich fernsehen, mich mit irgendeinem Scheiß aus der Glotze ablenken, bis es endlich spät genug war, um nicht dabei beobachtet zu werden, wie ich deine Schwester hier ablade und vergrabe.« Osterloh fuhr sich wieder und wieder mit den Fingern durch die Haare. »Das hat mich aber verrückt gemacht. Ich habe es nicht vor dem Fernseher ausgehalten. Ich habe es nicht mit mir alleine ausgehalten, verstehst du?«

Benno ging in die Knie und hielt sich die Hände vors Gesicht.

»Alter, warum erzählst du mir das?«, ächzte er.

»Damit du verstehst, wie der Hammer wieder auftauchen konnte.«

»Du hast es mit einem *Hammer* gemacht?«, stöhnte Benno und wurde kreideweiß.

»Ja, klar. Was würdest du denn nehmen, um jemandem den Schädel einzuschlagen?«

Benno keuchte laut und ließ sich auf den Hintern plumpsen.

»Ich bin raus aus dem Haus. Mich bewegen, frische Luft atmen, den Kopf irgendwie freikriegen – keine Ahnung. Ich laufe also ziellos durchs Dorf und obwohl es schon relativ spät und dunkel ist, höre ich Gelächter. Da wollte ich hin. Ich wollte deren Gesellschaft, egal wer die sind, also habe ich sie aufgespürt. Es war der alte Tiedemann mit zwei von seinen Nachbarn. Die saßen da in seinem Schuppen, schon einigermaßen abgefüllt mit Bier und Korn. Und plötzlich stehe ich da. Statt mich wegzuscheuchen oder wenigstens zu fragen, was ich da verloren habe, halten die mir ohne Umschweife 'ne Bierflasche hin, als hätten sie nur auf mich gewartet, und ich habe das dankbar angenommen. Ich habe die ganze Zeit, die ich bei denen war, praktisch nichts gesagt. Zumindest kann ich mich nicht erinnern, etwas gesagt zu haben. Musste ich auch nicht. Hab einfach zugehört, wie die sich mit Heldentaten aus ihren jüngeren Jahren zu übertrumpfen versuchen, und dabei noch mehr Bier getrunken. Als sie die Runde aufgelöst haben und ich dann auch wieder gehen musste, war es inzwischen spät genug, um die Sache mit deiner Schwester abzuschließen.«

Benno saß immer noch auf dem Waldweg und starrte Osterloh mit einer Mischung aus Faszination und Abscheu an.

»Warst du denn nicht inzwischen total stramm? Nach einem vollen Glas Bourbon und mehreren Flaschen Bier?«

»Nein. Ein wenig betrunken, ja, aber sicher nicht total stramm. Ich war ja auch bis unters Dach voll mit Adrenalin. Ohne den ganzen Alkohol hätte ich das wahrscheinlich gar nicht weiter durchziehen können, glaube ich. Was ich dann habe. Und da ich in den letzten zwei Jahren nicht mal wegen zu schnellen Fahrens von der Polizei angehalten wurde, habe ich längst Gewissheit, dass mich niemand bei meiner Tat beobachtet hat.«

Das folgende Schweigen legte Bennos Stirn wieder in Falten.

»Was ist jetzt mit dem Hammer?«

Osterloh schüttelte verzweifelt den Kopf.

»Ich hatte mir den extra unter meinem Sweatshirt in den Gürtel gesteckt. Ich wollte ihn die ganze Zeit bei mir tragen, am nächsten Tag dann auseinandernehmen, säubern, den Stiel verbrennen und den Kopf in die Elbe schmeißen. Das war fester Bestandteil meines Plans gewesen, damit da gar nichts schiefgehen kann. Und dann ist es doch passiert. Am nächsten Morgen war das Scheißding plötzlich nicht mehr da. Ich wusste, dass ich ihn im Haus meiner Eltern noch bei mir hatte. Ich glaubte auch zu wissen, dass ich ihn *hier* schon nicht mehr hatte, denn ich hatte keine Erinnerung daran, dass er mich beim Schleppen und Graben gedrückt hätte. Also nahm ich an, dass ich ihn irgendwo unterwegs verloren haben musste und bin darum jeden Weg abgelaufen, auf dem ich am Abend unterwegs war, im Dorf und hier, im Wald. Ich bin sogar unter dem Vorwand, einen Schlüssel verloren zu haben, nochmal zu Tiedemann und habe ihn gebeten, mich in seinem Schuppen umsehen zu dürfen. Explizit nach dem Hammer fragen schien mir zu riskant, und von sich aus hat er auch nichts gesagt, nach dem Motto, nein, einen Schlüssel habe ich nicht gefunden, dafür aber diesen Hammer hier. Und weil das alles ergebnislos blieb, bin ich in der folgenden Nacht dann doch nochmal hierher und … na ja.«

Benno ächzte erneut und konnte seinen Freund nicht ansehen.

»In den nächsten Wochen und Monaten stand ich unter enormer Anspannung. Wegen der Tat an sich, aber vor allem wegen der Ungewissheit bezüglich des Hammers. Das hat bestimmt ein Vierteljahr gedauert, bis ich aufgehört habe, mir im Verfolgungswahn ständig über die Schulter zu sehen. Ich habe mich dann mit der Erklärung angefreundet, dass das Ding irgendwo in freier Natur verrottet, so dass es inzwischen auch keine verwertbaren Spuren mehr geben dürfte. Und wenn ihn stattdessen doch jemand gefunden und mitgenommen hatte, fristete er wahrscheinlich längst wieder ein bestimmungsgemäßes Dasein als normales Werkzeug, was bedeutet, dass, solange der neue Besitzer damit nicht auch jemandem den Schädel einschlägt, er sicher niemals auf irgendwelche Spuren untersucht werden würde. So habe ich es mir zurechtgelegt.«

Benno stand wieder auf. Er sah wütend aus.

»Und du hast es nie für nötig gehalten, mir das zu erzählen?«, zischte er.

»Nein.«

Benno trat einen Schritt zurück. »Bitte? Nein, und fertig?«

»Nein, und fertig. Es war mir peinlich. Außerdem hast du im Knast gesessen und hattest damit schon genug um die Ohren. Als du dann wieder raus warst – warum schlafende Hunde wecken? Bis heute Vormittag zwei von diesen HIRNIs zu mir in die Geschäftsstelle gekommen sind und mich auf den Hammer angesprochen haben, war ich der festen Überzeugung, dass uns aus dieser Richtung keine Gefahr mehr droht. Ehrlich gesagt, ich hatte schon sehr lange nicht mehr an das blöde Ding gedacht. Jetzt weiß ich, dass ich mich geirrt habe. Tiedemann *hatte* ihn gefunden. Er hat ihn aber angeblich nie benutzt oder auch nur angefasst, sondern einfach nur sicher verwahrt. Bei jedem anderen hätte ich das nicht geglaubt, aber zu dem Kauz würde das glatt passen.«

»Die HIRNIs«, hauchte Benno.

Er griff sich an den Kopf und begann hin und her zu tigern.

»Scheiße! *Scheiße!*«, schrie er.

»Hey, spinnst du? Nicht so laut!«

Benno ignorierte die Zurechtweisung.

»Das darf doch echt nicht wahr sein«, rief er aus. »So kurz vorm Ziel tauchen erst diese beiden verkackten Typen auf, und jetzt auch noch die Mordwaffe.«

»Jetzt komm mal runter, Alter! Sei wenigstens leiser!«, raunte Osterloh ihm zu.

»Was hast du dir nur dabei gedacht, du dämlicher Idiot?«, keifte Benno zurück.

Osterloh riss die Augen auf und schnappte nach Luft.

»Ich dachte echt, dass du der Richtige für die Aufgabe bist«, polterte Benno weiter. »Da lag ich ja wohl voll daneben.«

»Ho, jetzt mal ganz vorsichtig! Bislang habe ich mir einen entsprechenden Vorwurf verkniffen, aber Lolek und Bolek gehen ganz allein auf deine Kappe.«

Benno schob langsam den Kopf vor, wie eine Raubkatze, die Beute im Visier hat und mit den Planungen für den Riss beginnt.

»Was sagst du da? Spinnst du jetzt total?«, sagte er langsam.

»Wessen Idee war es denn, diesem Otto alles zu erzählen?«, rief Osterloh, der nun selbst nicht mehr auf die eigene Lautstärke achtete.

»Vor jemandem, den du kaum kennst und der noch dazu ein verurteilter Krimineller ist, mit so einer heiklen Nummer zu prahlen, ist ja wohl mindestens mal genauso schlimm wie meine Unachtsamkeit.«

Benno verzog das Gesicht zu einer wütenden Fratze und wollte ganz offensichtlich etwas Giftiges erwidern. Bevor er jedoch dazu kam, setzte sich die Wirkung von Osterlohs Worten in seinem Verstand durch und die Spannung wich aus seiner Mimik.

»Scheiße«, flüsterte er und wendete sich von Osterloh ab.

Er sah sich um, verließ den Waldweg, sammelte einen relativ dicken Ast auf, drosch damit gegen den nächstbesten Baum und sagte erneut »Scheiße«, dieses Mal schon etwas lauter. Das wiederholte er mehrfach, wobei die Schläge immer heftiger und der Kraftausdruck immer lauter wurde.

Osterloh ließ ihn gewähren und beschränkte sich darauf, einen Blick auf die Umgebung zu haben, für den Fall, dass sich Waldspaziergänger nähern sollten.

Schließlich ließ Benno den Ast einfach fallen. Er rieb sich die Hände, als würden sie schmerzen, und sah sichtbar verzweifelt zu Osterloh.

»Was machen wir denn jetzt?«


## Muddy Ground

»Ich sage ja nicht, dass ihm gefallen muss, was wir wollen. Ist doch sonnenklar, dass ihm das nicht passt. Meine Güte, wenn es nach mir ginge, würde sich die ganze verdammte Welt auch ganz anders drehen, als sie es tut. Selbstverständlich will dieser kleine Pisser die ganze Kohle für sich alleine haben. Und wenn schon teilen, dann nicht mit zwei wildfremden Kriminellen, die ihn gemein erpressen.«

Angus hielt einen ernsten Blick auf die Wodkaflasche gerichtet, die vor ihm stand. Sie schien dem nichts hinzufügen zu wollen. Genau wie er.

»Wir wissen ja auch gar nicht genau, wie groß das Vermögen seines Vaters überhaupt ist. Dass es ziemlich groß sein muss, ist letztlich nur eine Vermutung, basierend auf dem, was man im Netz über ihn findet. Ich bin mir trotzdem sehr sicher, dass es ein verdammt dicker Batzen ist. Ganz nüchtern betrachtet müsste man schon ein ziemlicher Schwachkopf sein, einen gleichermaßen genialen und riskanten Plan wie diesen in die Tat umzusetzen, wenn es nur um ein paar lausige Kröten ginge.« Armin biss von der Bockwurst ab, die er sich bestellt hatte. »Womit ich nicht sagen will, dass Benno Klöfkorn nicht trotzdem ein Schwachkopf ist«, stellte er mit vollem Mund klar und verteilte dabei ein paar Wurstbröckchen über den Tisch. »Ich würde gerne wissen, ob er von sich selbst überrascht war, als ihm die Idee kam. Viel eher könnte ich mir aber sogar vorstellen, dass sie gar nicht von ihm ist. Dieser Typ, für den er sich immer so lächerlich verkleidet, um ihn *heimlich* zu treffen, macht einen relativ intelligenten Eindruck auf mich. Zumindest intelligenter als diese Windel Benno. Nicht auszuschließen, dass er der Klügere von den beiden ist und dass klein Benno nur mit dieser Boss-Attitüde unterwegs ist, weil er den verdammten Schlüssel zur Schatzkiste hat.«

Angus nickte knapp und trank einen Schluck aus dem zur Hälfte mit Wodka auf Raumtemperatur gefüllten Wasserglas. Seine Gesichtszüge entglitten kurz.

»Nicht gut?«

Es war die einzige Wodkasorte gewesen, die man im Elmshorner Flora-Stübchen bekommen konnte. Angus schüttelte angewidert den Kopf und trank nochmal.

»Ich verstehe auch nicht, warum du ausgerechnet Wodka trinken musst, wo sie hier doch auch einen Scotch haben, der trinkbar ist.«

Angus ballte die Fäuste und kniff die Augen zusammen.

»Wie dem auch sei, der Kerl will nicht mit uns teilen, um nichts in der Welt. Das habe ich in seinen Augen gesehen und ich habe es auch gerochen. Der Scheißer stinkt nach verbrämtem Geiz. Glaub mir, das ist einer von denen, die eigentlich grundfeige sind und nicht viel auf die Reihe kriegen, bis ihnen jemand etwas wegnehmen will. Dann mutieren sie plötzlich zu verbissenen und blindwütigen Kämpfern. Dann lassen sie sich sogar auf aussichtslose Kämpfe mit viel stärkeren Gegnern ein, um ihre Pfründe zu sichern.«

Angus füllte das Glas wieder zur Hälfte auf, obwohl er es noch gar nicht leer getrunken hatte.

»Genau aus diesem Grund traue ich dem Typen nicht über den Weg. Alleine schon, dass er sich unbedingt noch heute mit uns treffen will, wo es doch erst ein paar Stunden her ist, dass wir bei ihm waren. So schnell soll es bei ihm zu einem Sinneswandel gekommen sein? Kauf ich nicht. Und dann will er uns auch noch ausgerechnet in diesem Wald treffen, in dem er seine eigene Schwester entsorgt hat? Sein Alter liegt im Krankenhaus im Koma und sein Bruder hat sich längst aus dem Staub gemacht, warum also nicht wieder bei ihm zu Hause? Das wäre viel einfacher für alle Beteiligten. Uns mitten in der Nacht in diesem Wald treffen wollen – ihm muss doch klar sein, dass diesen Braten selbst die größten Idioten auf Erden riechen würden. Ich sage dir, da ist ganz eindeutig was faul. Es ist eine Falle. Ich habe dieses untrügliche Jucken in der Hirnrinde.«

Angus trank und schüttelte sich.

»Wir werden natürlich trotzdem hingehen. Bewaffnet.«

Angus nickte. »Wann und wo?«

Armin maß seinen Partner mit einem irritierten Blick. »Habe ich dir doch schon erzählt.« Er schielte zum Wodka. »Vielleicht solltest du von dem Zeug jetzt mal die Finger lassen.«

Angus sah nachdenklich in das inzwischen fast leere Glas. Schließlich nickte er und schob es, zusammen mit der zu einem Drittel geleerten Flasche, weit von sich.

»Viel besser. Um zwei Uhr, an der Stelle, wo das kleine Arschloch seine Schwester in den Waldboden eingearbeitet hat.«

Angus nickte.

»Mannmannmann, ich habe in meinem Leben, weiß Gott, schon einige Dinge getan, die man mit Fug und Recht abscheulich nennen kann. Aber die eigene Schwester killen und einfach in der Wildnis vergraben? Ich meine, irgendwo muss es doch auch für die schlimmsten Soziopathen eine Grenze geben. Findest du nicht auch? Sehe ich das falsch?«

»Mein kleine Bruder hat mick mal mit ein Traktor überfahren. War Absickt.«

Armin riss Mund und Augen auf. »Was?«

Angus nickte stoisch. »Made me very angry.«

Armin starrte ihn fasziniert an und fand kurzzeitig keine Worte. Stattdessen schüttelte er immer wieder den Kopf.

»Poh! Ja … klar warst du das. Das hast du mir noch nie erzählt. Mit 'nem *Traktor!* Wie hast du das überleben können?«

»War ein kleine Traktor. Muddy ground. Hat mir nur Rippen und Hufte gebrochen. Wie spät?«

»Was?« Armin blinzelte verwirrt. »Äh, warte … gleich halb elf.«

»Ick gehe fruher. Reconnaissance.«

»Ja, gute Idee. Nimm den Colt mit.«

»Nein. Shark ist besser als Anaconda.«

Die Atmosphäre in Lennards Garage war angespannt. Jens und Marita saßen auf der Couch und bildeten das Zentrum der Aufmerksamkeit vom Rest der Gruppe, der sich auf den Klappstühlen im Halbkreis um die andere Seite des Tisches verteilt hatte. Jens' Arme waren verschränkt. Er hielt den Kopf gesenkt und zwischen seinen Augen hatte sich eine tiefe Zornesfalte gebildet. Er war wütend, so sehr, dass es nicht mal Marita kaltließ.

»Ich verstehe das nicht«, schnappte er. »Kein bisschen. Ihr wart alle total dafür, dass Marita und ich mit Osterloh sprechen. Ihr habt euch doch schon richtig einen gefeixt, dass wir der Polizei wieder 'ne lange Nase machen können. War das nur eine Show, oder was? Habt ihr in Wahrheit gedacht, dass wir da sowieso nichts auf die Reihe kriegen?«

»Du weißt, dass das Unsinn ist. Jetzt beruhige dich bitte und denk nochmal ganz nüchtern und objektiv nach«, beschwor ihn Lennard. »Wir können Osterloh nicht noch härter auf die Pelle rücken, als ihr beiden es heute gemacht habt. Nach allem, was wir jetzt wissen, war selbst das schon viel zu nah. Ja, du hast recht, gestern waren wir noch alle dafür. Ich gebe auch gerne zu, nicht hundertprozentig ernsthaft damit gerechnet zu haben, dass Osterloh so ein heißer Kandidat sein könnte. Aber so wie es jetzt aussieht – scheiße, es ist nun mal nicht an uns, dieses Geständnis aus ihm rauszuholen. Das verbrennt uns nicht einfach nur die Finger, das verwandelt gleich unsere Arme plus Schultern in Kohle.«

»Das sagst du immer wieder, aber ich sehe nicht ein, warum das so sein soll«, meckerte Jens. »Wir waren vorhin *so* verdammt nah dran«, bekräftigte er und maß dabei mit Daumen und Zeigefinger ein paar Millimeter ab. Dann sah er zu Marita. »Oder?«

»Wie willst du das denn machen?«, fragte Martin, ehe Marita antworten konnte. »Willst du ihn vorladen?«

»Keine Ahnung.«

»Das dürfen wir nämlich auch nicht.«

»Ich sage doch, keine Ahnung«, fauchte Jens. »Sag mal, geht uns jetzt plötzlich die Fantasie aus, oder was? Wir könnten es ja so ähnlich machen wie heute und ihn einfach ohne Vorwarnung konfrontieren.«

»Das ist eine ganz schlechte Idee«, murmelte Harald, gerade laut genug, dass es noch gehört werden konnte.

»Warum?«

»Es wäre nicht justiziabel. So nicht und auch nicht auf jede andere Weise, die dir noch einfällt. Wir vertreten das Gesetz nun mal nicht und haben keine offiziellen Befugnisse. Das weißt du so gut wie wir alle. Dafür muss man auch kein Jurist sein.«

Es trat eine Phase allgemeinen Schweigens ein, während der Jens mit jedem einzelnen direkten Blickkontakt suchte. Mit Ausnahme von Lennard brachte es keiner fertig, seinem Blick zu begegnen.

»Was ist denn plötzlich los mit euch? Wollt ihr mir erzählen, dass ihr auf einmal keinen Bock mehr habt, als Gruppe, als *die HIRNIs*, jemanden des *Mordes* zu überführen, von dem wir genau wissen, dass er es war?«

»Wir wissen das *nicht!*«, stellte Martin fest.

»Doch! Ich weiß es ganz genau!«

»Ich auch«, bestätigte Marita.

»Und ich glaube euch«, gab Lennard zu. »Genau deswegen haben wir jetzt ja ein Problem. Das ist eine Nummer zu groß für uns.«

»Wa-rum?«, rief Jens und stand auf. »Warum nur siehst du das so? Wir stellen ihn erneut zur Rede, setzen ihm dieses Mal richtig zu, so lange, bis er endlich gesteht, nehmen das irgendwie auf, mit dem Handy oder einem Diktiergerät in der Tasche, und gehen damit zur Polizei. Wir übergeben denen Hammer und Tonmitschnitt – von dem wir eine Kopie behalten, nur für den Fall, dass sie erneut vergessen, wer ihnen mal wieder aufs Pferd geholfen hat – und dann sind alle glücklich. Abgesehen von Osterloh, der ist so oder so am Arsch.«

Inzwischen starrten ihn alle an.

»Mann, wir liefern denen doch einen Mörder! Lasst die Bullen beleidigt sein, von mir aus bis ins nächste Jahrtausend, aber am Ende des Tages tun wir ihnen einen Riesengefallen. Schon wieder! Und was sollen wir auch sonst machen? Irgendwas müssen wir ja wohl tun, jetzt, wo das Teil nun mal bei uns ist.«

»Wenn wir das so machen, wird nur eines passieren: Man wird uns wegen Behinderung der Justiz den Prozess machen. Zurückhalten von Beweismitteln, Vernichten oder Verfälschen von Spuren, Amtsanmaßung. Damit haben sie genug zusammen, um uns nach allen Regeln der Kunst auseinanderzunehmen, und das werden sie sich auf keinen Fall nehmen lassen. Immerhin wurden wir gewarnt, als wir das erste Mal so unverfroren waren, sie zu düpieren. Die *können* uns das gar nicht durchgehen lassen, selbst wenn sie wollten«, führte Harald aus.

Lennard nickte. »Auf den Punkt.«

Jens atmete schwer, setzte sich wieder hin, stand sofort wieder auf und taperte ziellos durch die Garage.

Als Lennard sah, dass Martin ihm etwas zurufen wollte, stieß er ihm schnell und ungestüm den Ellenbogen in die Seite.

»Aua! Was s...«

Lennard sah ihn ernst an und schüttelte den Kopf.

Martin begriff.

»Und jetzt?«, rief Jens nach ein paar Runden. »Sie müssen den Hammer bekommen. Und sie müssen auch von Osterloh erfahren. Ihr wollt das ja sicher nicht einfach unter den Teppich kehren.«

»Natürlich nicht«, brummte Lennard.

»Natürlich nicht, genau. Aber wenn das alles so riskant für uns ist, wie Harald gerade gesagt hat, verbietet sich dann nicht auch das simple Aushändigen des Hammers an die Polizei?«

Lennard knetete seine Unterlippe. »Stimmt auch wieder«, murmelte er. »Mann, ist das ätzend.«

»Tiedemann muss den Hammer zurücknehmen«, sagte Marita.

Alle sahen sie an.

»Er muss der Polizei den Hammer übergeben und ihnen dasselbe sagen, was er Jens gesagt hat. Wir erklären es ihm und schwören ihn darauf ein, dass er uns mit keinem Wort erwähnt.«

»Was redest du denn da?«, rief Jens und klang fassungslos. »Das hat er doch schon versucht. Er ist nicht durchgedrungen. Deswegen kam er doch überhaupt erst auf uns zu.«

»Das weiß ich doch. Er muss es trotzdem nochmal versuchen«, beharrte Marita.

»Sie hat recht«, stimmte Harald zu.

»War ja klar, dass du ihr nach dem Mund redest«, ätzte Jens.

Harald schnappte empört nach Luft.

»Wie meinst du das?«, fragte Marita, plötzlich wieder mit der gefürchteten Schärfe in der Stimme.

»Hört mit dem sinnlosen Geplänkel auf! Maritas Vorschlag ist sowieso totaler Blödsinn. Wir müssen den Hammer anonym zustellen, mit einem quasi alles erklärenden Begleitschreiben«, meinte Martin.

»Ha! Das hat meine Tochter mir neulich auch geraten, als sie merkte, dass es mir unangenehm war, euch zu gestehen, dass ich das Ding mitgenommen habe. Fand ich eigentlich ziemlich gut, aber es wäre feige gewesen – und das wäre es auch in diesem Fall. Nein, verdammt, lasst uns Fakten schaffen! Lasst uns mutig sein und die Sache selbst in die Hand nehmen, so wie wir es ursprünglich vorhatten«, forderte Jens.

»Alter, wo warst du die letzten zehn Minuten? Das ist vom Tisch. Begreifst du das nicht?«, belehrte Martin ihn.

Lennard stand auf. »Jetzt beruhigt euch! Ihr alle! Fangt nicht auch noch einen Streit an, den kein Mensch braucht.«

»Wir hätten keinen Streit, wenn du auch mal auf andere hören würdest«, warf Jens ihm vor.

»Du meinst wahrscheinlich, auf dich«, stichelte Harald.

»Ganz genau.«

»Wenn du dich nicht vom alten Tiedemann hättest übertölpeln lassen und den Dreckshammer nicht an dich genommen hättest, wären wir jetzt gar nicht in dieser blöden Lage«, fuhr Marita ihn an.

Jens sah sie aufrichtig verletzt an.

»Wenn du dich damals nicht mal wieder gedrückt hättest, hättest du zu ihm fahren und es besser machen können«, warf Martin ihr vor.

Lennard seufzte laut, aber das bekam keiner mit. Zumindest schien sich niemand daran zu stören, dass ihn offensichtlich etwas bekümmerte. Wohl, weil sich jeder denken konnte, was das war. Kopfschüttelnd ging er in den hinteren Bereich seiner Garage und überließ die anderen ihrem kleinkarierten Scharmützel. Wahrscheinlich hatte das irgendwann mal passieren müssen. Sie waren nun mal sehr unterschiedliche Charaktere und fingen gerade erst an, sich etwas besser kennenzulernen. Das Einzige, was sie alle zu verbinden schien, war seine im Suff laut ausgesprochene fixe Idee, auf die ausgerechnet diese Handvoll Spinner angesprungen war. Irgendwie hoffte er ja, dass da noch ein bisschen mehr war. Nein, er hoffte es nicht einfach nur, im Prinzip wusste er, dass es da noch etwas gab. Er hielt unentwegt danach Ausschau, aber bislang hatte er dieses Bisschen noch nicht ausmachen können. Und dies würde nicht der Tag werden, an dem er es finden sollte, soviel stand wohl fest.

Lennard schaute in seinen gut gefüllten Getränkekühler. Bier? Fanta? Oder doch lieber ein Wasser, und wenn ja, mit oder ohne Kohlensäure?

Was für ein unerwartet komplizierter Abend.

## Wie lautet Ihre Ausrede?

Auf dem Weg zum vereinbarten Treffpunkt hatte Benno sich immer wieder umgesehen, ob die beiden Arschgeigen ihm an den Fersen hingen. Die jüngst gewonnene Erkenntnis, dass er wohl schon die ganze Zeit von ihnen beobachtet wurde, hatte ihn ein wenig paranoid werden lassen.

Obwohl er selbst zehn Minuten vor der Zeit dort eintraf, waren die Typen bereits da. Benno erkannte das schon aus einiger Entfernung an der brennenden Spitze einer Zigarette. Erst als er Armin direkt gegenüberstand, wurde ihm klar, dass der allein gekommen war. Sein einsilbiger Partner war nirgends zu sehen. Benno hatte sofort ein ungutes Gefühl.

»Wo ist denn ihr Freund?«

»Hm? Ach, Angus – wie sag ich's? Er hat, ganz allgemein gesprochen, ein schwieriges Verhältnis zur Dunkelheit. Konkret hat er ein Problem mit dunklen Wäldern. Irgendwas war da in seiner Kindheit, aber die Details bekomme ich nicht aus ihm heraus. Er redet ja eh nicht gerne und darüber eben erst recht nicht. Eigentlich wollte er mich trotzdem begleiten, aber er hat außerdem auch noch ein Problem mit Wodka, zumindest dann, wenn es kein guter ist. Wir waren vorhin in so einem komischen Laden in Elmshorn, der nur billigen Fusel hatte. Angus hat sich trotzdem eine ganze Flasche davon bestellt. Langer Rede, kurzer Sinn, das eine Problem hatte eine verschärfende Wirkung auf das andere, und darum bin ich nun alleine hier.«

Benno hätte sich etwas mehr Licht gewünscht. Das Schlimmste an diesem Armin war seine Stimme, deren hypnotischer Wirkung man ohne einen Blick in seine Augen buchstäblich ausgeliefert war. Leider war es leicht bewölkt und noch dazu Neumond.

»Wie lautet Ihre Ausrede?«

»Was? Wofür?«

»Na, für die Nicht-Präsenz Ihres Kumpels.«

»Ich ... verstehe nicht. Welchen Kumpel meinen Sie?«

»Aaaah, hehehe, ich dachte ja, dass wir über dieses Getue inzwischen hinaus sind. Aber gut, wie heißt es so schön, es ist wie es ist. Also, verzeihen Sie meine etwas unpräzise Frage. Mit Kumpel meinte ich den Herren, für den Sie sich immer so nett verkleiden, wenn Sie sich mit ihm treffen.«

Nun war Benno heilfroh, dass es so finster war. Er spürte, wie heißes Blut seine Wangen flutete. Nicht in die Richtung zu sehen, in der sich Osterloh schon vor einer guten halben Stunde auf die Lauer gelegt hatte, um die beiden Erpresser notfalls auszuschalten, war trotzdem nicht ganz einfach.

»Äh, wieso hätte ich ihn ... ich meine, das ist ja ... *ich* habe ja um dieses Treffen ...«

»Ach Gott, zu kompliziert, die Frage. Ja, tut mir leid, lassen Sie es gut sein. Ich glaube, wir wären jetzt beide lieber woanders, nicht wahr? Also raus mit der Sprache, warum wollten Sie sich mit uns treffen? Und was mich fast noch mehr interessiert: Warum ausgerechnet *hier?*«

Benno fühlte plötzlich eine tiefe Verunsicherung. Wieso konnte der Typ sich nach den Ereignissen des Vormittags nicht denken, warum er um das Treffen gebeten hatte? Und wie hatte er so dämlich sein können, nicht damit zu rechnen, dass dieser Widerling den Ort des Treffens hinterfragen würde. Außerdem wusste er von Osterloh, was ein weiteres Indiz dafür war, dass die beiden ihn schon die ganze Zeit rund um die Uhr beobachtet hatten. Ausgerechnet in diesem Moment wurde ihm klar, dass er einen fatalen Hang dazu hatte, andere Menschen grundsätzlich zu unterschätzen und sich selbst manchmal zu überschätzen. Nur so war es diesem Armin möglich gewesen, ihm bisher immer einen Schritt voraus zu sein. Wie wahrscheinlich war es also, dass das jetzt nicht schon wieder so war? Die Frage, wo sich Armins stummer Begleiter gerade *wirklich* aufhielt, ließ Benno nicht mehr los und gewann explosionsartig an Bedeutung. Es war jedenfalls nicht besonders glaubwürdig, dass dieser Muskelberg, der allein schon für sein Erscheinungsbild eingesperrt gehörte, unter einem Kindheitstrauma litt und Angst vor dunklen Wäldern hatte.

Benno konnte sich nicht länger zusammenreißen. Er sah sich in alle Richtungen um.

»Herr Klöfkorn?«

»Hm?«

»Geht es Ihnen gut?«

»Ja. Ja, alles gut. Ich dachte nur, ich hätte etwas gehört. War wohl nur ein Tier. Zur Sache also. Sie haben mir ja schon mehrfach Ihre Hilfe angeboten. Erinnern Sie sich, wie ich gesagt habe, dass ich keine Hilfe brauche, weil alles ganz wunderbar läuft?«

»Als wäre es erst ein paar Stunden her.«

»Haha, ja, der war gut. Glauben Sie es mir oder nicht, ...« Benno sah sich erneut ausgiebig um. »... aber inzwischen *hat* sich etwas geändert. Ich werde erpresst. Genauer, mein ... mein Freund Andreas. Das ist der, mit dem ich mich verkleidet treffe. Andreas hatte von Anfang an eine tragende Rolle in meinem Plan. Nun hat sich leider herausgestellt, dass er an einem sehr neuralgischen Punkt Mist gebaut hat.«

Armin ließ ein paar Sekunden verstreichen, ehe er reagierte.

»Autsch«, sagte er schließlich. »Wie ärgerlich. Dann wollen Sie, dass wir Ihren Freund ... Andreas?«

»Ja, Andreas.«

»Dass wir uns um Ihren Freund Andreas kümmern?«

»W... was? *Nein!* Quatsch!«, rief Benno. »Na ja, verdient hätte er es schon irgendwie, weil er wirklich – *wirklich* – etwas Saublödes und Unentschuldbares getan hat, aber was soll ich sagen, er ist nun mal mein bester Freund.«

»Freund kommt bei Ihnen also vor Familie?«

»Ja«, antwortete Benno, ehe ihm sein Verstand meldete, dass die Frage einen doppelten Boden zu haben schien. »Moment. Wie meinen Sie das?«

»Vergessen Sie's. Wenn wir Ihren Freund also nicht beseitigen sollen, wie können wir dann helfen?«

»Andreas hat damals die Mordwaffe ... tja, verloren. Sozusagen. Das war die ganze Zeit über kein Problem. Für mich nicht, weil ich es gar nicht wusste, und für Andreas nicht, weil er überzeugt war, dass der Finder des Hammers damit wohl einfach sein eigenes Werkzeug-Equipment aufgestockt hatte. Als man dann aber meine Schwester gefunden hatte und die ganze Sache medial aufgeblasen wurde, stellte sich heraus, dass der Finder des Hammers nicht so unbedarft und einfältig war, wie Andreas gehofft hatte. Der Typ hat das Teil praktisch sofort mit dem Tod meiner Schwester in Verbindung gebracht.«

»Ein Hammer.«

Armin zündete sich eine neue Zigarette an. So konnte Benno erkennen, dass er ein sehr ernstes Gesicht machte.

»Verstehe ich das richtig? Sie haben ihre eigene Schwester mit einem verdammten Hammer erschlagen und dann ihren besten Freund gebeten, das Ding für Sie loszuwerden?«

Benno räusperte sich und war verwundert, dass ihm schon wieder das Blut in die Wangen schoss.

»Ich war das nicht. Andreas hat meine Schwester umgebracht.«

Armin sog an seiner Zigarette und sah ihn nachdenklich an.

»Klar, grundsätzlich war es meine Idee, aber Andreas hat sich damals regelrecht aufgedrängt, den schwierigen Teil zu übernehmen. Er wollte mich vor der Bürde bewahren, Hand an meine eigene Schwester gelegt zu haben.«

Armin beschränkte sich weiterhin auf nachdenkliches Schweigen.

Die Stille wurde durch ein plötzliches und relativ lautes Geräusch unterbrochen, das nicht so richtig in einen Wald passte. Beide Männer sahen sofort in die entsprechende Richtung.

»Jetzt habe ich auch etwas gehört. Sie hatten recht«, meinte Armin.

»Ja«, hauchte Benno.

Sein Herz trat wild um sich.

»Klang irgendwie dumpf, oder? So als wäre etwas Großes, Schweres und Hartes auf etwas geprallt, das ebenfalls groß und schwer ist, dafür aber nicht ganz so hart. Zumindest äußerlich nicht.«

Benno dachte über die Worte nach. Die Beschreibung war nicht nur sehr lebendig, sondern passte auch ganz hervorragend zum Geräusch. Er war beeindruckt – und plötzlich überzeugt, in größter Gefahr zu sein.

»Alles gut, Herr Klöfkorn? Sie wirken ja ganz verstört heute Abend. Wo ist der arrogante Schnösel geblieben, der um jeden Preis als souveräner Macher wahrgenommen werden möchte?«

»Was? Wie reden Sie denn mit mir? Nur weil ich Ihre Hilfe jetzt doch annehmen möchte, heißt das noch lange nicht, dass Sie sich so im Ton vergreifen dürfen«, empörte sich Benno.

»Hehehe, na also, da ist er ja wieder. Dann mal weiter im Text. Die Mordwaffe ist also aufgetaucht und Ihr Freund wird damit erpresst. Ihm soll es aber nicht an den Kragen gehen. Ich werde mich an dieser Stelle einfach mal laut fragen, ob es wohl überhaupt noch jemandem an den Kragen gehen soll, zum Beispiel dem Erpresser. Wenn ich dann noch versuche, mich laut in Ihre Rolle zu versetzen, wäre die Antwort wohl ein ganz lautes Ja. Hilft Ihnen das?«

»Ja. Nein. Doch, so in etwa habe ich mir das wohl vorgestellt. Es ist ein wenig heikel. Und zeitkritisch. Bei uns im Ort gibt es neuerdings so eine Gruppe selbsternannter Ordnungshüter.«

»Ha! HIRNI!«, rief Armin und lächelte dabei.

Benno stutzte. »Äh, ja, genau die. Sie haben wahrscheinlich die Schilder gesehen?«

»Allerdings.«

»Was für ein Haufen Loser, oder? Andererseits aber auch ein großes Glück, denn der Finder des Hammers hat ihn dieser Kaspertruppe übergeben, statt damit zur Polizei zu gehen. Leider hat er auch gleich den Verdacht geäußert, dass Andreas den bei ihm im Schuppen verloren haben muss, und darum sind die ihm heute schon auf die Nerven gegangen. Sie wollten die Vermutungen, die der Finder des Hammers so alle geäußert hat, sozusagen auf Herz und Nieren prüfen. Leider hat Andreas bei dieser Gelegenheit schon wieder Mist gebaut und sich provozieren lassen.«

Armin schnaubte abfällig. »Mir drängt sich der Eindruck auf, als würden sich die meisten Ihrer Probleme in Luft auflösen, wenn es Ihren Freund Andreas nicht mehr gäbe.«

Benno erschrak. »Sagen Sie doch sowas nicht«, wies er ihn zurecht – und erschrak erneut, als ihm klar wurde, wie interessant er diesen Ansatz fand.

»Zu spät, es ist raus. Und furchtbar offensichtlich, du lieber Himmel. Meinem Partner und mir wäre es übrigens egal.«

Benno dachte nach. Lange. Sehr lange. So lange, dass Armin schließlich mit dem Zippo Licht machte, um sein Gesicht zu studieren.

»Lassen Sie das! Und *nein!* Ein für alle Mal. Okay?«

»Schon gut. Sie sind Papas Goldjunge.«

»Wie meinen Sie das nun schon wieder?«

»Also bitte! Wer ist noch gleich der aktuelle Alleinerbe des Klöfkorn-Vermögens? Na? Nur deswegen stehen wir hier und reden so nett miteinander.«

»Ja, ja, schon gut. Hören Sie, ich will, dass Sie mir den Hammer besorgen. Ich bin mir relativ sicher, dass die HIRNIs ihn noch haben. Das vermute ich, weil bisher weder Andreas noch ich selbst Besuch von der Staatsgewalt bekommen haben. Ich müsste mich aber sehr irren, wenn die nicht spätestens morgen im Laufe des Tages versuchen werden, ihn der Polizei zu übergeben, inklusive der dazugehörigen Geschichte. Der einzige Grund, warum man denen möglicherweise sogar zuhören wird, ist dieser Hammer. Ohne ihn gäbe es nicht den kleinsten Grund, diese Arschlöcher ernst zu nehmen. Dann würden sie bleiben, was sie sind: Ein Haufen Spinner, die sich bei der Polizei unbeliebt machen, weil sie offen zu ihnen in Konkurrenz treten.«

Armin nickte. Das klang gar nicht mal so ganz dumm. Es gab sogar eine gute Begründung ab, warum Benno es so eilig gehabt hatte, sich mit ihm und Angus zu treffen. Abgesehen vom Ort des Treffens, der stank immer noch zum Himmel.

»Hello there.«

Armin und Benno drehten sich um, Armin gelassen, Benno zutiefst erschrocken. Jemand näherte sich durch das Dickicht. Schwere Schritte ließen abgestorbenes Geäst und Laub vom letzten Herbst knacken und rascheln. Schließlich schälte sich die Silhouette eines großen und breiten Mannes aus der Dunkelheit. Sie wurde – wie von Benno befürchtet – zu Armins Partner.

»Ah, Angus. Wie ist die Lage?«

»Okay.«

»Schön«, freute sich Armin. »Sag mal, ist das etwa ein Gewehr, das du da bei dir hast?«

»Sin mar a tha e.«

Armin wendete sich Benno zu. »Das waren zwar viele Worte, aber ich glaube, die bedeuten einfach nur ja. Was meinen Sie?«

Benno war zu besorgt für eigene Worte.

» *Tolles* Zielfernrohr! Das Teil ist ja wirklich enorm groß.«

»It's fuckin' awesome! Integrated night vision, man.«

Armin pfiff durch die Schneidezähne. »Donnerwetter! Das kann dann doch eigentlich nur ein Scharfschützengewehr sein, oder? Und so eine Hightech-Waffe lag hier einfach so in diesem Wäldchen herum, mitten in der norddeutschen Provinz?«

»Ceàrr.«

Armin wendete sich wieder Benno zu. »Ich glaube, das bedeutet nein. Ohne Gewähr. Gälisch ist eine Sprache, die mir auf ewig fremd bleiben wird«, stellte er mit echt klingendem Bedauern fest und sah wieder zu seinem Partner.

»Wo hast du es dann her?«

Angus zeigte auf Benno. »Sein Freund.«

»Waaas?«, rief Armin. »Von seinem Freund?«, fügte er laut an und stemmte die Hände in die Hüften.

Die schlecht gespielte Empörung war nicht zu überhören. Benno war ein weiteres Mal und gleich aus mehreren Gründen froh, dass die Lichtverhältnisse nicht die besten waren.

»Ein Freund von ihm ist hier im Wald? Zusammen mit uns? Und noch dazu schwer bewaffnet?« Armin trat ganz nah an Benno heran. »Etwa sein Freund Andreas?«

»Ik habe nikt nak sein Name gefragt.«

»Nicht? Tja, warum auch. Also, Andreas ist der, für den sich Herr Klöfkorn immer so nette Verkleidungen ausdenkt.«

»Ja, der«, bestätigte Angus.

»Was haben Sie mit ihm gemacht?«, fragte Benno aufgeregt. »Haben Sie ihn ...«

Es verschlug ihm die Sprache.

Armin trat von ihm weg und sah zu seinem Partner.

»Na, Angus, hast du Herrn Klöfkorns besten Freund Andreas etwa in die ewigen Jagdgründe geschickt, du irische Kampfmaschine?«

»*Asshole*«, zischte Angus voller Verachtung.

»Eieiei, na, was das bedeutet, weiß ich natürlich. Habe ich aber ehrlicherweise verdient. Mein Mundwerk«, erklärte Armin und machte eine ausladend abfällige Geste mit beiden Händen.

»Tut mir leid, mein Lieber, du weißt, dass ich es nicht böse gemeint habe. Nun spann uns aber nicht länger auf die Folter. Lebt sein Freund noch?«

Angus reckte den Daumen der freien Hand in die Luft und zeigte dann in die Richtung, aus der er gekommen war.

»Hundred Yards. An ein Baum gefesselt.«

»Aaaahh, na bitte, das klingt doch gut. Jetzt steht aber irgendwie die Frage im Raum, was er da zu suchen hatte. Wissen Sie, eigentlich störe ich mich gar nicht so sehr an ihrem Freund. Es ist eher das Scharfschützengewehr, das er dabeihatte. Seien Sie doch bitte so gut und erklären uns das.«

Benno verschränkte die Arme. »Er lag da zu meinem Schutz«, sagte er trotzig. »Sie haben Ihren Mann fürs Grobe ja wohl mit demselben Auftrag in Stellung gebracht.«

»Punkt für Sie. Angus war aber unbewaffnet.«

»Chan eil sin fíor.«

»Pah, keinen Schimmer, was das jetzt wieder bedeutet«, grummelte Armin. »Wissen Sie, wenn er auf Sie aufpassen sollte, hätten Sie ihn ja auch direkt hierher mitbringen können.«

Benno öffnete den Mund, um sofort darauf zu reagieren, aber Armin blockte das mit einer Handbewegung ab.

»Ich weiß genau, was Sie sagen wollen. Dasselbe, was ich an Ihrer Stelle auch sagen würde. Daher möchte ich das Thema gerne an dieser Stelle abbinden, bevor es mit den gegenseitigen Vorhaltungen immer verbissener und sinnloser hin und her geht. Wir sollten das am besten ab sofort rückstandslos hinter uns lassen und stattdessen auf die vereinenden Kräfte unseres gemeinsamen Projekts setzen. Was halten Sie davon?«

Benno zögerte einen Moment, ehe er antwortete.

»Das sollten wir wohl«, lenkte er schließlich ein, klang dabei aber reichlich reserviert.

»Genau. Wunderbar! Also, der Hammer. Den gilt es zu erobern, bevor er der Polizei in die Hände fällt, richtig? Wer von den HIRNI-Typen hat ihn denn?«

»Das weiß ich nicht genau. Die beiden, die heute bei Andreas in der Geschäftsstelle aufgetaucht sind, waren Jens Jensen und Marita Heino. Einer von den beiden hat ihn vielleicht, aber das ist nicht gewiss. Ich kann Ihnen beschreiben, wo die wohnen.«

Armin zündete sich noch eine Zigarette an. Scheinbar nachdenkend, nahm er ein paar Züge, bevor er wieder etwas sagte.

»Die haben also eine Frau in ihren Reihen«, sagte er langsam. »Interessant. Ist sie die einzige?«

»Soweit ich weiß, ja. Vier Männer und eine Frau.«

Armin sah kurz zu Angus, der immer noch dort stand, wo er aus dem Dickicht getreten war, mit dem Gewehr am langen Arm.

»Wunderbar«, meinte er schließlich. »Das macht es ja schon fast zu einfach für uns. Der männliche Beschützerinstinkt funktioniert fast genauso zuverlässig wie der Mutterinstinkt. Ich schlage vor, dass wir drei Hübschen jetzt zu ihrem Freund Andreas gehen, der sich bestimmt längst wieder erholt hat und nun ungeduldig auf seine Befreiung wartet. Wir machen uns schnell miteinander bekannt und dann erkläre ich Ihnen meinen Plan. Wie klingt das für Sie?«

## Die Laute eines weiblichen Wookie

Es hatte eine Zeit in Maritas Leben gegeben, wo sie relativ regelmäßig relativ große Mengen Alkohol getrunken hatte. Morgens, mittags und abends, vorzugsweise Weißwein und Gin, den Wein gerne mal als Schorle, den Gin meistens mit Tonic und viel Eis. Auslöser dieser etwas selbstzerstörerischen Phase war eine Erkenntnis gewesen. Dass sie einige Jahre zuvor den falschen Mann geheiratet und sich blind und widerstandslos in die Abhängigkeit von ihm begeben hatte, wusste sie schon länger. Mit dem Trinken fing sie aber erst an, als ihr klar wurde, wie tief diese Abhängigkeit inzwischen gewurzelt hatte, denn sie verfügte weder über Plan noch Mittel oder Kraft, um aus dieser Nummer jemals wieder herauszukommen. Der permanente Glimmer sollte den Schmerz und die Scham betäuben, die sie angesichts ihrer erbärmlichen Hilflosigkeit empfand. Die Kopfschmerzen am folgenden Morgen, die oft so heftig waren, dass sie, obwohl hundemüde und körperlich erschöpft, davon aufwachte und nicht wieder einschlafen konnte, waren grässlich. Im Vergleich zur Ursache ihres Trinkens waren sie aber das kleinere Übel und somit akzeptabel. Nüchtern in den Rückspiegel geschaut, schon irgendwie dämlich, aber damals hatte sie sich nicht anders zu helfen gewusst.

Zum Glück war es dem modernen Menschen grundsätzlich möglich, sich weiterzuentwickeln. Man konnte sein Verhalten reflektieren, im Idealfall erkennen, dass man eine dumme Angewohnheit kultiviert hatte, und sie umgehend beenden. Manche ersetzten sie auch durch eine neue Angewohnheit, die mitunter sogar noch dümmer sein konnte als die vorherige. Das war dann nicht ganz so ideal. Und natürlich gab es auch noch ein paar wenige arme Schweine, die einfach zu keiner Verhaltensänderung fähig waren und immer wieder in die Steckdose fassen mussten. Marita zählte zur ersten Kategorie. Sie hatte ihren Alkoholkonsum in den Griff bekommen, ohne zu substituieren. Aufzuwachen, weil sie das Gefühl hatte, dass ihr jemand einen Spanngurt um den Kopf gelegt hatte und ihn immer enger ratschte, gehörte der Vergangenheit an. Eigentlich.

Sie stöhnte laut auf. Hatte sie etwa … nein, das konnte nicht sein. Der Schmerz war auch anders. Es war nicht dieser vertraute Innendruck, wie ein Ballon kurz vorm Platzen. Es war mehr wie der

Einschlag eines Kometen. Punktueller. Oberflächlicher. Er wütete in der Region des rechten Wangenknochens.

Sie riss die Augen auf – aber es blieb trotzdem stockdunkel. Warum? Und wo war sie hier überhaupt? In ihrem Schlafzimmer konnte sie immer sehen, weil sie die Außenrollläden wegen der Luftzufuhr immer offen ließ. Außerdem hatte sie einen Digitalwecker mit einer Leuchtkraft von bestimmt 200 Lumen. Die Ziffern waren so hell, dass man die Knochen sehen konnte, wenn man die Hand direkt davor hielt. Bestimmt verursachte er sogar Hautkrebs. Licht störte sie nicht beim Schlafen – und auch sonst nicht. Hier gab es davon aber leider nicht das kleinste Bisschen. Versuchsweise wollte sie sich eine Hand vor die Augen halten, um herauszufinden, ob sie die sehen konnte. Das war der Auftakt zu weiteren spektakulären Erkenntnissen. Es begann damit, dass sie sich keine ihrer Hände vor die Augen halten konnte, weil man ihr die hinter dem Rücken zusammengebunden hatte. Das erschreckte und verärgerte sie, und sie wollte dem Ausdruck verleihen. >Hey, was ist das hier für eine abgefuckte Scheiße?<, erschien ihr angemessen. Sie brachte aber nur Laute hervor, wie George Lucas sie wohl einem weiblichen Wookie in den Mund gelegt hätte. Herr im Himmel! Sie hatte überhaupt kein Verständnis für Star Wars, kannte aber nicht nur den verantwortlichen Regisseur, sondern wusste auch, was ein Wookie war. Sollte es doch noch mal zu einem Scheidungskrieg mit Jussi kommen, würde sie ihm das als psychische Gewalt in der Ehe auslegen. Noch mehr als ihr gleichermaßen unnützes wie unerwünschtes Nerdwissen schockierte sie für den Moment jedoch vor allem der Umstand, dass man ihr etwas in den Mund gestopft hatte, das sich wie eine zusammengerollte Mullbinde anfühlte. Um sicherzugehen, dass sie das Ding nicht versehentlich verlor, hatte man ihr den Mund auch noch zugeklebt. Gefesselt und geknebelt in einem dunklen Loch, dessen Boden bretthart und entsprechend unbequem war. Wie war sie in diese Lage geraten? Warum konnte sie sich nicht erinnern, was passiert war?

Marita rief sich zur Ruhe.

Einer der wenigen positiven Aspekte, die ihre Beziehung mit Jussi hervorgebracht hatte, war eine überdurchschnittliche Resilienz. Sie hatte lernen müssen, dass blinde Angst oder Wut in Krisensituationen schlechte Ratgeber waren. Laut schreiend auf einen Gegner zurennen, mit dem Ziel, ihn von den Beinen zu holen, konnte nur funktionieren, wenn der den Aufprall tatenlos abwartete. Jussi war alles Mögliche, aber nicht dumm. Er trat im entscheidenden Moment den metaphorischen Schritt zur Seite, um seinen Angreifer ins Leere oder, besser noch, in die hinter ihm ausgelegte Bärenfalle rennen zu lassen. Mit dem, was dann noch übrig blieb, ließ es sich dann viel leichter fertigwerden. Sie selbst hatte einige Male in diese Falle geraten müssen, ehe sie endlich anfing, die Schwachstellen in ihrem Standardvorgehen zu erkennen. Langsam aber sicher hatte sie verstanden, dass sie mehr für sich selbst herausholen konnte, wenn sie erstmal gründlich nachdachte, ehe sie etwas tat oder sagte. Und wenn man trotz Krise die Zeit hatte, sich vorher noch ein Weilchen intensiv mit der eigenen Atmung zu beschäftigen, war das dabei enorm hilfreich.

Obwohl sie die sprichwörtliche Bärenarsch-Dunkelheit umgab, schloss Marita aus Gewohnheit die Augen und vertiefte die Atmung in beide Richtungen – so lange, bis die Lücken zwischen den Feuerstößen ihrer flirrenden Gedanken so groß wurden, dass sie ihren Verstand gezielt befragen konnte. Was - war - passiert?

Sie hatte sich, wie an jedem Abend in den letzten anderthalb Wochen, mit den anderen HIRNIs getroffen. Dieses Mal waren sie jedoch zum ersten Mal im Streit auseinandergegangen. Ein dummer und überflüssiger Streit, den sie noch dazu viel zu nah an sich herangelassen hatte, verfluchter Mist!

Sie war dann nach Hause gegangen, in ihr Wohnzimmer, glücklicherweise ohne Begegnung mit ihrem Mitbewohner. Um ihren Frust zu vergessen, hatte sie sich ein Glas Wein eingeschenkt und noch ein bisschen in dem Juli Zeh Roman gelesen, den sie gerade in Arbeit hatte. Darüber war sie wohl eingedöst. Dann war da ein Geräusch, nicht wer weiß wie laut, aber auch nicht in der Datenbank der typischen Geräusche ihres Zuhauses abgespeichert. Sie hatte die Augen geöffnet, sich aufgerichtet und einen fremden Mann gesehen, ziemlich groß und nicht minder breit, maskiert und militärisch gekleidet. Er stand reglos mitten in ihrem Wohnzimmer und beobachtete sie. An so etwas wie Angst konnte sie sich witzigerweise nicht erinnern. Mit fast grotesker Nüchternheit hatte sie einfach nur festgestellt, dass er in ihrem Wohnzimmer nichts verloren hatte. Ihr war in den Sinn gekommen, nach Jussi zu rufen, immerhin Herr des Hauses und ebenfalls ein großer und breiter Kerl. Als hätte der maskierte Fremde diesen Gedanken lesen können, stürzte er in genau diesem Moment mit großer Entschlossenheit auf sie zu – Ende. Die nächste Erinnerung waren böse Kopfschmerzen.

Man hatte sie also tatsächlich *entführt*. Bemerkenswert.

Vor der Auseinandersetzung mit dem Warum wollte sie erstmal ein Gefühl dafür bekommen, in was für eine Art Gefängnis man sie gesteckt hatte. Sie setzte ihre Beine und Füße ein, um die Umgebung zu erkunden, erst abtastend, dann immer fester trampelnd und tretend. Endgültige Gewissheit ließ sich natürlich nur mit ausreichend Licht erlangen, aber sie war sich schnell ziemlich sicher, dass Boden und Wände ihres Gefängnisses vor allem aus Stahlblech bestanden. Man hatte sie in einen Lieferwagen geworfen.

Sie schob sich über den Boden, bis ihr Kopf auf Widerstand traf, hob den Oberkörper an und strampelte weiter, bis sie sich gegen die Karosseriewand lehnen konnte. Dann dachte sie erneut nach. Was konnte sie jetzt tun? Ließ sich an ihrer Situation etwas verbessern? Und wenn ja, wie? Dass sie sich selbst befreien konnte, schloss sie aus. Irgendwie auf sich aufmerksam machen schien jedoch ein Ansatz zu sein, der nähere Betrachtung verdiente. Wenn sie wirklich in einem Fahrzeug steckte, bestand zumindest theoretisch die Möglichkeit, dass man sie hörte, wenn sie Lärm machte. Und da sie wegen des blöden Knebels nicht um Hilfe schreien konnte …

Marita richtete sich auf, machte eine 180-Grad-Drehung auf ihrem Hintern und trampelte minutenlang mit aller Kraft gegen die Fahrzeugwand, bis sie nicht mehr konnte. Dann horchte sie.

Zuerst waren da nur ihr Schnaufen, das Wummern ihres Herzens und das Rauschen ihres Bluts, aber das ebbte alles erfreulich schnell ab. Danach hörte sie – nichts. Absolut gar nichts. Totale Stille. Kein Klopfen und keine Stimmen, weder in der Nähe noch weiter entfernt. Sie nahm auch keine normalen Umgebungsgeräusche wahr, wie zum Beispiel Motorenlärm, Vogelgezwitscher, Kindergeschrei oder was man eben sonst so hörte, meist ohne es bewusst wahrzunehmen. Entweder parkte der Wagen irgendwo am Arsch der Welt, oder er hatte eine Schallisolierung, oder er stand in einem schallisolierten Gebäude. Vielleicht war es aber auch einfach nur mitten in der Nacht. Sie würde das mit dem Lärm später noch einmal versuchen. Dass die geräuschlose Dunkelheit ihr Zeitgefühl in den Schrank sperrte, war natürlich hinderlich, aber davon würde sie sich nicht aufhalten lassen.

Vor der nächsten Lärmattacke war erstmal genug Zeit, um über die Gründe für ihre Entführung nachzudenken. Sie drehte sich wieder zurück, lehnte sich gegen die Wand und schnaufte durch. Welchem Umstand mochte sie wohl ihre missliche Lage verdanken?

Unter normalen Umständen hätte sie sofort gewusst, dass einer der *Geschäftspartner* ihres Mannes dafür verantwortlich sein musste. Jemand, den Jussi verärgert hatte, indem er einfach nur er selbst gewesen war. Dem Scheißkerl fiel es mit den Jahren leichter und leichter, andere Menschen zu vergrätzen, selbst die, die ihm eigentlich nahestanden. Na ja, und in dem Metier, in dem er den Löwenanteil seines Geldes verdiente, wimmelte es vor verkrachten Existenzen. Viele waren hypersensible Egomanen mit Großartigkeitskomplexen. In diesen Kreisen musste man nicht mal den Abrissbirnen-Charme eines Jussi Heino haben, um sich den Zorn von so einem Spinner zuzuziehen. Es war also sehr gut denkbar, dass man sich mit ihrer Entführung an Jussi rächen oder ihn unter Druck setzen wollte.

So normal war das neuerdings allerdings nicht mehr, seit sie das einzige weibliche Mitglied eines reichlich merkwürdigen Clubs war, bestehend aus Losern.

Herrje! Loser? Marita schüttelte sich in der Dunkelheit.

Warum war ihr jetzt denn ausgerechnet *dieses* Wort zuerst in den Sinn gekommen? Das war nicht sehr schmeichelhaft für die Jungs, zumal das dann ja wohl auch für sie galt. Oder? Obwohl, nein, kompletter Unsinn, immerhin unterschied sie sich doch sehr deutlich von ihnen. Natürlich wegen der offensichtlichen Gründe, aber auch – und vor allem – weil sie nicht aus echtem innerem Antrieb, sondern nur aus Neugierde und Langeweile dabei war. Genau.

Aber machte nicht speziell der Aspekt der Langeweile auch aus ihr einen Loser? Und der Umstand, dass es keine echten Prinzipien und Überzeugungen in ihrem Leben gab, für die einzustehen sie bereit war, was war damit? Sich für etwas oder jemanden einsetzen und im Zuge dessen sogar mal Opfer bringen, wenigstens ein kleines, war ihr bislang noch nicht mal in den Sinn gekommen. In der Regel hatte sie nur wenig Verständnis, manchmal sogar richtig Verachtung für diejenigen übrig, die so drauf waren. Einige taten es sogar regelmäßig und ohne groß darüber nachzudenken, was es sie selbst kosten würde. Objektiv betrachtet waren das nicht gerade klassische Loser-Eigenschaften.

War sie selbst in Wahrheit der Loser, und zwar nicht nur der größte der gesamten Truppe, sondern sogar der einzige?

Nein, ausgeschlossen. Andererseits ... ach, Scheiße!

In ihrem Leben war, weiß Gott, nicht alles optimal gelaufen, aber wer konnte das schon von sich behaupten? Jeder hatte, wie man so schön sagte, sein Päckchen zu tragen, und in diesen blöden Kisten war eben viel Zeug drin. Der Mist, den man von Haus aus mitbrachte, und dann natürlich noch der ganze Krimskrams, der sich im Laufe eines Lebens so ansammelte. Das machte einen aber nicht gleich zum Verlierer, schon gar nicht Lennard, Harald, Jens und Martin. Sie mochte die Jungs, verdammt nochmal, jeden einzelnen von ihnen, sogar Martin, der nicht nur wegen seines Hochgeschwindigkeitssprechens und seiner absurden Heldenverehrung für Lennard der wohl schrägste Vogel in ihrer Truppe war. Hier, gefangen in der humorlosen Dunkelheit eines wahrscheinlich schallisolierten Lieferwagens, die Hände gefesselt und der Mund geknebelt, wurde sie von einem tiefen Gefühl der Zuneigung regelrecht überwältigt und spürte, wie ...

*Stop!*

Marita wurde sauer. Auf die reizbefreite Dunkelheit, die ihr ungewohnte Gedanken durch den Kopf trieb, vor allem aber auf die Arschlöcher, die sie in diese Lage gebracht hatten. Sie musste sich erneut zur Ruhe rufen.

Sie hatte sich am Vortag das erste Mal richtig in die Gruppe eingebracht, hatte, zusammen mit Jens, ein kleines Feuerchen angezündet, direkt unter dem arroganten Arsch eines Mannes, dem sie einen kaltblütigen Mord zutrauten. Gut möglich, dass sie voll ins Schwarze getroffen hatten, so dass ihr aktueller Status Bestandteil einer Gegenmaßnahme war, die der Versicherungsfritze eingeleitet hatte. Marita war besorgt, immer noch sauer und ausgesprochen neugierig.

## Wir müssen sie da rausholen

Ein absurder Zufall hatte sie zusammengebracht. Nach einer Phase der Unsicherheit, so kurz, dass sie fast nicht der Rede wert war, hatten sie sich in den Dienst eines gemeinsamen Projekts gestellt, dem sie schließlich den angemessen absurden Namen HIRNI gaben. Knapp drei Wochen war das her. Ob daraus auch noch drei Monate oder sogar mehr werden würden – wer wusste das schon. Speziell am Ende des vergangenen Abends hätten wohl die wenigsten von ihnen auch nur auf weitere drei Tage gewettet, aber das stand aus aktuellem Anlass auf einem anderen Blatt.

Ab Tag zwei ihres gemeinsamen Weges hatte sich zwischen ihnen eine Art Ritual etabliert, von dem sie nun zum ersten Mal abwichen, denn sie trafen sich nicht am Abend, sondern am helllichten Tag. Sie saßen auch nicht in Lennards Garage, sondern in seinem Wohnzimmer. Außerdem – und das war die wohl schwerwiegendste Abweichung – waren sie nicht vollzählig, denn ihr einziges weibliches Mitglied fehlte. Nichts davon hatte mit dem Verlauf ihres letzten Treffens zu tun. Die Stimmung war auch nicht so schlecht wie am vergangenen Abend. Sie war schlechter.

Ratlosigkeit und echte Sorge zeichneten sich auf den Mienen der Männer ab. Sie alle hielten ein Stück Papier in der Hand, das sie morgens in ihren Briefkästen gefunden hatten, zugestellt ohne Umschlag, Briefmarke, Adressaufkleber, Absender oder Beteiligung des etatmäßigen Postboten.

Bis auf Harald hatte jeder der anderen Männer seinen Zettel mindestens einmal gefaltet. Martin hatte zwischenzeitlich sogar einen Hut daraus gebastelt. Der Botschaft, die auf allen Zetteln identisch war, hatte das jedoch nichts von ihrem Schrecken genommen. Obwohl jeder von ihnen sie nun schon mehrfach gelesen hatte, taten sie es trotzdem immer wieder. Als würde sie die Hoffnung antreiben, beim nächsten Mal endlich den bislang übersehenen Hinweis zu finden, der das Ganze als schlechten Scherz auflöste.

Lennard schüttelte unvermittelt den Kopf, knüllte seinen Zettel knurrend zu einer Kugel zusammen und schmiss sie wütend von sich. Es dauerte einen Moment, bis er bemerkte, dass die anderen ihn irgendwie entsetzt ansahen. Harald schien sogar jeden Moment in

Tränen auszubrechen. Lennard nickte bedächtig, stand auf und nahm die Papierkugel wieder an sich. Er entknüllte sie mit leicht hektischen Bewegungen, strich den Zettel auf seinem Oberschenkel einigermaßen glatt – und las, um seine Verlegenheit zu überdecken, die Botschaft zum x-ten Mal.

MITGLIEDER DES HIRNI-CLUBS.
IHR HABT DEN HAMMER, MIT DEM ANGELIKA KLÖFKORN UMGEBRACHT WURDE.
WIR HABEN EURE FREUNDIN MARITA HEINO.
LASST UNS TAUSCHEN.
ÜBERGEBT UNS DEN HAMMER, DANN BEKOMMT IHR EURE FREUNDIN UNVERSEHRT ZURÜCK.
GEHT IHR ZUR POLIZEI, IST DAS IHR ENDE. KEINE 2. CHANCE!
TAUSCHT IHR NICHT, IST DAS IHR ENDE. KEINE 2. CHANCE!
VERSUCHT IHR WAS ANDERES DUMMES, IST DAS IHR ENDE. VIELLEICHT AUCH EURES. KEINE 2. CHANCE!
KOMMENDEN MITTWOCH, 02:00 UHR, AN DER STELLE, WO WIR ANGELIKA VERGRABEN HABEN.
NUR EINE PERSON! SEHEN WIR MEHR, KEINE 2. CHANCE!

»HIRNI-*Club*«, knurrte Lennard. »Das ist dann wohl die Antwort auf die bislang ungestellte Frage, was Kriminelle und die Polizei gemeinsam haben: Sie nehmen uns nicht ernst.«

»Genau. Quasi wie Disney Club«, brummte Martin.

»Glaubt ihr, dass das wirklich von denselben Typen kommt, die Klöfkorns Tochter ermordet haben?«, wollte Harald wissen.

»So liest es sich zumindest.« Lennard sah auf den Zettel. »An der Stelle, *wo wir Angelikas Leiche vergraben haben*. Klingt eindeutig.«

»Könnte doch auch eine Finte sein«, gab Jens zu bedenken.

»Nein, glaube ich nicht«, widersprach Lennard sofort. »Das wäre eine reichlich merkwürdige Finte. Ich meine, warum sollte sich jemand so eine Tat in die Vita schreiben, wenn er es gar nicht gewesen ist?«

»Wie wäre es mit: Damit wir ihn ernst nehmen und den Hammer rausrücken?«, schlug Harald irgendwie bissig vor.

»Ja, meinst du? Und wie erklärst du, dass jemand, der den Mord gar nicht begangen hat, den Hammer unbedingt haben will?«

Schweigen.

»Wir *müssen* sie da *rausholen*. Sind wir uns da einig?«

Harald klang, als würde nicht mehr viel fehlen, bis er hysterisch wurde.

Alle bestätigen.

Haralds offensichtliche Erleichterung ließ nur den Schluss zu, dass er mindestens einem Mitglied der Gruppe zutraute, Marita im Zweifelsfall ihrem Schicksal überlassen zu wollen.

»Gut«, seufzte er. »Mit anderen Worten: Wir tun alles, was die verlangen. Kein Ausscheren, keine Fisimatenten, keine unsinnigen Heldentaten. Ja?«

»Natürlich«, sagte Martin.

»Ja«, bestätigte Jens.

»Oh, na ja, nein, tut mir leid, ganz genau so ist es dann doch nicht«, sagte Lennard mit fester Stimme.

Die anderen drei starrten ihn in sprachlosem Entsetzen mit offenstehenden Mündern an.

Harald drückte den Rücken durch. »Du wirst Maritas Leben nicht mit irgendeiner dämlichen Extratour aufs Spiel setzen. Das lasse ich nicht zu«, sagte er langsam und gefährlich ruhig.

Er sprach eigentlich immer sehr kontrolliert und wählte seine Worte mit Bedacht. In der Hinsicht konnte es keiner aus der Gruppe mit ihm aufnehmen, nicht einmal Lennard. Aber gepaart mit dieser Gefahr verheißenden Intensität hatten sie ihn noch nicht sprechen hören. Sie hätten es ihm auch nicht zugetraut.

»War das deutlich genug?«

»Ich muss Harald recht geben, Lennard«, stimmte Jens mit ein. »Es geht um Maritas Leben. Wir dürfen da nichts riskieren.«

Schweigen.

»Was hast du vor?«, fragte Martin Lennard.

Lennard antwortete nicht sofort. Dann holte er Luft.

»Wir haben – nach *dem* hier ...« Er wedelte mit seinem zerknitterten Zettel. »... lege ich mich jetzt fest – ein wichtiges Beweismittel in einem

Mordfall. Angelika Klöfkorn wurde mit unserem Hammer umgebracht. Es stellt sich die Frage, ob es simple Fahrlässigkeit oder von den Tätern vielleicht sogar beabsichtigt war, dass er wieder auftaucht. Für Absicht finde ich keine auch nur halbwegs plausible Erklärung, und dass sie ihn jetzt unbedingt haben wollen, spricht wohl auch eher für Fahrlässigkeit. Wahrscheinlich sind sie sich nicht sicher, ob der Hammer frei von belastenden Spuren ist. Sonst hätten sie sich bestimmt nicht die Mühe gemacht, Marita zu entführen. Wenn wir ihn den Mördern aber einfach zurückgeben, kommen sie mit ihrer schrecklichen Tat durch. Vielleicht ist dieser Hammer das Einzige, was dem noch im Wege steht. Sie wären aus dem Schneider, wenn sie ihn bekommen, und wir wären daran mit schuld. Das ist absolut inakzeptabel!«

Harald lehnte sich vor und sah Lennard fest in die Augen.

»Du willst Marita opfern, damit die Polizei ein paar Kriminelle überführen kann?«

»Nein, ich …«

»Wenn du so überzeugt bist, dass Marita Entführer dieselben sind, die das Klöfkorn-Mädchen umgebracht haben, steht ja wohl fest, dass sie keinerlei Skrupel haben werden, ihre Drohung …« Er wedelte nun ebenfalls mit seinem Zettel. »… wahrzumachen. Ich verstehe, dass du abwägst. Das tust du immer und, ehrlich, ich schätze das an dir. Andere wägen jedoch auch ab, kommen dabei aber nicht immer zwangsläufig zu demselben Ergebnis wie du. So wie ich in diesem Fall. Klöfkorns Tochter ist tot, die können wir nicht mehr retten. Marita hingegen lebt noch. Ich mag Marita. Ich finde es gut, dass es sie gibt und ich will, dass es sie auch weiterhin gibt. Wir haben das in der Hand, und wenn der Preis, den es zu zahlen gilt, Straffreiheit für ein paar kriminelle Arschlöcher ist, ist sie mir das wert. *Wir müssen Marita retten, verdammt nochmal*!«

Lennard hatte Haralds strengen Blick während dessen Monolog aufmerksam und voller Zuneigung erwidert.

»Das will ich doch auch. Als du gerade gefragt hast, ob wir uns da einig sind, habe ich aus echter Überzeugung zugestimmt. Es kränkt mich ehrlich gesagt ein wenig, dass du mir zutraust, ich würde sie einfach ihrem Schicksal überlassen wollen.«

»Beides geht nun mal nicht!«, rief Harald aufgebracht.

Seine Stimme verrutschte dabei erstmalig, und es flossen ihm ein paar Tränen über die Wangen.

»Ich glaube, das tut es doch«, widersprach Lennard sanft, aber bestimmt.

Schweigen.

Harald weinte leise ein wenig vor sich hin. Die anderen waren einfühlsam genug, ihn dabei nicht anzustarren. Stattdessen stellten sie Dinge mit ihren Zetteln an.

»Ich wiederhole: Was hast du vor?«, fragte Martin erneut.

»Nun ... ich werde zur vorgegebenen Zeit zu dem Treffen gehen, einen Hammer übergeben, Marita übernehmen und dann so schnell wie möglich wieder verschwinden«, erklärte Lennard, als würde er ankündigen, nach dem Kino noch eine Pizza essen zu wollen.

Schweigen. Alle sahen ihn prüfend an.

»Aber ... ist das nicht genau, was die fordern? Dann ist doch alles in Ordnung«, meinte Jens.

»Nein«, krächzte Harald entsetzt. »Ist es nicht!«

»Nein, ist es nicht«, hauchte Martin ehrfürchtig. »Er will ihnen *irgendeinen* Hammer übergeben. Das ist genial!«

»Schwachsinn!«, rief Harald. »Das ist verantwortungslos und unfassbar leichtsinnig.«

Lennard nickte sanft. »Zugegeben, ein Risiko besteht, aber es ist verschwindend gering. Was ist heutzutage schon ohne Risiko? Junge Menschen fahren mit dem Zug von A nach B und werden dabei von irgendwelchen Verrückten abgestochen.«

»Wie kannst du das nur sagen?«

Harald hielt es nicht mehr auf seinem Platz. Er stand auf und presste die Hände gegen den Kopf.

»Wie kannst du das nur sagen?!«

Er lief hin und her, stützte sich an der Wand ab, als würde er die Waden dehnen wollen, ging immer wieder in die Hocke und wusste ganz offensichtlich nicht, wohin mit sich und all den extremen Emotionen, die ihn gerade voll im Griff hatten.

Lennard und die anderen beobachteten ihn dabei geduldig.

»Kannst du ausschließen, dass die sich genau erinnern, wie ihr Hammer aussah? Was, wenn sie sogar ein Foto davon gemacht haben? Ich weiß, das ist krank, aber wir reden hier über Mörder.«

»Ist das dein Ernst?«, fragte ihn Martin.

»Kannst *du* es ausschließen?«, fauchte Harald ihn an. »Kannst du nicht, ebenso wenig wie ich oder Lennard oder sonst wer. Wir müssen damit rechnen, dass die ihren Hammer erkennen, das Fabrikat, die richtigen Gebrauchsspuren und alles, was die Tat selbst auf dem Ding hinterlassen hat.«

Er wendete sich wieder Lennard zu.

»Wie willst du das anstellen? Hast du eine Maschine, mit der du das Ding klonen kannst?«

Lennard schüttelte lächelnd den Kopf. »Keine Maschine. Nur mein Talent, meine Hände und ein paar Hilfsmittel.«

Verständnislose Blicke ruhten auf ihm.

»Jetzt kommt schon! Ich werde eine Kopie anfertigen.«

Skeptische Blicke gingen auf ihn nieder.

»Na, vielen Dank für euer Vertrauen in meine Fähigkeiten. Also wirklich«, empörte sich Lennard. »Das ist ein schwerer Schlosserhammer aus dem Billigsegment von Obi, genau das gleiche Modell, das sie immer noch verkaufen. Ich selbst habe mindestens zwei von denen bei mir rumfliegen. Ich fahre gleich los, besorge mir noch einen und richte den dann so her, dass er vom Original nicht mal zu unterscheiden sein wird, wenn die zum Vergleich direkt nebeneinanderliegen würden, und das sogar bei Tageslicht. Mein Treffen mit den Typen findet nachts statt, wenn es zappenduster ist.«

»Wie willst du das mit dem Blut lösen?«, fragte Harald.

Er war noch nicht überzeugt, aber man konnte hören, dass seine konsequente Ablehnung kleine Risse bekam.

Lennard zuckte mit den Schultern. »Ich mische einfach was zusammen.«

»Du mischst was zusammen?«, wiederholte Harald verärgert. »Dir ist klar, dass es nicht nur um den richtigen Farbton geht? Es gibt sehr unkomplizierte und für jedermann leicht zugängliche Möglichkeiten, mit Luminol oder UV-Licht Blut nachzuweisen. Du musst damit rechnen, dass die sowas haben und es nicht bei einer simplen Sichtprüfung belassen.«

»Das ist mir bewusst«, versicherte Lennard geduldig. »Darum werde ich einfach etwas von meinem eigenen Blut investieren. Ein paar wenige Tropfen reichen schon.«

Jens sah ihn jetzt ähnlich ehrfürchtig an, wie Martin es grundsätzlich immer tat.

»Und du glaubst wirklich, dass du den Hammer genau so aussehen lassen kannst, wie das Original?«

Kleine Jungs klangen so, wenn sie zum ersten Mal Zweifel an der Sache mit dem Weihnachtsmann zum Ausdruck brachten, obwohl sie befürchteten, er könnte es rauskriegen und sie für immer aus seiner Route streichen.

»Na hör mal, ich bin immerhin Künstler!«

»Ich kann mir nicht vorstellen, dass sie dir Marita übergeben und euch dann einfach ziehen lassen«, unkte Harald. »Nein, sie werden sie dir nicht nur nicht geben, sie werden dich garantiert gleich mit einsacken. Lennard, das ist einfach zu riskant. Für euch beide!«

»Jetzt mach aber mal einen Punkt! Was willst du denn nun? Marita rausholen oder doch lieber zur Polizei gehen? Wenn du recht hast, werden die mich auch mitnehmen, wenn ich ihnen den richtigen Hammer übergebe, oder? Wie sollen die denn deiner Meinung nach feststellen, dass das nicht der Original-Hammer ist? Wenn die tatsächlich etwas zum Testen dabeihaben, wird es ihnen bestätigen, dass da Blut drauf ist. Ich behaupte, dass ihnen das als Beweis reicht. Ich kann mir nicht vorstellen, dass die auch noch fix eine Gen-Sequenzierung durchführen. Man bekommt im Internet ja eine Menge abgedrehten Scheiß, aber so etwas gibt es meines Wissens noch nicht für den Hausgebrauch, geschweige denn für die Hosentasche. Und jede physische Markierung, die sie irgendwo am Hammer angebracht haben, werde ich entdecken und so kopieren, dass sie den Unterschied nicht erkennen können. Hämmer haben keine Geheimfächer oder versteckte Winkel. Verdammt nochmal, ich kann ganze Gemälde von den großen Meistern kopieren und damit so gut wie jeden Kunstexperten täuschen. Da werde ich doch wohl mit so einem blöden Hammer fertig.«

Schweigen.

»Ich will das ja auch gar nicht alleine entscheiden. Wenn ihr meinen Plan mehrheitlich ablehnt und darauf besteht, dass wir den Typen den richtigen Hammer geben oder von mir aus auch, dass wir zur Polizei gehen, werde ich das respektieren. Ich hielte beides für einen Fehler, aber ich würde den Mehrheitsentscheid respektieren, versprochen.«

Schweigen.

»Zur Auswahl stehen also die Polizei, die Übergabe des Originals und die Übergabe einer von mir angefertigten Kopie. Sehe ich das richtig? Habe ich was vergessen? Gibt es andere Ideen?«

Schweigen.

»Dann lasst uns mal abstimmen.«

## Podcast V – Wer ist Harald Lautenschläger?

»Stell dich doch bitte kurz vor. Wer ist Harald Lautenschläger?«

»Hm. Da sollte ich vielleicht gleich mal klarstellen, dass ich nicht gerade ein extrovertierter Mensch bin. Sieh mir also bitte nach, wenn es mir gerade ein wenig an Eloquenz mangelt, oder an einer klaren Idee, was ich überhaupt von mir erzählen soll, geschweige denn, in welchem Umfang.«

»Erzähl einfach, was du erzählen möchtest, und mach dir über Eloquenz keine Gedanken, Harald. Ich vergebe so gut wie alles, aber Noten grundsätzlich nicht.«

»Das ist doch mal eine gute Nachricht. Dann versuche ich's mal: Ich bin einundfünfzig, ledig und kinderlos. Ursprünglich komme ich aus … einer anderen Gegend Schleswig-Holsteins, lebe inzwischen aber schon seit über dreißig Jahren im Kreis Pinneberg und davon ziemlich genau fünfundzwanzig Jahre hier, in Sparrieshoop. Ich habe mein ganzes Berufsleben als Bankkaufmann gearbeitet, bin aber schon seit fünf Jahren in Frührente. Äh, muss ich erzählen, wie das kam?«

»Nur, wenn du willst.«

»Dann lieber nicht. Äh, soll ich stattdessen noch was anderes von mir erzählen?«

»Wenn dir noch was einfällt, sehr gerne.«

»Ja. Na gut. Also, ich bin eher nicht so der Draufgänger, das hast du sicher schon bemerkt. Direkter menschlicher Kontakt zählt nicht zu meinen Stärken. Daher bin ich in unserer Gruppe in erster Linie als Mann im Hintergrund und nicht im Außeneinsatz tätig. Bei mir können sich unsere Bürger telefonisch mit ihren Anliegen melden und ich koordiniere das dann sozusagen für die Gruppe. Was gäbe es noch? Ich bin Mensa-Mitglied, falls das von Interesse ist.«

»Hey, im Ernst? Da muss man doch mindestens einen IQ von ... ich weiß gar nicht, 150 haben? Wo liegt denn deiner?«

»Es reichen schon 130. Wie hoch meiner ist, möchte ich aber lieber nicht sagen, wenn das okay ist.«

»Das ist schade, aber selbstverständlich okay. Dafür musst du uns dann aber verraten, wie du zu einem HIRNI geworden bist.«

Längeres Schweigen.

»Der Hauptgrund, warum es unsere Gruppe überhaupt gibt, ist der Tatsache geschuldet, dass Lennard, unser Gründer und Anführer, von der Polizei nicht ernst genommen wurde. Das ist wirklich der Hauptgrund, wahrscheinlich sogar der einzige, und ich weiß allzu genau, wie sich das anfühlt. Als ich ihn dann so reden hörte, voller Wut und Überzeugung, habe ich es auch für eine gute Idee gehalten, würde ich sagen.«

Erneut längeres Schweigen.

»Was unseren etwas albern anmutenden Namen betrifft, trage ich zumindest insofern eine Mitschuld, als der Vorschlag von mir stammte. Es hat den Versuch eines anderen Gruppenmitglieds gegeben, ihn noch zu verhindern, aber am Ende war es ein sehr eindeutiger Mehrheitsentscheid.«

»Wie erklärst du einem Kind, warum ihr tut, was ihr tut?«

»Ich glaube, ich weiß gar nicht, wie man mit einem Kind redet. Ich kann mich nicht erinnern, dass ich das während meines Erwachsenenlebens mal gemusst habe. Das ist schräg, oder? Nein, wohl eher traurig.«

»Ich ... weiß jetzt ehrlich gesagt gar nicht so richtig, was ich darauf erwidern soll, Harald.«

»Ja, schon gut, vergiss es. Ich vermute, damit ist gemeint, dass ich mit einfachen Worten erklären soll, warum wir das machen, oder? Grundsätzlich ist das eine Idee von Lennard, habe ich ja gerade schon angedeutet. Er ist von der Polizei enttäuscht. Er wurde beklaut, ist dann aber nicht ernst genommen und schließlich abgewimmelt worden. Und er weiß, dass so etwas relativ regelmäßig passiert. Anderen diese frustrierende Erfahrung des Hängengelassenwerdens ersparen zu wollen, verdient höchste Anerkennung, das ist meine ehrliche Überzeugung. Dann auch noch den nächsten Schritt zu gehen und tatsächlich etwas in diese Richtung zu unternehmen, ist unglaublich mutig – gleichzeitig aber auch irgendwie anmaßend. Lennard ist einerseits intelligent genug, um das zu wissen, verfügt andererseits aber auch über ein sehr stabiles Selbstbewusstsein und ein ziemlich großes Ego. Warum es ausgerechnet beim Ortsfest aus ihm rausgeplatzt ist, und dass ausgerechnet ich zu so später Stunde überhaupt noch da war – es sollte wohl so sein. Ich würde sagen, dass jeder von uns seine eigenen Beweggründe hat, diesen Weg mit ihm zu gehen, und ich bin mir ziemlich sicher, dass die sich durchaus voneinander unterscheiden. Zumindest würde es mich sehr überraschen, wenn sich jemand aus demselben Grund wie ich angeschlossen hat.«

»Was ist deiner?«

»Tut mir leid, aber auch das behalte ich lieber für mich.«

»Was qualifiziert dich deiner Meinung nach, dieser Aufgabe gerecht werden zu können?«

»Vielleicht, dass ich den Mut hatte, mich drauf einzulassen. Ha, nein, du siehst es ja selbst, ich bin kein Supermann. Ich verfüge nicht über herausragende physische Eigenschaften und bin auch nicht der geborene Kriminalist. Ich mag Krimis nicht mal, weder als Buch noch als Film- oder Serienformat. Nein, meine einzige Qualifikation ist wohl mein Verstand. Mit Intelligenz sollte sich immer etwas anfangen lassen.«

»Schnellfragerunde, bitte nur mit Ja, Nein oder maximal drei Wörtern antworten. Okay?«

»Versuchen wir es.«

»Bier oder Wein?«

»Bier bitte.«

»Tee oder Kaffee?«

»Kaffee.«

»Süß oder salzig?«

»Salzig.«

»Lieblingsessen?«

»Sauerfleisch mit Bratkartoffeln.«

»Lieblingslied?«

»Alles von Beethoven.«

»Lieblingsbuch?«

»Der Zauberberg.«

»Erstes Auto?«

»Ein D Kadett.«

»Bist du gläubig?«

»Nicht mehr.«

»Hast du schon mal eine Straftat begangen?«

»Nein.«

»Politische Ausrichtung: Dunkelrot, grün, rot, gelb, schwarz oder blau?«

»Grün.«

»Welche Botschaft hast du für unsere Hörer/Leser?«

Kurzes Schweigen.

»Ehrlich gesagt, keine.«

»Vielen Dank, Harald.«


## Termine

Jens war aus irgendeinem Grund davon ausgegangen, dass er nach der Lieferung des Hammers bleiben und beim Kopieren zusehen durfte. Lennard hatte ihm den Zahn jedoch ganz schnell gezogen und bereitwillig in Kauf genommen, dass Jens beleidigt reagieren würde. Was er dann auch tat.

Wenn er an etwas arbeitete, brauchte Lennard die absolute Gewissheit, dass niemand da war, der auf die Idee kommen konnte, Interesse zu demonstrieren oder, noch schlimmer, sich einzubringen. Seine gelegentliche Untreue war natürlich ebenfalls ein sehr maßgeblicher Beitrag gewesen, aber zur Trennung von seiner Frau war es nach seiner festen Überzeugung vor allem wegen dieser Eigenart von ihm gekommen. Wann immer er etwas erschuf, hatte sie dabei sein wollen, aus Liebe zu ihm und echtem Interesse an dem, was ihn erfüllte, wie sie zu versichern pflegte. Er wollte sie dann jedoch nicht nur aus seinem Atelier, sondern am liebsten gleich ganz aus dem Haus haben. Himmel, er hatte weiß Gott mehr als einmal versucht, ihr seine Eigenart zu erklären, aber sie hatte es trotzdem immer persönlich genommen und als Ablehnung verstanden. In Anbetracht dieses Inbegriffs von einem verhängnisvollen Interessenkonflikt war es eigentlich ein Wunder gewesen, dass sie es überhaupt bis vor den Altar geschafft hatten. Je länger sie aber ein Paar waren, desto schlimmer wurde es. Irgendwann hatten sich immer mehr toxische Zutaten angesammelt und die guten Bestandteile in der Suppe ihrer Beziehung rückstandslos aufgelöst. Es war nicht so, dass er das Ende seiner Ehe nie bedauert hatte. Es war aber auch nicht so, dass er vor Gram verging und die Zeit am liebsten zurückgedreht hätte. Allein die Vorstellung, ihr nun erklären zu müssen, warum er einen Hammer kopieren wollte – obwohl, nein, das hätte er wohl gar nicht gemusst. Er hätte kein HIRNI sein können, ohne sie auch zu einem zu machen. Allein schon wegen Marita nicht.

Lennard lächelte unbewusst, während er die Vorlage für seinen Betrug aufmerksam inspizierte. Er drehte den Hammer hin und her, natürlich mit Gummihandschuhen an den Händen sowie einer OP-Maske vor Nase und Mund, und schaute überall hin. Er nahm sogar eine Lupe zur Hilfe, um auch nicht die kleinste Verschmutzung am sowie die winzigste Delle im Holzstiel zu übersehen. Bemerkenswerterweise gab es von beidem so gut wie keine. Hätte er nicht gewusst, dass der Hammer vor über zwei Jahren schon zu mindestens einem Einsatz gekommen war, hätte er ihn für fast ebenso neuwertig gehalten, wie den Rohling, den er sich etwa eine Stunde zuvor aus dem Baumarkt geholt hatte. Es gab eine leichte und zwei ganz kleine Dellen. Letztere konnte man mit bloßem Auge nur bei voller Sichtkraft wahrnehmen. Alles, was er brauchte, um so etwas nachzumachen, war eine ganz normale Papierschere.

Ein Kinderspiel.

Harald hatte keine gute Erklärung für das, was er gerade tat.

»Hey, Günther«, rief er.

Gemeint war ein stämmiger Mann mit chronisch rotem Kopf, der gerade seinen Beagle anschnauzte, weil der sein großes Geschäft nicht auf den Grünstreifen, sondern auf den Gehweg drückte. Jetzt musste er den Haufen aufsammeln.

»Hast du kurz Zeit?«

»Wofür denn?«, grunzte Günther unfreundlich.

Harald ging zu ihm und spürte sein Herz vor Aufregung pochen.

»Das klingt jetzt vielleicht komisch, aber … na ja, du bist doch immer ganz gut informiert, was hier im Ort so abgeht. Ist dir in den letzten Tagen was untergekommen, was ... ich sage mal, außerhalb der Norm ist?«

Harald kannte den Blick, den er sich prompt dafür einfing. Günther fragte sich, was er verbrochen hatte, dass er ausgerechnet dem schrägen Harald Lautenschläger über den Weg laufen musste. Auch dafür würde der arme Hund später wahrscheinlich noch sein Fett wegkriegen.

»Du meinst, abgesehen davon, dass landesweit über den Mord an der kleinen Klöfkorn berichtet wurde? Da fällt mir sonst nur noch eure HIRNI-Sache ein«, brummte er, während er den schwarzen Plastikbeutel zudrehte und dabei eine Grimasse schnitt.

Harald lachte verlegen. »Ah! Okay, ja, das ist vielleicht ...«

»Tut mir leid, Harald, keine Zeit, ich muss weiter. Termine«, rumpelte der Rentner und zog seinen Hund mit einem kräftigen Ruck von einer vielversprechenden Duftspur weg.

Harald sah ihm noch einen Moment nach. Wenn er nicht sofort Vernunft annehmen und wieder nach Hause gehen würde, konnten ihm Reaktionen wie diese noch öfter um die Ohren fliegen, das war so gut wie sicher. Als er wieder weiterging, schlug er aber eine Richtung ein, die die Distanz zu seinem Haus vergrößerte.

Im besten Fall war es vergebene Liebesmüh und ein weiterer Beweis dafür, dass alle, die ihm im Laufe seines Lebens schon offen oder hinter seinem Rücken vorgeworfen hatten, einen an der Waffel zu haben, wahrscheinlich richtig lagen. Im schlechtesten Fall – und das war der, der ihn umtrieb und ihm die Kimme feucht hielt – konnte es gefährlich werden. Soweit es um ihn selbst ging, war es ihm egal, aber wenn es dumm lief, konnten seine Umtriebe Marita in Gefahr bringen. Herr im Himmel, erst machte er Lennard wegen seiner Pläne eine Szene, nur um dann loszuziehen und etwas noch viel Leichtsinnigeres zu tun. Lennard *hatte* wenigstens einen Plan und die Zustimmung beziehungsweise das Wissen aller anderen aus der Gruppe. Harald hatte nur so eine Ahnung und einen für ihn völlig untypischen Tatendrang.

»Moin, Anke«, rief er der entgegenkommenden Frau entgegen, obwohl sie bestimmt noch fast fünfzig Meter von ihm entfernt war. So wollte er sicherstellen, dass sie nicht noch schnell die Straßenseite oder gleich ganz die Richtung wechselte. Zwar war sie eine von denen, die immer sehr freundlich mit ihm umgingen, aber er war gerade in der richtigen Stimmung, um jedermann nur das Schlechteste zuzutrauen.

Anke winkte und lächelte. Sie blieb sogar stehen, als sie merkte, dass Harald mit ihr sprechen wollte.

»Na, Harald, wo geiht di datt?«

Sprach sie sonst auch platt mit ihm? Oder war das ein Versuch, ihn schnell loszuwerden, weil sie glaubte, dass er das nicht verstand? Irrtum, gute Frau.

»Och, ganz gut so weit. Und bei dir?«

Sie lachte herzlich. »Noch beter weer nich uttohollen.«

»Oh, gut, das ist doch mal was. Du, das klingt jetzt vielleicht komisch, aber ist dir hier im Ort in letzter Zeit was untergekommen, was außerhalb der Norm liegt? Und um das gleich klarzustellen, ich meine nicht diese tragische Sache mit Klöfkorns Tochter.«

Die Frau dachte ernsthaft nach. »Jo ... keen Ahnung. Ik weet nich so richtig, wat du meenst.«

»Ääähmm ...«

Harald fuchtelte mit den Armen, als würde er sich Luft zufächeln wollen. Er spürte, dass er rot anlief. Verdammt, er hasste es, wenn das passierte. Einen deutlicheren Hinweis auf seine Unsicherheit konnte er kaum geben.

»Nichts Bestimmtes. Benennen kann ich es gar nicht. Aber du würdest es erkennen und wissen, wenn da etwas wäre.«

Die Frau sah ihn für ein paar Sekunden mit einem Blick an, der, neben ein wenig Ratlosigkeit, vor allem von Mitleid geprägt war.

»Deit mi leed, mien Leev, dor ist nix.«

Harald lächelte verlegen, wurde noch roter und nickte dankbar.

»Is denn ganz ehrlich allens goot bi di?«

»Ja! Ja, alles super. Ganz ehrlich. Danke für deine Zeit. Ich will dich gar nicht weiter aufhalten, hast ja bestimmt Pläne.«

»Jo, heff ik würklich. Kaam doch mal op en Kaffee vörbi, wenn du dicht bi büst«, bot sie fürsorglich an.

Harald lächelte sein breitestes Lächeln, nickte und winkte im Rückwärtsgehen – um dann regelrecht herumzuwirbeln und Land zu gewinnen. Himmel, das war *unangenehm* gewesen! Echtes Mitleid war noch viel schlimmer als die kaum verhohlene Geringschätzung, wie er sie von Günther zu spüren bekommen hatte.

Hatte er jetzt genug? War er endlich bereit, Vernunft anzunehmen, den Heimweg anzutreten und weitere Peinlichkeiten zu vermeiden? Zumindest an diesem Tag?

Ihm war von vornherein klar gewesen, wie er das zusammenrühren würde. Wasser mit Zucker, Salz, dem passenden Farbstoff und einem Tropfen Blut. So in etwa hatte er es vor den anderen angekündigt. Bei näherer Betrachtung waren die getrockneten Blutflecken auf dem Original-Hammer dann allerdings recht klein gewesen. Zumindest kleiner, als sie nach seiner sicher laienhaften Überzeugung hätten sein müssen. Er hatte ja noch nie jemandem mit einem Hammer den Schädel eingeschlagen. Oder sonst womit. Du liebe Güte, allein der Gedanke klang schockierend und grässlich. Er wäre zu so etwas nicht imstande. Niemals! Wie viel Hass sich bei dem Täter wohl angestaut hatte, um der jungen Frau so etwas anzutun? Wobei – er wusste ja gar nicht, ob Hass dabei die treibende Kraft gewesen war. Vielleicht war es ja auch Liebe gewesen, vorzugsweise die nicht erwiderte oder die entzogene. Oder Gier. Nein, er wusste es nicht. Noch nicht. Und in Hinsicht auf die Herkunft der Flecken war er im Grunde genauso ahnungslos. Ob es überhaupt Blut war, konnte er nicht mal mit Gewissheit sagen. Er wusste, wie man an Luminol herankommen konnte, aber auf die Schnelle war das für ihn nicht zu machen. Gut möglich also, dass diese verschmierten bräunlichen Rückstände auf dem Hammerkopf von etwas ganz anderem stammten. Milchkaffee, Schuhcreme, Schokoladeneis, Bratensauce, oder …

Lennard hielt inne, kniff die Augen zusammen und atmete tief. Manchmal feuerte sein Hirn scheinbar willkürlich unerwünschte Gedanken ab. Gerade hatte es das schon wieder getan. Herrgott, warum sollte jemand *so etwas durch und durch Ekliges* mit einem Hammer anstellen?

Jedenfalls hatte er sich umentschieden. Nix mit Anrühren. Er glaubte daran, dass die Flecken getrocknetes Blut waren. Für das bisschen Geschmiere würde er daher ebenfalls nur echtes Blut nehmen, und zwar sein eigenes. Das würde erheblich zur Authentizität beitragen, so dass der Hammer jeden Test, den man in der kommenden Nacht mit ihm anstellen würde, egal ob mit Licht oder Chemikalien oder was auch immer, ganz locker bestehen sollte.

Lennard hielt sich die Nähnadel, die er zwischen Daumen und Zeigefinger geklemmt hatte, ganz nah vor die Augen. Er wollte die Spitze nicht zu weit herausragen lassen. Am Ende blieb sie noch im Knochen stecken.

Lennard ächzte. *Mann!* Schon wieder so ein räudiger Gedanke.

Zwischen einem und zwei Millimetern, schätzte er. Das schien angemessen. Er ging relativ regelmäßig Blut spenden. Da wurde ihm dann zur Bestimmung des Sauerstoffgehalts ein Blutstropfen abgezwackt, mit so einem nadelbewehrten Pinökel, das ihm ein Loch in die Fingerspitze stanzte. Ja, zwei Millimeter, sollte passen.

Lennard legte den linken Zeigefinger auf den Tisch und hielt die rechte Hand darüber. Für Marita, dachte er, biss die Zähne zusammen, zielte und stach mit einer schnellen Bewegung zu.

»Gnnn ...«

Er hatte sich knapp über dem ersten Gelenk getroffen.

»*Blödervollidiotfuckscheißdreck*!«, fluchte er und feuerte die Nadel durchs Atelier.

Dann riss er sich zusammen, nahm die Tränen in den äußeren Augenwinkeln gleichmütig zur Kenntnis, hielt den perforierten Finger an den Hammer und drückte Blut aus ihm heraus.

Klar, er war in Marita verknallt. Wie konnte man auch nicht von so einer Frau fasziniert sein? Er war aber nicht größenwahnsinnig. Selbst eine unverheiratete Marita hätte sich nicht für ihn als Mann interessiert, selbst dann nicht, wenn bis auf ihn plötzlich alle anderen Männer zu Staub zerfallen wären. Darum ging es ja auch nicht. Überhaupt nicht. Wenn man jemanden mochte, wenn einem wirklich etwas an jemandem lag, dann funktionierte das auch ohne jede Gegenleistung. Das ging auch klammheimlich. Das galt auch, wenn man diesem Menschen andersherum völlig egal war und es sogar wusste.

»Moin Harald!«

Die Stimme kannte er. Er blieb stehen und drehte sich zu Paul Peters um. Auch einer von den Freundlichen.

»Hallo Paul.«

»Du brauchst wohl Bewegung? Zu lange das Telefon in der HIRNI-Zentrale bewacht?«

Harald war für einen Moment verblüfft. Dann fiel ihm ein, dass Paul wegen seines Podcasts besser als die meisten informiert war. Er hatte ihm selbst erzählt, welche Rolle ihm im HIRNI-Projekt zukam.

»Ja, könnte man so sagen.«

Paul Peters lächelte ihn herzlich an. »Habt ihr schon Feedback bekommen? Auf eure Interviews in meinem Podcast?«

Harald war erneut verblüfft. Den Podcast hatte er inzwischen völlig aus den Augen verloren. Der letzte Beitrag, den er sich angehört hatte, war der von Jens.

»Äh, nein. Bislang haben wir nur untereinander darüber gesprochen. Hast du denn schon alle Interviews gebracht?«

Paul Peters wechselte übergangslos von Freundlich zu Überrascht – mit einem Klecks Beleidigt.

»Heute das letzte der fünf. *Deines*.«

»Oh! Ehrlich?« Da war sie wieder, die vertraute Hitze, die ihm in den Kopf schoss. »Du liebes Bisschen, dann muss ich mir das ja dringend mal anhören. Ich kann mich zwar noch an die meisten meiner Antworten erinnern, aber ich bin trotzdem neugierig, ob man hören kann, wie aufgeregt ich war.«

Paul Peters sah ihn prüfend an.

»Tut mir leid, Paul, ehrlich. Wir haben zurzeit aber richtig was um die Ohren. Sollte man nicht meinen, nach so kurzer Zeit, ist aber so.«

»Mit anderen Worten: Euer Projekt hat eingeschlagen?«

Pauls Wortwahl ließ Harald kurz zögern.

»Ja, hat eingeschlagen. Wie ein Hammer.«

Paul Peters lachte lauthals. Harald, verunsichert genug, um einfach alles in den falschen Hals zu bekommen, konnte aber keine Anzeichen für Spott oder Häme entdecken. Paul war einfach ein guter Typ.

»Neulich hat mich sogar jemand angerufen, der wissen wollte, ob er sich auch an uns wenden kann, obwohl er gar nicht von hier ist«, vertraute Harald ihm an.

»Sag bloß! Dann hat euer Ruf ja schon die Ortsgrenze überschritten. Von wo war der denn? Elmshorn?«

»Hat er mir gar nicht gesagt.« Harald überlegte kurz. »Er hatte irgendwie angedeutet, dass er hier temporär wohnt, bei Freunden oder in einer Ferienwohnung oder so. Dafür müsste man dann schon von weiter weg kommen, würde ich meinen.«

»Hm. Und was hast du ihm gesagt?«

»Dass das geht.«

»*Ha!* Ich weiß, wer das war! Rudi Herz.«

Harald schüttelte den Kopf. »Nein, Rudi war es nicht. Ich kenne ihn, seine Stimme hätte ich bestimmt erkannt.«

»Nein, so meinte ich das nicht. Rudi fährt zurzeit wieder mal mit seinem Camper durch die Weltgeschichte, und wenn er auf Tour ist, bietet er sein Haus bei Airbnb an. Klappt natürlich nicht immer, weil – na ja, Sparrieshoop. Aber dieses Mal sind welche drin. Zwei Männer, ich bin ihnen auch schon begegnet. Sind aber kein Pärchen, das habe ich gleich gemerkt. Du hast bestimmt mit einem von denen gesprochen.«

Harald starrte ihn wortlos an.

»Alles gut bei dir?«

»Ja«, kläffte er. »Alles gut. War schön, mal wieder mit dir zu quatschen, Paul, ich muss jetzt aber dringend weiter. Termine«, log er und ließ den etwas verdutzten Paul einfach stehen. Im Gehen drehte er sich nochmal um. »Dein Podcast ist klasse. Nachher hör ich mir erstmal alles an, was ich verpasst habe«, rief er, sah wieder nach vorne und lief weiter. Dann drehte er sich nochmal um. »Ich melde mich.«

Auf der anderen Straßenseite, südöstlich von Rudi Herz' Grundstück, hatte er seinen Beobachtungsposten bezogen, zwischen mehreren mannshohen Rhododendren und einer Hecke aus Kirschlorbeer. Das machte ihn für jedermann praktisch unsichtbar, was man beim heimlichen Beobachten von was auch immer als nicht zu verachtenden Vorteil bezeichnen durfte. Angenehm oder komfortabel hatte er es dort allerdings nicht. Zwischendurch mal hinsetzen war nicht drin, denn dafür hatte er schlicht zu wenig Platz. Schon im Stehen geriet er beständig mit dem Gebüsch in Konflikt, selbst wenn er sich überhaupt nicht bewegte. Und wie schnell die ortsansässigen Insekten ihn für einen Teil der Botanik hielten und munter auf ihm herumzukrabbeln begannen, war auch verrückt. Grundsätzlich sah er sich selbst als Naturfreund. Es lag ihm also fern, die Kerbtier-Biosphäre aufzumischen wie Godzilla Tokio. Etwas mehr Fluchtreflex und Respekt vor ihm hätte es aber doch sein dürfen. Zum Stechen und Pieksen der Äste und Blätter kam so auch noch das

Krabbeln und Kratzen Chitin-gepanzerter Erkundungstrupps. Das störte, lenkte ab und zermürbte. Als sich nach gut anderthalb Stunden Beobachtung endlich etwas auf Rudi Herz' Grundstück tat, war Harald mit den Nerven bereits einigermaßen zu Fuß. Viel länger hätte er nicht mehr durchgehalten.

Einer der von Paul Peters beschriebenen Fremden trat aus dem Haus. Eine Schrankwand von einem Mann, groß, grobschlächtig und muskulös. Einer von der Sorte, der er zu keiner Gelegenheit und unter keinen Umständen direkt in die Augen sehen würde, um nicht versehentlich einen Akt der Provokation zu begehen. Die Schrankwand ging in die Garage. Kurze Zeit später kam auch der zweite Mann heraus. Er sah viel ungefährlicher aus, schmaler und kleiner als der andere, und er hielt etwas in beiden Händen. Harald war nur leider zu weit entfernt, um erkennen zu können, was es war. Er erwartete, dass auch der Schmale die Garage betreten würde, aber der blieb stattdessen kurz vor der Tür stehen und sah sich aufmerksam um. Als er bei der Hecke ankam, hinter der Harald sich versteckt hatte, sah es so aus, dass sein Blick dort von irgendetwas festgehalten wurde. Er drehte den Kopf einfach nicht mehr weiter, als würde er wissen oder zumindest ahnen, dass jemand dahinterstand. Harald hatte das Gefühl, als würde er ihm direkt in die Augen sehen.

Dann kam eine Frau aus der Garage, schlank, lange zerzauste Haare, die Augen verbunden, die Hände hinterm Rücken gefesselt, der Mund zugeklebt. Es war Marita! Der große und grobschlächtige Mann hatte seine Hand um ihren linken Oberarm geschlossen und steuerte sie in Richtung Haustür, von der alle drei nacheinander verschluckt wurden.

Harald merkte gar nicht, wie flach und schnell er atmete. Er hatte mit seinem Verdacht also richtig gelegen. Marita wurde mitten in Sparrieshoop gefangen gehalten.

Wie leichtsinnig.

Wie abgebrüht.

Die Frage war, was er nun tun soll. Die Polizei rufen? Lennard rufen? Sämtliche HIRNIs rufen? Alleine rübergehen und die beiden Männer konfrontieren – also auch die Schrankwand? Drauf warten, dass Marita wieder in die Garage gesperrt wurde, um sie dann zu später Stunde, während die Männer sich mit Lennard im Wald trafen, zu befreien? Harald dreht jede Idee mehrfach um die Horizontal- und Längsachse, um sie intensiv zu betrachten.

Keine der Optionen überzeugte ihn voll und ganz, aber er legte sich trotzdem auf eine fest.

## Täyttä paskaa

Um von Lennards Haus zur Polizei in Elmshorn zu gelangen, war der Weg über Bokholt-Hanredder, Barmstedt, Groß-Offenseth Aspern, Horst und Kiebitzreihe weder der kürzeste noch der schnellste. Dafür war er gut geeignet, um sich über ein paar Dinge klar zu werden. Zum Beispiel, ob man von Typen verfolgt wurde, die nicht gerne zweite Chancen gewährten. Erst als Lennard und Harald, die Beschreiter bzw. Befahrer dieser Mutter aller gewollten Umwege, annähernd Gewissheit hatten, dass ihnen niemand folgte, schlug Lennard den direkten Weg in die Moltkestraße in Elmshorn ein.

Schweigend und mit grimmiger Entschlossenheit betraten sie dieselbe Polizeistation, in der Lennard anderthalb Wochen zuvor mit der Meldung eines potenziellen Leichenfundes auf taube Ohren gestoßen war. Damals hatte er mit einer halb ernst gemeinten Drohung Druck ausüben müssen, um die Beamten den Wert seiner Meldung erkennen zu lassen. Ihre Chancen, dieses Mal respektvoller behandelt zu werden, hatte das wohl eher nicht gesteigert.

»Moin! Ich möchte bitte mit Ihrem Dienststellenleiter sprechen«, sagte er zu dem Beamten hinter dem Rezeptionstresen.

Der junge Polizist ohne Namensschild sah ihn ernst an.

»Tut mir leid, der ist gerade nicht verfügbar. Kann ich Ihnen vielleicht weiterhelfen?«, fragte er freundlich.

Harald trat nun neben Lennard. »Sagen Sie Hauptkommissar Malente bitte, dass Harald Lautenschläger ihn sprechen möchte.«

Lennard und der Beamte sahen ihn prüfend an.

»Müsste ich Sie kennen?«, wollte der Polizist wissen.

»Sagen Sie es ihm einfach«, beschied Harald ihn mit bemerkenswerter Souveränität.

»Wie ich gerade schon sagte, der Hauptkommissar ist ...«

»Schon gut, Herr Schütte.«

Hauptkommissar Malente stand, die Hände in den Hosentaschen vergraben, im Durchgang zu den Büros. Durch seine Medienpräsenz in den vergangenen beiden Wochen war sein Bekanntheitsgrad sprunghaft angestiegen – mit offensichtlichen Auswirkungen auf Tiefe und Schwärze der Ringe unter den Augen.

»Hallo Harald. Herr Friedrichsen. Folgen Sie mir bitte.«

»*Harald*?«, raunte Lennard Harald zu.

Der reagierte darauf nicht.

Malente wartete vor der offenen Tür seines Büros und gab ihnen, wie ein Schülerlotse winkend, zu verstehen, dass sie eintreten durften.

»Nehmen Sie bitte Platz, meine Herren«, sagte er höflich und setzte sich selbst an seinen Schreibtisch.

»Ich weiß, warum Sie hier sind. Ich möchte jedoch gleich klarstellen, dass ich nicht viel Zeit erübrigen kann. Ich will es ehrlich gesagt auch nicht. Ich mache das hier nur, weil ich das Gefühl habe, dass wir Ihnen etwas schulden. Vor allem will ich aber keinen Aufruhr. Nach Ihrem letzten Auftritt hier, Herr Friedrichsen, habe ich Grund zur Annahme, dass Sie sich nicht einfach so hätten abwimmeln lassen und uns ohne zu zögern mit Ihren HIRNI-Spinnereien zugesetzt hätten.«

»*HIRNI-Spinnereien?*«, rief Lennard fassungslos. »Haben Sie das gerade wirklich laut gesagt?«

»Ganz recht. So ist ihr Auftritt von neulich hier in den Sprachgebrauch eingegangen. Wenn der Kollege Schön bei der Berichterstattung vielleicht etwas zu dick aufgetragen haben sollte, tut es mir leid, aber das lässt sich jetzt nicht mehr einfangen.«

Lennard war so vor den Kopf gestoßen, dass es ihm glatt die Sprache verschlug. Harald sprang ohne zu zögern in die Bresche.

»Wenn ich richtig interpretiere, was du gerade so beiläufig gesagt hast, denkst du, dass wir hier sind, um uns von euch ein Dankeschön abzuholen. Habe ich recht?«

Malente lächelte kalt.

»Das siehst du falsch, Rüdiger.«

»So? Warum dann? Wisst ihr schon wieder mehr als wir?«

Harald zuckte mit den Schultern. »So ist es. Und es hat schon wieder mit dem Mord an Angelika Klöfkorn zu tun.«

Malente stützte die Ellenbogen auf den Schreibtisch und rieb sich mit beiden Händen laut seufzend durchs Gesicht.

»Ich fasse mich auch kurz. Du hast ja nicht so viel Zeit.«

Harald begann, ruhig, geordnet und ohne große Schnörkel auseinanderzusetzen, warum sie da waren. Wie sie in den Besitz eines Hammers gekommen waren, der mit großer Wahrscheinlichkeit das Mordwerkzeug im Klöfkorn-Fall war. Dass ihre Mitstreiterin nun entführt worden war, um die Herausgabe dieses Hammers zu erpressen – zum Beweis dieser Behauptung legte er Malente sein Exemplar des Erpresserbriefs auf den Schreibtisch – und dass er den Aufenthaltsort ihrer entführten Mitstreiterin mit mehr Glück als Verstand sogar schon hatte ausfindig machen können.

Malente hörte sich ohne sichtbare Regung und ohne zu unterbrechen alles an. Er las auch den Zettel. Wohl mehr als einmal, denn er sah ihn sich weitaus länger an, als selbst ein schwacher Leser für nur einen Durchlauf gebraucht hätte.

»Hier wird mit etwas sehr Unerfreulichem im Falle des Einschaltens der Polizei gedroht. Trotzdem seid ihr hier?«

»Weil wir einen entscheidenden Vorteil haben. Wir wissen, wo unsere Freundin ist, aber die wissen nicht, dass wir es wissen.«

Malente nickte, faltete den Zettel und legte ihn beiseite.

»Woher habt ihr nochmal den Hammer?«

Harald wiederholte das Tiedemann-Kapitel.

Malente dachte angestrengt nach. Seine Stirn lag in Falten und er starrte die ganze Zeit auf seine Hände – auch als er schließlich wieder zu sprechen begann.

»Ein älterer Herr, der im ganzen Ort als Sonderling gilt und dafür bekannt ist, zu viel zu reden und einen ungesunden Bierkonsum zu pflegen, besitzt den Hammer schon seit über zwei Jahren. Er hat damit in der Zeit wahrscheinlich schon wer weiß wie viele Nägel eingeschlagen und wer weiß wie viele Bierflaschen aufgehebelt. Dann wird Angelika Klöfkorns Leiche gefunden – auch dank eurer Hilfe – und just in dem Moment fällt ihm ein, dass es sich bei dem Hammer um *den Hammer* handeln muss, mit dem man dem armen Mädchen den Schädel eingeschlagen hat?«

»Du hast da jetzt ein paar Dinge reingedichtet, aber ja, so war es. Und ja, das *ist* schräg. Wenn man jedoch bedenkt, was für Reaktionen das ausgelöst hat, muss man es eben doch sehr ernst nehmen. Zumindest nach unserer Bewertung.«

»HIRNI-Spinnereien«, giftete Lennard.

Malente schien erneut nachzudenken und ging über Lennards offensichtliche Verstimmung einfach hinweg.

»Außerdem behauptet ihr, dass Marita Heino, die Frau von Jussi Heino, einem erfolgreichen Geschäftsmann und anerkannten Bürger Sparrieshoops, entführt wurde?«

»So ist es leider«, bestätigte Harald. »Du siehst ja den Zettel. So einen hat jeder von uns.«

»Verstehe. Herr Heino hat die Entführung wohl direkt bei euch gemeldet? Weil seine Frau auch bei dieser HIRNI Sache mitmacht?«

»Nein.«

»Nein? Wem hat er es dann gemeldet? Uns?«

»Was soll das jetzt?«, keifte Lennard. »Es geht hier doch nicht darum, was Jussi Heino tut oder nicht tut. *Wir* hatten diese Zettel im Briefkasten. Und ihr Duzfreund hier hat mit eigenen Augen gesehen, in welcher Notlage Frau Heino sich befindet.«

Malente ignorierte Lennard konsequent.

»Das haben wir gleich geklärt. Einen Moment bitte«, sagte der Polizist und räusperte sich. »ANDREAS!«

Wenige Sekunden später öffnete sich die Tür und ein Beamter mit drei grünen Sternen auf der Schulter steckte den Kopf durch die Tür.

»Finde bitte mal schnell heraus, ob ein Herr Jussi Heino aus Sparrieshoop heute oder gestern die Entführung seiner Frau Marita Heino gemeldet hat.«

Der Beamte zögerte nur ganz kurz, ehe er ohne weitere Nachfrage wieder verschwand.

»Rüdiger? Ich habe es *gesehen*. Marita befindet sich in der Gewalt von mindestens zwei Männern. Sie war gefesselt und geknebelt und sah ganz allgemein nicht gut aus. *Ich habe es gesehen*! Glaubst du mir das etwa nicht?«

»Haben Sie es auch gesehen, Herr Friedrichsen?«

Lennard schluckte herunter, was ihm auf der Zunge lag.

»Nein. Ich habe aber keinen Zweifel daran, dass es sich so zugetragen hat. Harald ist kein Geschichtenerfinder. Ich vermute, dass Sie das auch wissen.«

Es klopfte.

»Reinkommen!«, bellte Malente.

Es war der Beamte von gerade eben.

»Es gibt keine Meldung über eine Entführung oder einfach nur das Verschwinden von einer Frau Marita Heino, weder von einem Herrn Jussi Heino noch von sonst wem.«

»Danke, Andreas.«

Malente verschränkte die Arme und bedachte Lennard und Harald mit einem unverhohlen geringschätzigen Blick. Die nonverbale Botschaft ließ an Eindeutigkeit nichts zu wünschen übrig.

»Sie glauben uns schon wieder nicht«, stellte Lennard mehr verblüfft als wütend fest. »Ich komme einfach nicht dahinter, womit wir uns das verdient haben. Glauben Sie denn, wir sitzen hier, um uns wichtig zu machen? Da ist ein echtes Verbrechen verübt worden, das zu einem noch viel größeren echten Verbrechen gehört. Beide Verbrechen sind mindestens eine Nummer zu groß für uns, also kommen wir zu Ihnen. Was auch sonst? Marita selbst befreien? Alles einfach für uns behalten? Beides dumm würde ich sagen. Muss ich Sie jetzt denn erst wieder daran erinnern, dass Sie das letzte Mal, nachdem Sie uns eigentlich nicht ernst nehmen wollten, die Leiche von Angelika Klöfkorn gefunden haben?«

Malente atmete tief durch.

»Herr Friedrichsen, sie dürfen mir glauben, dass ich das nicht vergessen habe«, sagte er gedehnt.

Ihm war anzumerken, wie gerne er es jedoch würde.

»Das ist zurzeit so ziemlich der einzige Grund, warum ich Sie nicht längst rausgeschmissen habe, denn was Sie mir hier auftischen ist doch recht abenteuerlich, um es mal vorsichtig auszudrücken.«

»Jetzt komm schon! Was du da sagst, ist einfach nur unangemessen und unfair«, meckerte Harald.

Malente bedeutete ihm mit der einen Hand, dass er sich beruhigen sollte. Mit der anderen griff er nach dem Telefon.

»Ich werde jetzt etwas tun, was ich normalerweise unter keinen Umständen tun würde. Damit ihr das ganz klar versteht: Es handelt sich um eine Gefälligkeit meinerseits. Ich tue das gegen meine Überzeugung und ich habe eine sehr klare Erwartungshaltung, wie es ausgehen wird. Wenn ich am Ende recht behalten sollte, werdet ihr sofort gehen und mir nie wieder unter die Augen treten.« Er sah nun explizit zu Lennard. »Zumindest nicht mit euren HIRNI-Spinnereien.«

Lennard sah zu Harald. Er fand, dass sein Mitstreiter traurig aussah. Von dem verhaltenen Optimismus, den er auf der Fahrt nach Elmshorn gezeigt hatte, schien nicht mehr viel übrig zu sein.

Malente wählte unterdessen eine Nummer, die er von seinem Handy ablas. Als er ein Freizeichen hörte, legte er den Hörer auf den Schreibtisch und aktivierte den Lautsprecher.

»*Hei.*«

»Hauptkommissar Malente, Polizei Elmshorn. Jussi, bist du das?«

»*Oh! Rüdiger? Ja, ich, wer sonst?*«, antwortete er und lachte.

Aus dem Lachen hörte man eine massige Physis, zu viele Zigaretten und zu breite Hosenträger heraus. Es klang nach Halunke.

»*Was hab ich verbrochen?*«

»Hoffentlich nichts. Ich wollte mich eigentlich nur erkundigen, ob bei dir alles in Ordnung ist.«

Schweigen in der Leitung.

»Jussi?«

»*Bin da. Ha! Hab mich gefragt, ob das ein Joke ist. Ein Rache. Aber für was?*«, überlegte Heino laut.

»Kein Joke, Jussi. Hör mal, ich möchte mit offenen Karten spielen. Vor mir sitzen zwei Männer aus diesem HIRNI-Projekt, bei dem auch deine ...«

Heino brach in Gelächter aus. Es war so laut, dreckig und mitreißend, dass Lennard sich mit aller Kraft zusammenreißen musste, um nicht einzustimmen.

»*Entschuldigung*«, krächzte er, als er sich wieder gefangen hatte. »*Wenn ich nachdenke, dass meine Frau mit diese Freaks abhängt, kann ich es nicht aufhalten. HIRNI! Ist wirklich sehr, sehr lustig.*«

»Wie man's nimmt. Besagte Herren behaupten nämlich, dass deine Frau entführt wurde.«

Kurzes Schweigen.

»*Bullshit*«, behauptete er schließlich.

»Dann ist sie also zu Hause?«

»*Nein. Glaube nicht. Manchmal wir sehen uns viele Tage nicht. Wir machen beide unser Ding. Wir sind auch schon zu lang zusammen*«, erklärte er und kicherte dreckig. »*Wenn wir unser Ding machen, wir schreiben uns ein kurze Mitteilung. Marita hat mir vor ein paar Stunde geschrieben.*«

Malente sah abwechselnd zu Lennard und Harald.

»Ich verstehe«, sagte er langsam. »Nun habe ich hier aber besagte Männer sitzen, die steif und fest behaupten, dass deine Frau zwischen gestern zehn Uhr abends und heute sechs Uhr früh entführt wurde. Einer will sogar die Männer gesehen haben, in deren Gewalt sie sich befindet.«

»*Täyttä hölynpölyä*!«, rief der Finne und klang nun plötzlich überhaupt nicht mehr entspannt. »*Einer von ihnen ist Friedrichsen, oder? Tämä hölmö artisti*!«

»Das ist korrekt.«

»*Vihaan sitä typerää kusipäätä, sitä …*«

»Ähm …«

»*… likaista kiireistä! Hänen on parempi poistua tieltäni.*«

Malente zog die Augenbrauen hoch und konnte sich die Andeutung eines Grinsens nicht verkneifen.

»*Der Affe hält sich für besonders, nur weil er mit eine Pinsel umgehen kann und gut aussieht.*«

»Jaa … Jussi, tut mir leid, aber – ich hätte es dir wohl einfach sagen sollen. Die beiden sitzen nicht nur vor mir, sie können auch mithören. Ich habe dich auf Lautsprecher.«

Heino zögerte nur kurz.

»*Ja und? Soll er gerne hören, ist mir egal. Hörst du mich, Friedrichsen?*«, rief Heino und wurde noch lauter. »*Finde ich raus, dass du mein Frau zeigst, wie du mit deine andere Pinsel umgehen kannst, wird die Welt zu klein für dich.*«

»Na, na, na! Jussi, mein Freund, ich glaube nicht, dass du da irgendeine Form der Konkurrenz zu fürchten hast. Lass uns lieber wieder zum eigentlichen Thema zurückkehren und sag mir, ob du möchtest, dass die Polizei dem Entführungs-Hinweis nachgeht.«

»*Ich sage doch, das ist Schwachsinn. Marita wurde nicht entführt. Niemand ist so dumm und entführt mein Frau. Glaubst du sie etwa?*«

Malente sah erneut zu Lennard und Harald.

»Ich bin mir nicht sicher.«

»*Ich aber! Sie ist gut. Sie hat sich vorhin gemeldet, so wie immer, wenig Information, null Liebe. Sie ist mit eine Freundin in Hamburg eingefallen, um mein Geld auszugeben. Wenn sich jemand um sie Sorge machen darf, dann ich, ihr Mann, aber das tue ich nicht.*«

»Du würdest natürlich sofort zu uns kommen, wenn sich das mal ändern sollte?«

»*Was? Ach … sicher.*«

Malentes Wohlwollen gegenüber Maritas Mann war offensichtlich, aber in diesem Moment kniff auch er die Augen zusammen. Das hatte er ihm nicht abgekauft.

»Entschuldige bitte die Störung, Jussi. Du hast mir geholfen. Wenn du deine Meinung ändern solltest, weißt du ja, wie du mich erreichen kannst.«

»*Schon gut. Sieh nur zu, dass du diese Spinner loswirst*«, brummte Heino und legte auf.

»Das ist doch wohl …«, fuhr Harald auf – und verstummte, als Lennard ihn bei der Schulter packte.

Der stand auf.

Harald sah ein wenig verwirrt zu ihm hoch, folgte dann aber seinem Beispiel.

»Wir sind hier dann ja wohl fertig«, meinte Lennard.

»Ganz meine Meinung«, bestätigte Malente.

Der Polizist machte Anstalten, ebenfalls aufzustehen.

»Nein, keine Umstände, Herr Kommissar, bleiben Sie sitzen. Wir finden alleine raus. Ich bedanke mich, dass Sie sich die Zeit für uns genommen haben. Ich werde Ihnen *nicht* versprechen, dass wir hier nie wieder mit irgendwelchen HIRNI-Spinnereien angekrochen kommen. Machen wir uns nichts vor, das wäre nicht zu halten. Eine Sache möchte ich aber gerne noch ganz klar aussprechen: Wir vom HIRNI-Projekt sind gesetzestreue Bürger. Merken Sie sich das.«

Lennard wendete sich Harald zu.

»Braucht ihr beiden noch einen Moment?«

Harald schüttelte energisch den Kopf und ließ das Seufzen des Kommissars an sich vorbeiziehen.

»Mach's gut, Rüdiger.«

»Ich bin wütend. *Richtig wütend!* Maximal angepisst«, fauchte Harald, sobald sie wieder in Lennards Countryman saßen. »Ich war noch nie in meinem ganzen Leben so geladen, und mir wurden schon ganze Wagenladungen voller Scheiße vor die Füße gekippt.«

Lennard schwieg und fädelte konzentriert in die Kaltenweide ein.

»Was machen wir denn jetzt? Wenn uns die Polizei nicht glaubt, dass Marita in Gefahr ist, und ihr krimineller Mann nichts Besseres zu tun hat, als sich verächtlich über uns zu äußern, statt um diese fantastische Frau besorgt zu sein, ist sie doch auf verlorenem Posten.«

Lennard schwieg noch eine ganze Weile.

»Warum seid ihr per du? Du und Malente.«

Harald starrte ihn an. »*Das* beschäftigt dich?«

»Schon die ganze Zeit. Das wirkte so vertraut.«

Harald musste erst nachdenken, ob er darauf antworten wollte.

»Wir sind beide bei Mensa. Haben schon gemeinsam an einigen Veranstaltungen teilgenommen. Das Du ist bei uns obligatorisch.«

»*Malente ist hochbegabt?*«

Harald zuckte mit den Schultern. »Was spricht dagegen?«

Beide schweigen, bis sie die Ortsgrenze von Sparrieshoop erreichten.

»Und was machen wir nun? Die glauben uns nicht. Marita ist verloren!«

»So weit sind wir noch nicht.«

»Eben doch!«, widersprach Harald. »Weil die nichts ernst nehmen, was von uns kommt. Die Erpresserbriefe nicht und den Hammer auch nicht. Und bei letzterem kommt der alte Tiedemann noch erschwerend hinzu.« Harald lachte bitter. »Wir stehen auf einer Stufe mit diesem alten Tunichtgut. Das ist echt ein Ding.«

Lennard schwieg. Als er den Wagen schließlich auf seine Auffahrt gelenkt und abgestellt hatte, blieb er trotzdem sitzen, hielt das Lenkrad umklammert und dachte nach.

»Machen wir einfach weiter wie geplant? Tun so, als hätte ich Marita nicht gesehen? Hoffen darauf, dass unser Glück größer ist als unser Verstand und wir sie heute Nacht im Austausch gegen deinen Fake-Hammer freibekommen?«

Lennard sah ihm fest in die Augen. »Nein!«

»Stattdessen?«

»Ich habe eine Idee. Na ja, den Ansatz davon, die muss noch ein bisschen reifen. Wir sollten das zusammen mit Martin und Jens besprechen.«

Harald schnallte sich ab. »Ich trommle sie zusammen.«

## Wir sollten hier schleunigst verschwinden

Lennard hämmerte zum x-ten Mal gegen die Tür. Zuvor hatte er es schon intensiv mit der Klingel versucht, aber die schien nicht zu funktionieren. Zumindest konnten er und Jens nichts hören.

»Sind wohl doch nicht da«, murmelte er. »Oder sie ignorieren uns einfach.«

Lennard bildete zusammen mit Jens das Team Marita, dessen Zusammensetzung überhaupt nicht in Haralds Sinn gewesen war. Entsprechend lautstark hatte der dagegen protestiert, nicht begreifend, dass sein übergroßes Interesse an Maritas Wohlergehen das Problem war. Es war bei ihm viel stärker ausgeprägt, als bei allen anderen, möglicherweise sogar noch stärker als bei Marita selbst. In der Gruppe war es ein unausgesprochenes Geheimnis, dass er schwer in sie verknallt war, und die anderen hielten dies völlig zurecht für eine denkbar schlechte Voraussetzung, um im Ernstfall einen kühlen Kopf zu bewahren. Er hatte von ihnen wissen wollen, an was für eine Art Ernstfall sie dabei überhaupt dachten, aber mit dieser Frage mochte sich niemand zu ausgiebig befassen. Da die Gefahr bestand, dass er auf diese Art weitermachte, um sich doch noch ins Team Marita zu enervieren, wurden mit einer spontanen Abstimmung Fakten geschaffen.

»Definitiv letzteres. Ich sage doch, dass ich durch das große Fenster Bewegung im Haus gesehen habe, als wir darauf zugelaufen sind«, beharrte Jens.

Lennard hämmerte ein weiteres Mal – und schlug ein Luftloch, als die Tür plötzlich aufgerissen wurde.

Ein beeindruckend wütend dreinblickender, muskelbepackter, kahlgeschorener und unrasierter Mann mit Monoaugenbraue stand vor ihnen und sagte etwas, das sie nicht verstanden. Lennard vermutete, dass der Schrank sie gerade in einer ihm unbekannten Sprache verflucht hatte.

»Moin. Ähm ... schon klar, unsere Verabredung war eigentlich erst für die kommende Nacht an einem ganz anderen Ort vorgesehen. Wir möchten aber etwas mit Ihnen besprechen, was ein Treffen im einsamen und dunklen Wald überflüssig machen könnte. Wollen wir darüber reden?«

Harald und Martin bildeten das Team Klöfkorn. So wie es dem einen missfiel, nicht aktiv an Maritas Rettung mitwirken zu können, störte es den anderen, nicht an Lennards Seite in die Schlacht ziehen zu dürfen.

»Soll ich klingeln oder klopfen?«, fragte Martin.

Harald hatte seinen Groll noch nicht überwunden und zuckte daher nur gleichgültig mit den Schultern.

Martin nutzte den Entscheidungsspielraum und entschied sich fürs Klingeln.

»Hm? Na sowas. Die haben quasi gar keine Klingel.«

»Dann klopf halt.«

Martin nickte und wummerte gegen die Tür.

Die wurde umgehend geöffnet, als hätte der Herr des Hauses nur auf ihr Erscheinen gewartet.

Benno Klöfkorn trat nach draußen und versuchte dabei Dominanz auszustrahlen, wohl in der Hoffnung, dass es seine Besucher einschüchtern und zurückweichen lassen würde.

Martin tat ihm den Gefallen.

»Wer sind Sie und was wollen Sie?«, fragte Klöfkorn unfreundlich.

»Sie wissen ganz genau, wer wir sind«, sagte der situationsbedingt überhaupt nicht eingeschüchterte Harald und trat nun neben Martin. »Hilfe, Investigation, Recherche, Nachbarschaftshilfe, Intervention. Abgekürzt: HIRNI. Na?«

»Was, na? Klingt bescheuert.«

Harald warf Martin einen Blick zu. Der nickte.

»Wir haben uns erst vor wenigen Wochen gegründet. Kurz und zynisch: Wir helfen den Sparrieshoopern, wenn die Polizei ihre Hilfe verweigert. Wir helfen sogar der Polizei, wenn die sich selbst im Weg steht. Die haben Ihre Schwester zum Beispiel nur gefunden, weil wir ihnen gesagt haben, wo sie suchen müssen. Der anonyme Hinweis wurde an uns adressiert. Mein Beileid übrigens.«

»Ihr Beileid interessiert mich nicht«, stellte Klöfkorn klar. »Was wollen Sie von mir?«

»Wir haben Neuigkeiten, die im Zusammenhang mit dem Tod Ihrer Schwester stehen und Sie sehr interessieren dürften.«

Klöfkorn starrte die beiden an, als hätten sie grüne Köpfe mit Antennen und spitzen Ohren.

»Interessiert Sie das auch nicht?«, hakte Harald nach. »Oder wollen Sie sich das drinnen vielleicht kurz anhören?«, schlug er vor, ohne eine Reaktion auf seine erste Frage abzuwarten.

»Ihr kommt hier nicht rein. Was ihr zu sagen habt, könnt ihr auch hier rauslassen. Ansonsten verschwindet.«

»Aaaahh, hehehe, na schau mal an, was für ein gastfreundlicher Menschenschlag. Kaum ein paar Tage vor Ort und schon bekommen wir Besuch«, sagte jemand, den Lennard und Jens erst nicht sehen konnten.

Ein unscheinbarer Mann mit einem etwas albernen aussehenden Schnauzbart trat nach draußen und lächelte sie offen an.

»Äh … wir sind …«

»Ja, schon gut, schon gut«, sagte Armin und machte eine beschwichtigende Geste. »Sie müssen das nicht erneut erzählen, ich habe mitgehört. Krankhafte Neugierde und Kontrollsucht, nur zwei meiner vielen negativen Charaktereigenschaften, gegen die leider kein Kraut gewachsen ist. Wenn Sie mir trotzdem etwas erzählen möchten, hätte ich einen Vorschlag für ein gutes Thema: Woher wussten Sie, dass Sie uns hier finden würden?«

Lennard fragte sich, ob die Frage wirklich so ungefährlich war, wie sie klang. Die Chancen standen wohl eher schlecht.

»Ich würde nicht sagen, dass wir es *wussten*. Wir haben hier im Ort einfach eher selten Touristen, und wenn es sich dann auch noch um ein rein männliches Paar handelt, lässt sich das nicht mehr aus dem Dorfklatsch raushalten. Einem von uns war das Anlass genug, um mal ein wenig zu observieren.«

Armin lächelte immer noch ausgesprochen freundlich.

»Mir kommt gerade der Gedanke, dass ich Sie und Ihre Leute wohl ein klein wenig unterschätzt habe«, sagte er nachdenklich. »Das passiert mir sonst eigentlich nie.«

»Denken Sie sich nichts dabei«, meinte Lennard. »Sie sind damit in guter Gesellschaft. Die meisten halten uns für Idioten.«

»Sagen Sie das nicht so verbittert! Es kann manchmal von großem Nutzen sein, wenn man unterschätzt wird«, belehrte Armin ihn mit großem Ernst. »Dann lassen Sie mal hören, warum Sie dem Rat Ihrer großen haarigen Eier gefolgt sind und uns hier einfach überrumpeln.

Immerhin haben wir Ihre Freundin in unserer Gewalt und halten ihr dabei sozusagen ein Messer an die Kehle. Wenn man es genau nimmt, haben Sie sich uns jetzt übrigens auch ausgeliefert, nur für den Fall, dass Sie diesen Gedanken bislang noch nicht hatten – was mich inzwischen ehrlich gesagt überraschen und enttäuschen würde.«

Lennard und Jens sahen sich gequält an.

»Aaaahh! Ja, das kam jetzt wie eine Drohung rüber, oder? Meine Güte, dafür habe ich wirklich ein Händchen, Sie müssen entschuldigen. Ich nehme mir das meistens gar nicht vor und bekomme es doch trotzdem immer wieder hin. Das kommt sozusagen automatisch«, erklärte der Dünne, während er mehrfach mit den Fingern schnipste und dabei lächelte, als hielte er gerade einen angenehmen Plausch mit guten Freunden.

Lennard holte tief Luft.

»Wir wissen, dass Sie für Andreas Osterloh arbeiten.«

»Wir wissen, wer Ihnen die Schwester genommen hat, und wir sind uns zu neunundneunzig Prozent sicher, dass wir im Besitz des Mordwerkzeugs sind.«

Harald hatte an dieser Stelle fest mit einer gewissen Euphorie bei Klöfkorn gerechnet, vielleicht auch mit Unglauben. Dass er vielleicht sogar erstmal vor allem schockiert sein könnte, hatte er ebenfalls eingepreist.

Martin hatte keine konkrete Erwartungshaltung in Hinsicht auf Klöfkorns Reaktion mitgebracht, aber dass es eine geben würde, war auch für ihn ausgemachte Sache.

Benno Klöfkorn widerlegte sie beide.

»Ist das so?«, grummelte er und klang vor allem genervt.

Harald glaubte nur ganz kurz, seine Schock-Theorie bestätigt zu sehen – aber der Mann war nicht schockiert. Das hätte anders ausgesehen. Viel eher schlug dessen ohnehin schon kaum verhohlen zur Schau gestellte Ablehnung nun in Feindseligkeit über. Er war in seinem Leben schon oft mit Verachtung konfrontiert worden, aber in diesem Blick lag etwas Anderes, etwas Neues. Es entsprach seiner Vorstellung von Hass. Nur, warum sollte dieser Mann sie hassen?

Martin schien das ähnlich zu sehen. Zumindest fühlte er sich genötigt, ein paar Dinge klarzustellen. Zuerst erklärte er Klöfkorn, woher sie den Hammer überhaupt hatten. Dann erzählte er ihm, wie zwei Mitglieder ihres Teams den Mann konfrontiert hatten, der den Hammer einst mutmaßlich bei Tiedemann hatte liegen lassen. Er schilderte die höchst verdächtige Reaktion des Mannes und schlussfolgerte, dass es kaum ein Zufall sein konnte, wenn unmittelbar nach der Konfrontation eines der Teammitglieder entführt wird, um die Herausgabe des Hammers zu erpressen.

Klöfkorn sah ihn böse an und sagte nichts.

»Verstehen Sie nicht? Das Leben eines weiteren Menschen steht auf dem Spiel. Unsere Freundin befindet sich in großer Gefahr!«

»Was geht mich eure Freundin an?«, fauchte Klöfkorn ungehalten, als wollte er auch nicht den leisesten Zweifel darüber aufkommen lassen, wie sehr ihm die beiden und ihr Anliegen egal waren. »Seiert mich nicht weiter voll und rückt endlich raus mit der Sprache, was ihr überhaupt von mir wollt.«

Harald und Jens sahen sich an und erkannten beim jeweils anderen dieselbe Ratlosigkeit, die sie auch selbst spürten. Der Mann verhielt sich nicht ansatzweise so, wie sie erwartet hatten.

Irgendwie hatte sich Angus heimlich in ihren Rücken bewegt. Lennard und Jens bemerkten das erst jetzt, als er plötzlich lauthals zu lachen anfing. Es war ein aus gleich mehreren Gründen bemerkenswertes Lachen. Jemandem, dessen Äußeres so gar nicht den Verdacht erweckte, er könnte ein chronischer Spaßvogel sein, traute man eine derartige Zurschaustellung von Heiterkeit erstmal nicht zu. Wenn so ein Mensch gewordener Grizzly dann aber doch mal lachte, erwartete man es tief und dröhnend. Ein sattes Hohoho oder Hahaha, mit derselben Wirkung auf den Solarplexus wie ein voll aufgedrehter Subwoofer, auf dem gerade Stoner Rock läuft. Dieser Mann lachte aber eher das relativ hohe Hihihi eines jungen Mädchens – und er hörte damit gar nicht mehr auf.

»Bha e gun cainnt. Tha iad seo nan draoidhean!«, japste er zwischendurch und zeigte dabei auf Armin.

»Tjaa ... Sie müssen entschuldigen, das ist mir wirklich sehr unangenehm. So richtig weiß ich gerade auch nicht, was in meinem irischen Freund ...«

»Fuck thu!«

»... gefahren ist. Normalerweise macht er sowas nicht – obwohl er tatsächlich über einen sehr erfrischenden Sinn für Humor verfügt, dem er sich, wie Sie ja gerade selbst sehen, nur schwer entziehen kann, wenn erstmal der richtige Knopf gedrückt wurde. Ich bin mir halbwegs sicher, dass das jetzt gerade nichts mit Ihnen zu tun hat, also lassen Sie sich von seinem Gegacker einfach nicht stören und fahren Sie fort. Sie wollten uns gerade etwas erzählen.«

»Ja – genau. Also, wir haben wie gesagt herausgefunden, dass Sie für Andreas Osterloh arbeiten. Unsere Hoffnung ist nun, dass es sich dabei nicht um echte Verbundenheit handelt, sondern dass Sie ... na ja, Söldner sind, die sich in den Dienst desjenigen stellen, der sie bezahlt.«

Angus gackerte immer noch und wischte sich mit seinen schenkeldicken Unterarmen die Tränen aus dem Gesicht.

Armin lächelte indes scheinbar milde, aber Lennard erkannte die Raubtier-Silhouette unter der freundlichen Fassade.

»Wir möchten Sie daher fragen, ob Sie sich vorstellen können, ab sofort für uns zu arbeiten oder ... na ja, zumindest nicht gegen uns.«


»Wir waren bei der Polizei. Schon wieder. Verstehen Sie? Nachdem die von uns bereits den entscheidenden Hinweis bekommen hatten, wo Ihre Schwester vergraben wurde, dachten wir, dass man uns zuhören und ernst nehmen würde, wenn wir melden, dass wir nun auch die Mordwaffe und den mutmaßlichen Täter im Fall Angelika Klöfkorn liefern können.«

»Hat man aber nicht«, knurrte Martin bitter. »Man hat uns quasi sofort zu Spinnern abgestempelt.«

»Wir haben denen erklärt, dass man nur wegen des Hammers unsere Freundin entführt hat und damit droht, ihr etwas anzutun, falls wir das Teil nicht rausrücken. Die wollten den aber trotzdem nicht. Die wollten uns nicht mal abkaufen, dass man unsere Freundin überhaupt entführt hat. Im Zuge dessen mussten wir dann sogar herausfinden, dass der Ehemann unserer Freundin das auch nicht glaubt. Die Polizei nimmt uns einfach nicht ernst, wohl aus Prinzip, wie ich inzwischen vermute.«

»Die verachten uns quasi«, ergänzte Martin.

»Genau. Darum hatten wir gehofft, dass zumindest Sie ...«

»Es reicht! Okay? Schluss jetzt! Meine Geduld ist aufgebraucht. Ich habe jetzt mehrfach gefragt, was ihr von mir wollt, aber statt zu antworten, kommt ihr mit diesem selbstmitleidigen Gelaber. *Buhu, wir sind so unglaublich auf Zack, aber die blöden Bullen und der ganze Rest der Welt erkennen das nicht.* Ich will den Scheiß nicht hören.«

Harald blinzelte fassungslos. Er hätte geschworen, dass sie dem Mann gerade begreiflich gemacht hatten, wie wenig noch fehlte, um den oder die Verantwortlichen für den Mord an seiner Schwester zur Verantwortung zu ziehen, aber diese Botschaft war offensichtlich noch immer nicht ins Ziel gegangen. Zum ersten Mal, seit die ganze HIRNI-Sache angefangen hatte, zog er ernsthaft in Erwägung, dass es tatsächlich an ihnen lag. Vielleicht waren er und die anderen ja wirklich nur weltfremde Spinner, die sich in eine selbstgebastelte Fantasie hineingesteigert hatten, um der Erbärmlichkeit ihrer Lebensrealität zu entfliehen. Das machte ihn sprachlos.

Nicht so Martin.

»Mit dem Hammer und der Aussage von den Entführern und Ihnen, dem Bruder des Opfers, muss die Polizei ihre Arroganz quasi runterschlucken und sich mit den Fakten auseinandersetzen. Das ist zumindest unsere Hoffnung. Nur darum geht es uns. Die beiden anderen aus unserer Gruppe versuchen deshalb gerade, die Entführer davon zu überzeugen, quasi die Seiten zu wechseln.«

Benno Klöfkorn zeigte nun zum ersten Mal eine Reaktion, die nicht Ablehnung, Ungeduld oder Hass war. Er schien ein paar Zentimeter zu schrumpfen und wurde blass.

»Würden Sie das bitte wiederholen?«, krächzte er.

»Unsere Kollegen sind gerade bei den Entführern und klopfen auf den Busch, ob die bereit wären, quasi die Seite zu wechseln. Die Schwierigkeit, die sich dabei wahrscheinlich ergeben wird, ist das liebe Geld. Wir vermuten, dass das Söldner sind, so dass wir ihnen mindestens so viel Geld bieten müssen, wie sie von Osterloh bekommen. Wahrscheinlich sogar etwas mehr. Egal, wie viel die haben wollen – wenn sie sich überhaupt drauf einlassen – es wird auf jeden Fall mehr sein, als wir haben. Da es uns jedoch darum geht, den Mord an Ihrer Schwester aufzuklären, und Ihre Familie bekanntermaßen sehr vermögend ist, hatten wir die Hoffnung, dass Sie unseren Plan quasi finanziell unterstützen würden.«

Martin bekam von Harald ein anerkennendes Nicken, was ihn sofort beflügelte.

»Natürlich auch mit Ihrer Reputation«, fügte er an. »Sie wissen schon, um die Polizei zum Umdenken zu bewegen. Dem Bruder der Toten wird man sicher nicht so leicht vor den Koffer scheißen. Erst recht nicht, wenn es ein Klöfkorn ist.«

Als ob ihn irgendetwas schwer getroffen hatte, taumelte Benno Klöfkorn langsam zurück und kippte wie ein gefällter Baum rücklings gegen den Türrahmen. Harald war unsicher, was ihn so aus dem Sattel gehoben haben könnte. Die Verwegenheit ihres Plans? Hatte dieser merkwürdige Typ wirklich erst jetzt begriffen, was sie ihm vorher alles erzählt hatten? Oder war sein merkwürdiges Verhalten vielleicht doch die Folge eines Schocks gewesen, der die Informationen nur tröpfchenweise zum Verstand durchgelassen hatte? Letzten Endes völlig egal. Hauptsache, er würde mitmachen.

»Ihnen geht's nicht gut, oder? Kann ich helfen?«, bot Harald an.

»Macht, dass ihr wegkommt. Sofort!«


Lennards Hosentasche machte Geräusche. Es war das Standard-Signal für eine neue WhatsApp-Nachricht. Dem ersten Impuls folgend, griff er nach dem Smartphone, um es herauszuziehen. Dann fiel ihm ein, dass er sich gerade am wohl entscheidenden Punkt eines nicht ganz unwichtigen Gespräches mit zwei gewaltbereiten Kriminellen befand, und er ließ die Hand wieder sinken.

Armin bedachte ihn mit einem abschätzenden Blick, linste kurz zur Hosentasche, an der sich die Konturen des Smartphones abzeichneten, sah ihm wieder ins Gesicht und lächelte versonnen.

»Sie wollen nicht nachsehen?«

»Ach ... doch, schon. Aber erst später, das kann warten.«

»Ist vielleicht wichtig«, spekulierte Armin.

Lennard war sich relativ sicher, dass er gerade einem Test unterzogen wurde. Er hatte nur leider kein Gefühl dafür, welchem Zweck der diente und was die richtige Reaktion war.

»Na, kommen Sie, sehen Sie nach, soviel Zeit muss sein. Vielleicht liegt ja Ihre Mutter im Sterben und will Sie noch ein letztes Mal sehen. Das würden Sie doch wohl nicht zugunsten einer Unterhaltung mit meinem Freund Angus und mir verpassen wollen.«

Meine Mutter ist kerngesund, aber schlagende Logik, du gerissener Scheißkerl, dachte Lennard.

Er holte das Smartphone hervor und sah aufs Display. Dann schaute er zu Jens.

»Eine Sprachnachricht von Harald«, murmelte er und sah zu Armin. »Äh ...«

»Na los, ich habe das ernst gemeint, machen Sie ruhig«, versicherte der, scheinbar unendlich verständnisvoll.

Lennard verunsicherte das, aber seine Neugierde war stärker, also hörte er sich die Nachricht an.

Armin nahm seinen Partner beiseite und besprach etwas mit ihm.

Eine gute halbe Minute später steckte Lennard das Handy wieder in die Tasche und sah sehr niedergeschlagen aus.

»Was sagt er? Wie ist es gelaufen?«, fragte Jens leise.

»Beschissen«, brummte Lennard matt. »Benno Klöfkorn ist wohl ein ziemliches Arschloch. Er hat sich von Beginn an feindselig verhalten, und was die beiden ihm zu erzählen hatten, interessierte ihn nicht die Bohne. Er schien sogar sauer auf sie zu sein, weil sie sich überhaupt mit dem Tod seiner Schwester beschäftigt haben. Folglich lehnt er auch jede Unterstützung ab. Er hat sie weggeschickt.«

Jens ließ enttäuscht den Kopf sinken.

»Schlechte Nachrichten, meine Herren?«

Lennard sah zu Armin. »Ja, ich ... ja, schlecht. Ich fürchte, unser Plan hat sich gerade in Luft aufgelöst, bevor wir überhaupt mit Ihnen über die Details sprechen konnten. Unsere Kollegen haben mir gerade mitgeteilt, dass Herr Klöfkorn uns nicht unterstützen wird.«

Jens boxte ihn auf den Oberarm.

»Aua! Was sollte das denn?«

»*Zu viele Details*«, zischte Jens, während er sich mit dem Rücken zu Armin und Angus drehte. »Wollten wir das nicht vermeiden?«

»Ach«, sagte Lennard und machte eine wegwerfende Geste. »Ist jetzt doch auch egal. Der Plan ist tot.«

»Ihre Kollegen waren bei Herrn Klöfkorn?«, fragte Armin und schien sich über irgendetwas zu amüsieren. »Bei *Benno Klöfkorn?* Dem Bruder der ermordeten jungen Frau?«

Lennard nickte frustriert.

»Und warum?«

Lennard sah zu Jens, aber den schien der schnelle und unangekündigte Wechsel von strenger Verschwiegenheit zu sorgloser Offenheit zu überfordern, so dass er vorerst keine Meinung mehr hatte.

»Um ihn zu überzeugen, dass er uns bei unserer Sache hilft. Sie wissen schon.«

Armins Lächeln wurde mehr und mehr von der Raubtierfratze übernommen.

»Nein, nicht so richtig. Erklären Sie es mir bitte.«

»Na ja, wir wollten seine finanzielle Unterstützung. Das Geld, das es gebraucht hätte, um Sie zukünftig für uns statt für Herrn Osterloh arbeiten zu lassen.«

»Aaaahh! Ja, *das* klingt plausibel. Jetzt verstehe ich. Und Herr Klöfkorn hat abgelehnt?«

Lennard nickte. »Entschieden. Obwohl ihm alles erklärt wurde. Wir hätten damit ja auch ihm geholfen«, klagte Lennard und seufzte. »Extrem ärgerlich. Ich verstehe das nicht.«

»Ich auch nicht so wirklich«, murmelte Armin und starrte anschließend eine Weile ins Leere.

»Würden Sie sagen, dass Sie sich vorstellen könnten, das Verhalten von Herrn Klöfkorn auf kurze bis mittlere Sicht noch verdächtig zu finden?«, wollte er schließlich von Lennard wissen.

Lennard sah ihn neugierig an.

»Ich finde das jetzt schon«, warf Jens Hand hebend ein.

Lennard hatte nur noch Augen für Armin, der sich nun keine Mühe mehr gab, das Raubtier mit dem Schafspelz zu verhüllen.

»Ich würde unseren Plausch gerne nach drinnen verlegen. Es gibt ein paar Dinge, die Sie noch nicht wissen, und ich halte es gerade für eine gute Idee, mein Wissen mit Ihnen zu teilen.«

Angus trat ganz nah an Armin heran und tuschelte mit ihm. Lennard konnte nicht verstehen, worum es ging, aber es klang nicht nach einem Disput und sah auch nicht danach aus.

»Wir sollten hier schleunigst verschwinden«, raunte Jens.

»Und was ist mit Marita? Willst du die einfach ihrem Schicksal überlassen?«

»Sind doch nur noch ein paar Stunden. Heute Nacht findet wie geplant die Übergabe statt, dann haben wir sie wieder.«

»Du glaubst doch nicht ernstha...«

»Meine Herren!«, rief Armin und wies auf die offenstehende Haustür. »Bitte.«

Lennard und Jens, beide leicht panisch, warfen sich einen verzweifelten Blick zu und rührten sich nicht. Lennard konnte sich nicht vorstellen, dass die beiden Verbrecher am helllichten Tag und mitten im Ort auf sie schießen würden, wenn er und Jens jetzt einfach losrannten. Er war bereit, es drauf ankommen zu lassen, und er hoffte inständig, dass sich dieser Impuls über irgendeinen telepathischen Kanal auf Jens übertrug.

Wenn diese Übertragung wirklich stattgefunden hatte, war sie leider beim Falschen gelandet, denn genau in diesem Moment richtete Angus eine Pistole auf die beiden.

»Rein!«, befahl er.

Instinktiv hob Lennard die Hände. Jens tat es ihm gleich.

»Nehmen sie die Hände runter. *Sofort!*«, zischte Armin und sah sich eilig um.

Die beiden gehorchten.

»Und jetzt ins Haus! Los!«

Lennard und Jens starrten sich mit weit aufgerissenen Augen an und bewegten sich noch immer nicht.

Angus lud die Pistole durch.


## Ist was?

Andreas Osterloh sah sich in dem Arbeitszimmer von Bennos Vater um, als wäre er ein Tourist, der schon unzählige verrückte Geschichten darüber gehört hatte und es nun endlich zum ersten Mal in seinem Leben von innen sehen durfte.

Obwohl sein Vater noch gar nicht tot war, hatte Benno den Raum inzwischen zu seinem Arbeitszimmer umgewidmet und scheute sich nicht, damit anzugeben. Ein wenig zu sehr, nach Osterlohs Geschmack, vor allem wenn man bedachte, dass es eigentlich nichts gab, was Benno wirklich gut konnte. Darüber hinaus schien er vorerst auch nichts verändert zu haben, soweit sich das feststellen ließ. Einzig das hölzerne Namensschild, an dem sein Vater so hing, hatte Benno weggeräumt.

»Seit dem Abend mit Wolfgang und deinem Alten ist das heute das erste Mal, dass ich wieder hier drin bin.«

»Ja, kann schon sein«, sagte Klöfkorn, als gäbe es zurzeit nichts, was ihn weniger interessierte als das.

Er hatte Osterloh einbestellt, um ihn über den Besuch der beiden HIRNIs zu informieren – natürlich mit einem Hintergedanken. Ohne einen Vorteil für sich rauszuholen oder Gefahr von sich abzuwenden, machte sich Benno Klöfkorn nicht die Mühe, anderen Menschen Informationen über aktuelle Entwicklungen angedeihen zu lassen, egal wie relevant sie waren.

»Ist was?«, fragte Osterloh.

Klöfkorn sah ihn ungeduldig und verständnislos an.

»Hast du mir gerade denn nicht zugehört? Oder ist dir einfach nicht klar, was jetzt deine Aufgabe ist?«

»Doch. Und nein.«

Klöfkorn schmiss sich mit theatralisch fliegenden Armen im Sessel seines Vaters zurück. Die unausgesprochene Botschaft lautete, dass es echt total nerven konnte, wenn man sich auf die Zusammenarbeit mit begriffsstutzigen Idioten eingelassen hatte.

»Du musst natürlich zu unseren beiden neuen Freunden gehen und in Erfahrung bringen, woran wir sind.«

Osterloh maß ihn eine Weile und zwang sich zur Ruhe.

»Muss ich das?«

Klöfkorn lehnte sich wieder vor. »Ja, unbedingt! Mich überkommt gerade ein wirklich mieses Gefühl, als ob die Dinge im Begriff sind, aus dem Ruder zu laufen.«

Osterloh zwang sich mit noch ein bisschen mehr Nachdruck zur Ruhe, ehe er darauf reagierte.

»Was genau erwartest du denn von mir? Und was befürchtest du überhaupt? Dass dieses HIRNI-Kasper-Ensemble es irgendwie geschafft hat, die beiden Arschlöcher umzudrehen?«

»Siehst du, genau das ist der Punkt!«, fuhr Klöfkorn auf. »Ich halte das tatsächlich für möglich. Dass das zwischen uns und den Blödmännern keine Liebesbeziehung ist, muss ich dir nicht erzählen. Die wissen, dass wir bereit waren, sie auszuknipsen. Die haben uns sozusagen mit den Hosen auf den Knöcheln beim Kacken erwischt. Sowas vergisst man niemals und hakt es auch nicht einfach ab.«

»Mein Kopf und mein Stolz haben das auch noch nicht vergessen«, murmelte Osterloh leise und berührte die Beule an seinem Hinterkopf. »Aber die HIRNIs haben denen doch nichts zu bieten. Die Typen sind nur auf Geld aus, das ist alles, was die interessiert, und das können sie nun mal nur von dir bekommen. Von den HIRNIs ist keiner reich.«

»Eben doch!«, rief Klöfkorn und schlug dabei mit der flachen Hand auf den Schreibtisch. »Jussi Heino ist reich. Wenn das alles stimmt, was ich so über ihn höre, ist er sogar um einiges reicher als ich. Das gilt dann automatisch auch für seine Frau.«

Im Moment gehört dir noch nicht mal der Stuhl, auf dem du gerade deinen Angeber-Arsch parkst, dachte Osterloh.

»Ich kann mir irgendwie nicht vorstellen, dass ausgerechnet Marita Heino zu einer Kooperation mit ihren Entführern bereit sein sollte. An ihrer Stelle wäre ich total sauer auf die«, sagte er stattdessen.

»Herrgott, wirst du da jetzt hingehen oder muss ich es wieder selbst machen?«, platzte es aus Klöfkorn heraus.

Wie ein Schlag auf die Patellasehne im Knie löste dieser Satz einen Reflex bei Osterloh aus, der ihn selbst überraschte: Er musste lachen. Lauthals. Er konnte nicht anders. Er ertappte sich sogar dabei, dass es ihm egal war, wenn es sich für Klöfkorn so verächtlich anhörte, wie es in seinen eigenen Ohren klang.

Der glotzte ihn reichlich verdutzt an.

»Was hat denn dieses Lachen zu bedeuten?«

»Oh, nichts. Gar nichts. Denk nicht weiter drüber nach.«

»Denk nicht drüber nach, am Arsch«, polterte Klöfkorn beleidigt. »Du willst mir damit doch was sagen. Oder? Na los, Klartext, trau dich.«

Osterloh wog nur ganz kurz ab. Im Grunde war das überfällig.

»*Muss ich es wieder selbst machen?* Wenn es anstrengend, unangenehm, gefährlich oder sogar hässlich werden könnte, suchst du dir jemanden, der es für dich macht. *Immer.* Es wäre buchstäblich das erste Mal, dass du dich zu echter Drecksarbeit herablässt.«

Klöfkorn starrte ihn sprachlos vor Entsetzen an.

Osterloh prustete. »Könntest du überhaupt mit einer Waffe umgehen, wenn du es müsstest? Sagen wir mal, wenn es so richtig ernst wird und dein Leben auf dem Spiel steht?«

»Du machst dich über mich lustig? Hältst du das für eine gute Idee?«

»Warum sollte ich's mir denn verkneifen?«

Klöfkorn schob das Kinn vor. Eine Geste, die man bei seinem Vater oft beobachten konnte, wenn der sauer war. Bei ihm ging dann auch eine wirklich bemerkenswert einschüchternde Wirkung davon aus. Bei Benno wirkte es peinlich, weil er die Geste einfach nur abgekupfert hatte. Das hatte ihm aber wahrscheinlich noch niemand gesagt. Osterloh hatte das zumindest immer vermieden.

»Wie wäre es mit Respekt?«

»Ha! Respekt, ja, natürlich. Du meinst wahrscheinlich die Art Respekt, die ein Rangniederer vor seinem Lehnsherren haben sollte, nicht wahr?«

Klöfkorn zog Augenbrauen und Schultern hoch. »Wenn du es schon selbst so ausdrückst.«

»Ich *wusste*, dass du so denkst. Du bist ein arroganter Spinner wie aus dem Lehrbuch, genau wie dein Bruder. Ihr beiden habt viel mehr gemeinsam, als du dir selbst immer wieder einredest.«

Osterloh stand auf.

»Nimm zur Kenntnis, dass du diese Sichtweise exklusiv für dich alleine hast. Du bist keinesfalls mein Lehnsherr oder mein Vorgesetzter oder was auch immer du von oben herab für mich zu sein glaubst. Wir haben diese Aufteilung in unserer Zusammenarbeit nur, weil du gar nicht in der Lage wärst, jemanden auszuschalten. Dafür braucht man eine ganz spezielle innere Härte, die du einfach nicht hast. Du magst intelligent sein, aber hart bist du nicht.«

Klöfkorn stand nun ebenfalls auf und stützte sich mit durchgestreckten Armen auf dem Schreibtisch ab, um sich Osterloh entgegenzulehnen.

»Ach nein? Darf ich dich daran erinnern, dass ich derjenige war, der anderthalb Jahre im Gefängnis gesessen hat? Und zwar, weil ich es genau so wollte.«

Das brachte Osterloh erneut zum Lachen.

»Na klar«, bestätigte er und stützte sich nun ebenfalls auf dem Schreibtisch ab. »Dann darf ich dich aber auch daran erinnern, wie oft du völlig verzweifelt rumgeheult hast, dass du es keinen Tag länger in dieser Hölle aushältst. Ja? Das erste Mal übrigens nach nicht mal einer Woche Haft.«

Schweigen.

Beide Männer hatten einen leichten Blutüberschuss im Kopf und starrten sich finster an, während ihre Nasenspitzen nur wenige Zentimeter voneinander entfernt waren.

»Sind wir jetzt fertig mit dem Scheiß?«, fragte Klöfkorn.

»Kommt drauf an, ob du deine Arroganz in den Griff bekommst«, erwiderte Osterloh.

»Ich ... arbeite dran. Unterdessen sei so gut und fahr zu den beiden Pissern, um nach dem Rechten zu sehen. Tu einfach so, als würdest du ihnen erzählen wollen, dass ich Besuch von ein paar HIRNIs hatte. Oder lass dir von mir aus was anderes einfallen, wenn dir das als Aufhänger zu blöd ist. Ich bitte dich darum. Okay?«

## Finale, oder?

Für Außenstehende sah es auf den ersten Blick harmlos aus. Lennard, Jens, Harald und Martin saßen auf einem dunkelbraunen Sofa und zwei Sesseln aus Kunstleder, die um einen Couchtisch aus massiver Eiche angeordnet waren. Auf dem Tisch standen, neben einem Deko-Element mit Sand, polierten Steinen und getrockneten Ästchen in einer Art Holztablett mit Rand, eine Schale mit Gummibärchen und ein Glas mit Salzstangen. Fehlten nur noch ein paar Getränke.

Es war aber nicht harmlos. Ganz und gar nicht.

Das lag vor allem an den Gastgebern der HIRNI-Männer, wobei der Begriff Gastgeber genauso unzutreffend war, wie der harmlose Anschein. Armin und Angus hatten die Kontrolle über sie übernommen, hatten sie in ihrer Gewalt. Selbst wenn die vier vereint den Kampf gesucht hätten, wäre Angus ohne jede Hilfe von Armin mit ihnen fertiggeworden. Daran zweifelte keiner, auch Angus nicht. Und nur weil Armin nicht so existenzbedrohend aussah wie sein Partner, musste das nicht bedeuten, dass er nicht auch über ein paar eklige Nahkampf-Skills verfügte. Letztlich war das aber gar nicht von Belang, denn beide waren auch noch bewaffnet, wohl um auch den zartesten Ansatz eines Mütchens in den Reihen ihrer Gefangenen sofort zu kühlen. Nachvollziehbar, aber überflüssig, denn keiner von ihnen hätte an diesem Punkt der Geschichte den Mut aufgebracht, das Schmieden eines Fluchtplans für eine Idee mit Potenzial zu halten. Niemand von ihnen war jemals in einer Situation gewesen, in der andere Menschen ihre körperliche Unversehrtheit ernsthaft bedrohten. Harald konnte es nicht mal ertragen, sich Filme anzusehen, in denen skrupellose Aggressoren wehrlosen Opfern mit der Androhung oder Ausübung von Gewalt ihren Willen aufzwängen. Bei einem Versuch, sich zu desensibilisieren – Pulp Fiction, vom Anfang bis zum bitteren Ende – hatte ihn das so aufgeregt, dass er sich mehrfach beinahe übergeben musste und für die folgenden drei Tage nicht mehr aus dem Haus traute.

Dass aus einer halb freiwilligen, halb harmlosen Unterhaltung überhaupt eine komplett unfreiwillige und ernsthaft bedrohliche Angelegenheit mit echten Waffen und bösen Blicken hatte werden können, in die Harald und Martin dann auch noch mit hineingezogen wurden, war die Schuld von Jens. Er hatte ohne Not und ohne nachzudenken verraten, dass die HIRNIs wegen des Hammers und der Entführung schon bei der Polizei gewesen waren. Lennards Entsetzen war als Konsequenz noch das kleinste Übel gewesen. Der Zorn von Armin und das daraus folgende Ultimatum, den Rest der Truppe umgehend ins Haus einzubestellen, wenn sie nicht eine Runde mit Angus drehen wollten, wog eindeutig schwerer.

Während Martin grundsätzlich froh war, wieder mit Lennard vereint zu sein, war Harald sauer auf ihn. Er war ihr Anführer, außerdem älter und intelligenter als Jens, also trug er auch die Verantwortung für dessen Dusseligkeit.

»Ich hätte wirklich nicht übel Lust, euch sofort zu exekutieren, ihr scheiß Petzen«, fauchte Armin, während er vor dem großen Fenster zur Straße hin- und herlief.

Lennard hatte geglaubt, dass an Armin nichts furchteinflößender sein könnte, als dessen Maske der schon fast penetrant freundlichen Gelassenheit. Inzwischen wusste er, dass er sich geirrt hatte.

»Was hätten wir denn sonst machen sollen?«, fragte er.

Armin flog eine spontane 90-Grad-Kampfkurve auf Lennard zu, bis die Mündung der vorgehaltenen Waffe nur noch wenige Zentimeter vor dessen Stirn schwebte.

»Willst du mich verarschen, Mann? Was ihr hättet machen sollen?« Er spannte den Hahn. »Das stand *absolut unmissverständlich* in der Nachricht, die ihr alle erhalten habt. Inklusive der Konsequenzen, wenn ihr euch nicht dran haltet.«

Lennard spürte sein Herz pochen. Seine volle Blase pochte im gleichen Takt mit. Himmel, er wollte auf gar keinen Fall mit einer vollgepissten Hose abtreten. Er wollte natürlich überhaupt nicht abtreten, zumindest jetzt noch nicht. Vor allem wollte er aber in den möglicherweise letzten Momenten seines Lebens kein elender Feigling sein.

»Wollen Sie uns denn weismachen, dass Sie den Hammer genommen und uns unsere Freundin zurückgegeben hätten? Einfach so? Thema durch?«

Armin ließ die Waffe etwas sinken. »Nun ...«

» Chunnaic e troimhe thu«, murmelte Angus und kicherte wieder sein Mädchenkichern.

In der folgenden Phase des Schweigens warfen sich die HIRNIs unbehagliche Blicke zu. Jeder von ihnen hatte begriffen, wie die Reaktion von Armin zu interpretieren war.

»Dieser unsägliche Hammer ist doch sowieso der allergrößte Schwachsinn. Als ob das Teil ernsthaft zwei Jahre lang einfach nur so rumlag und nie angefasst wurde. Ich will gar nicht wissen, wessen Fingerabdrücke man da mittlerweile so alle drauf findet. Und ich bezweifle, dass es überhaupt noch verwertbare Blutspuren gibt. Der Typ, von dem Sie den Hammer haben, ist ein im ganzen Ort bekannter Trinker, sagten Sie?«, fragte Schnauzbart an Jens gewandt.

»N... nein, so habe ich das nicht gesagt. Er trinkt gerne mal ein paar Bierchen mit den Männern aus der Nachbarschaft, das waren meine Worte. In etwa. Und ja, er hat behauptet, den Hammer zwei Jahre lang nicht angefasst und sogar extra vor seiner Frau versteckt zu haben. Weil er so ein Gefühl hatte, als ob das Ding nochmal irgendwie wichtig werden könnte.«

»Und das glauben Sie ihm?«

»Was soll ich sagen? Um sich so etwas auszudenken, fehlt ihm meiner Meinung nach die Fantasie«, antwortete Jens und zuckte mit den Schultern. »Er ist nicht gerade das schärfste Messer im Besteckkasten.«

Die anderen HIRNIs nickten wissend.

»Also ja, ich glaube ihm.«

»Wir alle«, ergänzte Lennard. »Wir würden hier jetzt ja gar nicht sitzen, wenn wir es für Quatsch gehalten hätten.«

»Hmm«, brummte Armin und kratzte sich mit dem Handgriff der Pistole am Kopf. »Demnach wäre Benno Klöfkorns Verlangen nach dem Hammer also gar nicht so absurd, wie ich bisher dachte«, murmelte er nachdenklich.

Die HIRNIs warfen sich irritierte Blicke zu.

»Sie meinen Osterloh«, verbesserte Martin.

»*Osterloh!*«, rief Armin.

Er sah zu Angus und sie fingen beide an zu kichern.

»Oh Mann. Klar, der will ihn erst recht zurückhaben, dieser beschissene Anfänger.«

Die beiden Gangster kicherten weiter, Angus intensiver als Armin, der die Gruppe aufmerksam beobachtete.

»Aaaahh, hehehe, ihr habt das noch immer nicht begriffen, oder?«

Harald, Jens und Martin sahen zu Lennard, aber der machte ebenfalls einen verwirrten Eindruck.

»Ha! Ihr seid mir schöne Kriminalisten. Dann werde ich die Herren mal aufklären«, kündigte er an und sah zum immer noch glucksenden Angus. »Was meinst du?«

Der Schotte winkte gleichgültig ab.

»Osterloh hat Klöfkorns Schwester umgebracht, da liegt ihr richtig. Er war aber nur das ausführende Werkzeug. Der Plan zu dem ganzen Bohei stammt von Benno Klöfkorn. Die beiden arbeiten zusammen.«

Schweigen.

»Unmöglich«, hauchte Harald.

Armin grinste zufrieden. »Der Typ war sogar so stolz auf seinen Plan, dass er damit unbedingt vor anderen angeben musste. Das ist in einem normalen Umfeld schon eine furchtbare Idee. Der einfältige Benno saß aber gerade im Knast – was übrigens Bestandteil des Plans war – als ihn dieses Verlangen überkam. Man muss nicht schon wer weiß wie oft gesessen haben, um sich denken zu können, dass es Themen gibt, über die man mit anderen Kriminellen nicht spricht, das kann ich euch versichern.«

Ungläubige Blicke hefteten sich an Armin.

»Dann musste Angelika Klöfkorn sterben, weil ihr eigener Bruder das so wollte? Verstehe ich das richtig?«

Armin lächelte mitleidig.

Für ein paar Minuten sprach niemand mehr. Armin stellte sich wieder vors Fenster und beobachtete alles, was am Haus vorbeiging oder -fuhr, während Angus stumm in einer Ecke stand, die Pistole hinter den Gürtel geklemmt, und mit scheinbar unerschöpflicher Geduld die HIRNIs im Auge behielt.

»Darf ich Ihnen eine Frage stellen?«, sagte Lennard laut.

Armin drehte sich um.

»Arbeiten Sie jetzt denn noch für … *die*? Oder könnten Sie sich vorstellen, ihre Loyalität zu denen aufzugeben?«

Armin sah zu Angus. Dessen Miene blieb unbewegt.

»Das habe ich noch nicht entschieden. Ich war schon fast so weit, aber dann musste ich erfahren, dass ihr bei der Polizei wart, um sie uns auf den Hals zu hetzen.«

»Die uns nicht ernst genommen hat«, gab Lennard zu bedenken.

»Sonst wären wir ja gar nicht erst zu Ihnen gekommen«, sekundierte Jens.

»Sie können uns doch nicht vorwerfen, dass wir versucht haben, das einzig Richtige zu tun.«

»Oho! Ich mahne zur Vorsicht, Herrschaften«, warnte Armin mit heiligem Ernst und bewegte sich wieder auf Lennard zu. »Das war ein etwas gedankenloser Umgang mit einer so definitiven Formulierung. Nach meiner Erfahrung und Überzeugung ist das immer eine Frage der Perspektive. Was für Sie das einzig Richtige ist, muss sich nicht automatisch mit meiner Definition davon decken. Oder mit der Polizei, um es an einem für Sie vielleicht greifbareren Beispiel festzumachen.«

»Abseits vom Konfliktpotenzial unterschiedlicher Perspektiven fände ich es übrigens besser, wenn Sie unsere Freundin jetzt herholen würden«, mischte sich Harald ein. »Sie gehört zu uns, und wenn wir jetzt ohnehin alle Ihre Gefangenen sind, kann sie doch ebenso gut auch hier bei uns sein.«

»Ich habe noch nicht entschieden, was ihr seid. Bis es so weit ist, bleibt Frau Heino genau da, wo sie sich gerade befindet«, beschied ihn Armin.

»Was steht Ihrer endgültigen Entscheidung im Weg, wenn ich fragen darf?«, hakte Lennard nach.

Armin senkte den Blick und sah sehr nachdenklich aus.

»Mein Bauch«, meinte er schließlich. »Natürlich auch mein Partner, aber der ist noch nie in Opposition zu mir gegangen, egal wie unvernünftig meine Entscheidungen auch waren.«

»Darf ich Werbung für uns machen?«

»Werbung!«, rief Armin und musste lachen. »Bedenken Sie, dass Sie versehentlich etwas sagen könnten, was Sie endgültig *gegen* mich einnimmt, obwohl Sie der festen Überzeugung sind, das einzig Richtige zu tun. Ich kann ganz schön kompliziert sein. Fragen Sie Angus.«

Der Schotte nickte kaum merklich.

Erneutes Schweigen breitete sich bei den HIRNIs aus.

»Ein Beispiel«, brummte Armin und wirkte nun irgendwie ungeduldig. »Ich nehme es übel, wenn keiner meinen Sinn für Humor würdigt, obwohl ich gerade einen Begriff benutzt habe, von dessen Verwendung ich wenige Minuten zuvor noch abriet.«

Lennard blinzelte.

»Die Präsenz von Schusswaffen lässt dafür aber auch nicht die richtige Stimmung aufkommen«, brachte Harald zur Verteidigung an.

»Das kann ich bestätigen«, stimmte Jens zu.

»Herrje! Seht ihr, Zimperlichkeit nimmt mich auch ganz entschieden *gegen* Menschen ein, selbst wenn sie mir bis dahin noch sympathisch gewesen waren«, meckerte Armin.

»Was ist jetzt mit der Werbung in eigener Sache?« erinnerte Lennard.

Armin sah ihn nur genervt an.

»Gut, ich habe kein Nein gehört. Also, ich vermute, dass ein wesentlicher Faktor für Ihre Unentschlossenheit, ob Sie sich uns zuwenden oder zumindest von Klöfkorn und Osterloh abwenden, die Gefahr des Ausbleibens einer angemessenen finanziellen Vergütung sein dürfte. Ich verstehe das, Sie hatten Ihre Auslagen und natürlich auch einen Erlös für den ganzen Aufwand im Sinn. Nun die Lösung: Ich würde behaupten wollen, dass unsere Freundin Marita nicht nur nichts dagegen, sondern sogar ein heimliches Vergnügen daran haben würde, wenn man von ihrem sehr vermögenden Mann eine größere Summe verlangt.«

Die Art, wie Armin Lennard nun ins Visier nahm, interpretierte der als aufgeschlossen nachdenklich.

»Sie sprechen von einem Lösegeld«, sagte er langsam.

»Ganz genau«, bestätigte Lennard.

»Läuft es nicht so bei den beiden?«

Die HIRNIs sprachen verschiedene Versionen von „Oh Gott, nein!" wild durcheinander.

»Warum sollte er dann für sie zahlen?«

Schweigen.

»Na ja, er ist doch immerhin immer noch … ihr …«

Harald verstummte.

»So eine blöde Scheiße!«, fluchte Jens.

»Kann man wohl sagen. Direkt peinlich«, murmelte Martin.

Erneutes Schweigen.

»Okay, ich habe noch eine Alternative. Wie wäre es, wenn ich ein Gemälde für Sie fälsche?«, fragte Lennard und beendete damit die beschämte Stille.

Alle starrten ihn an.

»Es gäbe da ein paar Bilder von namhaften Künstlern, über deren Verbleib in der Kunstszene schon seit ewigen Zeiten wild spekuliert wird. Das kommt jetzt vielleicht falsch rüber, aber ich bin wirklich, *wirklich* gut im Fälschen. Sie könnten das dann zu einem vernünftigen Preis auf dem Schwarzmarkt verkaufen, an jemanden mit möglichst viel Geld und möglichst wenig Sachverstand. Ich kann Ihnen Kontakte vermitteln, über die Sie dann mit den potenziellen Käufern in Verbindung treten würden. Bei den Verhandlungen würde ich Sie auch noch beraten, wenn gewünscht.«

»Hmmm«, brummte Armin nachdenklich. In seiner Stimme lag Skepsis, aber seine Miene strahlte Interesse aus.

»Das wäre allerdings ein Feld, auf dem wir uns bislang noch gar nicht bewegt haben.«

»Es gibt doch für alles ein erstes Mal!«, verkündete Martin aufmunternd.

Das rückte ihn kurz ins Zentrum verständnisloser Aufmerksamkeit.

»Was denn? Das hat mein Vater immer zu mir gesagt«, verteidigte er sich kleinlaut.

»Mal angenommen, mein Bauch rät mir, ausschließlich nach Sympathie zu entscheiden. Das würde die beiden Schwachköpfe vom Team Klöfkorn hoffnungslos schlecht dastehen lassen. Ich denke, da sind Sie inzwischen schon von selbst drauf gekommen. Sie müssen aber bedenken, dass die beiden damit noch nicht aus dem Spiel wären. Die wollen immer noch den Hammer, und wenn mein Partner und ich ihnen dabei nicht mehr zur Hand gehen, holen sie sich die Hilfe woanders. Benno Klöfkorn will das Erbe seines Vaters antreten. Seine Geschwister hat er schon aus dem Weg geräumt. Sein Vater ... nun ja, da fehlt auch nicht mehr viel. Alles, was ihm noch im Weg steht, seid ihr. Weil ihr den Hammer habt. Darum muss ich jetzt von euch wissen, wie ihr weiter vorzugehen gedenkt, um diese Gefahr zu eliminieren. Und bevor ihr antwortet, müssen zwei Punkte vollkommen klar sein: Wir werden nicht mit der Polizei sprechen, um eurer Geschichte mehr Glaubwürdigkeit zu verleihen und euch so vielleicht den Arsch zu retten. Wir sprechen niemals mit der Polizei.«

Armin suchte der Reihe nach den Blickkontakt zu jedem einzelnen HIRNI. Keiner wich aus.

»Was ist der zweite Punkt?«, wollte Harald wissen.

»Mal angenommen, es läuft nicht alles so, wie ihr euch das wünschen würdet, speziell mit den Bullen. Ihr seid also richtig verzweifelt und habt das Gefühl, dass ihr nur noch eine Möglichkeit habt, um bei denen Boden gutzumachen, indem ihr sie mit Hinweisen zu uns und unserer Rolle in dieser unglücklichen Geschichte versorgt.«

Armin sah zu seinem Partner. Der schloss die Augen, legte den Kopf in den Nacken und drehte ihn sanft hin und her, während er gleichzeitig seine Schultern abwechselnd nach hinten kreisen ließ. Die Choreografie seiner Muskeln war sehr beeindruckend.

»Macht das lieber nicht.«


Osterloh schwitzte wie das sprichwörtliche Schwein, presste sich das Smartphone ans Ohr und starrte mit einem ganz miesen Gefühl zur Straße. Warum ging der Penner jetzt nicht ran?

»*Und?*«, meldete sich Klöfkorn endlich.

»Du hattest recht, das läuft hier gerade *voll* aus dem Ruder!«, presste Osterloh gedämpft hervor.

Eigentlich war ihm nach Schreien zumute, aber das konnte er sich gerade aus zweierlei Gründen nicht leisten.

»Inzwischen sind alle HIRNIs hier, bis auf die Frau. Keine Ahnung, ob die beiden Scheißkerle sie noch irgendwo als Faustpfand gefangen halten. Die sind jedenfalls drauf und dran, uns fallen zu lassen. Im Grunde haben sie's schon.«

Kurzes Schweigen am anderen Ende.

»*Haben sie das gesagt?*«

»Noch nicht so direkt. Aber dass die uns nicht mögen, ist ja kein Geheimnis. Aus irgendeinem Grund scheinen sie aber diese Kasper-Truppe zu mögen. Friedrichsen hat ihnen gerade angeboten, ein Gemälde für sie zu fälschen, das sie dann auf dem Schwarzmarkt verkaufen können, um so doch noch ihren Schnitt zu machen, und der Schwätzer hat Interesse. Er hat sie vor uns gewarnt. Er hat sie auch davor gewarnt, die Polizei mit Hinweisen über sie zu versorgen, aber grundsätzlich scheint er ihnen zu trauen. Das sagt doch alles. Ich glaube übrigens, dass er sich entschieden hat, sie gleich wieder gehen zu lassen.«

»*Fuck! Das darf nicht passieren, Mann! Wo bist du jetzt?*«

»Ich hocke unter dem großen Fenster zur Straße. Mich kann hier jeder sehen, der an dem Haus vorbeigeht oder -fährt. Würde mich also nicht wundern, wenn hier gleich auf Geheiß eines besorgten Bürgers die Polizei auftaucht«, keuchte Osterloh leicht panisch.

»*Das darf auch nicht passieren!*«

»Das weiß ich selbst! Aber wenn ich mitkriegen will, was da drinnen abgeht, habe ich keine andere Wahl.«

»*Scheiße!*«, schrie Klöfkorn voll verzweifeltem Zorn.

»Was soll ich jetzt machen?«

Schweigen. Osterloh hörte seinen Partner nur laut atmen.

»Bist du noch da?«

»*Lass mich, Mann. Ich überlege.*«

Schweigen.

»*Bist du bewaffnet?*«

»Ts, ich fahre doch nicht unbewaffnet zu den beiden Kaputten.«

»*Schalldämpfer?*«

»Ja.«

»*Gut. Bleib, wo du bist! Lausch weiter! Bin gleich bei dir.*«

»O... okay. Und dann?«

»*Keine Ahnung, überlege ich mir auf dem Weg. Halte durch!*«


Armin hatte sich den HIRNIs unterdessen als Armin vorgestellt und saß nun neben Lennard auf dem Sofa, vertieft in ein Gespräch zu gefälschten Kunstwerken. Er hatte Informationsbedarf. Was für eine Klientel das war, die da als Käufer infrage kam, wie viel Zeit es vom ersten Pinselstrich bis zum Eingang des Geldes in Anspruch nehmen würde, und – ganz wichtig – über was für Summen sie da überhaupt sprachen.

»Das hängt von vielen Faktoren ab. Von der Größe des Gemäldes, vom Künstler natürlich, der ist wesentlich, von dem Käufer beziehungsweise von dessen Gier, vom Ausmaß seiner Unwissenheit und noch von ein paar anderen Dingen.«

Angus trat an Armins Seite und hielt ihm stumm ein Handy vor die Nase.

»Sie müssen sich darüber im Klaren sein, dass Sie nicht den Preis bekommen, zu dem das echte Gemälde offiziell gehandelt werden würde.«

Armin nahm das Handy an sich. Seine Miene wurde nun sehr ernst und es sah so aus, dass seine Aufmerksamkeit gerade vollständig von Lennards Ausführungen zum Inhalt des Handydisplays gewechselt war.

»Äh, und wir müssen natürlich eine gute Geschichte parat haben. Äh … es braucht einen …«

Armin stand auf.

»Ganz normal weiterreden«, raunte er Lennard leise zu und schlich sich vorsichtig in Richtung Fenster.

Als Lennard nicht gleich reagierte, machte er eine kreisende Bewegung mit der rechten Hand.

»Okay. Also, die Geschichte muss wie gesagt unbedingt einen illegalen Touch haben, der erklärt, warum das Bild nicht ganz normal verkauft wird, zum Beispiel über eine Auktion.«

Armin sah aus dem Fenster, stellte sich dabei sogar auf die Zehenspitzen. Er schien nach etwas Ausschau zu halten, das er unterhalb des Fensters vermutete.

»Wir sollten keinesfalls davon ausgehen, dass der potenzielle Käufer generell naiv ist, nur weil er nicht den Sachverstand hat, eine Fälschung als solche zu erkennen«, fuhr Lennard fort. »Ich kann mit einigem Stolz sagen, dass sich die meisten ausgewiesenen Experten an meinen Replikaten die Zähne ausbeißen dürften.«

Armin sah zu Angus und nickte ihm zu, woraufhin der Schotte sofort den Raum verließ.

»Was ist denn plötzlich los hier?«, wollte Jens wissen.

Armin brachte ihn zum Schweigen, indem er ihn mit aufgerissenen Augen ansah und sich mit dem aufgerichteten Zeigefinger mehrfach auf den Mund schlug.

»Kann ich mir den Künstler denn aussuchen?«, fragte er Lennard mit etwas zu viel Lautstärke.

»Äh, ja, grundsätzlich schon – mit Einschränkungen. Es muss einer von denen sein, aus deren Gesamtwerk eines oder mehrere Bilder vermisst werden.«

»Ah, schau an. Ja, wenn man so drüber nachdenkt, leuchtet das ein«, sagte Armin, nun mit normaler Lautstärke, dafür arg gestellt. »Sind denn auch ein paar Impressionisten dabei? Ich verstehe wirklich gar nichts von Kunst, aber jedes Mal, wenn ich vor einem Monet oder einem van Gogh stehe, wird wie aus heiterem Himmel in einem Teil von mir das Licht angeknipst, in dem es ansonsten dunkel und leblos ist.«

Während Lennard ihn überrascht anstarrte, kam es ganz in der Nähe zu einem Wortwechsel. Eine Stimme, tief, ruhig und bestimmt, die von allen als Angus identifiziert werden konnte. Die andere Stimme, laut und aggressiv, kannten nur Armin und Jens.

»Zuhören!«, befahl Armin den HIRNIs plötzlich mit scharfer Stimme. »Dieser Osterloh, über den wir vorhin gesprochen haben, er ist hier. Wie es scheint, ist er auf dem Kriegspfad. Zumindest behauptet das Benno Klöfkorn. Er hat uns gerade geschr...«

Ein dumpfes Zischen unterbrach ihn. Das gleiche Geräusch erklang kurz darauf noch zweimal schnell hintereinander.

Armin blieb ruhig und konzentriert. Er holte die Pistole wieder hervor, die er sich erst wenige Minuten zuvor unter seinem schwarzen Pullover in den Hosenbund gesteckt hatte.

»Und wie es scheint, hat dieser kleine Mann tatsächlich die Wahrheit gesagt«, grummelte er halb ungläubig.

Er ließ mit schnellen Bewegungen das Handy in die Hosentasche gleiten, holte gleichzeitig einen Schalldämpfer daraus hervor und schraubte ihn auf die Waffe.

»*Fallen lassen!*«

Alle Köpfe drehten sich zum Durchgang in den Flur. Osterloh stand dort, eine Pistole mit Schalldämpfer im Anschlag. Seine Miene zeugte von großer Wut oder starken Schmerzen. Der langsam wachsende Blutfleck an seiner linken Schulter, mit dem sichtbaren Einschussloch in dessen Mitte, war ein starkes Indiz für die Schmerz-Theorie.

»Die Waffe fallen lassen! Na los! Dein Freund wollte gerade auch nicht hören und das ist ihm schlecht bekommen.«

Lennard sah Armin dabei zu, wie der mit langsamen Bewegungen seine Pistole auf dem Boden ablegte und zwei Schritte von ihr wegtrat. Wenn Osterlohs Behauptung Sorgen um den Zustand seines Partners in ihm ausgelöst hatte, ließ er sich das nicht anmerken. Stattdessen lächelte er auf die für ihn typische Weise.

»Wenn Sie den heutigen Abend noch erleben und dann vielleicht sogar noch den Kopf dafür haben, die Ereignisse des heutigen Tages vor Ihrem inneren Auge nochmal ablaufen zu lassen, wird Ihnen die

Frage, ob es nicht besser gewesen wäre, Ihre Aktionen vor der Umsetzung bis zum Ende durchzudenken, schwer zu schaffen machen. Das prognostiziere ich Ihnen, und ich würde einen größeren Geldbetrag darauf wetten, dass …

»Halt einfach dein Maul, du beschissener Laberkopf!«, schrie Osterloh. »Du weißt ganz genau, dass es da nichts durchzudenken gab, nachdem du mir deine schottische Geliebte auf den Hals gehetzt hast.«

Armin verdrehte die Augen und wog den Kopf mit leichter Theatralik. »Nun, *das* …«

»*Maul!*«, schrie Osterloh und feuerte Armin vor die Füße.

Das war der Moment, in dem das Gefühl akuter Lebensgefahr für die HIRNIs so realistisch wurde wie nie zuvor in ihrem Leben. Jeder von ihnen grub die Hände in die Armlehnen oder in das Sitzpolster, war angespannt wie eine Bogensehne und hin- und hergerissen zwischen den Impulsen „nichts wie weg hier“ und „jetzt bloß nichts Blödes machen“. Lediglich Lennard wirkte etwas gelassener als die anderen drei, weil er aufrichtig fasziniert war, wie gut so ein Schalldämpfer tatsächlich funktionierte.

»Entspannen Sie sich«, redete Armin beruhigend auf Osterloh ein und hob seine Hände halbherzig auf Schulterhöhe. »Benutzen Sie Ihr Hirn. Wollen Sie uns alle umbringen? Und dann heimlich die Leichen verschwinden lassen? Nach Abgabe mehrerer Schüsse? Am helllichten Tag? Mitten in einem kleinen Ort wie Sparrieshoop, wo jeder ein Anrecht zu haben glaubt, genau wissen zu müssen, was beim Nachbarn gerade vor sich geht? Sie kämen aus der Nummer nicht mehr raus, mein Freund.«

»Das werden wir gleich sehen, Benno ist jeden Moment hier. Außerdem bin ich nicht ihr Freund«, fauchte Osterloh.

Armin sah zu Lennard.

»Er sagt, dass Herr Klöfkorn gleich hier sein wird.«

Lennard nickte. »Hab's gehört. Etwa, um ihn zu retten?«

Armin zuckte mit den Schultern. »Das scheint er anzunehmen.«

Osterlohs Fratze des Schmerzes wurde verbissener und die Waffe in seiner Hand begann zu vibrieren. Man sah, dass er die Zähne zusammenbiss, aber letztlich entfuhr ihm doch ein lautes Ächzen.

»Sieht aber irgendwie nicht danach aus, dass er bis dahin überhaupt durchhält«, mutmaßte Lennard.

»Ja, das kann ich mir auch nicht vorstellen. Selbst wenn sein vermeintlicher Freund wirklich vorgehabt hätte, ihm zur Hilfe zu eilen, würde er bis dahin doch längst zusammengeklappt sein.« Armin griff in seine Hosentasche. »Hören Sie mir zu! Ich kann Ihnen zeigen ...«

Ob Osterloh nur einen weiteren Warnschuss vor Armins Füße abgeben wollte, um ihn unter Kontrolle zu halten, sollte viel später noch Gegenstand angeregter Diskussionen werden. Fakt war, dass der Schuss in Armins Oberschenkel ging.

Den riss es sofort von den Beinen. Sein Handy, das er gerade hervorholen wollte, fiel dabei geräuschvoller zu Boden als er selbst. Er blieb auf der Seite mit dem unversehrten Bein liegen und starrte eindeutig schockiert auf das Loch in seiner Hose.

»War es das wert?«, schrie Osterloh wie ein Verrückter.

Er zielte immer noch auf Armin und wankte langsam auf ihn zu.

»Ihr ewiges scheiß Gequatsche?«

Armin war leichenblass und brachte keinen Ton mehr hervor.

»Er wollte Ihnen doch nur etwas zeigen«, empörte sich Lennard. »Kurz bevor Sie hier auftauchten und mit dem Schießen anfingen, wurde er genau davor gewarnt, und zwar von Ihrem Freund Benno.«

Osterloh riss die Waffe herum und zielte auf Lennard.

Der sah, dass dessen Zittern immer schlimmer wurde, und war sich nicht sicher, ob das gut oder schlecht für ihn war.

»Wollen Sie in die Fußstapfen von diesem Klugscheißer treten? Ja?«, brüllte Osterloh wie von Sinnen. »Finden Sie das klug? Halten Sie sich für gerissen? Halten Sie mich für dumm?«

Lennard blinzelte ihn entsetzt an.

»Wollen Sie auch 'ne Kugel?«

»Lennard, sag jetzt nichts Dummes«, beschwor Harald seinen Freund, weil er erkannt zu haben glaubte, dass der kurz davor war, einen bewaffneten Verrückten anzuschnauzen.

»Da liegt sein Handy«, knurrte Lennard und zeigte darauf. »Nehmen Sie es und lesen Sie die Nachricht, die er zuletzt bekommen hat, wenn Sie mir nicht glauben.«

Osterloh sah grässlich aus. Auch ihm war längst jede Farbe aus dem Gesicht gewichen. Er schwitzte stark, blinzelte fast ununterbrochen und an seiner Mimik ließ sich ablesen, wie verzweifelt er versuchte, die Schmerzen allein mit seinem Willen im Zaum zu halten. Er ächzte erneut, wankte zu dem Fenster, unter dem er wenige Minuten zuvor noch gesessen und gelauscht hatte, und lehnte sich mit dem Hintern gegen die Fensterbank. Als er schließlich die Waffe sinken ließ, seufzte er vor Erleichterung.

»Du«, keuchte er und zeigte mit der Waffe auf Jens. »Bring mir das Handy.«

Jens sah zu den anderen, die ihm der Reihe nach zunickten. Dann stand er auf und tat, was Osterloh verlangte.

»Brauche ich einen Code?«, wollte Osterloh wissen und tippte mit dem Daumen der freien Hand auf das Display. »Oh. Schon gut.«

Er ließ sich viel Zeit, um die Nachricht zu lesen. Lennard vermutete, dass er sie mehrmals las, um den Inhalt richtig zu erfassen.

»Jemand mit dem Namen *Überheblicher Schnösel* behauptet, dass ich seine Schwester umgebracht habe und dass ich mich auf dem Kriegspfad befinde, um alle, die mir auf die Schliche gekommen sind, auszuschalten«, sagte er langsam.

»Überheblicher Schnösel ist Benno Klöfkorn«, erklärte Martin.

»Das ist mir klar«, murmelte Osterloh. »Dieses dumme Schwein«, schob er leise hinterher und klang vor allem überrascht.

Er stieß sich von der Fensterbank ab. Wankend wie ein Filmzombie schleppte er sich, am immer noch paralysierten Armin vorbei, zum Sofa, wo er sich vorsichtig neben Lennard setzte.

»Aaaaarrghhh …«

»Salzstange?«, fragte Lennard und hielt ihm das Glas hin.

Osterloh starrte das Bündel mit dem gesalzenen Laugengebäck an und überlegte kurz. Dann nickte er, legte die Pistole neben sich auf dem Sitzpolster ab und griff zu, um sich gleich mehrere Salzstangen gleichzeitig in den Mund zu schieben.

»Habt ihr auch was zu trinken?«, fragt er kauend.

Alle HIRNIs, stumm vor Faszination, schüttelten den Kopf.

»Wisst ihr, ich *habe* Angelika umgebracht – weil Benno das so wollte. Dieser ganze Schlamassel, angefangen bei seiner Verurteilung wegen Drogenbesitz, vermeintlich eingefädelt von seinem Bruder Wolfgang, und die anschließende Haftstrafe, das hat er sich alles ausgedacht. Ich habe es Wolfgang in Bennos Auftrag eingeflüstert. Ich habe ihn manipuliert«

»Benno ist *freiwillig* ins Gefängnis gegangen?«

Lennard konnte sich das überhaupt nicht vorstellen. Erschwerend kam hinzu, dass er ein grundsätzliches Misstrauen gegenüber Menschen hegte, die auf andere Menschen schossen.

»Genial, oder?«, meinte Osterloh. »So konnte er nämlich sagen, dass seine Schwester noch lebte, als er eingelocht wurde. Und niemand kam auf die Idee, zu behaupten, dass der Typ im Knast sich das ausgedacht hatte, um das Vermögen seines Vaters eines Tages ganz alleine erben zu können.«

Lennard ließ das sacken – und war beeindruckt. Ein Blick in die Mienen seiner Mitstreiter offenbarte ihm die gleiche Faszination, die auch er verspürte.

»Verdammt clever, alles was recht ist«, sagte er anerkennend.

»Oh ja, das war ein Spitzenplan«, murmelte Osterloh.

»*Einerseits*«, sagte eine länger nicht gehörte Stimme.

Osterloh griff hastig nach seiner Waffe, wuchtete sich ächzend hoch und zielte auf Armin. Der lag immer noch am Boden, hatte sich inzwischen aber auf den Unterarm gestützt, als würde er irgendwo auf einer grünen Wiese liegen und die Natur genießen.

»Oh bitte, jetzt komm doch endlich mal runter. Wir verlieren beide gerade zu viel Blut für solche Mätzchen, oder meinst du nicht? Ich bin zurzeit echt nicht an weiteren Feuergefechten interessiert.«

Osterloh zögerte kurz – und setzte sich wieder.

»Aber keine Dummheiten«, brummte er pro forma.

Armin winkte ächzend ab. »Einerseits hat dein Freund Benno wirklich eine geniale Idee gehabt. Andererseits hat er aber auch den denkbar dümmsten Fehler begangen, als er anderen Kriminellen von seiner Idee erzählte. Respektiert werden ist schon nicht ganz unwichtig, wenn man im Knast sitzt, aber jeder Teenager mit uneingeschränktem Netflix-Zugang hätte gewusst, dass man mit dieser Art Angeberei mehr Schaden anrichtet, als dass es einem nutzt. Sowas ruft zwangsläufig Leute mit bedenklichem Ruf und eigener Agenda auf den Plan. Typen wie Angus und ...« Armin stöhnte laut auf und legte sich wieder auf die Seite. »... mich. Fuck. Ich fürchte, dass er eine der wichtigen Adern getroffen hat, so wie das blutet. Mir geht's richtig beschissen! Ruf doch mal jemand einen Krankenwagen.«

»Nein, nicht!«, rief Osterloh mit nur noch halber Kraft. »Die lochen mich dann doch ein.«

»Aber vorher retten sie Ihnen das Leben. Wollen Sie lieber sterben?«, fragte ihn Lennard.

Osterloh schien ernsthaft nachzudenken. »Ja.«

»Das ist dann dein Problem. Ich will leben«, stellte Armin fest. »Ruft den Krankenwagen. Schnell!«

»Das kann ich nicht zulassen.«

Alle Blicke richteten sich auf den Durchgang zum Flur. An derselben Stelle, wo erst vor wenigen Minuten Osterloh plötzlich aufgetaucht war, stand nun Benno Klöfkorn und zielte mit einer Pistole grob in Richtung Sitzgruppe. Er hatte sich blaue Haushalts-Gummihandschuhe über die Hände gezogen.

Lennard stand langsam auf und hob beschwichtigend die Hände.

»Herr Klöfkorn, das muss hier nicht ...«

»Sofort wieder hinsetzen! Ich werde das nicht wiederholen.«

Lennard gehorchte.

»Du ... *Verräter!* Das ist alles deine Schuld«, lallte Osterloh.

Er versuchte aufzustehen, plumpste aber sofort wieder zurück ins Sofa. Ein zweiter und dritter Versuch scheiterten auf dieselbe Weise.

Klöfkorn beobachtete ihn dabei mitleidig – und seufzte.

»Tut mir wirklich leid, Alter«, sagte er leise und schoss.

Osterloh kippte seitlich über die Lehne und rollte zu Boden.

Die HIRNIs starrten stumm vor Entsetzen auf den reglosen Körper des Versicherungsvertreters.

»Gar nicht mal dumm«, murmelte Armin.

Er schielte ächzend zu seiner Waffe, die nur einen Meter von ihm entfernt auf dem Boden lag.

»So spricht ein Mann vom Fach, der genau weiß, was nun folgt. Ich frage mich, warum Sie ihrem kleinen Schießeisen dann trotzdem so verliebte Blicke zuwerfen«, sagte er im Plauderton und trat zwischen Armin und dessen Waffe. »Wo Sie doch wissen, dass daraus nichts wird.«

Er hob Armins Pistole auf, steckte sich seine eigene in den Gürtel und musterte Armin triumphierend.

»Holy shit, so viel Blut. Das kann nicht gesund sein«, stichelte er.

Klöfkorn kicherte und ging zurück zum Durchgang, um einen kurzen Kontrollblick in den Flur zu werfen, ehe er sich wieder den HIRNIs zuwendete.

»Oh Mann, Sie sollten sehen, wie angestrengt Sie alle nach der rettenden Idee suchen, mit der Sie hier lebend rauskommen. Man kann fast den Rauch erkennen, der von Ihren Köpfen aufsteigt. Aufgeben ist nicht so Ihr Ding, oder?«

Die HIRNIs sahen sich schweigend an, während Klöfkorns Worte Groschen für Groschen durchfielen.

»Sie wollen uns alle umbringen?«, hauchte Harald.

»Ich doch nicht! Ich bin ein unbescholtener und harmloser Bürger, eher Opfer als Täter. Nein, für so etwas stehe ich nicht«, versicherte Klöfkorn. Dann zeigte er mit der Waffe auf Armin. »Aber von ihm ist leider nichts anderes zu erwarten.«

»Ich kann mir inzwischen nicht mehr vorstellen, dass er das machen würde«, zweifelte Jens.

»Ich bin mir sogar sicher, dass er das auch nie wollte. Wir hatten hier gerade so eine Art Verbindung hergestellt, bevor ihr Freund ... und dann auch noch Sie«, stammelte Martin.

»Das Einzige, was er noch macht, ist sterben«, sagte Lennard.

»So hat er das nicht gemeint«, stellte Harald fest.

»Na also, sehr gut! *Der* Mann hat den Durchblick, *den* hättet ihr euch zum Anführer wählen sollen.«

Alle sahen Harald an, der nun fast so blass war, wie Armin und Osterloh.

»Natürlich wird er uns erschießen. Aber er wird es mit seiner Waffe tun«, keuchte Harald und zeigte auf Armin.

»Was? So ein Quatsch!«, polterte Lennard. »Das wird nicht funktionieren. Das kann nicht funktionieren. Damit kommen Sie nicht durch. Die Polizei findet raus, was Sie getan haben, die sind ja nicht blöd.«

»Nicht? Habt ihr nicht genau deswegen mit diesem HIRNI-Schwachsinn angefangen?«

»Nein! Das haben wir gemacht, weil die überlastet sind und sich vorrangig um den Mist kümmern müssen, den Verrückte wie Sie anrichten. Für die kleineren Sachen fehlt dann eben die Zeit.«

»Blablabla, ist mir scheißegal«, ätzte Klöfkorn überheblich. »Am Ende des Tages wird man feststellen, dass ihr mit der Waffe erschossen wurdet, auf der sich seine Fingerabdrücke befinden. Warum er das getan hat? Na ja, wer kann schon sagen, was in den

Köpfen von Kriminellen vorgeht? Und unser fast toter Freund hier ...«
Er wedelte erneut mit der Waffe in Armins Richtung. »... wird an einer
Schussverletzung gestorben sein, die ihm mit derselben Waffe
zugefügt wurde, die auch seinem unheimlichen schottischen Freund
zum Verhängnis wurde. Wie sich ein unbescholtener
Versicherungsvertreter in ein so hässliches Monster verwandeln
konnte, wird die armen Polizeibeamten sicher für eine ganze Weile
beschäftigen. Leider können sie ihn nicht mehr dazu befragen, denn er
ist ja bereits mausetot. Zwei Schüsse aus der Waffe des Schotten,
mein lieber Schwan, was für ein Durcheinander. Das muss erstmal
jemand entwirren. Die werden also auf jeden Fall ermitteln, Spuren
verfolgen, Durchsuchungen durchführen, Beweise sammeln und was
chronisch überlastete Gesetzeshüter eben sonst noch so tun, wenn sie
einen Massenmord aufklären müssen. Wer kann schon sagen, ob
ihnen das Glück dabei hold ist? Vielleicht wird es ja sogar echte
Kompetenz sein, die sie irgendwo einen mysteriösen Hammer finden
lässt, auf dem man dann nicht nur die DNA meiner Schwester findet,
sondern auch die Fingerabdrücke dieses scheinbar völlig
durchgeknallten Versicherungsvertreters. Heilige Scheiße, warum nur
musste ausgerechnet ein alter Freund der Familie der Mörder von
Angelika Klöfkorn sein? Was für eine grausame Ironie des Schicksals.
Irgendwann werden die bestimmt auch zu mir kommen, und ich werde
dann angemessen entsetzt sein – aber auch froh, dass mein armer
Vater das nicht mehr erleben muss. Vor allem werde ich es mir aber
nicht erklären können und so sehr leiden, wie noch nie zuvor ein
Mensch gelitten hat. Armer Benno Klöfkorn, der ältere Bruder ein
skrupelloser Sozipath, die geliebte Schwester ermordet, der beste
Vater der Welt nach einem Schlaganfall geistig und körperlich
schwerbehindert, und jetzt auch noch das. So viele Schicksalsschläge
für nur einen Mann. Alle, der gemeine Bürger, die Medien, und auch
die Polizei, werden so viel Mitleid mit mir haben, dass mein gewaltiges
Erbe zu einer Randnotiz verkommt. Wenn überhaupt.«

Die HIRNIs starrten ihn fassungslos an.

»*Sie* sollten mir dankbar sein. Ehrlich! Schauen Sie, die werden sich
ja auch einen Reim darauf machen wollen, was Sie hier überhaupt zu
suchen hatten. Ich könnte mir vorstellen, dass einer auf die Idee
kommen wird, dass Sie den verbrecherischen Umtrieben der beiden

Berufsverbrecher und des völlig aus der Spur geratenen Versicherungsvertreters irgendwie auf die Schliche gekommen sind. Das würde Sie dann doch rehabilitieren, so dass man Sie nicht als die Kasper-Truppe in Erinnerung behält, für die Sie zurzeit alle Welt hält. Ist dann zwar nur posthum, aber so kommt für Ihre Hinterbliebenen neben der Trauer zumindest nicht auch noch die Scham über Ihr Vermächtnis hinzu.«

Keine Reaktion der HIRNIs. Martin und Harald liefen stumme Tränen über die Wangen, aber keiner von ihnen war aufgelöst oder bettelte um sein Leben. Sie waren gefasst.

»Na schön, die Show muss weitergehen. Finale, oder?«, rief er fröhlich. »Soll ich Sie in einer bestimmten Reihenfolge erschießen? Oder wollen Sie sich überraschen lassen?«

»Hör gefälligst auf, dich auch noch über uns lustig zu machen, du krankes Arschloch. Ist das eine Kleinigkeit für dich, mal eben ein paar Menschen abknallen, die überhaupt nichts verbrochen haben? Was sind wir für dich? Insekten?«

Klöfkorn lächelte böse. »Das war eine Freiwilligenmeldung.«

Er nahm Lennard ins Visier.

»Nein!« Martin sprang auf und stellte sich in den Weg. »Nehmen Sie mich zuerst.«

»Martin! Um Himmels willen, lass den Scheiß und setz dich wieder hin«, sagte Lennard mit müder Stimme. »Wir kommen eh alle dran.«

Während Martin missmutig gehorchte, sah Lennard der Reihe nach jedem seiner Mitstreiter in die Augen.

»Männer, ich fürchte, dass das hier alles meine Schuld ist. Tut mir leid, dass es sich so entwickelt hat. Ich bin aber trotzdem froh, dass wir uns gefunden haben.«

»Ja, ich ebenfalls«, stimmte Martin ein. »Schade, dass Marita jetzt nicht auch hier ist.«

Lennard, Harald und Jens rissen synchron die Augen weit auf und sahen ihn entsetzt an.

»Oh, *stimmt ja*, um die Frau muss ich mich ja auch noch kümmern. Danke fürs Erinnern! Und keine Sorge, es wird schnell gehen, so wie bei Ihnen. Versp...«

Ohne Vorwarnung schlug etwas auf Klöfkorns Hinterkopf ein. Wie der sprichwörtliche gefällte Baum fiel er vornüber und schlug mit dem

Gesicht ungebremst auf den Boden. Das gab den Blick auf eine zierliche und etwas mitgenommen aussehende, aber dennoch ungebrochenes Selbstbewusstsein ausstrahlende Frau frei, die mit beiden Händen die Griffe einer langen Astschere umklammert hielt.

»Jungs, tut mir leid, dass es so lange gedauert hat. Ich konnte Angus nicht einfach seinem Schicksal überlassen, nachdem er mich noch befreit hat, obwohl er aus zwei Löchern blutet.«

# Epilog

»Ha! Sehr gut!«, rief Harald

Lennard und Marita ließen sich davon nicht irritieren, Jens und Martin senkten ihre Zeitung, um einen kurzen Blick auf Harald zu werfen. Da nichts weiter von ihm kam, nahmen sie die Lektüre aber schnell wieder auf.

»Wisst ihr, was richtig cool wäre? Wenn sie eine Rose nach uns benennen«, dachte Martin laut nach.

Bis auf Harald sahen alle auf.

»An was denkst du? HIRNI-Rose?«, hakte Jens ironiefrei nach.

»Das ist *genau*, woran ich gedacht habe.«

Harald unterbrach das allgemeine Nachdenken darüber, ob das ein Name war, den eine Rose aus Sparrieshoop verdient hatte.

»Hört mal, was Elin Yilmaz geschrieben hat. Die fünf Sparrieshooper, firmierend unter dem ungewöhnlichen Namen HIRNI, hatten bereits den entscheidenden Hinweis zum Verbleib der seit zwei Jahren vermissten Tochter des Industriellen Walter Klöfkorn geliefert. So konnte vor einer Woche mitten im Liether Wald die Leiche der jungen Frau geborgen werden. Klammer auf: Die Elmshorner Nachrichten berichteten über beide Vorfälle. Klammer zu. Nachdem die HIRNIs zwischenzeitlich sogar das mutmaßliche Mordwerkzeug finden konnten, ist es ihnen nun auch noch gelungen, den Drahtzieher dieser unglaublichen Familientragödie zu überführen und zu Fall zu bringen.« Harald sah kurz auf und strahlte bis über beide Ohren. »Gut, oder? Danach kommt viel Blabla, der Ablauf der Ereignisse, jede Menge Benno-Bashing und Spekulationen zu den beiden mysteriösen Fremden, das lese ich jetzt nicht alles vor. Ich springe mal zum Ende: Die mutigen und engagierten Sparrieshooper – damit sind natürlich wir gemeint – sind mit allen Hinweisen und Beweisstücken umgehend zur Polizei gegangen, im vollen Bewusstsein, dass die Aufklärung eines Kapitalverbrechens nur von Staatsseite erfolgen kann. Es stellt sich daher die Frage, warum dieses hohe Maß an Zivilcourage und Unterstützung zu keinem Zeitpunkt mit offizieller Wertschätzung oder Dankbarkeit goutiert wurde. In Zeiten eines um sich greifenden Mangels an Nachwuchskräften, dessen Auswirkungen man auch bei der Polizei zu spüren bekommt, sollten sie es sich verkneifen, die Hilfe von Bürgern, deren Zuverlässigkeit schon einmal substanzielle Ermittlungsfortschritte ermöglicht hat, aus falschem Stolz oder ähnlich unreif anmutenden Beweggründen nicht nur zu ignorieren, sondern sogar zu diskreditieren.« Harald legte die Zeitung weg und sah in die Runde. »Wie findet ihr das?«

Ohne eine Antwort abzuwarten, stand Harald auf und ging zum Getränkekühler, um sich ein Bier zu holen.

»Will noch jemand etwas?«

»Ein Bier bitte«, sagte Lennard.

»Klingt im Hamburger Abendblatt ganz ähnlich«, meinte Martin.

»In der Holsteiner ist es nur ein halbseitiger Artikel. Komplett sachlich, kein Wort über uns«, murmelte Marita.

»Echt?«, fragten Lennard und Harald gleichzeitig.

»Echt. Und dass ich zwischenzeitlich sogar mal entführt wurde, steht in keinem von diesen Käseblättern, oder?«

»Nein.«

»Nein. Das nicht und unser Rettungsversuch auch nicht.«

»Könnte damit zu tun haben, dass niemand so richtig was über Armin und Angus zu sagen wusste«, spekulierte Harald, während er mit zwei Bierflaschen an den Tisch zurückkehrte. »Immerhin waren sie es, die dich entführt haben.«

»Genau. Und wenn selbst die Entführte sich an kaum etwas erinnern kann ...«, klugscheißerte Martin.

»Willst du mir was sagen?«, knurrte Marita ihn an.

Martin riss sein Hamburger Abendblatt wieder hoch und simulierte Interesse am geschriebenen Wort.

»Ich würde zu gerne wissen, was aus den beiden geworden ist«, sagte Jens. »Wenn man sie inzwischen gefasst hätte, wäre Marita doch bestimmt schon aufgefordert worden, sie als ihre Entführer zu identifizieren. Oder?«

»Es ist nichts weniger als ein Wunder, dass die beiden das überlebt haben und noch abhauen konnten«, behauptete Lennard leise. »Armins Blutlache reichte über den halben Wohnzimmerboden. Osterloh *muss* die Oberschenkelaorta getroffen haben.«

Alle schwiegen und nickten nachdenklich.

»Was sagtest du, wo Angus getroffen wurde?«, fragte Harald Marita.

»Oberarm und Brust, beides rechts.«

»Hat auch reichlich Blut verloren, oder?«

Marita nickte betreten. Man sah ihr an, dass sie ein Bild vor Augen hatte, das ihr nicht sonderlich gefiel.

»Da fällt mir was ein«, meinte Martin plötzlich und warf seine Zeitung auf den Tisch. »Das wollte ich euch längst vorgespielt haben. Ich musste nämlich immer wieder daran denken, dass Lennard sich nicht mehr an seine eigenen Worte erinnern konnte, die uns ja quasi überhaupt erst zusammengebracht haben.«

Er holte sein Handy hervor, tippte und wischte ein paarmal auf dem Display und legte es auf den Tisch.

»Da ich fast die komplette Rede gefilmt habe, lässt sich diese Lücke ganz leicht wieder füllen. Ich könnte mir vorstellen, dass wir das quasi alle gerne nochmal hören würden. Ist jetzt vielleicht ein bisschen aus dem Zusammenhang gerissen, aber die Stimmung drohte gerade irgendwie schlecht zu werden, und ich habe quasi so ein Gefühl, dass uns das wieder aufheitern wird.«

»Bitte, tu das nicht«, bat Lennard mit heiligem Ernst.

»Sei still«, sagte Martin und aktivierte das Video.

»... is nich in Ornung. Überhaubnich. Du solltes diras eintlich nichefalln lassn un ssur zur Polissei gehn. Aah, ooh, er hat *eintlich* gesat. Hasse gehört, nä? Das habbich mit Absichesagt. Willze wissen warum? Pisauf: *Darum!*«

Lennard beölt sich eine Weile vor Lachen.

»Jessmalim Erns. Swird nix bringn, wende das machs. Glaub mal nich, dassiedie dir dann helfn. Nich bei sowas. Du muss schon'n Messer im Rückn ham, um ihr Indrisse ssu weckn. Willze wissen, wie icharauf komm? Sachich dir, pisauf: Ich – bin Künsler. Verschdehse? *Künsler!* Internassjonal erfolgreich, jawohl. Frag maln Dän-n oder Schwen-n, obber Lennard Friedrichsn kennt. Wenner nurn bissn Ahung von Kuns hat, krichter leuchnde Augn. Leuchnd! Isech so, kannze mir glaum. Hier, frag mein Kumbl Maddin, der bö ... bisch ... *beschte-tig-tir* das. Als Künsler binnich drauf annewiesn, dassich immer in Ruhe arbeidn kann, wemmichi Muse küss. Verschtehsse? Wie oftich die Bulln schon annerufn hab, wennda bei mir irntwie Lärm war, aber glaubse, s'hattie indirissiert? Hnä! Nix! Ich soll mitm Störnfried redn un ihn bittn, den Lärm zu ressudiern. *Ich*, verstehse? Da kamir zum erssenmal der Gedanke, dassichmich von den'n bezahln lassn sollte, wennich schon dern Arbeit machn soll. Hehehe, verschdehsse? Die Armleucher.«

Lennard bekam einen Hustenanfall und räusperte sich anschließend geräuschvoll.

»Schulljung. Is ne ech troggne Luft hier. Maddin, kuck dochma, obs hier nochn Bier gibt, irntwo. Wowarich?«

»Du wolltest dich von der Polizei bezahlen lassen«, rief jemand.

»Genauu! Wennich schon dern Arbeit machn soll, wäras nämich nur rechunbillich. Und dann – neujich ers – der Gipfl! Steh ich draußn in mein-n Vorgartn un mal meine Schdraße. Fürn Nachbarn. Hadder drauf gre ... gersch ... hadder Geld für auf Seite gre ... gll ...« Tiefer Seufzer. »Kanner sich leisn. Fass feddich waras Bild, un richich gut. Ich bin dann fürn paa Minutn rein, um mirn Kaffee ssu kochn un'n Lem ... Li ... Lewe ... *Le-ba-wuss-brot* zu schmiern. Lassas zehn Minutn gewesn sein, fuffsin, 'f keinfall mehr. Kommich wiederaus, issie Leinwand wech. Wech! Middn am Tach! Un was machich Honnoxe? Rufie Polissei an. Daswa wie'n Reflex, verschdehse? He, sachich, he, ihr Bulln, die hammir mein Bild gr ... gerrk ... grek ... weggenomm. Nee, wadde, Bild habbich ganich gesat. Die hammir mein *Kunswerk* weggenomm, so nämich. Un die? Jaa, nee, Kunswerk is ja wohl nich, wenns noch gaanich feddich war. Un dassie sichnu aufie Suche nach ner halbemaltn Leinwand machn, glaubich ja wohl selbsnich. Da hamse doch wichticheresutun. Sollich ebm neu anfang. Unnich binja auch sels Schuld, wennich so fälässich mit meine Kuns umgeh. Issas ssu fassn? Kein Faschtännis für Kuns, nichim allgemein unnichim spessjelln. Da habbich ssum erssenmaledacht, dasswir als Bürger dochn Anschpruch darauf ham, auch dann Hilfe ssu bekomm, wennis nich um schwern Diepschal oderum Lem un Tod geht. Issollte doch jeman-n gebn, dersich um das krü ... kümmert, worummie Polissei sich n-geblich nich kr ... kümmin kann. Das müssn natülich Menschn sein, die daswolln und die intrinsch moft ... mos ... *mo-tie-wiert* sin. Menschn, den ihre ... *Mit-bür-ga* am Hersn liegn. Ssuminstie meissn. Unnda kamir der Gedanke, dassich so einer wär. Wennichmich mit mein beschein Middiln um sowas kümmer, issas immmanoch um Längn-n bessa, alnse Polissei diesich ganich drum kümmit. Un dassisser Punkt. Du mussiras nicht gefalln lassn, wallis mich gibt. Ich denk da schon sehr lange drür nach un ich machas jetz. Ich *machas* jetz! Verschdehse? Ich grünne meine ... *ei-gin-ne* Truppe unwir kro ... kr ... kümmin unssan um allis, wofürie Bulln sich ssu fein sin. Jawohl! Morn gez los. Um ... ssehn Uhr. Bei mir. Zur kosch ... kolsch ...« Lennard ächzte laut und holte tief Luft. »Kon – schie- tu - rie – ren – den Sissung. Wer midmachn will, is hässlich eingelan, ich kannoch gude Leude brauchn. Un ja, dassis mir sehr Erns. Unich bin nich dun!«